徳間文庫

馬の首風雲録

筒井康隆

徳間書店

馬の首風雲録

CONTENTS

Design：坂野公一（welle design）

馬の首風雲録

1　馬頭型暗黒星雲は戦雲に包まれていた

「とまれ」

と、丁長が叫んだ。

彼はブルハンハルドゥンナ長銃を構え、夜の闇をすかし見て大声で誰何した。「何ものだ」

「ドブサラダであります。丁長殿。ただ今戻りました」

街道を市街の方からやってきた兵士は、丁長に近づいて、ブチャラン小屋の土壁にかけた龕燈の明かりの中へ自分の顔をつき出して見せた。

「お前か」

丁長は銃をもとどおり小屋の土壁に立てかけ、尻尾を股の間へはさみこむと、そのままそこへ、うずくまるように腰を据えた。

街道の右手、ブチャラン小屋の背後には、山に続く森がひろがり、反対側は一面にクチュグルの草原だった。草原ではひっきりなしに虫が鳴き、広葉樹の森の中からはときどきサチルナ、ブチャランゲン、ポロリなどの、野生の小動物たちのたてるかすかな音が聞こえてきた。

ドブサラダと名乗った兵士は、あたりの様子を見まわしてから丁長に訊ねた。

「奴はどこにいるのでありますか、丁長殿」

「小屋の中だ」と、丁長はいった。「ひどく苦しんでる」

「薬を持ってきたのですが」

「そうか。お前、中へ入って塗ってやんな」

ドブサラダはいやな顔をして、小屋に入るのをためらった。「感染しねえでしょうかねえ」

「予防注射は、してきたんだろうが」

「はあ、それは」

「じゃあ、いいじゃねえか。早く介抱してやんな。そのためにお前を行かせたんだぜ」

ドブサラダはしぶしぶ小屋の入口へ近づいた。木の一枚戸の手前でふと立ち止った彼は、丁長の方をふり向いて訊ねた。「ところで丁長殿。獲ものはありましたか」

「まだだ」丁長は溜息まじりにいった。「町の奴ら、おれたちがここで徴兵してるってことを、どうやって嗅ぎつけやがったんだろうな。くそ。きっと誰かが、ここにおれが立っているのを見て、町じゅう触れ歩きやがったに違えねえ。余計なことしやがって。くそ。通るのは老いぼれや女子供ばかりよ。あさっては、シハードの町で市が立つから、必ずここを通る男がいるに違えねえと思ったが、奴ら、女どもを仕入れに行かせやがったんだ。くそ。明日の昼過ぎまでに一丁隊十五名を編成しなきゃならんというのに、今んところおれの部下は、お前とミシミシの二人だけだ。これじゃどうしようもねえ」

「このあたりの奴ら、徴兵係と聞けば泡をくらって逃げまわります」ドブサラダはそう言いながら、丁長の傍へきて腰をおろした。「私も、徴兵係は三回ばかりやりました。以前の丁隊にいた時も、つい三カ月ばかり前ですが、シハードの町でやったんです。いやもう、あの町の奴らもひどいもんでさあ。とっつかまえて納得させるのに、たいてい半日はかかりましたもんね。つまり、戦争がどんなに面白いものかということを言って聞かせてやるのがです。それも酒場へひっぱりこんで、酒を奢ってやってですぜ。その金だって自前でさあ。いい機嫌に酔っぱらわせてから飲み逃げされたって、こちとら文句もいえねえ。このごろの若い奴にゃ、自分に恥じるってことがないんですかねえ」

「平和が続きゃ、誠実さなんてものもなくならあね」と、丁長はいった。「この辺にゃ、ながい間戦争がなかったから、道徳も腐っちまってら。平和が生むなあ女みてえに生っ白い音楽好きの若え男と、ものぐさと、無秩序だけだ。くそ、このごろの若い奴らときた日にゃ、ちょっと何かむずかしいことをいいつけてやると、妙にからだをくねくねさせやがって、『ああ、それ、ボク、ヨワいんです』って言いやがる。しかもそれを恥とも思っていやがらねえ。当り前だと思っていやがる。コウン・ビ式の自己主張だか何だか知らねえが、くそ、むかむかする。ふん。『ボク、それ、ヨワいんです』くそ」彼は地面に唾を吐きちらした。「前の戦争が終ってから、まだ間がねえというのにこのありさまよ。戦争がないうちは誰もかれも自分のいいたいことを勝手に喋りまくって、ひどい時なんぞ、そこにいる人間の数だけの党派ができたりする。こんなのは秩序じゃねえ。女の井戸端会議だ。本当の男らしい男が出てくるなあ、戦争の時だけだぜ」

「そのとおりですな。戦争を嫌う奴の気がしれません」と、ドブサラダはうなずいた。

「酒や煙草を初めてやった若僧は、たいていひっくり返って眼をまわし、むせ返る」と、丁長はいった。「戦争って奴も初めは咽喉を通しにくい。だけど、一度味をおぼえちまえばしめたもんよ。ふん。そりゃあ、女どもはバクチや戦争を厭がるだろうさ。だけど考えて見りゃ、人生だって歴史だって、みんなバクチみてえなもんだ。女なんてなあ、バカで自堕落だから、手前のからだを温かいところでぬくぬくと腐らせて行くのが好きなのも当り前だ。だけど、女にたきつけられて、反戦だの平和だの言う奴の気が知れねえや。そういう奴らが、いざ危険な時にゃあえらそうな理屈なんかどこへやら、ただ二本の脚だけで考えようとする臆病者になっちまうってわけよ。そいつらはもちろん女以下だし、もうビシュバリクの人間じゃ、なくなっちまってるんだな」

「まったくです。丁長殿。戦争がどんなに面白いもんか、若え奴らにもっと、教えてやらにゃあなりませんな」

ふたりはしばらく黙ったまま、虫の声に耳を傾けていた。龕燈の灯が、またたき始めた。

ドブサラダは、やがてゆっくり立ちあがり、また小屋の入口に近づいた。

彼が木の一枚戸を押し開けようとしたとき、丁長が彼に訊ねた。「おい、お前はたしか、コウン・ビ人を見たことがあるっていってたな」

「あります」ドブサラダはまた丁長の傍にやってきて、その横に並んで腰をおろし、話し始めた。「ずっと以前で、もちろんまだコウン・ビと仲が良かった頃ですが、トンビナイの町で会いました」

「奴ら、どんな恰好をしてるんだ」

「そうですな。恰好はおれたちとあまり変りません。二本足で立って歩くし、手も二本あります。背丈も、だいたいおれたちくらいです。ただ、奴らには毛がありません。

頭に少しと、眉毛がうっすらあるだけで、まあ、のっぺらぼうに近い面(つら)をしていて、あとは身体(からだ)中つるつるです。尻尾もありません。おかしな顔つきをしてますが、奴らに言わせりゃ、おれたちサチャ・ビの方がよっぽどおかしいそうで、何でもおれたちは、奴らの国のイヌとかいう家畜に、顔だけ似てるんだそうです。もっとも、この私だけは、ほかのサチャ・ビとちょっと違っていて、キツネとかいう動物に似てるって言ってましたがね。喋りかたは、おれたちよりものろのろしていて、歯切れが悪く、はっきりしません。声も小さくて、リズムがありません」

「いやな奴らしいな」

「いやな奴らです」

ふたりはまた、しばらくじっとしていた。

「丁長殿。龕燈が消えました」

「もう、夜が明けるからいい」

風がなま温かくなってきた。

「今日も暑そうですな」

「暑そうだ」

ドブサラダはゆっくりと立ちあがり、また小屋の入口に近づいた。木の一枚戸を押しあけて中に入ると、壁にぶらさげた龕燈が、部屋の隅につみあげた乾草(ほしぐさ)の上にいる、ひとりの兵士の影をゆらめかせていた。この兵士はコロコロの患者だった。

コロコロというのは、この地方の俗語で、伝染性皮膚病の一種のことである。このコロコロにかかると、気の狂いそうな痒さのため、一瞬の休みもなく身体中を掻き続けていずにはいられない。この兵士も、ひっきりなしに全身を掻きむしりながら、乾草の上でのたうちまわっていた。

「ええい。この、くそいまいましいコロコロめ」彼はわめきちらしていた。「戦争も始まらねえうちから、こんな病気にかかるなんて、このいやらしいコロコロめ」

彼はすっ裸になり、おどろくべき早さで、二本の腕を動かし続けていた。今、首のうしろを掻いていたかと思うと次は腹、同時に別の手で背中という具合に、その動作のすばやいことは、あきれるばかりだった。彼の全身の白い体毛は、ほとんど脱け落ちていた。それでも彼は絶え間なく、血まみれの爪で、皮膚に赤い溝を掘り続けるのだった。表皮や真皮の死んだ組織が、白い粉と黒い塊りになってあたりにとび散り、龕燈のうす明かりの中で、埃といっしょに小屋中に舞いおどっていた。

ドブサラダは、ちょっとたじたじとして、ドアの前で立ちすくんだ。

「やめろ、ミシミシ」彼は叫んだ。「よけい悪くなって、死んじまうぞ」

「ドブサラダか」ミシミシと呼ばれたその兵士は、右手で口の縁のかさぶたを掻き落し、同時に左手で股ぐらをぼりぼり掻きむしりながら叫び返した。「薬は持ってきてくれただろうな」

「ああ、これだ」ドブサラダは、部屋の隅から乾草の上へ薬瓶を抛(ほう)り投げた。

「塗ってくれ」

「おれはいやだ」ドブサラダは、あとじさりした。「ご免だな。自分でやんなよ。お前塗れ」

ミシミシは薬瓶を拾いあげ、痒さのために時どき絶叫しながら、気ちがいじみたスピードで黒い粘り気のある液体を全身にすりこみはじめた。

ドブサラダは、小屋の外に出た。

「もう、塗ってやったのか」と、丁長が訊ねた。

「自分で塗っています」ドブサラダはそういいながら丁長の傍(かたわ)らに腰をおろし、いそいで喋り出した。「あっしも、平和なんてもなあ、もうご免でさあ。面白味もなんにもありゃしねえ。だいたい平和なんてものは、ふたつ戦争があるとしたら、その間にあるだましあいの時期のことでしょうが。だとしたら、戦争よりゃあ平和の方が、よっぽど不自然でいやらしいに決まってまさあ」

「だが、やがてこのあたりも戦場になる」と、丁長はいった。「そうなりゃ、秩序や道義心も回復するだろうぜ」

「敵はここまで来ますかね、丁長殿」

「来るな」丁長はうなずいてそういった。「コウン・ビ人は、必ずここまで来る」

　さて、馬頭型暗黒星雲は、戦雲に包まれていた。

　この、ふつう馬の首と呼ばれている暗黒星雲は、ひどく簡単に説明すれば、オリオンの三つ星のひとつζ（ゼータ）星の近くにあって、散光星雲と隣りあっているガス星雲である。そのため地球から見ると、入道雲が落日を背景にして周囲を金色に輝かせているように見えるのだが、その形が馬の頭に似ているところから、こう名づけられたという。地球の天文学者たちは、多分この星雲の背後に明るい恒星があるために、あのように周囲が光るのだろうと噂していたらしい。で、それは結局西暦二三一七年になって、正しいということが立証された。つまり、Ｍ42・Ｍ43区探険隊というのがこの星雲を迂回した際に、その向う側に二百三十六個の、酸素と水を備えた惑星を持つ太陽の集落があるのを発見して帰って来たのである。

　さっそく基地建設隊というのが派遣された。彼らはその周辺部の惑星四個に小さな基地を造営して、お定まりの探険を始めたのだが、これらの惑星群からは知的生命体は発見されなかった。

　暗黒星雲内にある惑星が発見されたきっかけというのは、第二次基地建設隊と名づけられた船団のうちの一隻が、迂回するのは面倒とばかり乱暴にもガスの中へ突入して通り抜けようとしたことからである。まあ、もっとも発見とか発明とかいったものは、どこかで何か乱暴なことでもしない限りなかなか実現しないものだが、それはともかく、そのガス星雲の中ほどまで進んだとき、隊員のひとりが四〇億マイルほど離れた場所にある恒星を発見した。

暗黒星雲の中でさえ発見できたのだから、相当大型の恒星に違いないとかなんとか、その隊員はまあそういったようなことを考え、基地へつくなりそのことを上司に報告した。基地ではこれまた定石どおり星雲内探険隊というのが組織され、ガスの中へ入っていった。その結果、鋸歯状の宇宙の穴とかいう言葉で呼ばれているこの星雲の、非科学的にいえば空間にかかった黒い霧みたいなものは、科学的にいえば、決して有毒ガスではなく、ナトリウムとか、カリウムとか、カルシウムとかいった原子がおそろしく稀薄な集合体になって漂っているにすぎないといったことを知ることができたのである。また、発見された恒星は直径一五〇万マイル、表面温度摂氏八五〇〇度であることもわかった。これは必ず惑星を持っているに違いないと判断した探険隊は、さらに附近の探索を続けた。その結果、筋書どおり人が住むことのできる惑星ふたつが発見され、恒星に近い側の星では、犬に似た知的原住民も発見された。このふたつの惑星というのがビシュバリクおよびブシュバリクであり、原住民というのがすなわちサチャ・ビ族である。

書き加えておくと、ビシュバリクはサチャ・ビ語で「暑い星」、ブシュバリクは「寒い星」の意味である。また、後になってサチャ・ビ族たちは地球人のことをコウン・ビ族と呼んだ。「体毛のない人間」という意味だ。

この年、すなわち西暦二三二〇年は、サチャ・ビ族が時の皇帝ハンハンによって統一されてから、ちょうど百年めに当っていた。こういった歴史的なことは、地球でもどこの星でもたいして変りはないのでざっと説明しておくと、つまりそれまでの間ビシュバリク上の好戦的な七部族は、互いに他の領土を攻めあい、縄張り争いをくり返していた。やがてその中で最も弱小の部族だったトハン族の長ハンハンが政略結婚によって勢力を得、隣国三つの領主と手を握って他部族を制圧し、ビシュバリクを統一したのである。

さて話を戻して、星雲探険隊のうちの二隻の船の隊員が、ビシュバリクの首都シハードの郊外にあるブチャラン牧場に降り立った時、その附近のサチャ・ビ族たちは大いに敵意を見せた。戦後百年といっても、もとからの好戦的な血はまだ流れ続けていたというわけである。彼らは隊員たちを殺しこそしなかったが、とびかかってひっ捕え皇帝ハンハンの玉座の前にひき据えたのだ。むろん隊員たちは、相手の武力の幼稚さを見て軽蔑し、わざと無抵抗を装っていたのだが。

皇帝ハンハンはこの時すでに百三十二歳という高齢に達し、よいよいの気があって体力は衰えていたが、頭はまだはっきりしていた。

家来どもが失礼をいたしましたな見知らぬ星のおかたといって、皇帝は隊員たちに詫びた。お見受けしたところ高度の文明を持つ星からお出でになったご様子、わたしどもは、あなたがたのような立派な星のかたたちとは、親しくおつきあいしたいものと思う、と、まあなにかそのようなことをいって、地球のコリーに似た顔つきの皇帝ハンハンは玉座をおり、隊員のひとりひとりと手を握りあって、彼らを歓待した。

と、いうわけで、その翌二三二一年には、コウン・ビとビシュバリクの間に通商協定が結ばれ、その後八年間、両星間に文化の交流が続いた。

たとえば、それまで工場制手工業（マニュファクチュア）だったビシュバリクの生産手段は技術革新（イノベーション）によって大量生産方式に切りかえられ、また零細農民の集約農法にしても、農耕技術の改善で単位面積当りの収穫量がぐっと増大した。また鉱業面ではビシュバリクにやってきたコウン・ビ族の地質学者や技師によって、あちこちにピッチブレンド・閃ウラン鉱が発見され、以後これはビシュバリクの主な輸出品となった。もちろんビシュバリク内でもエネルギー革命が起り、それまでの石炭石油に依存していた原始工業時代から一挙に核エネルギー時代へと飛躍したのである。

もっとも、こういったことは最初、どこでもそうなのだが、下層階級の生活を改善するまでには到らなかった。むしろ、どっと流入してきたこれらの科学技術や文化は、それまで自給自足体制(オータルキイ)をとっていたサチャ・ビ族の富豪と貧民の格差をますます大きくする結果になったのである。

　サチャ・ビ族はまた、コウン・ビ製宇宙船を購入して、恒星から離れた側の寒い惑星、ブシュバリクの探索も行った。ここでもウラン235の含有量の多い瀝青(れきせい)ウラン鉱が大量に発見された。

　そこで二三二四年、サチャ・ビ族の大規模なブシュバリクへの植民が、コウン・ビ族の協力によって行われた。コウン・ビ族は、サチャ・ビ族の鉱夫を多数ブシュバリクで必要としたため、この植民計画をサチャ・ビ政府に説いたのである。ビシュバリクーブシュバリク間の定期便も設けられ、コウン・ビ族に教育を受けたサチャ・ビ族のパイロットや技師が活躍した。

　ブシュバリクではウラン鉱の採掘以外に、肥沃な原野が開拓されて大農方式の農園(プランテーション)が作られた。開拓されていくにつれ、ブシュバリクにはシハード級の都市が三つも興隆し、そのひとつであるトンビナイの町には、大きな宇宙空港が建設された。それ以前にできていたブシュバリクやビシュバリクの国内線用宇宙空港に比べ、このトンビナイの方が地理的にずっと便利だったので、これ以後、コウン・ビからの交易宇宙船はすべてここに荷揚げし、停泊するようになった。貿易商たちはここへ集まるようになり、このトンビナイの町は商業都市として大きく繁栄した。そして豪商やその家族たちの派手な生活は、シハードにまで報じられ、ついに皇帝の耳にも入ったのである。

まだ若かった、時の皇帝ハンハン二世は、これら商人階級の擡頭(たいとう)を恐れ、地球(コウン・ビ)からの貨物や輸出品に対して法外な関税を徴収しようとした。このハンハン二世は死んだ父と違って頭も悪く、おまけにてんかん持ちだったので、周囲の貴族政治家たちの言いなりになっていたのだ。また、以前の高級軍人からなるビシュバリクの貴族や支配階級は、ビシュバリク政府の権威の失墜を恐れるあまり旧制度(アンシャン・レジーム)復帰を唱え、特に植民地(コロニー)に対して、より以上の圧政をくわだてたのである。

この関税に腹をたてたトンビナイの貿易商たちは、やはり重税に苦しめられていたトンビナイ近辺の下層階級の若者や大学生たちに資金をやり、アカパン党という組織を作らせてトンビナイの宇宙空港税関を襲わせ、焼き打ちをさせた。また彼らに命じて全ブシュバリクのサチャ・ビ族に呼びかけさせ、ブシュバリク独立運動を始めさせた。

この新興の反政府勢力である貿易商たちが集まって設立したトンビナイ商工会議所では、独立戦争に備えて傭兵(ようへい)をかかえることに議決した。戦争がなくて給与もあがらず、食うに困っていたビシュバリクの下級軍人たちのうち、現政府に不満を持つ数千人が、ぞくぞくとトンビナイ市に集まってきて、市中に不穏な空気を醸(かも)し出した。地球でいえば西暦二三二九年のことである。

ビシュバリク政府は当然、弾圧政策を強化してこれらの反政府運動を抑圧しようとした。トンビナイ市の警察や軍隊は、商人たちに買収されてしまっていて無力だったので、さっそく大型宇宙船十二隻でブシュバリクに国家軍を送りこんだ。これには三甲(こう)隊三千六百の兵士と近代兵器がぎっしり搭載されていた。

これを知ったトンビナイ側も、アカパン党戦闘員三千二百名、傭兵二千百名を集め、貿易商たちがコウン・ビから買い入れた武器を用意して戦争に備えた。

最初の戦闘は、それまで定期便の発着に使われていた国内線空港のある都市サガタで行われ、トンビナイ側が敗走した。このサガタは、トンビナイから八〇〇〇キロの地点にある町で、やはり新興都市のひとつだったが、二週間続いた激しい市街戦のため見る影もなくなってしまった。この戦闘で国家軍は約五百名、アカパン党は約千二百名、トンビナイ傭兵軍は約百五十名の死者を出した。また、市民たち約三十名が死に、百名あまりが負傷した。

軍事力の点ではもちろん、国家予算でコウン・ビから武器を購入し技術を導入していた国家軍の方がずっと優勢だったのである。また国家軍の兵士たちは、百何年ぶりかの戦争というのではりきっていた。初陣(ういじん)ではあったが、軍人だった父や祖父から聞かされていた統一戦争の時の武勇談は、彼らの心の故郷でもあったのだ。

一方、戦いに破れたトンビナイでは、商工会議所を通じてコウン・ビに軍事援助を申し出たが、これはあとに述べる理由で拒絶された。

この戦争で家族を失った者や、コウン・ビに留学し教育を受けて帰ってきた文化人などの間からは、猛烈な反戦運動が起った。また、コウン・ビ人たちは戦争のためにウラニウムの原鉱をブシュバリクからもビシュバリクからも購入し難くなったので困り、ハンハン二世とトンビナイ商工会議所に調停案を持ちこんだ。それはサチャ・ビ帝国に分権制を実施させ、ブシュバリクを地方自治体にしてある程度の行政権、司法権を持たせてやれというのであった。

両者が休戦状態に入り、この調停案にもとづいて折衝を重ねていた折も折、ハンハン二世がアカパン党員に暗殺されるという事件が起った。

その日ハンハン二世は、シハードから二〇キロばかり離れた湖畔へ保養に来ていた。第二夫人と別荘の庭園を散策しているところへ、塀をのり越えてしのびこんできた若いアカパン党員にメクライト弾を投げつけられたのである。メクライト弾はすぐには爆発しないから、すぐ投げ返せば命は助かったのだが、折悪しく皇帝はその時てんかんの発作を起した。プスプスと音を立てているメクライト弾に頭をのせて仰向いたまま、いつまでも痙攣し続けたのである。第二夫人はキャンキャン泣きながら逃げ出してきて、近くにいた大臣のひとりに急を告げた。結局ハンハン二世は駈けつけた忠実な大臣とともに蒸発し、四十八歳の若い命を閉じた。

　犯人はすぐに捕えられ銃殺された。しかし熱烈な皇帝崇拝者であった皇帝守護隊の第六甲隊隊長は、かっと逆上して前後も考えず、すぐさま三個乙隊を宇宙船で出動させ、トンビナイを爆撃させた。ところがトンビナイの宇宙空港にある管制塔にはレーダー類が完備していたため早くからこの空襲を察知し、大気圏外用ボマークを撃ちまくったので、トンビナイ上空にまでやってくることのできた国家軍の船はたった一隻だけだった。そしてこの一隻も、高空用ナイキで撃墜されてしまった。ただし、墜落した場所が市の中央部だったので、トンビナイも二千人以上の死者を出し、大きな被害を受けたのである。

　父にかわり弱冠二十歳で皇帝の地位についたハンハン三世は、その日のうちに、正式にトンビナイ攻撃の命を下し、同時に徴兵の布告を出した。

　ふたたび戦争が始まった。この戦いは前よりもずっと大規模だったし、長く続いた。宇宙船による攻撃に失敗した国家軍では、ぞくぞくとサガタに兵員を送りこんだ。この時にはトンビナイ側も、この戦争を予想してすでに新しい兵器を大量にコウン・ビから購入し、サガタに軍勢を向けていたので、前のように簡単には敗退しなかった。しかしやはり軍事訓練の行きとどいた国家軍には歯が立たず、じりじりと後退し続けた。

三年と四カ月ののち、国家軍はトンビナイの南約一二〇〇キロの地点にまで近づいていた。アカパン党も傭兵軍も敗退を重ね、疲労困憊が極に達しかけていた。トンビナイが国家軍の手に落ちるのも、もう時間の問題と思われた。

それまで戦争を静観していたコウン・ビが、だしぬけにビシュバリク政府に対し、ただちに戦争を中止しろと勧告したのは、西暦二三三三年のことである。もし皇帝が現在の最前線から軍隊を撤退させない時には、トンビナイに対して軍事援助を行うぞと威嚇してきたのである。

コウン・ビ政府にしてみれば、暗黒星雲内の最大の貿易港が破壊されては、今までトンビナイ市へさまざまの形で行ってきた経済援助がすべて無駄になってしまうので、この勧告をすることに決めたのだろうし、またそれ以外にも、コウン・ビのウラン鉱輸入業者たちがコウン・ビ政府に働きかけて停戦勧告をさせたということもあったかもしれない――ハンハン三世はそう判断した。そして直ちに停戦を命じた。コウン・ビを敵にまわして勝ちめのないことは、誰の眼にもあきらかだったからである。国家軍は約一〇〇〇キロ後退し、待機した。

しかし、コウン・ビの勧告を脅迫と受けとったシハードの市民は激昂した。文化人や大学生が民族自決、コウン・ビの武力介入反対を叫んで立ちあがり、コウン・ビかえれというプラカードをかかげてデモをくり返した。

もちろんビシュバリク政府にしても、このままむざむざ引っこんでしまう気持はなかった。ハンハン三世は肺病を永く患(わずら)っていて身体は弱かったが、若さに似あわず智恵のある皇帝だったので、停戦期間中もたんに戦力増強に力を入れるだけでなく、全ビシュバリクおよびブシュバリクの農民を味方に引き入れようと企てた。農地改革をやり、兵士たちに命じて農民との共同生活をやらせたのである。双方の星にいえることは、国土や人口の八割から八割五分までが農村であり農民であったということだ。つまり、これらをつかんだ人間だけが真にサチャ・ビ族の指導者になる資格があるといえたわけだし、農村の中へ入っていったのは全ビシュバリクの歴史を通じて、このハンハン三世が最初だったので、彼はたちまち農民たちから圧倒的な支持を得ることになった。

一方コウン・ビたちは、このビシュバリク政府の動きを察知し、トンビナイにも帝国に劣らぬ独立国家としての権威を与えようとして、商工会議所を中心に傀儡(かいらい)政権を作らせ、これにブシュバリク共和国の名を与えた。またこの政府の中に、コウン・ビの軍事援助顧問団を置くことにした。貿易商たちに対する国内での評判はこれでますます悪くなった。貿易商たちはコウン・ビの援助を受けられるようになったかわりに、トンビナイ市で孤立してしまったのである。

やがて事態は最悪となった。

コウン・ビの干渉主義に対する反感が最高潮に達した時、シハードの大学生たちが市内のコウン・ビ大使館にデモをくり出し、あげくの果てに建物を焼いて大使とその家族を殺してしまったのである。

そしてハンハン三世は、これに対してコウン・ビ政府に何の弁明もしようとしなかった。

停戦三年め。

地球西暦二三三六年。

ビシュバリク統一暦一一六年の夏である。

ふたつの星は静まり返った。

空気は険悪だった。

かくて馬頭型暗黒星雲は、三たび戦雲に包まれたのである。

2　戦争婆さんはビシュバリクに帰ってきた

「この飲んだくれめ。起きるだ」

婆さんは、三等船室の隅でナンマン酒の瓶をかかえ死んだように眠りこけている長男の腹を蹴とばした。長男はひと声キャンとないて起きあがった。

広い宇宙船の三等船室にぎっしり詰ってうずくまっていたブシュバリクからの避難民たちは、やがてビシュバリク宇宙空港に着くことを船員たちから教えられ、身のまわりの荷物を纏めはじめていた。

「何するんだ、おっ母あ」と、長男のヤムは顔をしかめていった。「おれはあの、逆噴射の時の胃袋のでんぐり返るのが好かねえんだよ。着地するまで寝てるつもりだったんだ。それから起きたって、遅くはねえもんな」

「この極道もん」婆さんは怒鳴った。「お前はだんだん、お前の父っつぁまに似てくるだ。お前の父っつぁまもナンマン酒飲みすぎて糞溜めに落ちてくたばっただ。お前もいずれそうなるだ」

婆さんは膝の下まである長いスカートをたくしあげ、あたりに転がっている荷物をまたぎ越しながら、船室の壁に凭れている末っ子に怒鳴った。「この抜け作め。そんなところで何へらへら笑ってるだ。早く荷物を纏めるだよ。早くしねえと、検問所が人でつっかえていっぱいになるだ」

ヤムは荷物を纏めながら、きょろきょろとあたりを見まわして訊ねた。「マケラとトポタンはどこへ行った」

「マケラは船艙へ荷車の受け出しに行っただよ」

「トポタンは」

婆さんは低い背をのばし、三男の姿を求めてあたりを見まわした。「あの薄のろめ、どこへ行きくさったか。あいつ、つい今しがたまでその辺をうろうろしてただよ。あの表六玉、ほっとけばふらふらどこへ行くかわからねえだ。ああ、どの息子もどの息子も、できそこないばかりだよ。みんなぐうたらだ。さあ、早くしねえか」

その時、宇宙船が逆噴射を始め、船室内の重力が変った。立ちあがっていた三等船客たちは、いっせいに横倒しになり、男たちは汚い言葉で口ぐちに罵った。ヤムも、隣りに円陣を作ってうずくまっていた家族連れのまん中にひっくり返り、彼らが食い散らした果物の残りで服を汚してしまった。

宇宙船が着地し、その部屋につめ込まれていた八百人ほどの三等船客がぞろぞろと廊下へ出はじめた頃、人の流れに逆らって三男のトポタンが、ぼんやりした表情で戻ってきた。彼の額には瘤ができていた。

「このどら息子め。どこをうろついていた」さっそく婆さんが怒鳴りつけた。

「便所へ行ってたんだ」トポタンは視線の定まらぬ眼で母親を見て答えた。

「暇さえあれば、便所へ行きやがる」婆さんは吐き捨てるようにいった。「便所なんか何が面白いだ。その瘤はどうした」

「さっきの逆噴射で、便所の壁にぶつかった」

「薄のろめ。さあ、早くその荷物を持つだ。その鞄には金が入ってるだから、気をつけるだぞ」

　婆さんとヤムと、末っ子のユタンタンは、すでに身仕度をすませ、荷物を持っていた。

「おらたちは先へ行くだ」と、婆さんはトポタンにいった。「あとから急いで来るだぞ。おらたち、検問所の手前で待っててやるだからな。その鞄はなくしちゃいけねえだぞ。おらたちの、全財産が入ってるだ」

　母親と兄弟たちの姿が人波の中に消え、船客のほとんどがだだっ広い船室から出て行くのを見終ってから、トポタンはゆっくりと溜息を吐いた。そして、あたりを見まわした。薄汚い三等船室の床には、避難民たちの食い散らした果物や罐詰が散らばり、部屋いっぱいに白い埃が舞っていた。浄気装置のダクトは、この部屋までは来ていなかったのである。

トポタンは不器用な手つきで、のろのろと鞄を開き、自分の上着を出して着た。彼はいつも、なぜ自分はこんなことをしなければならないのだといいたそうな仕草で行動し、常に、なぜ今自分はこんなところにいるんだろうといいたそうな表情をしていた。また事実、彼が考えているのも常にそれに似たようなものだった。おれは今、何をしているんだろう。おれのしていることは、これでいいのだろうか。おれはこれから、何をしようとしているんだっけ。どうして他のことをしてはいけないんだろう。おれは誰だろう。どうして他の誰かであってはいけないんだろう……。

鞄を持ち、船客たちの最後尾について宇宙船の昇降口までやってきたとき、彼はふと、船室に帽子を忘れてきたことに気がついた。重い鞄をぶらさげて船室へとりに戻るのは面倒だった。帽子もたいしたものではなかった。しかしトポタンは、自分のその白い帽子に愛着があった。彼は棒立ちになって考えこんだまま、昇降口を降りていく船客の列をぼんやりと眺めていた。

「どうかしたのかね」

あまり身装り（みなり）のよくない、眼つきの鋭い男がトポタンの傍へすいと寄ってきて訊ねた。トポタンは、二、三秒その男の顔をぽかんとした顔つきで眺めてから答えた。

「船室へ忘れものをしたんです」

男はうなずき、トポタンの鞄に手をかけながらいった。「行ってきな。これはおれが預っててやる」

トポタンはうなずいて、鞄を男に預けると、廊下を船室の方へ引き返した。階段をおり、また廊下を行き、突き当りを右へ折れた。廊下の両側には、さっきトポタンがいたのと同じようなだだっ広い三等船室が、やたらにたくさんあった。そして彼は、道に迷ってしまった。

二階分降りるべき階段を、一階分しか降りなかったのかもしれない——トポタンはそう考えて、階段の方へ引き返そうとした。すると今度は、両側の金属製の壁にはドアも何もない、いやに細長い通路へ出てしまった。しかたがないからそこをどんどん行くと、四坪ほどの小さい部屋に突き当った。

ドアが開いていたので、トポタンは室内をのぞきこんだ。百歳はとうに越していると思える老人が、机に向かって何か書いていた。部屋の隅には、とても具合のよさそうなベッドがひとつ置かれているだけで、他には何もなかった。

トポタンがぼんやり老人を眺めていると、彼は顔をあげてじろりとトポタンを眺め返した。しばらくは上眼づかいに眺め続け、ふんと鼻をならし、また何か書き始めた。

トポタンはドアに凭れ、老人の茶色い毛の生えた手に握られているペンの動きを、黙って眺め続けた。

　やがて老人はペンを置いた。

「そんなところに立って見られていると、よけい気になるな」と、老人はいった。

「入ってきたらどうだね」

　トポタンは部屋に入り、ふかふかしたベッドに腰をおろした。やはり、とても具合のいいベッドだった。

「わしは歴史学者だ」老人はまたペンをとり、訊かれもしないのに喋り始めた。「今、歴史を書いとるんじゃ」

　あたりには書籍も古文書も見あたらなかったので、トポタンは奇妙に感じた。歴史学者というものは、そういった書類の山に埋まっているものだと思っていたからである。

「とても具合のいいベッドですね」トポタンはそういった。

　老人はペンを持つ手を休めずにいった。「学者には絶対にいいベッドが必要じゃよ。具合がいいと、いいアイデアが浮かぶからな」

　トポタンは、しばらく考えてから訊ねた。「歴史を書くのに、いいアイデアというのが必要ですか」

「あたり前じゃ」老人はむっとして答えた。「歴史の問題点を見つけなきゃならんものな」

「本が一冊もありませんね」トポタンはさっきからの疑問を口にした。

「資料はいらん」と、老人は答えた。「資料の必要な古代の歴史は、とっくに書きあげた。今、わしは現代史を書いとるんじゃ。この戦争のことをな。この船に乗っていると、避難民や軍人から、戦争についていろいろ聞き出すことができる。わしはもう老いぼれじゃから、戦場を駈けまわることはできん。人の言ったことの中から、間違いでないと思える部分だけを書きとるのじゃ。これはすごく、技術を必要とすることなんじゃぞ」

　老人は喋り続けた。トポタンは靴を脱ぎ、ベッドに横たわった。まるで雲の中にいるような心地だった。

「しかも現代史の中から問題点を見つけ出そうとするのは、至難の業じゃ。その時代に生きている人間には、そんなことはなかなかわからんもんじゃよ。つまり、実験用の小動物が生物学について何も学びとれんのと同じで、農民や軍人は、この戦争からは何も学びとれんじゃろう。ただ彼らは、戦争がこの国に何らかの破局をもたらすであろうことを本能的に知っとる。しかし、わしの書いたこの歴史を読む後世の人間が、やがてこの時代の大衆が破局に出会い、その破局から何かを学びとるであろうことを期待するのは間違いじゃ。破局から何かを学びとらなきゃならん責任は大衆にはない。

また大衆にそれを学びとらせようとする責任は作者のわしにはない。わしにとって大切なのは、後世の人間がそれを学びとることなんじゃよ」

老歴史学者の嗄(しわが)れた声が心地よく耳に響いて眠気をさそい、トポタンはうとうととまどろみ始めた。そして彼は夢を見た。

それは彼がよく見る『もうひとつの国』の夢だった。その国では彼は、不適応者ではなかった。そしてもちろん、そこには戦争はなかった。母親や兄弟といっしょに、戦場を行商し歩くようなこともしないですんだし、金儲けなどということも、その国では不必要なことだった。しなくていいことだけがはっきりしていて、するべきことはよくわからないというのが、その『もうひとつの国』の特質だった。

眼を醒ました時、老人はまだ何かぶつぶつと喋り続けていたが、トポタンは立ちあがった。老人は手を休めてトポタンを見あげた。

「どこへ行くんだね？」

「この船の外へ出たいんですが」と、トポタンはいった。「出口を教えてください」

老人は紙に昇降口までの順路を描いてくれた。

トポタンはその紙を受けとり、礼をいうかわりに、もういちど老人の顔をじろじろと眺めてから、黙って部屋を出た。

廊下には、もう誰もいなかった。トポタンがたいして急ぎもせず、ぶらぶらとやたらに長い廊下を昇降口の方へ歩いていくと、むこうから船員らしい男がやってきた。狭い廊下なので、すれ違うにはどちらかが壁にべったりと背か腹を押しつけなければならなかった。その船員はトポタンの前までくると自分の背を壁に押しつけ、早く通れというふうに顎で促した。だがトポタンはその場に突っ立ったまま、船員が被っている帽子をじっと眺めた。

「早く通れよ」と、船員はいった。

トポタンは船員の帽子を眺め続けた。どうやら自分の帽子らしい——トポタンはそう思った。白くて少し汚れていて型も同じだった。しかしひょっとしたら船員の帽子なのかもしれなかった。しかし自分の帽子かもしれないのだ。だが確実にそうだといえるものは何もなかった。

船員はトポタンの視線に気がついて帽子に手をやった。「この帽子がどうかしたか」それから、やっと気がついたような表情で訊ねた。「お前のか」

自分のだといいきれる証拠は何もなかったので、トポタンは黙っていた。しかし、やはり自分のだと思えた。そこでさらに帽子を凝視し続けた。

船員はしびれをきらした様子でトポタンの身体をぐいと壁に押しつけ、その前をすり抜けてから帽子をとり、トポタンに手渡した。そして急ぎ足で廊下を去った。

トポタンは帽子を被り、昇降口の方へ歩き出した。被り具合は、たしかに彼自身の帽子のそれだった。だが——と、トポタンは思った——確実なことって、あるのだろうか。これがもし自分の帽子でなかったら、おれは泥棒なのだ。

あの船員が追いかけて来そうな気がした。急に恐ろしくなって、トポタンは小さくキャンと悲鳴をあげ、廊下を走り出した。

船客たちはすでに昇降口にも、空港の直径五キロもある広い発着場のどこにも見あたらなかった。正午の熱気の中で広場の赤い砂が風に舞い、数人の整備員があちこちにいるだけだった。今にも外されようとしている幅の広いタラップを、トポタンは駈けおりた。

鞄を預ってくれた眼つきの鋭い男は、トポタンを待ちくたびれた様子で、検問所の三〇〇メートルほど手前の広場のまん中に鞄をおき、その上に腰をおろして居眠りをしていた。トポタンは彼を揺り起し、鞄を受けとって検問所の方へ歩き出した。

検問所附近にも、もう誰もいなかった。検問所の前に母親と兄弟たちがいるだけだった。彼らは次男のマケラが船艙から受け出してきた大型の荷車の周囲にうずくまって、ぼんやりとトポタンの来るのを待っていた。

荷車の上にあぐらをかき、ぽかんと口を開いていた四男のユタンタンが、トポタンを見て指をつき出し、声をあげた。

「ああ、ああ、ああ」彼は唖だった。

「この馬鹿たれ」婆さんはさっそくトポタンに駈け寄って怒鳴りつけた。「どこさほっつき歩いてただ。心配しただぞ。うんにゃお前のことでねえだ。おら、お前が金を落したでねえかと心配しただよ。どこさうろついてただね」

トポタンは説明しようとして母親の顔をしばらく見つめていたが、何から説明していいかわからなかった。

「さあ、もう行こうぜ」がっしりした身体つきの次男のマケラが母親をせかした。「早くしねえと、今日中にシハードに着けなくなるぞ」

「そうだ」婆さんはヤムやマケラといっしょに、ユタンタンが乗ったままの荷車を、検問所の中へ引っぱりこみながらいった。「早くこの町でブチャランを一頭買って、そいつにこの荷車を曳(ひ)かすだよ。それからそのブチャランの尻(けつ)を、口から腸(はらわた)がとび出すくらいぶっ叩いて急いでシハードへ行くだ。明日立つ市(いち)には朝一番から出かけて行って、良いものを安い値でたくさん仕入れなきゃならねえだからね。おらたちは前の戦争であまり儲からなかっただ。こんどは儲けるだ」

「こらこら、検問所の中へそんな荷車なんか引っぱりこんで来ちゃいかん」

空港の建物内にある検問所に入ると、計量台にいた役人がびっくりして叫んだ。

「この荷車、わしらの財産ですだよお役人様。そしてこの荷車には、わしらの荷物がぜんぶ乗っとりますだ」婆さんは叫び返した。「荷物をひとつひとつここへ持ちこむのは厄介だし、この方が楽だからね」

「そっちは楽かもしれんが、こっちは厄介だ」

文句をいいながらも役人は、計量台から荷車の上へ乱暴にとび移ってユタンタンを押しのけ、荷物を調べはじめた。

「あの様子じゃ、だいぶ暇がかかるだ」役人の調べかたをしばらく観察してから、婆さんは長男にいった。「ヤム。お前は調べが終るまでここにずっといて、あのお役人の相手をしてろ。いいな。おらたちは先にここを出て、近くでブチャランを一頭買って帰ってくるだ」

ヤムはうなずいた。

婆さんは荷車の上に置いた鞄の中から金袋だけを出して持ち、長男を検問所に残してマケラとトポタンとユタンタンを従え、検問所を出て空港の広い待合室に入った。ここのベンチにはブシュバリクへ行く軍人や商人が、いっぱい腰をおろしていた。ベンチに坐れなかった兵隊たちは、ロビーの床にべったり尻を据え、談笑しながら通行人の邪魔をしていた。

「どこへ買いに行こうか」マケラが母親に訊ねた。

「そうだな」婆さんは立ち止ってちょっと考えた。「ヒンリューム爺さんの運送店で、老いぼれのブチャランを買えば安くしてくれるだよ」

マケラは顔をしかめてかぶりを振った。「あの辺の横丁は物騒だ」彼は母親のぶらさげている金袋を指していった。「それじゃ誰が見たって、金の入ってる袋だってことがわかってしまう」

婆さんは、ちょっと困ってマケラに訊ね返した。「なら、どうするね」

マケラは金袋から三十グランだけとり出して上着のポケットへ入れ、金袋をトポタンに渡した。「おいトポタン、お前はこの金袋を手前の睾丸みてえに後生大事にしっかり握って、啞といっしょにここにいろ。動くんじゃねえぞ。わかったな」

トポタンは金袋を兄から受けとってうなずいた。母親と兄が空港から町の雑踏の中へ出て行き、その姿が見えなくなるまで、トポタンは突っ立ったまま不安そうに彼らを見送っていた。

「ああ、ああ、ああ」横にいるユタンタンが彼の袖をひき、今、空いたばかりのベンチを指し示して見せた。

「うん、あのベンチが空いてるな」トポタンは、この精神薄弱の弟に対して、できるだけ兄貴らしい落ちつきを見せようとしながらそういってうなずいた。「よし、あそこへ腰かけよう」

ユタンタンは喜んで尻尾を振りながら、さきにベンチへ駈けつけ、二人分の場所を占領するために股を大きくひらいて腰をかけ、兄をさし招いた。

「ああ、ああ、ああ」

彼は三人の兄の誰よりも背が高かった。大柄な彼の派手な行動と奇矯なふるまいは、あたりの人眼をひくに充分だった。

ふたりは並んで腰かけた。ユタンタンは口を大きく開いたまま、ひっきりなしにあたりをきょろきょろ眺めまわし、変ったものを見つけるたびに眼を輝かせ、身体をゆすっては声なく笑った。

貿易商の家族と思える三人づれが、人で埋まったロビーを抜けて、一等船客用の待合室に入っていった。妻君らしい中年の着飾った女は、肩に飼い馴らしたポロリを乗せていた。ユタンタンは立ちあがって彼女を追いかけ、閉じられた一等待合室のガラスドアにぴったり顔をくっつけて中をのぞきこんだ。待合室の中ではポロリが女の肩からとびおりてチーチー鳴きながら、柔らかそうなソファからソファへと跳びまわっていた。ユタンタンはその動きを大きく見ひらいた眼で追い続け、いつまでもガラスドアから身体を離さなかった。

ロビーの床にうずくまり、喋りあっていた兵士たちが、いっせいに空港の入口を眺めて口笛を吹いた。明るい色のコウン・ビ服に装った若い女が、護衛らしい二人の若い男にはさまれて入ってきたのだ。トポタンは彼女を見て、その美しさに驚いた。彼女のポスターなら何度も見ていたが、実物を見たのは初めてだった。その柔らかそうな金色のふさふさした毛と、ライトグリーンの瞳を見るまでもなく、トポタンはひと眼で彼女が有名な歌姫のラザーナであることを認めた。

　彼は金袋をベンチに置いたまま立ちあがった。トポタンは有名人を実物で見るのは初めてだった。ふらふらと彼はラザーナを追った。

　彼女の護衛の二人は、ユタンタンを押しのけて、一等待合室のガラスドアをラザーナのために両側へ押しあけた。彼女はゆっくりと、一等待合室へ入っていった。

　ドアは閉まった。彼女を追ってきたトポタンはガラスに顔をあて、ユタンタンと並んで室内をのぞきこんだ。もちろんユタンタンは、ラザーナなど気にもとめず、一心にポロリの動きを追って喜んでいた。

　ラザーナがフレヤーたっぷりのスカートの裾をあでやかに拡げ、二人の護衛にはさまれてソファに腰をおろすまでを見とどけてから、トポタンはあわててベンチに戻った。金袋のことを思い出したのである。ベンチに置いてあった金袋をとりあげ、トポタンはまた一等待合室のドアの方へ歩き出した。だが、途中で便所へ行きたくなった。

　便所へ行こう――彼はそう思った。最近あちこちにでき始めた水洗式の便所は、彼にとって、涼しくて静かな心地よい冥想の場所だった。そこは眠らなくても簡単に『もうひとつの国』に行ける場所だ。ガラスドアをへだてた『もうひとつの国』へは彼は入れない。だが、彼の心の中にある『もうひとつの国』では、彼とラザーナが抱きあい愛しあうことも可能だ。トポタンは現実よりも空想を好んだ。彼は『もうひとつの国』へ入って掛け金を内側からおろし、金袋を抱きかかえたまま水洗式便器の上へうずくまった。眼を閉じ、ながい間空想の世界に遊んだ。

突然、轟音(ごうおん)がして周囲の壁がはげしく震動した。三キロばかり離れた発着場で、ブシュバリク行きの貨客船が発進したのだ。トポタンは便所の中でひっくり返った。膝の上の金袋が便器に落ちた。あわてて手をのばし、拾おうとした。だが、また足をすべらせ、水洗ペダルを手で押えてしまった。噴出した水は金袋をさらって、トポタンの手の届かないどこか遠くへ運んでいってしまった。

トポタンは茫然として、まだ股の間で逆流し渦巻いている白濁(はくだく)した水をながい間見つめていた。それから便所を出て、手を洗った。

ロビーへ戻ると、家族たちが血まなこで彼を探しまわっていた。トポタンを見つけた婆さんとマケラは、大声で彼の名を呼びながら近づいてきた。

「どこにいた、この馬鹿たれ」婆さんは怒鳴りつけてから、トポタンが金袋を持っていないことに気がつき、顔色を変えた。「金はどうした」

トポタンはしばらく母親の顔を見おろしたまま、耳をぴくぴく動かし、声なく口を動かし続けた。やがて答えた。「便所に落してきた」

婆さんとマケラは顔を見あわせた。

マケラは呻いて、尻尾を股の間へ入れてしまった。

婆さんはとびあがって叫んだ。「馬鹿もん。あれはおらたちの全財産だぞ」彼女は便所へ駈け出した。

ドアの手前で彼女は、ちょうど便所から出てきた空港の乗客係員にぶつかった。

「ここは男便所だから、あんたは入れないよ」と、その係員は婆さんにいった。

「おらのどら息子が、便所へ金落しただ」と、婆さんはいった。「あの金袋には、おらたちの全財産が入ってるだ」

「流しちまったのかね」

婆さんはうなずいた。

「金貨かね」

「いや、札ばかりですだよ」

係員は悲しげにかぶりを振った。「それじゃ駄目だな。今ごろはクロレラ工場の地下室でこま切れになってる」

すっかり落胆した婆さんは、やはりげっそりした顔のマケラと、ながい間ロビーの隅で佇んでいた。トポタンもしょんぼりと、その横に立って耳を垂らしていた。ユタンタンだけは平気な顔でロビーをうろつきまわっていた。

検問所から出て来たらしいヤムが、皆の傍に寄ってきて訊ねた。

「どうした。何かあったのか」

口をきく元気もない婆さんに代ってマケラが答えた。「トポタンが便所へ金袋を落した」

「金袋だと」ヤムは不思議そうに訊ね返してから、右手にぶらさげていた金袋をさし出した。「金袋ならここにあるぜ。さっき、あそこのベンチに置いたままになっているのを見つけておれが持っていたんだ」

婆さんは金袋にとびついた。それはたしかに、彼女の金袋に違いなかった。婆さんはあきれて三男を振り返った。「じゃあ、お前いったい便所へ何落しただ」

その時、ベンチの方で大きな悲鳴があがった。「わしの金袋がない」老人の声だった。「ここへおいたのに、わしの金袋がなくなった。あれにはわしの全財産が入ってる」

「これっぽっちもわき見しちゃならねえだぞ。逃げるだ」婆さんは息子たちに小声でいうと、空港の建物から足早に町の中へとび出した。

息子たちも競歩で彼女に続いた。

3　戦争婆さんは二番めの息子を兵隊にとられた

一行が空港のある町を出て、シハードへ通じる街道へ入ったのは、この星の時間ですでに午後の三時ごろだった。

荷車の上にはヤムとユタンタンが乗った。ヤムは町の中ごろからまたナンマン酒を飲みはじめ、酔っぱらって荷物の間で眠ってしまっていた。ユタンタンは荷物の上に腰をおろし、あたりの風景をきょろきょろと眺めまわしていた。右手は山に続く森、左手は一面にクチュグルの草原だった。

トポタンは荷車のあとから少し離れてついてきた。婆さんとマケラは荷車を曳かせているブチャランの両側を歩き、時どきクチュグルの草で作った笞でブチャランの尻を叩いた。

ブチャランというのは外見は馬に似た哺乳類だが、奇蹄でも偶蹄でもなく、足先にはたっぷりと丸く肉がついていて毛が生え、脛も太く、どたりどたりと歩く。顔は馬より長く、非常に悲しそうな顔をしている。婆さんとマケラがふるうクチュグルの笞が自分の尻で小気味よく鳴るたびに、彼は晴れ渡った蒼空に向かって悲しげな声でヘンヘンヘンと吠えるのだった。

太陽は左手に傾いているため街道には木蔭がなく、暑かった。

婆さんはひっきりなしに、何ごとか喋り散らしていた。これは婆さんの癖だった。思ったことをすぐ口に出すことによって、その考えの正しいことをもういちど自分に納得させるのである。婆さんはこの癖にとりつかれてから特に、自分の考えに自信を持つようになり、我が強くなった。そして怒りっぽくもなった。怒りを大声でくり返すものだから、さらに腹が立ってくるのである。三年前に六十歳を越してから、婆さんのこの傾向はさらに激しくなっていた。

「この老いぼれブチャランめ。大して痛くもねえくせにひいひいわめきやがって。まるでわしらがお前を虐待してるみてえでねえか。啼くのをやめるだ。あのヒンリューム爺いめ、こんな老いぼれ一匹に二十三グランもふんだくりやがっただ。あの爺いは強欲だから、いまにろくな死にざまはしねえだ。ああ、そうとも。こらあ、トポタン、早く来るだ。ぐずぐずしてると日が暮れるだぞ。今日中にあの厄介なハラカイの湖を越さなきゃなんねえだからな。マケラ、その小便をするのをええ加減にやめるだ。まだその癖が治らねえだか。恰好のいい木を見つけたらすぐ走っていって根もとへ小便ちょろりちょろりこきやがって。だからお前は小せえ時から先祖返りだなどと他人に言われただ。もうやめるだ。お前ももう二十六になるだから、早く一人前の商売人になるだぞ。ヤムがあんな飲んだくれのぐうたらだから、お前はしっかりしなきゃいけねえだ。お前は顔立ちはあまりよくねえが、いちばんよく働くだ。他の息子はぐうたらだよ。息子ん中でちいとましなのはお前だけだからな。お前がしっかり稼いだら、きっとええ嫁も来るだ」

やがて一行は、丁長とドブサラダが通行人を待ち構えているあのブチャラン小屋の前にさしかかった。

「とまれ」

丁長は、ブルハンハルドゥンナ長銃を一行に突きつけて誰何した。「何ものだ」

「何ものだって、見りゃあわかりましょう丁長さん。あきんどです」と、マケラが答えた。

「あやしいもんだな。お前たちが確かにあきんどで、アカパン党員でないという証拠があるか」

「アカパン党員ですって」マケラがわざと眼を丸くして訊ね返した。「こいつはおどろいた。あんたがたはこの戦争婆さんを知らないんですかい。有名な戦争婆さんを」

「知らんな」丁長は、かぶりを振った。「何だ、その戦争婆さんというのは」

「ははっ、戦争婆さんを知らないんなら、あんたたち、もぐりだね」

「もぐりとは何ごとだ。この若僧め」丁長は一歩ふみ出し、長銃の筒先きをマケラの胸もとへ突きつけた。

「まあまあ、丁長さん」横から婆さんが、あわてて丁長の背中を叩いた。「おらの息子たちはまだ嘴（くちばし）が黄色くて、ものの言いかたをよく知らねえだよ。許してやってくだせえ」

「身分証明書はあるのか」と、丁長の傍からドブサラダが訊ねた。

「ありますだ」婆さんは荷車に引き返し、例の革の金袋から四つに折りたたんだ茶色い書類を出してきて丁長に見せた。

丁長は声を出して読んだ。「ボルテ・ゲルゲイ。雑貨商」

「それが、おらですだ。もう四十年あまり、同じ商売をしとりますだよ」

「ビシュバリク、ブシュバリクを股にかけてね」と、マケラがいった。「おっ母あは新米の兵隊なんかよりゃ、よっぽど戦場にくわしいし、度胸もある。何しろ若い時分から兵隊相手に商売をやって、戦争で儲けてきたんだからね」

マケラの言葉でドブサラダは大きく胸をそらせ、尻尾をぴんと立てた。そして鼻さきがくっつくほど、マケラの顔に自分の顔を近づけて唸った。「新米の兵隊というのは、おれたちのことか、若僧」

マケラは母親の方を見ていった。「おっ母あ。この兵隊の鼻っ柱をへし折って、眼玉に小便ぶっかけてやろうか」

「馬鹿め。やめるだ」マケラを叱りつけ、婆さんは丁長にいった。「おらたちは決してあやしいもんでねえ。それはどの丙長さんに聞いてもらってもわかるだよ。丙長さんたちは、みんなおらたちのいい得意さんだからね」

「こいつらは、みんなお前の子供か」丁長はマケラと、婆さんの傍にやってきたトポタンと、荷車の上のユタンタンを、ぐるりと銃口をまわして指し示しながら訊ねた。

「これはマケラ。次男ですだ。生意気ざかりで向こう意気がありすぎて困るだよ。でも、働き者ですだ」

「なかなかいい身体をしとるな。しかし妙な顔だ」

「顔はこいつの親父に似ましただ。こいつの親父は勇敢な兵隊でしただよ。今は生きているのか死んだのか、おらは知らねえがね。あんな男はどこでくたばろうが、おらの知ったことでねえだ。でも、これはいい息子ですだよ。しっかり者でね。こいつは顔はこんなだが、気立てはよくて他人様に好かれますだ。戦争の始まる前にトンビナイで会ったコウン・ビ人が、こいつの顔を見てボクサーみてえだと言っとりましたがね」

「ふん、何だその、ボクサーというのは」

「コウン・ビにいる、イヌとかいうけものの中で、いっとう強い奴だそうですだ」

「じゃ、お前の顔は何に似とるんだ」

「おらの顔かね」婆さんは、ちょっとどぎまぎしてから答えた。「バゼット・ハウンドに似てるとか言っとりましただ。それがどんな犬か、そのコウン・ビ人は教えてくれなかっただがね」あとはひとりごとのように、婆さんは呟いた。「でも、そのイヌはきっと、顔立ちのええ、やさしいイヌに違えねえだ。おら、そう思うだよ」

丁長はトポタンを指した。「この白い尨毛も息子か」

「それは三男で、トポタンといいますだ」

「痩せとるな」丁長はトポタンをじろじろ眺めながらいった。「顔色もよくない」

「なにを食わせても、肥らねえだ」

「そいつはきっと、蛔虫がいるんだな。だが、顔立ちはいい。頭もよさそうだ」

婆さんは首を傾げていった。「頭はいいと思うんだがね、何しろおらの息子だから。でも正直の話、こいつが何考えてるのか、おらにはよくわからねえだよ」

「おいお前」丁長は荷車の上のユタンタンにいった。「おりてこい」

ユタンタンは、丁長の方に向かって前歯の欠けた口を開き、えへらえへら笑っているだけで、降りてこようとはしなかった。

「こら、おりてこんか」丁長は長銃の筒先きをユタンタンに向けて叫んだ。

ユタンタンはすかさず横の荷物の上の傘をとり、銃のように構えて片眼をつぶり、丁長を狙った。

「何だこいつは」丁長はあきれて婆さんに訊ねた。「白痴か」

「唖ですだ。こいつの親父は病気だっただよ。貧民窟でのたれ死にしただ」

「お前の亭主は兵隊じゃなかったのか」

「何も亭主はひとりと限ってねえですだ。おらには息子が四人いるが、ぜんぶ親父が違えますだよ」

「どうも、おどろいた一家だな」丁長は一同を見まわしながらいった。「もうひとりはどこにいる」

「長男のヤムはナンマン酒に酔っぱらって荷物の間で寝とりますだ。口だけは達者だが、酒飲みで困るだよ。トンビナイの大学に行かせたのが悪かっただ。商売を馬鹿にしくさって、教育なんちゅうもんは、まっとうな商人には邪魔っけなもんだね丁長さん。長男で懲りて、次の息子からは学校へはやらねえことにしましただ」

「まったくだな。大学なんてとこはろくなことを教えねえ。しかし、こうして見るとみんないい息子じゃねえか、四人とも。これなら立派なもんだぜ婆さん」

婆さんは仏頂面をしたままだったが、この丁長のお世辞で、しぜん尻尾が上下してしまうのを隠すことはできなかった。「そうかね」

「そうとも」丁長はうなずいた。「ところで戦争婆さんとやら。ちょっと訊きてえことがある」

「何だね」

「お前は前の二度の戦争で、どれくらい儲けた」

「さあてね。最初の戦争は短かったから、あんまり儲からなかっただ。でも二回目の時にゃ、この荷車を買うことができただよ。たらふく食えるようにもなったし、あったかいものを着れるようになりましただ」

「なるほど。じゃあ少しくらいは戦争に利息を払ってもいいわけだな」

婆さんは警戒して前屈（まえかが）みになり、低く唸るように訊ね返した。「それはどういうことだね」

「見たところお前の息子たちはみな立派に成長しとる。なぜひとりも兵隊にしねえんだ。四人もいるのに、ひとりくらい軍隊へ入れて、皇帝陛下のために戦わせてもいいと思うが」

婆さんはあわてていった。「そりゃいけねえだよ丁長さん。おらの息子たちは兵隊に向いてねえだ」

「どうしてそれがわかる。軍隊へ入れて見なきゃわかるまいが。軍隊はいいぞ。金は儲かる偉くもなれる。お前だって自分の息子が丙長や乙長になるのを見て悪い気持はしねえだろうが。昔の女たちは、自分の亭主や息子が兵隊になった時にゃ大喜びで送り出したもんだ。戦争に行かねえ男にゃ、女どもはそっぽを向いた。それが本当のビシュバリクの女だったんだぜ。今じゃどうだい。息子が兵隊にとられそうになったら泣きわめいて引きとめる。これじゃ息子たちだって、戦争に出たとしても手柄なんが立てられるわけがねえ。なぜ戦争に行かねえといって、息子の尻を引っぱたくぐれえの度胸はほしいもんだ。昔はそういう女は烈婦といわれて物語になり歌になった。ところがコウン・ビの文化って奴が、そういう女を戦争主義者ってことにしてしまいやがって、今じゃ母親どもが女みてえに意気地のなくなった亭主を尻に敷いて、あの井戸端会議用の長い滑らかな舌でべらべらと平和平和って言いやがる。お前はまさかそんな母親じゃあるめえ。息子たちに言ってやんなよ。戦争に出て、手柄を立てて帰ってこいって」

「おらあご免だね」と、婆さんはいった。「子供の育て方で他人の指図は受けねえだ。おらは息子たちを立派な商人にしようと思ってんだ。どの母親にだって、その母親の考え方があるだ。そりゃ今だって、息子を兵隊にしたがる母親もいるだろうけど、兵隊にしたがらねえ母親がいたって別にかまわねえだよ。兵隊なんてもんは、他の誰かがなったらええ。戦争なんて、他の誰かがやったらええだよ。ああ、そうだとも」

「ほう、すると何かい、お前さんたちゃ戦争で儲けるだけ儲けて肥っておきながらその利息を払うのは厭だってわけかい」丁長はゆっくりとかぶりを振った。「全部の人間がそうだったら戦争なんて成り立ちゃしねえぜ。兵隊なしに戦争はできねえ。するとお前も儲からねえってわけだ。とにかく、息子を一人前にしようと思やあ戦争へ出せ。軍隊じゃ女みたいな男だってまたたく間に本当の男に変えちまう。その上利口になる。この頃のようにいつまでも母親がくっついてて甘やかしてちゃ、ろくな人間にならねえぞ。戦争だろうが平和だろうが、どうせ最初からだめな男は競争に負けてくたばっちまうんだから。おれたちがお前の息子をほんの二、三年預ったら、たちまち立派な人間にして返してやるぜ。まさかお前の息子たちは、とんできたメクライト弾も投げ返せねえ腰抜けの臆病者だっていうんじゃないだろうな」

「おれは戦争なんて怖かねえぞ」マケラが憤然としていった。

「やめろ」婆さんは鋭く次男を睨みつけて叫んだ。「ワナだってことがわからねえのかこの馬鹿たれ」彼女は顔色を変えて丁長に詰め寄った。「さあ、その証明書をもう返してもらうだよ。おらたちゃ急ぐだからね」

「じゃあ、仕方がないな」丁長はあっさりと、婆さんに証明書を返してやった。

婆さんが鞄の中へ書類をしまいこんでいる間に丁長は、こっそりドブサラダに囁いた。「おい、おれが婆あに話しかけている間に、お前はあの次男を森の中へ連れこんじまえ。わかったな」

ドブサラダはうなずいた。「合点です丁長殿」

丁長は大声で婆さんに呼びかけた。「ところで婆さん。お前たちはブシュバリクから帰ってきたんだろう」

婆さんはまだうさん臭そうに丁長を見ながら答えた。「ああ、そうだよ。なぜそれがわかったね」

「お前たちが上着を着ているからだ。あっちはまだ寒いのか」

「ああ寒いね。あっちはビシュバリクよりも太陽から離れてる上に、ちょっと空気が薄いだからね。その上、陸地の部分は夜が長くて、でかい七つの月のために一日一回は日が隠れるだよ」

「おれたちも、もうすぐあっちへ行かなきゃならんが、防寒具などはあっちで買うと高価えだろうな」

婆さんは眼を輝かせてうなずいた。「そりゃあ高価えとも。どうだね、防寒具なら売れ残りを安くしとくよ。外套に手袋、それに尾袋もあるだ。尾袋なんてもなあ、ビシュバリクでこそ若え女や伊達男しか嵌めねえが、ブシュバリクでこれを使わなきゃ大変だ。まあ、そんなこと百もご承知だろうけどさ、尻尾って奴は知らねえ間にえれえ霜焼けになるだから」

「そうだな。じゃあ、尾袋を見せてもらおうか」

「いいとも」彼女はユタンタンに叫んだ。「ほうい、そのサチルナ皮の青い包みをこっちへ寄越すだ」

婆さんが荷物の中からいそいそと商品の尾袋をとり出している間に、ドブサラダはそっとマケラに近づいた。

マケラは背を丸くして唸った。「まだ何か文句があるのか兵隊」

「まあ、そんなに牙をむくなよ若えの」ドブサラダは苦笑してマケラの肩に手をかけた。

マケラはその手を激しく振りはらった。「さっきはたしか若僧だったぜ」

「やれやれ」ドブサラダは嘆息した。「どうしても一度喧嘩(けんか)をしなきゃ納まらねえらしいな」

「そうよ」

「じゃあ、話をつけよう」

「いいとも」

「あの森の中へ入ろう」

「よし」

ふたりは森の中へ、肩をそびやかして入っていった。

「ああ、ああ、ああ」ユタンタンがそれを見て、大きな声を出した。

「うるせえ、黙ってろ」婆さんは荷物の上のユタンタンを怒鳴りつけ、丁長に笑顔で向き直った。「どうだね、長さは」

「うん、ちょっと大きいようだ」

「それぐらいが、ちょうどええだよ丁長さん。ブチャランゲンの皮は寒いところだとどうしても縮むだからね。それで一グラン半なら買物だよ」

「うん、これはいい。これなら半グラン出しても惜しくはないいな」

「とびきり奮発して、一グランにまけとくだ」

ドブサラダとマケラは広葉樹の落葉を踏みしだきながら静かな森の中へ入っていった。ふたりが山への傾斜を登っていくと樹上のポロリがチーチー啼きながら枝をゆすった。

「ほんとにお前が勇敢な兵隊なら、戦場へ出るなり死んじまってるはずだ」歩きながらマケラがいった。「生き残った兵隊なんてものは、みんな臆病者に決まっている」

「誰だってそういうが、そいつは間違いだな」ドブサラダは振り返っていった。「砲弾や銃弾なんてものは、そんなに簡単にからだに当るようにはできてねえんだ。ましてただの一発で死ぬなんてこたあ滅多にねえ。かえって新米の臆病な奴ほどよく死ぬんだ。面白い話があるぜ。この前の戦争の時のことだ。トンビナイの手前の草原で、おれたちの甲隊がアカパン党に出会わしたと思いねえ。双方草ん中へもぐりこんで対陣だ。そのとき、敵さんの投げたメクライト弾が、おれの横にいた兵隊のまん前に落ちた。ちょうどその頃はメクライト弾がコウン・ビから輸入されたばかりで、使い方を知らない兵隊が多かった。そのメクライト弾を投げた奴もきっと新米だったらしくて、信管を引っこ抜いてなかったんだな。だが、おれの横にいた奴も新米のほやほやだったから、そんなことは眼につかねえ。それをひっつかむと、爆発しねえうちにとあわてて投げ返した。おっと、この辺が嚙みつきあうには手頃だぜ」

ふたりは立ち停り、五メートル平方ほどの広い場所で向きあった。

「それからどうした」マケラは指の関節を鳴らしながら訊ねた。

ドブサラダもそれを真似ながら話し続けた。「しばらくすると、またそいつの眼の前に、同じメクライト弾が投げ返されてきたんだ。で、奴さんはそれをひっつかみ、少し前進して投げ返した。さあ、いくぞ」

ドブサラダはマケラの腰にとびついた。ふたりは落葉の上に倒れた。マケラはドブサラダの先太の尻尾に嚙みついた。ドブサラダはキャンと啼いて両手でマケラの口をこじあけた。

口をこじあけられながら、マケラが訊ねた。「それから、どうなった」

「それからだな、敵さんはまた投げ返してきたんだ。で、奴さんはそれを拾って、また少し前進して投げ返した」

ふたりは組んずほぐれつ地面を転げまわった。ふたりの頭には、紫色の落葉や褐色の草がいっぱいくっついた。

「そうこうするうちに、奴さんも敵さんもだんだん前進して、お互いの顔が見えるまでに近づいた。最後には双方ぜいぜいあえぎながら、戦場のど真ん中で向きあったまま、メクライト弾の手渡しあいだ」

「馬鹿な奴らだ」

ふたりは取っ組みあいをやめ、地べたに尻を据えたまま息をはずませた。

「それで、どうなった」

ドブサラダは尻尾の傷を舐めながらいった。「何かの拍子で信管が抜けた。ぽん。ふたりとも蒸発だ」

マケラはしばらく草の上で笑いころげた。

「さあ、もういっちょうやるかね」

ドブサラダがいうと、マケラはかぶりを振った。「考えて見りゃ、殴りあいや噛みあいは馬鹿にだってできる。勇敢さや頭の良さとは関係がねえ」

「そのとおりだ」ドブサラダはうなずいた。

「戦争に出たとしても、おれならその新米のような馬鹿な真似はしねえ」

「そうだろうな」ドブサラダはあぐらを組んだ。「お前は頭がよさそうだ。おれにはどうしてお前みてえな男がいつまでも、あんなおふくろさんにくっついているのかわけがわからねえ。お前はあんな商売、ほんとは嫌いじゃねえのかい」

マケラは手の下の草をむしった。「でも、金が儲かるからな」

「金なら兵隊になった方が儲かるんだぜ。おれの睨んだところじゃ、お前はあの家族から逃げ出したがってる。そうじゃねえのかい。もっと出世したいんじゃねえのかい」

マケラはごろりと横になった。「どうして兵隊になったら儲かるんだ」

「現にこのおれにしてからが、もうちゃんと五グラン儲けたわけだ。お前と殴りあいをしただけでな」

「どうして」

「ひとり軍隊へ引っぱりこめば、手数料が五グラン貰える。そしてお前は、もうちゃんと軍隊へ入る気になってるぜ」彼は長い草の茎を口にくわえた。

「そんな特典があるのか」

「そうとも。もっと裏がある。まあ、ぼつぼつ教えてやるがな。服だって、そんな襤褸じゃねえもっといいものが貰えるし、うまく胡麻化しゃあ二着でも三着でも手に入る。食いもの寝具みな然りだ。第一、最初に貰える手付の金がすごい。三十グランなんだぜ」

「そんなに貰えるのか。おれは十グランと聞いていた」

「そいつはきっと徴兵係がネコババする気になったんだな。だからそう教えたに違えねえ。だがおれは、そんなことはしねえぜ」

マケラはしばらく黙った。そして訊ねた。「入隊するなり貰えるのか」

「正式に入隊するその前に貰えらあ」

マケラは長い間考えこんだ。

しばらく黙っていたサチルナやポロリが、また森のあちこちで啼きはじめた。

「それじゃ一グランだ」

丁長は婆さんに一グラン渡した。

「ありがとうよ。あんたはいい買物をしただ。さあマケラ、出かけるだよ」婆さんは、あたりを見まわした。

荷車の周囲に、彼の姿はなかった。一直線の白い街道の前にも後ろにも人影はなかった。

婆さんはトポタンに訊ねた。「マケラはどこへ行ったね」

トポタンは森の中を指していった。「兵隊といっしょに、だいぶ前に森の中へ入っていったよ」

婆さんは長いあいだ、実に静かに立ちつくした。しかし彼女の表情には何の感情もあらわれなかった。

「このお人よしめ。ぼんくらめ」婆さんは呟くようにそうトポタンにいってから、荷物の上に尻を据えたまま気遣わしげにじっと森の方を眺めていたユタンタンに声をかけた。「おらには、わかってるだ。お前は口がきけねえ。ものが言えなかっただ。だからお前は悪くねえだよ」

婆さんは荷車の上にマケラが置いていったクチュグルの笞をとり、トポタンに手渡した。「さあ、出かけるだ。こんどはお前がこれで、おらといっしょにブチャランの尻(けつ)を引っぱたくだぞ」

荷車が動き出すと、ユタンタンはせいいっぱい悲しそうな声を出し、森の中を指して身をよじった。「ああ、ああ、ああ」

婆さんはユタンタンを見あげて、ゆっくりといった。「マケラはもう戻ってこねえだ、ユタンタン。あいつにはもう、別の家族ができてしまっただよ。あきらめるだ」

丁長は、去って行く婆さんたちをしばらく無表情に見送ってから、またブチャラン小屋の壁に凭(もた)れてうずくまった。

やがて森の中からドブサラダとマケラが出てきた。丁長とドブサラダは顔を見あわせてうなずきあった。

「おれたちはもう少しここで網を張る」ドブサラダがマケラにいった。「お前はその小屋の中にいろ」

マケラはうなずいて、ブチャラン小屋に入っていった。その小屋の中にはまだ、あのコロコロ患者のミシミシがいるはずだった。

4　戦争婆さんはハラカイの湖を越えた

婆さんは三人の息子とともにメルキトの原へやってきた。

　このあたりの平野はもともと、婆さんたちがさっき通ってきたあのクチュグルの草原の延長だったのだが、数百年前に開墾されて大きな農場になった。ところが統一戦争の時に十回も戦火を浴びたため、ひどい焼け野原になってしまって、その後誰も手をつけるものがないままに荒れ果てていたのが、数年前から国家が軍需工場用として開拓を始めたのである。だが国家軍の技術甲隊がそこに作りあげたものは、附近の住民の眼にはとうてい工場などとは思えない奇妙なしろものだったのである。

「はて、あれは何じゃろね。あんなものがあそこにあっただか」

　婆さんはその塔のようなものを遠くから眺めて首をかしげ、ひとりごちた。

　近づくにつれ婆さんには、それが巨大な砲弾であるらしいということがわかってきた。それは実は、ミニジャイロ機構によって一定の軌道を飛ぶ慣性誘導方式のグロリア宇宙弾道型惑星間ミサイルだったのである。第二宇宙速度でビシュバリクの引力圏を脱出し、抛物線(ほうぶつ)を描いてブシュバリクのトンビナイへ到着する弾頭ミサイルだ。円盤型宇宙船にばかり乗っていた婆さんたちは、このミサイルの細長い奇妙な恰好と、その天を突く高さに驚嘆した。しかもそのすらりとした姿の周囲には型鋼で簡易リフトや複合滑車が組まれ、何百人もの作業員が胴体にしがみついて表面にグラファイトをとりつけたり、外鈑に塗装を施したりしているのである。ミサイルの発射台附近の地上には宿泊所や事務所ができ、クレーン車、原動機車、鋼材用トラックなどが右往左往していて、それらの車の列は婆さん達のいる街道の方へまで伸びてきていた。街道へ入ったそれらの機械車は、婆さんたちと同じ方向、つまりシハードに向かって流れて行き、シハード方面からも新らしい材料をいっぱい積んだ車が次つぎとひっきりなしにやってくるのである。

婆さんたちの荷車は、たちまち機械車の列に挟まれて身動きがとれなくなってしまった。最新の科学装備を施された機械車の渦にまきこまれて身を縮めているその荷車の姿は、珍妙でもあり哀れでもあった。それはまるで、いきなり流入してきた外来文化の渦に巻きこまれておどおどしている大多数のサチャ・ビ族の姿を象徴しているかのようでもあった。

「うわあ。何だこれは」

周囲の騒がしさに眼を醒ましたヤムが、荷物の間から首を出して眼を丸くした。

「おうい、運転手」ヤムは荷車と平行にのろのろ走っているトラックの運転台に声をかけた。「おうい、運転手」

運転していた男はヤムに吠え返した。「運転手とはなんだ。おれは兵隊だぞ」

「じゃあ兵隊」ヤムは面倒臭そうに言い直した。「この車の列はどこまで続いてるんだ」

兵隊はぺっと唾を吐いて答えた。「シハードまでだ」

「それはたまらん」ヤムは荷車から降りて前へ走って行き、婆さんにいった。「おっ母あ。この道からそれた方がよさそうだ。もう少し行くと農道がある。いったんその道を行ってからハラカイの湖へ出る道を見つけようぜ」

「ああ、そうしよう。しかたがねえだ」

一行はやがて細い農道にそれ、草原の中のでこぼこ道を進んだ。ブチャランは疲れて何度も道のまん中へあぐらをかいた。そのたびに婆さんたちは、両側から彼の大きな尻を笞で引っぱたき、木靴で蹴とばさなければならなかった。

しばらく行くと道の片側に枯木があり、その根もとに、もう百三十歳は越したかと思える農民姿の老人が腰をおろしていた。彼は毛の抜けた腕を弱よわしく振りあげて婆さんに嗄れ声で呼びかけた。

「そこへ行くのは、戦争婆さんじゃないかね」

婆さんは老人を見て顔を輝かせた。「おや、これは地主さまでねえか」

婆さんは荷車を停め草原の中へ入ると、老人の方へ歩き出した。

婆さんの背後でヤムが叫んだ。「よしなよしなおっ母あ。そんな老いぼれと話していると日が暮れるぞ」

婆さんは長男を振り返って睨みつけた。「なんちゅう口をきくだ馬鹿たれ。あれは地主さまだぞ。おらは休憩がてら地主さまと話をするだからな。それにブチャランも疲れてるだ。お前たちもそこでしばらく休んでるがええだよ」

「あれは長男かね」婆さんが傍へくると老人は訊ねた。

「長男のヤムですだ」

「しつけがよくなかったようじゃな」

婆さんはちょっと不服そうにいった。「トンビナイの大学を出ましただ」

「大学じゃと。大学なんかに行かしてはいかん。ろくな人間になりゃせん。ああいう若者は、兵隊にすりゃあええ」

「次男が兵隊にとられましただよ、地主さま」

老人はかぶりを振った。「わしはもう地主じゃない」嘆息した。「土地はぜんぶ国に売ってしもうた。今はわしの土地に、軍があんなものを作りおったわ」老人は杖で、彼方(かなた)に聳(そび)えているミサイルを指した。

婆さんは訊ねた。「あれは何だね」

「あれは惑星間ミサイルちゅうもんじゃそうな。あれに花火を仕掛けてぶっぱなすと、あれはブシュバリクへとんでいって、トンビナイの町ぜんぶを跡形もなく吹きとばしてしまうんじゃそうなわ」老人は黄色く濁った眼をしょぼつかせた。「婆さん。わしはつくづくなさけのうてのう。あのような武器が出て来てはもうおしまいじゃ。いやいや、あんなものは武器じゃない。ただやたらにものをぶちこわすだけの機械じゃ。武器ちゅうもんは、それを使いこなすだけの技術と勇気を持った男にこそ必要なもんで、戦争ちゅうもんは、ボタンを押したら火がついて、それでもってどこへでもとんで行くような、あのような無節操な機械なんかでするもんじゃない。あんなもんでぼんすぼんす撃ちまくったらそのあとには虫一匹草一本残りゃせんわ。あんなもんを考え出したコウン・ビの人間ちゅうのはきっと戦争もできん大の臆病者だったに違いないぞ。戦争には規則がある。規則に外れた戦争で勝っても、それは勝ったことにならんちゅうことは、今までのビシュバリクの歴史をふり返って見ればお前さんにもようわかるはずじゃ。ところがコウン・ビ人がやってきてからというものは、ブシュバリクの軍人は大がかりな飛び道具を平気で使い出しおった。コウン・ビ人の持ってきた飛び道具を使うだけでなく、工場を建てて自分たちで作り始めおった。やれやれ、昔はよかったよ婆さん。矢や鉄砲を使うただけで卑怯者扱いされた昔がのう。一騎打ちは必ず鉄ボタンつき棍棒と決まっとったものじゃ。戦争ちゅうもんは、古いもんが壊れて新らしいもんが栄えるための建設的なもんじゃった。ひとつの戦争がおわるたびに新らしいもんが、前よりも優れた文化が生まれたもんじゃった。ところがあれ、あんなもんを敵も味方も作り出した日にゃあ、あとに生き残るもんがおらんようになる。それじゃいったいぜんたい新らしいもんは誰が作る。誰もおりゃせんが。金が不足であのミサイルはまだ一基しか作られとらんが、金がのうてしあわせじゃ。金があったらもっと作りよるじゃろ。町どころか、その星が粉ごなになるくらいたくさんのう。昔は戦争の起る原因は、新らしいもんを作りたいという情熱と、功名心と、仲間を愛する気持と、勇気じゃった。今は違う。今は金じゃ。金が不足じゃというて戦争する。金があり余ったというて戦争する。いやはや、情けない世の中になったもんじゃよ婆さん」

婆さんはうなずいた。「おらたちはブシュバリクから今帰ってきたばかりだが、あっちではもっとどえらい噂を聞いてきただよ。何でももうすぐコウン・ビ人たちがトンビナイに持ちこんでくるはずの武器なんてもなあ、おらたちの思いもつかぬような恐ろしいもんばかりらしいだ。病気をまきちらす爆弾だの、人を気ちがいにする毒ガスだの、美しい女っ子と見せかけて周囲にやってきた兵隊を吹きとばす爆裂ロボットだの、兵隊を女に変えてしまって戦争する気をなくさせてしまう伝染病の黴菌だの、すごいものばかりらしいだよ。いや、そればかりでねえだ。なんでもコウン・ビには昔から、星ひとつをまるごと蒸発させてしまうというものすごい爆弾があるらしいだよ。だけどそれを使うと、ビシュバリクもブシュバリクもなくなってしまうだから、コウン・ビ人も、自分たちの欲しい鉱石が採れなくなってしまうだ。だからその爆弾はよっぽどのことがない限り使わねえといってるらしいだよ」

老人は天を仰いで眼を閉じた。「そんなものを使われたら、もうおしまいじゃ。コウン・ビ人たちは、自分らのためにその爆弾を使えばよかったんじゃよ」

「まったくですだ」婆さんはまたうなずいた。「よっぽどのことがない限りなどといってるが、どうだかわからねえだよ。ビシュバリクかブシュバリク、どっちかの星を蒸発させるかもしれねえ。奴ら、それくらいのこたあ、やり兼ねねえだ。そうでなくても、その爆弾の小型のものを使うくらいは、きっとやるだよ」

「小型のものというと、どんなものじゃ」

「町ひとつを蒸発させてしまうだよ。しかも蒸発した後には空気がなくなるというだ。だからその爆弾の落ちたあとには、たとえ何年経とうが誰も住めねえだよ。あんまりむごたらしい爆弾だで、コウン・ビでさえその爆弾を使うことには反対する者が多いというだ」

「コウン・ビ人たちがビシュバリクへやって来たのがそもそもいけなんだわい」老人

はかすかにかぶりを振った。「そりゃ、新らしい文化を持ってきてくれはしたかもしれん。しかし、ほっといてくれればサチャ・ビにしたって、いつかは同じくらいの文化を持てたはずじゃ。よその国の政治にまで口を出しおって、無礼千万な奴らじゃ。おかげで無理が祟って国全体が貧乏になって、百姓や小商人など、そのとばっちりでいまだに苦しんどる。余計なことをする奴らじゃ。しかもそれを恩に着せおって、サチャ・ビが反抗すると心外そうな顔をしおるわ。この戦争にしたって、サチャ・ビにまかせておいてくれればよかったのじゃ。サチャ・ビが自分の手で自分の国を滅ぼしたというなら、まだあきらめもつく。だが外来の武器のために自分たちの国が滅茶苦茶になるなど、殊にこのわしみたいな老人には耐えられんことじゃ。もうこの上長生きなどしとうない。戦争が始まるまでに寿命を終えたいもんじゃて」

老人はまた溜息をついて黙りこんだ。婆さんもしばらく黙った。街道からはひっきりなしに、機械車の警笛と動力音の混った音が地鳴りのように鈍く響いてきていた。

日はだいぶ傾いた。赤紫色の太陽の光が農道の黄土に、荷車の黒褐色の影を濃く落していた。老人と婆さんは、荷車の上ででたらめな横笛を吹いているユタンタンのシルエットを、黙ったままぼんやりと、いつまでも眺め続けた。

「ところで、これからお前さんたちはどこへ行くのじゃ」

「シハードへ行きますだ。明日は朝からあそこで市が立ちますだよ。だから今日中に、ハラカイの湖を越えますだ」

「ハラカイの湖じゃと」老人はちょっと驚いて、日の傾き加減を見た。「そりゃ無理じゃろう」

婆さんは誇らしげに微笑し、うなずいて見せた。「おらたちは、どんなに暗くなっても平気ですだ。シハードへ行く道なら自分の家の中みたいによく知ってるだから、眼を塞いででも行けるだよ」

老人は、はげしくかぶりを振っていった。「いやいや、わしがいうのはそうじゃない。今日は湖に熱湯が沸く日じゃぞ。あんたはうっかりして暦を見るのを忘れたらしいのう」

婆さんの顔色が、さっと変った。

ハラカイの湖というのは、ふつうサチャ・ビ族が湖と呼んではいるものの、実は直径二キロ以上もある巨大な間歇泉なのである。歴史の浅いこの星では、マグマが地表近くにまで上昇しているところが多いから、火山や温泉も多いのだが、ハラカイの湖は、ふだん白い温泉沈澱物の乾いた湖底がむき出しになっていて、小さな盆地のようになっている。人がこの乾湖の湖床を歩いて横断することも可能だ。ところがこの湖床の下には、直径二キロもある、ずんどう型の地下水の垂直管があり、泉温が管の上部で摂氏百度くらい、下部で同じく百二十五度くらいになっているのだ。

ではなぜそれが湖へ噴出しないかというと、上方からの水柱の圧力によって対流が起らないからである。しかし約一カ月半に一度だけ、下部の温水が過熱蒸気で充分熱せられて水圧に勝つ時があり、この時には下部の熱湯が猛烈な水蒸気となって湖全体に噴騰する。そしてこの熱湯は、徐々に冷えて行きながらも約二時間の間、湖を満たすのだ。この時にもし運悪く湖床を歩いていた人間がいたとすれば、たちまち大火傷をして死んでしまう。婆さんが顔色を変えたのも、もちろんこういったことをよく知っていたからだった。

「おら、ええ馬鹿な真似をしちまっただ。おら、うっかりしていただよ」婆さんは茫然とした表情で、誰にいうとなく呟いた。「おら、まさか今日とは思わなかったもんで、暦を調べなかっただ。道理で街道に人通りがないと思っただよ。みんな、昨日のうちにシハードへ行っただな」婆さんは軽く地だんだを踏んだ。「湯が引いてからでは、とてもあそこは渡れねえだ。まる一日はどろどろの泥沼になるだよ。ああ。おらたちはシハードへ行きそこなっただ。仕入れができなくなっただ」泣き顔で叫び続けていた婆さんは、ふと真顔に返り、気の毒そうな表情の老人に訊ねた。「で、湯が噴き出すまでには、あとどれくらいかね」

「そうじゃな」老人はもう一度太陽を眺めた。「あと、二時間というところかのう」

急に婆さんの顔が晴れやかになった。

「それぐらいなら、越せるだ」うなずいた。「うん。それくらいなら越せるだぞ」

老人はおどろいて、両腕を婆さんの方にのばしながら嗄れた声で叫んだ。「馬鹿をいうでないぞ戦争婆さん。もし越す途中で湯が噴き出したらどうするのじゃ。たちまちお前たちは煮物になってしまう。儲けの為に命を捨てるのは賢くはないぞ。悪いことはいわん。街道を通って行くがいい。湖をぐるりと迂回してな」

だが婆さんは決然とかぶりを振った。「いや。おらはどうあっても湖を越すだよ。街道は機械車でいっぱいだし、だいいち機械車ならともかく、あの荷車では、とても明日の朝に間に合わねえだ。さあ、もうこんなところでぐずぐずしちゃいられねえだぞ」

婆さんは背を丸くして、荷車の方へ走り出しながら叫んだ。「こらあ。ヤムもトポタンも、すぐ出かける用意をするだ。湖を越すまで、走りづめに走るだぞ」

農道に戻るなり婆さんは笞をひっつかみ、あぐらをかいて休憩していたブチャランの尻を力まかせに引っぱたいた。ブチャランはびっくりしてヘンヘンヘンと続けざまに嘶くなり跳ねあがった。

「こらあ、ブチャラン」婆さんは気がくるったように彼の尻を叩きのめした。「性根を入れて思いっきり走りまくるだ。さもないと叩っ殺して肉を食って皮は太鼓屋に売っちまうだぞ」

ブチャランは恐怖のあまり眼を吊りあげ、泡を吹いてだしぬけに走り始めた。婆さんはその傍らを駈けながら更に笞を振い続けた。

「どうしたおっ母あ。気でもくるったか」あわてて婆さんのあとから走りながら、ヤムが叫んだ。

婆さんは叫び返した。「もうすぐハラカイ湖で湯が沸くだ。おらたちはその前に、向う岸まで駈け抜けなきゃならねえだ。お前らも屁古垂れるでねえだぞ」

「やめた方がいい」ヤムは婆さんと並んで走りながら唾をとばして叫んだ。「おっ母あは大火傷をしておっ死んでもいい歳だ。だけどおれたちはまだ若い」

「なに言うだ、この意気地なしめ」婆さんは走り続けた。「怖けりゃ来なくてええだ。だが、誰が何と言おうとおらはやるだぞ。足がすり減ってなくなっても胴体で駈けて行くだ。胴体がなくなりゃ首だけでとんで行くだ。おら、それをやって見せるだよ」

ヤムは説得するのをあきらめ、すぐに荷車の反対側に回って笞をとると、母親と一緒にブチャランの尻を皮も破れよとばかり叩き始めた。荷車は大きく上下に揺れ、左右に傾ぎながら農道にもうもうと黄色い土けむりをあげて、機械車そこのけの速度で走り出した。

トポタンは荷車から少し遅れて、土けむりの中を咳きこみながら走っていた。

「トポタン、何してるだ」婆さんが走りながら振り返って怒鳴った。「お前は荷車の上にとび乗ってユタンタンといっしょに、荷物が落ちねえようにしっかり押えてろ」

トポタンは眼をまっ赤にして荷車に追いつくと、二、三度とびつき損って地べたに転がった末、やっと荷台の後尾にかじりつき、よじのぼった。

荷車の木製の車軸は、今にも車輪から外れそうに歪んで、ぎしぎしと鳴った。

一行は何か恐ろしいものにでも追いかけられているかのような気違いじみた速さで、草原に囲まれた黄昏(たそがれ)の農道を駈けに駈けた。

山積みの荷物の頂きに這い登ったトポタンはユタンタンといっしょに、両手と両足を精一杯伸ばしてあたりの袋物をかかえこんだ。

荷台の端に置かれていた金袋が、荷車が大きくはねあがったはずみに道へ転がり落ちた。

「ああ、ああ」

ユタンタンは宙を泳ぐような恰好をして、荷物の山の頂きから路上へ乱暴にとびおりた。彼は固い黄土の道路上へひっくりかえり、額と膝を擦りむいた。だが、すぐに立ち上り、金袋を頭上にのせて片手で支えると、何ごとかわめきながら荷車を追って走り出した。

草原の彼方にハラカイ湖の堤防が見えてきた。

婆さんは叫んだ。「頑張るだ。堤が見えてきただぞ」

一行は農道からそれ、草原の中を堤防めがけて突っ走った。ブチャランは爆ぜるような音を立てて折れるクチュグルの茎を踏みしだき、地ひびきをたててめくら滅法驀進し続けた。彼の大きな口からは、顎をつたって白い大量のよだれが泡とまじりあい、だらだら流れ落ちていた。

婆さんもヤムも、行手から襲いかかってくる強靭な草の茎をはねのけ払いのけ、手傷を負った猛獣のように突き進んだ。

地面の窪みのため、荷車は大きくおどりあがり、トポタンも荷台の上で荷物といっしょに何度か宙にはねあがって唇を嚙んだ。

ユタンタンは頭へ載せた金袋の重さで荷車からだいぶ遅れ、大きく開いた口の端から長い薄桃色の舌を横っちょにだらりと垂らし、ハッハッハッとあえぎながら、よだれの糸を風になびかせて走った。欠けた前歯のため、彼は始終にたにた笑っているように見えた。

やがて土手の勾配が次第に大きく一行の前に拡がり、高さを誇示しはじめた。

「そうら。あの天辺に雌のブチャランがいるつもりで、はりきってこの坂を登るだ」

堤の急な傾斜の手前で、婆さんとヤムは両側から同時に、ブチャランを思いきりひっぱたいた。ブチャランは平地をどたどたと助走して勢いをつけ、土手を登りきろうとした。だが半分も登らぬうちに前足の膝を折り曲げ、尻を据えてしまった。荷車にひきずられ、ブチャランはそのままの恰好でずるずると土手を滑り降りた。

「これじゃ駄目だ」ヤムがあきらめた顔つきで母親にいった。「おっ母あ。この老いぼれブチャランでは、この土手は越せねえ。とても無理だよ。無茶はやめようぜ」

「荷を少しおろすだ」婆さんはヤムに構わず、いそいで荷台から袋をおろしながらトポタンにいった。「お前もおりろ。荷物をとって堤の上へ運ぶだ」

一同は荷物の約半分を堤の上に運びあげた。ヤムも仕方なく手伝った。次に荷車を少し後退させ三人の息子が荷車の後尾へ回った。

「お前たちは、力いっぱい押すだぞ。ほうれ、ブチャラン。今度しくじったら、眼ん玉と睾丸を抜いちまうからな」

婆さんはブチャランにひと笞くれてその横を走り出した。一行は地響きを立てて平地を驀進し、堤の傾斜をよじ登った。ブチャランは苦しげに身をよじりながら、やっとのことで土手を登りきった。

堤防の上に立ち、一同は湖を眺めた。

まだ噴湯の何の前触れもなく、湖床の白さが夕闇の中にくっきりと浮かびあがっていて、あたりは静かだった。しかし湖底をたどる旅人の姿はどこにも見られなかった。対岸は夕靄（ゆうもや）の中に定かでなく、それがいっそう湖の大きさを一同に感じさせた。

「さあ、何をぐずぐずしてる。すぐ荷物をもとどおり載せるだ」婆さんは怒鳴り散らした。

一同はあわただしく車に荷を積み、今度はしっかりと紐でくくりつけた。

「さあ、皆、走るだぞ。出発だあ」

笞の音が堤に鳴り、一行は土手の傾斜を駈けおりるとそのままの勢いで湖岸の斜面を下り、湖底を走り出した。ブチャランのギャロップが、白い温泉沈澱物をもうもうとまきあげた。

「走れ、ブチャラン」

ヤムはブチャランと並んで、母親の反対側を駈け続けた。車のあとにはトポタンとユタンタンがつづいた。

湖床には凹凸（おうとつ）がなく、荷車はさっきほど揺れなかった。しかし車輪のねじれのために荷台が上下しはじめ、後尾に積まれていた金袋が、またどさりと地上に落ちた。ユタンタンはあわてて拾いあげ、それを荷車に載せようとはせずに、ふたたび頭上に支えて駈け出した。そのため彼は、みるみる車からおくれ始めた。

婆さんとヤムが叩き続けたために、ブチャランの尻の皮膚は裂け、白い脂肪が血とともに傷口からはみ出していた。図体のでかい哀れな家畜の全身から、汗が湯気になって立ちのぼった。

「走れブチャラン」と、ヤムは叫んだ。「おいらのいのちと、おっ母あの儲けのためだ。我慢して走ってくれ」

一行は駈け続けた。湖の中央部には、直径三十メートルほどの島があり、その上は広葉樹の森になっていた。普段ならここを通る旅人は、たいていこの森の中でひと休みして汗を拭うのだが、もちろん戦争婆さんの一行はこの島の横手を傍眼もせず駈け抜けた。

ブチャランの勢いは衰えはじめ、足がふらつき出した。

「屁古垂れるでねえだブチャラン。命がねえだぞ」婆さんの眼は、完全に吊りあがっていた。

どうどうどうという、かすかな地鳴りが、次第に大きくなってきた。湖床全体が上下に揺れはじめた。

「そうら、始まったぞ」ヤムが悲鳴まじりに叫んだ。

「いそげ、ブチャラン、いそぐだ」婆さんは柔らかくなってきた白い土に足をとられて、よろめきながら叫んだ。

ブチャランもよろめいた。

荷車の車軸が車輪からはずれそうになっていた。滑り軸受けの金具が白い煙を立てはじめた。ヤムはそれを見て悲鳴をあげた。

速度がぐっと落ちた荷車に、ユタンタンが追いついてきた。彼はヤムと並んで走りはじめた。ヤムはユタンタンの腰のベルトに差してある木製の横笛に眼をとめ、それを引っこ抜いた。そして車輪と車軸の隙間へ突っこんだ。横笛はたちまちぺしゃんこになったが、その部分のゆるみを止め、車が軸から外れるのを防ぐ役割は果した。

「ああ、ああ」ユタンタンは悲しそうな声を出し、金袋を地面に投げ捨てて壊れた横笛を引き抜こうとした。

「馬鹿。新らしいのを買ってやる」ヤムが走りながら叫んで、ユタンタンを引き止めた。

　ユタンタンは泣きながら兄の手を振りはらい、また横笛に手をかけようとした。

「蔵音函(ばこ)を買ってやる」ヤムは叫んだ。「お前の欲しがってた蔵音函を買ってやるから。いちばん上等の奴を」

　ユタンタンはうなずき、金袋をとりに引き返した。

　湖床が湿気(しっけ)はじめた。そのところどころから湯気の立つ泡がごぼごぼと大きくふくれあがり、音を立ててはじけた。湖上一面に白く蒸気が立ちのぼり、一行の周囲を包んだ。地面がゆるみ、ブチャランは何度も膝をついた。

　車輪が泥に喰いこみ始めた。

　湖床のあちこちから、蒸気機関のようにけたたましい金属的な音を立て、摂氏百度以上の熱湯が噴き出した。それは噴水のように、地上十メートルの高さに細く白く立ちのぼった。

「あれに出くわしたら大火傷だぞ」ヤムが裏声を混えて叫んだ。「気をつけろよ、おっ母あ」

「わかってるだ」

湖底のところどころに湯が溜まりはじめた。少しは冷えているものの、それでもそれは摂氏七十度は充分あり、しかも徐々に熱くなりつつあった。

一同の中で木靴を履いていないのは、皆から二十メートルほど遅れて駈けているユタンタンだけだった。彼は常に裸足(はだし)なのだ。熱湯に足を浸すたび、彼は悲鳴をあげて跳ねあがり、躍りあがった。それはまるで、ビシュバリクではペチャンタという名で呼ばれているツー・ステップのダンスをしながら走っているかのように見えた。

「あちちちち」ヤムが叫んだ。

「あち、あち、あち」と、トポタンも叫んだ。

婆さんも悲鳴をあげはじめた。

湯溜りの煮え湯がはね飛んで、彼らの足にかかったのだ。たちまち、ブチャランも含めて全員がペチャンタを踊りはじめた。

ブチャランは足をもつれさせて湯溜りの中に横転した。彼はあまりの熱さにおどろき、ヘンヘンヘンと嘶(いなな)いてとび起きると、また駈け始めた。その横腹はたちまちひどい水ぶくれになった。

　一行の視界を覆っていた蒸気の中から、対岸の黄土がぼんやりとあらわれた。

「着いただぞ」婆さんは熱湯を蹴ちらして岸へすっとんだ。

　ヤムとトポタンも、それに続いた。

　三人は岸辺に転倒したまま、ふり返ってブチャランを呼んだ。

「早く来るだ、ブチャラン」

「頑張れ、もう少しだ」

　ブチャランが湖岸に前足をかけるなり、婆さんとヤムはとび起きてその轡(くつわ)をとり、荷車が完全に岸へ登りきるまで引っぱった。

　ブチャランはどたりとあぐらをかいた。

「ユタンタンはどうしただ」婆さんはあわてて引き返し、もうもうと立ちこめた蒸気の彼方へ大声で叫んだ。「ユタンタン。どうしただ」

　ヤムも叫んだ。「早くこい、ユタンタン。もう少しだぞ」

　ユタンタンは、なかなか現われなかった。

　やがて頭上の金袋を片手で支え、あいかわらずペチャンタを踊りながらユタンタンが、蒸気の壁を破ってあらわれた。にやにや笑っているような表情のまま近づいてくると、彼は湖岸へどさっと身を投げ出し、荒い息を吐いた。その足は膝のすぐ下までまっ赤に腫(は)れあがっていた。

「なんて、足の皮の厚い奴だ」ヤムがたまげたようにそう叫んだ。

一同はそれからしばらく、口もきかず、べったりその場に尻を据えたまま徐々に湯の量を増していく湖面を眺め続けた。

蒸気の幕は一同の視界を完全に奪ってしまっていたが、彼らはいつまでも湖面に立ちのぼる乳白色の湯気を見つめ続けていた。

湯は煮えくり返っていた。

5　長男ヤムは丘の牧草地で卑民ズンドローと酒を飲む

婆さんの一家がシハードへ買出しに来たとき、いつも野宿する場所は、郊外の丘の中腹にある広いブチャラン牧場の牧草地だった。山麓(さんろく)の邸(やしき)に住んでいる大金持ちの牧場主になにがしかの金を払い、ここにテントを張るのだ。

この牧草地はシハードの都に接した緑地で、シハード市への急激な人口集中化に伴い地価だけは暴騰したものの、一般庶民は近づくことができず、都市の周囲だけがドーナツ状に残って空洞化現象を起した部分の一部である。他の郊外の緑地や空地の多くも、政府に確固とした都市計画のなかった悲しさで、いまだにスプロール現象を起したままだった。

一行は疲れて、泥のように眠りこけた。だが翌朝、婆さんは暗いうちから起き出して、ぐっすり眠っている三人の息子を乱暴に蹴り起した。

「さあ愚図愚図(ぐずぐず)するでねえ。すぐ仕入れに出かけるだ」

息子たちはキャンキャン啼きながら、のろのろと起き出した。

罐詰だけのあわただしい朝食を終えると、婆さんは空(から)の革袋をヤムとトポタンに渡しながら、ユタンタンにいった。

「今日はお前が留守番をしろ。足を火傷してるだからな。ここにいて、動くでねえだぞ。眼つきの悪い奴が荷車に近づいたら、尻にかぶりついてやれ」

だがユタンタンは、はげしくかぶりを振り、牧草地の上で躍りあがり、跳ねまわった。次に自分の鼻を指し、シハードの方向を指した。

「鼻が利かなくなったから、町の病院へ行くといってるぞ」と、ヤムがいった。

ユタンタンは、またヒステリックにかぶりを振り、足を踏み鳴らし、その足を指した。

「町へ行って、ペチャンタを踊りたいのか」とヤムが訊ねた。

ユタンタンはかぶりを振りながら、地だんだを踏んだ。

「よしよし、わかっただよ」婆さんはいった。「お前は、おらたちといっしょにシハードへ行きたいだな。足の火傷なんかもう、何でもないというだな」

ユタンタンは嬉しそうにうなずいた。

「じゃあ、ついて来たらええだ」婆さんもうなずいた。「お前は力があるだから、たくさん荷物を運べるだ。それじゃヤム、お前がここへ残れ」

「ああ、いいよ」

「ナンマン酒、飲みすぎるでねえだぞ」

婆さんたちはまだ暗い丘の傾斜をくだり、シハードへ出かけた。ヤムはテントの中で、またごろりと横になった。

トポタンとユタンタンを従えた婆さんは、郊外の緑地帯を抜け、あたりが薄明るくなったころシハードの都心に入った。

婆さんがしばらく見ないうちに、シハードの町の様子は、あわただしい再開発(スラム・クリアランス)のため、すっかり変ってしまっていた。建物はすべて空気ビルや、カーテン・ウォール、ガラス・ブロックなどの高層ビルに変り、そのうちの三分の一近くは、何年か前から建築の途中で投げ出されたままになっていた。

地上の表通りのほとんどは太陽光自動車やエア・カー用のターン・パイクに整備されていて、あちこちに毒々しい色の感応信号機が立ち、すでに悪夢に近い奇妙な形の車がすいすいと走り始めていた。そこには歩行者の立ち入りは禁じられていて、その傍に細長く作られる筈のオートレインはまだ工事中のままで、戦争のために放ったらかしにされたままになっていた。

道路は人間が歩くためのものとばかり思いこんでいた婆さんにとって、これは衝撃だった。なぜ道路を横断するために歩行者がいったん高い陸橋に登らなければならないのか、婆さんにはどうしてもわからなかった。しかもその陸橋の上下左右は、通行者が埃をエア・カー用道路に落さないようにというので、気密のプラスチックの筒でぴったりと覆われていた。

「国は歩行者に罰金を払ったらええだよ」婆さんはそうつぶやいた。「これはきっと、国が道を作るときにとんでもねえ間違いをしでかしたに違えねえ。だからこんなことになっただ。車が得するなんて道は、道でねえだよ。橋なんちゅうもんは川にかけるもんで、川ちゅうもんには自然と水が流れてるだから、高い金かけて橋作るのも仕方ねえだ。だけど車を越すのになんで橋がいるだ。機械は人間に仕えるもんで、人間を追っぱらうもんでねえだよ。だから車から金をとって、それを人間に返さなきゃいけねえだ。ああ、そうだとも」

婆さんたちは苦労して裏通りから裏通りへと抜けながら、やっと下町に入った。下町だけは昔のままだった。薄汚なく、埃っぽく、食物と小便の匂いが流れていて、温か味があった。婆さんはほっとした。

すでに市が立ち、せまい道路のあちこちに屋台が組まれ、所せましと商品の山が築かれていた。すっ裸の子供たちが、路上の水たまりの泥を跳ねとばしながら行き交う行商人たちの間を縫って走りまわっていた。あちこちで大声の取り引きが行われていた。押し問答や、愚痴や、啖呵や、お世辞や、罵倒や、自慢話や、蔭口や、口上や、泣き言や、相槌や、逃げ口上や、逆ねじや、当てこすりや、いや味や、負け惜しみや、駄々や、毒舌など、それら全体がひとつのリズムを伴って、市全体の喧噪の中にある種の統一を与えていた。

楽器を売っている店の前でユタンタンは立ちどまり、母親の袖をひいて店頭に置かれている蔵音函を指し示した。「ああ、ああ、ああ」

「駄目だ」婆さんはかぶりを振った。「ありったけの金で仕入れをしなきゃならねえだ。あんな高価えもんは買ってやれねえ」

「ああ、ああ」ユタンタンは路上で奇声をあげ、跳ねあがった。横笛を吹く恰好をし、ブチャランの顔つきと歩きかたを真似てから両手をぽんと打ち、路上に転がって平たくなって見せ、とび起きて両手をこすりあわせ、にたにたと笑った。

ユタンタンの周囲に、人だかりがしはじめた。

「気がちがったか」婆さんはあきれていった。「どうでも駄目だ。買ってやれねえ」

ユタンタンは大口をあけ、涙とよだれを垂れ流しながら声なく泣き始めた。

「でけえ癖して見っともねえ。やめろ。人だかりがしてきただ」婆さんはユタンタンを怒鳴りつけた。「見ろ。みんな、笑ってるでねえか」彼女はトポタンをうながして、さっさと先に歩き始めた。

ユタンタンは仕方なく耳を垂らし、しゃくりあげながらそのあとを追った。子供たちがユタンタンを見つけ、笑いながらはやし立てた。

婆さんはまず、防寒具を主とする衣料品を買い漁った。それから短銃などの小さな護身用の武器だとか雑貨や靴や袋物を買い込んだ。乾し肉、乾し果実、罐詰なども買った。

仕入れが終ったのは正午少し前で、このころになると市は売れ残りの商品を買いにくる素人客だけになり、人の数はぐっと減っていた。

婆さんたちが下町を出ようとして繁華街のはずれまで来ると、広場の隅に婆さんの顔見知りの辻音楽師がいて、手製のコンセルチーナに似た楽器を弾き、軽快な四拍子の曲を唄っていた。彼の前には二、三人の子供がぼんやりとしゃがみこんで、唄う彼の顔を見あげていた。

「やあ、戦争婆さんと、その息子さんたちじゃないか」と、彼は婆さんに声をかけた。

婆さんは彼の方へ歩き出しながらいった。「この前会ったのは戦争中だったけど、お前さんは兵隊にもとられず、死にもしなかったらしいね」

歌うたいはおどけた顔つきをして見せ、眼を見ひらいてうなずいた。そしてさっそく、一曲唄いはじめた。

〽戦争があったら　すぐ駈けつけて
兵隊志願を　する奴の

気持はおいらにゃ　わからねえ
　そんなこたねえよと　徴兵係
　だけどおいらは　信じない

「まったくだ」婆さんはうなずいた。「次男のマケラの奴が、悪い丁長にだまされて兵隊になっただよ。戦争は起ってほしくねえ。マケラが苦労しなきゃあなんねえだからね。だけど戦争が起らねえと、おらたちは儲からねえ。さあ、その次を唄ってほしいね」

だが、歌うたいはかぶりを振った。「今までのはサービスだぜ婆さん。ここから先を唄えというなら、十ピコグランほしいもんだね」

「この泥棒め。辻強盗め、ひとの足もとを見やがって。追い剝ぎめ」婆さんは悪態をつきながら小銭を出し、歌うたいにやった。「さあ、早く次を唄うだ」

〽戦争があっても　行くのはいやよ
　砲弾銃弾　地雷がドンと
　鳴るなりおいらは　腰抜かす
　そんなこたねえよと　徴兵係

だけどおいらは　　信じない

「それで終りかね」歌うたいが急に唄をやめたので、調子にのって身体をゆすっていた婆さんは思わず前へよろめき、びっくりして訊ねた。

「おれも商売だ、婆さん」と、歌うたいはいった。「この痩せこけた身体を見てくれ。旨いものを食っていないからだ。もう十ピコグランくれれば何か買って食える」

「お前が痩せてるのは、蛔虫(むし)がいるからだぞ」婆さんはそういった。「お前の気持はわかってるだ。お前はおらたちを破産させようとたくらんでるだよ。このまわし者め。アカパン党のスパイめ。雌のブチャランの息子め。そんな下手糞な歌に、なぜこんな大金を払ってやらなきゃいけねえだね」婆さんは小銭をとり出しながらわめきちらした。「この詐欺師め。とんでもねえ大かたりめ。ペテン師め」

婆さんから小銭を受けとると、歌うたいはまた唄い出した。

〽戦争で死ぬのは　　下っ端だけさ
甲長乙長は　　最前線へ
新兵抛(ほう)り出し　　金儲け
そんなこたねえよと　　徴兵係

だけどおいらは　信じない

「戦争で死ぬのは馬鹿げてるだよ」婆さんはうなずいた。「商売人なら必ず、戦争で儲けようとするだ。だけど兵隊は可哀そうだ。儲けは上官にしぼりとられるわ、女房や娘どもは留守中他の男に寝取られるわ、命はなくなるわ、ろくなこたあねえだよ」婆さんはそういいながら、金袋の中をさぐった。しかし小銭はもう一枚もなかった。「ええ、このかっぱらいめ。強欲者め」婆さんはわめいた。「とうとうわしらの金を、一枚残らずかすめ取ってしまいやがった」

歌うたいはコンセルチーナを弾きはじめながらいった。「じゃあ、あとはまけといてやるよ婆さん」

彼は唄い出した。その唄声を聞きながら、婆さんと二人の息子はまた荷を背負い、町はずれの広場を去っていった。

〽戦争が始まりゃ　　それひと儲け
大砲ドンと鳴りゃ　　ふた儲け
だけど新兵さんは　　野たれ死に
そんなこたねえよと　　徴兵係

だけどおいらは　　信じない

戦争婆さんたちが町で唄を聞いているころ、郊外の牧草地ではヤムが、照りつける日光を避けて荷車の蔭に腰をおろし、サチルナの乾し肉を食べながらひとりで酒盛りをしていた。

彼は以前、本を読みながらナンマン酒をひとりでちびちびやるのが好きだった。学校を出たばかりのころ、彼は哲学書や社会科学の本をよく読んだものだった。やがてしだいに通俗小説にうつり、最後にはそれは赤本(あかほん)になった。今も彼の傍らには二、三冊の赤本が散らばっていたが、最近ではそれさえ読もうとはせず、ただ傍に置いておくだけで、憑(つ)かれたようにナンマン酒を飲み続けるだけだった。

太陽を背に受けて丘の頂きにひとりの背の低い男の濃緑色の影があらわれた。彼はそのままゆっくりとヤムの方へ傾斜を下ってきた。

荷車とテントの傍まで来てその男はじろりとヤムを眺めた。醜く肥った農民姿の男だった。ヤムも彼を鋭い眼で眺め返した。男はちょっとどぎまぎした様子で、気弱げにヤムに笑いかけた。

「誰もいねえのかと思っただ」と、彼はいった。「こんなところに荷物を放っといては物騒だ。そうだろう、だんな」

ヤムが黙ったまま見つめ続けたので、彼はさらにいった。「このあたりには、こそ泥が多いだからね」

ヤムはうなずいた。「ああ、その通りだ」

男はヤムの視線を振りきるように、きょろきょろあたりを眺めまわしてから、またゆっくりと丘を下りはじめた。

「おい、お前」だしぬけにヤムが、大声で男を呼びとめた。「こっちへ来い」

男はびくっとしてから、おずおずとヤムの方を振り返っていった。「何か用かね」

「ああ、ちょっと来い」

「おら、まだなんにも悪いことはしてねえだよ」男はおろおろ声でいった。「おらは、こそ泥でねえだ。おらその荷車の上の荷物を、ひとつばかりちょろまかしてやろうなどとは、これっぽっちも思わなかっただよ」男は泣き顔で手足をふるわせ、尻尾を股の間へ入れていた。

ヤムはナンマン酒の瓶を肩の上にさしあげ、軽く振りながらいった。「一杯飲んでいけ」

男は少しほっとした表情に戻ったが、酒で血走ったヤムの眼を見て、あわててかぶりを振った。「おら、酒は飲めねえだ。今日中に空港まで行かなきゃなんねえだからね」

「おれの酒が飲めないというのか」ヤムは短銃でもとり出しそうな勢いでポケットに右手をつっこんだ。

「飲みますだ、だんな」男は悲鳴に近い声をはりあげた。「飲みますだよ。すぐ、そっちへ行きますだ」

彼はひどいがに股で、ヤムに近づいてきた。

「相手がいなくちゃ、酒がまずい」と、ヤムはいった。「以前はひとりで飲むのが好きだったが、本が相手じゃ自分のいいたいことがいえない。お前はそこでおれの喋るのを聞いていりゃそれでいいんだ。もちろん喋りたくなれば喋ったっていいんだぜ。まあ一杯飲め」

男はヤムのさし出したカップを受け取りながらいった。「あんたはおらに酒を飲ませたことを、きっと後悔しますだ」

「どうしてだね」ヤムは訊ねながら、男の方へナンマン酒の瓶をつきつけた。

両手にカップをはさんで、おそるおそるさし出した男のその掌には、白い毛が多量に生えていた。ヤムはそれを見てあわてて酒瓶を引っこめ、じっと男の顔を凝視した。

「貴様、卑民だな」

男はおびえきった顔つきになり、もぞもぞと身動きしながらうなずいた。「そうですだよ、だんな」

「ふうん」ヤムは男の姿を舐めるように眺めまわした。

男はゆっくりと立ちあがった。

「どこへ行く」

「おらたちは尊民さまの言いつけ通り、どこへでも行きますだよ」

「じゃあ、尊民さまの命令だ。そこへ坐って酒を飲め。おれの相手をしろ」

男はまた坐りなおし、恨みっぽい口調でいった。「よした方がええだよ、だんな。卑民のおらに酒を振舞ったりしたら、きっと後味がよくねえだ」

「そんなこと、卑民の貴様に何故（なぜ）わかる。さあ飲め。名前はなんていうんだ」

「ズンドローといいますだ」

「おかしな名前だな。しかし、卑民らしい名前でなかなかいい」

「おらもそう思いますだ。おらの仲間で尊民さまのような名前をつけた奴は、皆ろくな目にあわなかっただよ」

「おれに一杯注（つ）いでくれ。この乾し肉を食わないか」

ズンドローは訴えかけるようなおろおろ声でいった。「なぜそんなに、おらに構うだね。構わねえでほしいだ。酒の肴（さかな）にするなら、おらにくだ巻くよりもっと面白いことが他にありますだ」

「いや、おれはお前と話をしたい」ヤムはにやりと笑っていった。「卑民に生まれて、どんな気持だ」

「そんなこと、おらにはわからねえだ」とズンドローはかぶりを振った。「生まれた時から卑民だからね」

「おれだって、生まれた時から尊民だ」ヤムは間髪を入れずにいった。「だから尊民の気持はわかるが卑民の気持はわからん。だから訊いてるんだ。卑民に生まれて卑民の気持がわからんなどという筈はない。そうだろ」

「おら、もちろん自分の気持は自分でわかりますだ。だけどそれを他人にいう言葉を知らねえだよ。そんな言葉は尊民さまは作らなかったし、おらたちにしたって、その尊民さまの言葉を使ってますだ。だからそんな言葉は、この世の中にはねえだす」

「おれたち尊民はお前たち卑民が怖いから差別してるんだ。皆はお前たちの中にあるはずの、自分たちの作りあげた自分たち自身の虫けらみたいなものの影におびえているんだ。お前たちの掌の白い毛なんて個体趨異に近いもんで、差異といえるようなもんじゃない。だけど皆は、何とかして自分たちとお前たちの間に相違を見出そうとして、血まなこになってやっとそれを見つけ出したんだ。もしそれを見つけ出していなかったらどうしたと思う。ダヒ族みたいな尻尾の短い奴らを虫けら扱いしただろうよ」

「でもやっぱりおらたちは、自分らを虫けらだと思いますだ。そう思っていた方が無ってますだ」

事ですだよ。だいいち、だんなが今おっしゃったようなことは、おらたち卑民に同情しているといって毎日おらたちの部族へくる尊民さまが、くるたびにいつもおっしゃってますだ」

ヤムは不機嫌そうに鼻を鳴らした。だがズンドローはそれに気がつかぬ様子だった。

「おらたちの生活は、まったく虫けらですだ」と、彼はいった。「おらたちは食いものも、ひどいものを食ってますだ。だけどそれは、おらたちの勝手ですだよ。尊民さまがちょいちょい恵んで下さる上等の食いものは、どれもこれもみんな旨くねえだ。おらたちには下等な食いものの方が旨えだ。尊民さまたちは、あの上等の食いものって奴を、ほんとに旨いと思って食ってるだかね？　おらたちは、動力洗濯機の中へ洗濯板とタワシをつっこんで洗濯してますだ。エネルギー冷蔵庫の中へ氷を入れて使ってますだ。尊民さまたちはそれを見て笑うだけど、それはおらたちの頭が悪いからでねえだ。下町へは、エネルギーの配給は一日に二時間しかねえだからね。尊民さまみてえにおっとり構えてたら、おらたち干乾しになるだ。だいいち、おらたちよりもずっとたくさんの尊民さまが、おらたちよりもずっと貧乏な暮しをしてるだ。おまけに町じゃ、手まわし洗濯機やふつうの冷蔵庫はもう売ってねえだ。だからしかたがねえし、尊民さまの動力器具の販売員とかいう人がやってきて、無理やり買わせるだ」

「尊民が憎いだろうな」

「もう、そんなこと訊くのはやめてほしいだ」ズンドローは顔色を変えていった。

「そんなこと訊いてどうするだね。何か別の話をして下せえ、だんな」

「もう一杯飲め。乾し肉はどうだ。お前は空港へ行くといったな。あそこへ何をしに行くんだ」

「召集されましただよ。おら無線技師の免許を持っているもんだで、前の戦争にも狩り出されましただ。今度も第二甲隊の第四乙隊で通信兵をやることになりましただ」

「戦争に行くのか」

　ズンドローは泣きそうな顔でうなずいた。「今日中に行かなきゃならねえです。ねえだんな。戦争はいつ始まるのかね。おら、戦争なんて始まってほしくねえだ。おら、死にたくねえだよ。誰だって死にたくねえ筈なのに、どうして戦争なんてやるのか、おらにはわからねえだ。どうして平和のままじゃいけないんです」

「平和のままだと」ヤムは首をすくめた。「平和のままなんて言葉は、あり得べからざる言葉だぞ。それは例えば、眠ったままというのと同じだ。起きて働いているからこそ眠る必要もできてくるわけで、戦争がなくなりゃ平和なんてものもなくなっちまう。戦争と平和は楯の両面で、どちらか片方なくせば楯そのものもなくなっちまう。土管を叩っ壊せば穴はどうなるね」

「おらには、よくわからねえだ」

「もっと飲め。いいか。鉄器が拡まったのは戦争のためだ。いろんな薬も戦争中に発明された。石炭石油のエネルギーだって戦争のおかげで開発されたんだぞ。もうすぐ戦争だてえんで物資を大量に戦場へ輸送する車が大あわてで作られ、鉄道や車道ができた。その車にしてからが、爆薬というものがなければ発明されていなかっただろうし、動力機械みな然りだ。さて、ところで平和な時に作られたものは何だ。賭博（とばく）場と競技と劇場だ。賭博てえものは、いかさまでない限り自分の運命との戦いだし、競技も戦争のミニアチュアだ。劇場じゃ戦争の芝居ばかりやってる。結局おれたちはいついかなる時でも戦争が好きだからこそ自分たちを進歩させてきた。戦争様々（さまさま）ってわけだ。その恩を忘れちゃいけねえ。戦争がなけりゃ男は女にこき使われてることだろう」

「じゃあ、だんなは戦争で死んでもいいのかね」

「それは別の問題だ。誰だって外れるのを承知で富籤（とみくじ）は買わない。みんな今度こそは当ててやると思っている。みんながそうだからこそ富籤というものが成立する。戦争に出かけた夫や子供が死んだからといって戦争を憎んだり反対したりする奴らは本末転倒してるんだ。男にとっては攻撃本能が社会活動の原動力になってる。戦争防止問題なんてものは、戦争の外側の面ないし機構的側面しか見ていないし、だいいちこんな問題は案外簡単なんだ。ところが破壊衝動って奴は簡単にはなくならない。もしこいつがなくなれば、それと表裏の関係で接しているエロチックな衝動も消えちまって、民族は内側から崩壊する。長らく平和で文化が繁栄し、すべての人間が高度な知性を持った民族なんてのも、あることはあるらしいが、たいてい人間の数が減ってきているそうだ。老人ばかり増えて子供が生まれなくなるってのは民族の衰退だ。威勢よくどんどん生まれてきて、戦争で景気よくばかすかくたばった方が活気があっていい。つまりこれは商売における金銭の出納と同じだ」

「だけどそれはやっぱり、だんなみてえなインテリの考え方だと思うだよ。たいていの下っ端の兵隊は好きこのんで戦争へ行くわけでねえだ。この前の戦争でも、おらみたいに狩り出された人間や、借金のために軍隊へ逃げこんできた男や、騙されてつれてこられた奴がたくさんいただよ。みんなトーチカや塹壕の中でふるえていただ。それりゃ上級の兵隊の中には勇敢な人もいただだがね。だがその人たちだって、鉄ボタンつき棍棒で渡りあってる分にゃ何十人でも相手にできたというのに、トーチカを一歩も出ないうちに熱弾や光線砲でむざむざ死ななきゃならなかっただ。あの戦争は、勇ましいことなんか誰にも、これっぽっちも出来ねえ戦争だっただ。まして、いやいや出てきた臆病者などは塹壕から首も出せずにちぢみあがって怖がっていただ」ズンドローは次第に話に熱中し、眼を丸く見ひらいて喋り続けた。「そんな時はみんな他の何よりも自分の命だけを大事に思っていた筈だし、おらもそう思っただ。おらたちはあのトーチカと塹壕の中に三日ほど立て籠っていただが、その間ずっと怖いということしか考えなかっただ。他の兵隊も怖がっていただ。どの兵隊もみんな怖くてあまり怖いのでその怖いのを忘れようとしてせんずりばこいただ。せんずりばこいてこいてこきまくって、それでミイラみたいになっておっ死んだ奴まで出ただよ。敵が勝ってるのか味方が勝ってるのか、ちっともわからなかっただ。今に戦争は、みんなああなるだよ。どっちが勝ったかわからねえようなものが戦争といえるならの話だがね。おら、そんな、戦争ともいえねえようなもんをやりに、のこのこ自分から出かけて行く奴の気が知れねえだ。第一だんなだって、そんなに戦争が好きな癖して兵隊になろうとはしていなさらねえでねえか」

「それもまた別の問題だ」と、ヤムはいった。「戦争を認めるということと兵隊になりたいということとは違う。それにだいいち、何故このおれさまが一兵卒なんかにならなきゃならんのだ。おれがなるとすりゃ、もちろん士官だ。丙長、あるいは乙長といったところかな。おれは大学を出てるから、試験さえ受ければすぐ士官になることもできたんだ。だが、なろうと思えばいつだってなれるし、士官の訓練はひどくきびしいそうだし、小金があるからそんなにあわてて軍隊に入る必要もなかった。いよいよおれ様が必要となりゃ、あっちから呼びにくるだろうからな。今はこんな商売をやって呑気に暮しながら精力を貯えてるんだ。戦争が始まってから軍隊に入ればいいんで、何も平和な時につらい軍事訓練を受けることもあるまい。おれが士官になったら、どえらい金儲けをやって見せるぞ。そのアイデアはちゃんとこの頭の中で出来あがっているんだ。その時にはお前も、おれの隊に呼びよせてやる。おれの部下にして、いっしょに儲けさせてやるぞ」

「ぜひ頼みますだ」ズンドローは気乗り薄にそういった。「その時まで、おらの命がもてばの話だがね」

その時、市の方角から大砲の音が低く響いてきた。

ズンドローはあわてて立ちあがり、町の方を眺めながら声をふるわせた。「だんな。とうとう戦争がおっ始まっただ」

「あれは戦争じゃない」と、ヤムはいった。「あれは午砲(どん)だ」

ズンドローは安堵の吐息を洩らした。「どうしてあんな、まぎらわしい合図をやるだね」

ヤムは町からの道を丘の方へ引き返してくる婆さんたちの姿を見ていった。「おっ母あたちが帰ってきた」

「おら、ぼつぼつ行かしてもらうだ」ズンドローは、ヤムの顔色をうかがいながらそういった。

ヤムが返事をしないので、彼はゆっくりと麓(ふもと)の方へ歩き出した。

その背中に、ヤムが声をかけた。「さっきは、気にさわることをいってすまなかったな」

ズンドローは立ちどまり、おどろいてヤムの顔を見返した。「だんながそんなことをいうのは、おかしいだよ」うなずいた。「そんなこと、いわねえ方がよかっただ」

彼は正面を向くとちょっと胸を張り、婆さんたちがやってくるのとは違った方向へ、丘の傾斜をくだり始めた。

6　戦争は始まった　第二甲隊はブシュバリクへ進撃する

ビシュバリク統一暦一一六年、夏。

トンビナイの南約二二〇〇キロの地点で待機していた国家軍の第一甲隊は、その夜、共和国軍の兵隊約五百名の奇襲を受けた。

皇帝の命令で、昼の間ずっと附近の農民たちの野良仕事を手伝ってくたくたに疲れていた国家軍の兵士たちは、コウン・ビ製の新兵器で寝込みを襲われ、たちまち全滅に近い被害を蒙(こうむ)り、泡をくって敗走した。

これは直ちに二個の軍事衛星船の中継による通信でシハードに報じられ、皇帝はすぐさま宣戦を布告した。

ブシュバリク共和国は、その時まだコウン・ビからなんの具体的な軍事援助も受けていなかった。ただ金を払って新兵器を購入しているだけだった。もちろん共和国政府の指導者たち——つまり以前の貿易商たちは、再三コウン・ビに軍隊の出動を依頼していたのだがコウン・ビ政府は国内の反対を恐れ、なかなか援助に踏み切ろうとしなかったのだ。もっともそれは、犬好きの人間たちが動物愛護という面で反対したに過ぎなかったのだが。

待ち兼ねた共和国軍の士官たち――つまり以前のトンビナイ傭兵軍の兵士たちは、ついにしびれをきらせ、部下に命令して勝手に行動を起し、その夜の奇襲となったのである。

共和国政府、共和国軍、そしてアカパン党――この三者の上下左右の連帯はすでに切れかけていて、命令系統も連絡も所属も、ひどく乱れていた。それぞれわずかに金銭的な利害関係の糸一本だけで繫がっているという、なさけない状態だった。

だがこの共和国軍の軍事力は、休戦の間に国家軍に優るとも劣らぬほどのものになってしまっていた。コウン・ビの兵器輸出業者が、大量の新兵器を次つぎとトンビナイに持ち込んで売り捌いたからである。彼らはもちろんシハードにいる国家軍にも武器を売りつけたが、どちらかといえばコウン・ビに対する反感の強いシハードよりも、金の匂いのより強いトンビナイにやってくる方を好んだのである。

奇襲の翌日、皇帝は第二、第三甲隊をブシュバリクへ出兵させ、敗残の第一甲隊を撤退させることにした。すでにビシュバリク宇宙空港に集結していた第二甲隊は、さっそくその午後、反重力噴射折衷式円盤型貨客船でサガタへ向かうことになった。それは戦争婆さんがシハードの市へ買出しに出かけた次の日だった。

婆さんたちは戻ってきた空港で兵隊たちの会話を聞き、戦争が始まったことを知った。

「そら、やっぱり始まっただ」婆さんは三人の息子にいった。「道理で商人たちの姿を見かけねえと思っただよ。この分じゃ、船に乗るのはおらたちの他は兵隊ばかりだぞ。さっそく船の中で商売を始めるだ」

発着場の広場では、船に乗り込む第二甲隊の兵隊が長蛇の列を作っていた。老いぼれブチャランを下町で売りとばし、荷車を船艙へ納める手続きを終えた婆さんたちは、その列の最後尾に並んだ。

トポタンは、列のはるか前の方に並んでいる兄の姿をちらと見かけた。マケラは丁長やドブサラダや、あのコロコロ持ちのミシミシや、卑民のズンドローなどといっしょに、軍服を着て二列縦隊の中に納まっていた。しかしトポタンは、そのことを母親にも兄にも言わなかった。おれにおれの世界があるのと同様に、兄貴には兄貴の世界があるのだ、その邪魔をしてはいけない――トポタンはそう思った。彼は、自分の持っている『もうひとつの国』へ、もし誰かが泥足で踏み込んできた時の迷惑を考え、兄の世界も大切にしてやるべきだと思ったのである。

婆さんたちは多勢の兵隊といっしょに、三等船室のひとつに納まったが、その部屋にはマケラたちはいなかった。この船は、婆さんたちがビシュバリクへ来る時に乗ったのと同じ船だった。

　まだ船が出ぬ前から婆さんは、兵隊相手に商売を始めた。

「ほうら、兵隊さんたち。あんたたちは運がええだよ。この戦争婆さんといっしょなら、弾丸をくらって死ぬなんてこたあねえだからね」

「よう、幸運の女神」と、誰かが叫んだ。

「汚ねえ女神だ」

「なに言うだ。三十年前まではどこ探したって、おらほどの美人はいなかっただぞ」

婆さんは怒鳴り返した。「お前たちの上官の甲長さまは、三十年以上前におらのために泣いただ。その前は第六甲隊の甲長さまを、やっぱり泣かしてやっただよ」

　船室に爆笑が渦巻いた。

「さあ、ブシュバリクは寒いだぞ。防寒具はいらんかね。これには防弾装置もついているし、ちっとやそっとの熱線じゃ溶けねえだ。ガイガー計数器つきの靴はどうかね。頭のええ士官さまはみんなこれを穿(は)くだ。この尾袋はすごいだぞ。それからこの下着は、お前さんたちがどんなに乱暴にせんずりぶっこいても、破れねえようにできてるだ」

　トポタンは、船室の床にうずくまっている兵隊たちの間を縫って、ぶらりと廊下へ出た。彼は何となく、あの老いた歴史学者に会いたくなった。どう行けばあの部屋にたどりつくことができるかわからなかったが、さまよい歩いているうちには見つけることができるだろうと思った。彼はなるべく細い廊下を選びながら、船内を歩きまわった。

噴射の轟音とともに船が大きく揺れ、トポタンは横倒しになって、そのまま廊下を転がった。船が発進したのだ。傍らの船室のドアが開き、トポタンはその中へ転がりこんでいった。その部屋には、誰もいなかった。

そこは会議室らしい細長い部屋で、中央にやはり細長いテーブルがひとつ置かれ、その周囲を数個の椅子がとりまいていた。

震動がおさまってから、トポタンは立ちあがり、部屋を出ようとした。ドアが閉まっていた。押しても引いても開こうとしなかった。どうやら自動錠がかかってしまったようだった。トポタンは汗をかいた。あたりを見まわしたが、他に出口はなかった。おれは運が悪いのだ――トポタンはそう思った。おれが社会に適応できないんじゃない、現実の方がおれに適応してくれないんだ――と、そうも思った。

廊下を、数人の重い軍靴（ぐんか）の音が部屋へ近づいてきた。トポタンはあわててテーブル・クロスをめくりあげ、机の下にもぐりこんだ。兵隊相手の商売をしていながら、彼は軍人が大嫌いだった。話をするのさえ厭だった。

ドアが開き、数人の士官が入ってきて机を囲み、会議を始めた。

「ぜんぶ、揃いました」第一乙隊の隊長が、中央正面に腰をおろした第二甲隊長に報告した。

「よし。ではこれから作戦計画を話す」と、甲長は部下の乙長たちを見まわしながらいった。彼は机の上に地図と宇宙儀を拡げ、説明を始めた。

「よく聞け。これから話すのはI作戦と名づけられた作戦計画である。なぜI作戦というかといえば、それはこの作戦がアイソスタシー説を応用しているからだ。アイソスタシー説とは何か。この中にそれを知らん奴はいないだろうな」甲長は一同を見まわした。

乙長たちは黙っていた。

「最初から話そう」甲長は喋り出した。「お前たちも知っている通り、わが栄誉ある国家軍は、現在メルキトの原に惑星間弾道ミサイルを建設中である。なぜあんな敵の眼にとまり易いところに建設しているかといえば、それは敵の眼をくらますためである。アカパン党員たちはあれを爆破しようと躍起になっている。爆破されたところでどうということはない。あれは実はハリボテである。わが栄誉ある国家軍は、もっとどでかいことを考えた。あのミサイルに敵の眼をひきつけておいて、その隙にこのI作戦計画を進行させようというのだ。なぜI作戦というかといえばアイソスタシー説を応用しているからで、この中にはまさか、アイソスタシー説がどういうものか知らんなどという馬鹿な奴はいないと思うが……」

　乙長たちは黙っていた。

「ブシュバリクには七つの月がある。このうち、近地点における距離の最も短い月は直径一五〇〇〇キロの第二衛星すなわちＢＵ－２である。このＢＵ－２を、アイソスタシー説を応用して爆破する。アイソスタシー説――お前たちは誰も知らんらしいから説明してやる」

　乙長たちはいっせいに肩の力を抜いた。

「アイソスタシー説は又の名を地殻均衡説という。つまり大地の表面は山あり海ありして、簡単にいえば凸凹である。ところが地下の一定の深さでは圧力が一定していて地殻は均衡を保っている。地殻は密度が一定で、高い山岳地帯ではある底面積を持った岩石の柱が深く根をはり、低地の地下では根が浅い状態で、いずれの柱の下もそのさらに地下にある補償面では圧力は等しい。これがアイソスタシー説だ。この説により、ＢＵ－２の表層殻になっている岩石圏が最も薄い場所を二カ所見つけ、そこを外側中心核に達するまで約三〇〇キロ、アトミック・ギムレットで掘鑿する。ここにＢＵ－２の重力の均衡を完全に破るため、二体の重力切断ビーム発生装置を設置する。さらにこれに長時間時限装置を仕掛ける。さて、ＢＵ－２がトンビナイ市のま上を通過するのは今日より十八日ののちの正午だ。この時BU－2は、二カ所の重力切断ビーム発生装置の連動によって爆発する。粉ごなになったBU－2の五体と臓物は、でかい流星塵すなわち火球となってトンビナイの町に雨あられと降りそそぎ、市を壊滅させるのである」

「ひとつ疑問が」第一乙長が立ちあがった。「爆発でBU－2の破片は四方八方へと飛び散ると思います。なるほど半分近くはトンビナイに落ち、その他のほとんどの奴も引力によってブシュバリクへ落ちるでしょう。他の六つの月の引力で、そっちへ行く奴もあるかもしれません。それ自身小さな衛星となって、ブシュバリクの周囲をぐるぐるまわり出す奴もいるかもしれません。しかし、ブシュバリクの引力圏を脱出してこちらへとんできた隕石はどうなりますか。ビシュバリクへ落ちるようなことはありませんか」

「それは大丈夫だ」と、甲長はいった。「こっちの大気圏内に入ってくる奴など、せいぜい二億五千万個、総重量にして約五トンくらい——これは計算してみて、安全であることがわかった。たいてい地上十キロ附近までで蒸発してしまう筈である。三つ四つ消えそこないが落ちてきたって大したことはない」

「その計画は、どの程度進行していますか」と、第二乙長が訊ねた。「十八日ののちとすれば、現在すでに掘鑿が相当進んでいる状態でなければ」

「技術甲隊の本隊が現在工事を九割五分まで進めている。明後日完成の予定だ」と、甲長が答えた。「これがI作戦の全貌である。今までお前たちには秘密にしておいたが、それはこの作戦の噂を敵のスパイに聞かれては困るからだ。お前たちはこの作戦のことを他言せぬように気をつけろ。部下に話してもいかん。寝ごと譫言も禁ずる」

「では、わが甲隊の行動も」と、第三乙長がいった。「I作戦によって相当大きく規制されるわけですな」

「そうだ」甲長はうなずいた。「われわれの隊の活動も戦闘行為も、すべてI作戦に則り、この作戦を成功に導くように気をくばってやらなければならない。われわれはブシュバリクの戦闘では、なるべく兵員を失わぬようにしながらわざと敗北を装うのだ。そして今日より十七日ののち、つまり爆発前夜、退却と見せかけて全員ブシュバリクから撤退する。これらのことはすべて防諜上、部下の兵隊たちには必然的な成り行きであると思わせておくことが必要である。もちろん敵にも、退却を不自然に思わせたり怪しませたりしてはならない。で、あるから、この作戦が成功するかどうかは、ひとつにはお前たちのとぼけかた加減にもかかっているのである。さて、これに関しては質問はないか」

「甲長殿。提案があります」第四乙長が立ちあがった。

「いってみろ」

「トンビナイに落ちた火球は、敵政府の本拠を一気に壊滅するでありましょう。しかし共和国軍やアカパン党は、ブシュバリク上の各地にいるわけでありまして、戦闘のすでに始まった現在、トンビナイ市内に残留している戦闘員の数は、わりと僅かなのではないかと考察します」

「だからどうだというのだ」甲長は不機嫌そうにいった。

「共和国の戦闘力を少しでも弱めるため、敵軍をできるだけたくさん、爆発寸前のBU－2へおびき寄せてはどうでしょうか」

「なるほど」と第五乙長がぽんとテーブルを叩いた。

他の乙長たちも、それはいい考えだという表情でうなずいた。

甲長はますます苦い顔になり、自分より歳上の、生真面目で武骨な第四乙長に訊ね返した。「で、どうやって敵軍をおびき寄せるつもりか」

先祖代々軍人という家柄の第四乙長は、身体を固くして口ごもった。「は、そこまでは、まだ」

「この大馬鹿者」甲長はテーブルを両方の握りこぶしで叩きつけ、一喝した。「ろくに考えもしないで、上官に向かっておこがましくも中途半端な案を出すとは何ごとか。貴様それでも軍人か」

甲長はもとからの軍人ではなく、皇帝の遠縁にあたる良い家柄の出というに過ぎなかったので、経験豊かな第四乙長に対しては以前から反感を抱いていたのである。
第四乙長は顔色を変えて四肢をふるわせ、尻尾を股へ入れた。他の乙長たちは、いっせいに俯いてしまった。

さんざわめきちらした末、多勢の部下たちの手前少しきまりが悪くなったのか、甲長は低い声でいった。「まあいい。お前がせっかく出した案だ。同僚に対する面子もあるだろうから、その案はわしが、実行可能なように根本的に考え直しておいてやる」

「ありがとうございます」第四乙長は敬礼して着席した。

甲長は背を伸ばし、大声でいった。「では、各乙隊に、対軍事力戦略を授ける。第一乙隊はこの船が到着するサガタに、わしと共にそのままとどまり、司令部を設営し、各乙隊への連絡、わしの護衛及びサガタの警備を行え」

「了解」第一乙長はいったん起立してそういった。

「第二乙隊は海岸沿いにジャナメージャヤ港まで進撃し、あの附近に集結している共和国軍を攻撃せよ。途中のアカパン党の反撃が激しければ、特にジャナメージャヤ港まで行かなくてもよい。もちろん、敗北を装って、サガタに向かいじりじりと後退せよ」

「了解」

「第三、第四、第五乙隊はトンビナイに向かって進撃、現在サガタに向かって敗走中のわが栄誉ある国家軍第一甲隊の敗残兵を救護収容せよ。これは最も抵抗の多い危険な進撃であるからして、各乙長はそれぞれ部下の兵員の被害を最小限に食いとめるよう努力を——こらっ第四乙長。作戦会議中に居眠りをするとは何ごとか」

第四乙長は感電したように立ちあがり、悲鳴まじりに叫んだ。「甲長殿。自分は居眠りなどしておりません」

「うそをつけ。今、鼾が聞こえた」

「なるほど、まだ聞こえます」第一乙長が全員を見まわしていった。「誰だだれだ。眼をあけたまま眠っているやつは」

「全員起きています」

「やっ、机の下から聞こえるぞ」

「スパイだ」

甲長は顔色を変え、キャンと叫んで壁ぎわへすっとび、ヒステリックに叫んだ。「命令する。逮捕せよ。直ちに逮捕せよ」

乙長たちは壁ぎわに退き、ブルハンハルドゥンナ短銃を腰から抜いて構えた。第四乙長は進み出てテーブル・クロスをまくりあげ、机の下から寝ぼけ眼のトポタンの片方の耳を摑んで引きずり出した。

「何者だ」第一乙長がトポタンに怒鳴りつけた。

「歴史というものを書くには資料はいらないそうですが」と、トポタンはいった。

「でもあれはやっぱり、もうひとつの国での話だったかもしれない」

「寝とぼけています」第一乙長は甲長をふりかえっていった。「どうやらスパイではなさそうですな」

「いや、とぼけているのだ」と、第四乙長はいった。「すぐ、銃殺にしましょう」

「まあ待て」甲長は、女のように整った顔立ちのトポタンを好色そうな眼で眺めまわしながら、ゆっくりといった。「わしが自分の部屋へつれて行って取り調べをやる」

甲長の習癖を知っている他の乙長たちは腹の中で苦笑したが、武骨一点張りの第四乙長はむきになって言った。「それは危険です甲長殿。何をするかわかりません」

「だまれ」甲長は鼻がしらに青筋を立てて怒鳴った。「わしがこんな弱そうな男にどうにかされるとでもいうのか。わしがこいつよりも弱そうに見えるというのか」

「いえ、決して」

「では余計な口出しをするな、第四乙長。貴様は口数が多すぎるぞ。作戦会議はこれで終る。全員自室にひきとってよろしい」

「は」

一同は甲長に敬礼し、それぞれの個室に引きあげた。

甲長はトポタンの身なりをじろじろ観察しながら訊ねた。「お前は商人か」

「そうです」

「軍の機密を立ち聞きしたからには、お前はもう自分の商売をしに戻ることはできん。お前は軍隊へ入るのだ。いやとは言わんだろうな。さもなければ銃殺だぞ。ふん、お前はなかなか頭が良さそうだから、わしの会計係にしてやる。さあ、おれの個室へいっしょに来い」

第四乙長は、小さな乙長用の船室に戻り、しばらくぼんやりと考えこんだ。

彼には自分がなぜ、他の乙長たちのように、甲長の喜ぶようなことを言うことができないのか、いくら考えてもわからなかった。彼が何か言うたびに、甲長は癇を立てて怒鳴りつけるのだ。だが彼は決して甲長を恨まなかった。自分が甲長を怒らせるのは、自分の甲長への忠誠心や尽しかたが足りないからだと思っていた。彼は常に甲長のいうことを至上命令と考えて行動したし、いつも甲長の身を案じていた。今も彼は、あのえたいの知れぬ若者を自室につれて行った甲長のことをひどく心配し、気に病んでいたのである。

やがて彼は部下の丙長たちを自室に呼び集め、今後の指示と注意をあたえた。彼の今までの経験をながながと丙長たちに話し、どうすれば部下の兵隊たちから信頼を得ることができるか、戦場では部下に対してどういう態度が必要か、はては戦場に於ける食事のしかたから大小便のしかたに到るまで、微に入り細を穿って訓示した。すでに何度も繰り返された内容の訓示だったので、丙長たちは欠伸をかみ殺して聞いていた。

「ところでお前たち、夕食はまだか」

丙長たちは口をそろえて答えた。「まだであります」

「そうか。ここで一緒に食事をしながらもっと話してやってもよいのだが、不幸なことにこの部屋はせまい。お前たちは自分たちの部屋に戻って食事しろ。よろしい。解散」

丙長たちは乙長の気が変わらないうちにと、顔色を変え、クモの子を散らすようにあわてて解散した。

しばらくして乙長の船室のドアを誰かがノックした。

食事をしていた乙長は、フォークを置いてドアを睨みつけた。

「誰か」

「第二丙長のワフーであります。乙長殿」

「入れ」

ワフーがにやにや笑いを浮かべて入ってきた。

「何だ」

「いい話があります。乙長殿」

「いい話とはなんだ」乙長が眉を寄せて訊ねた。乙長はこの商人あがりのワフーが嫌いだった。

「たった今、甲長の秘書官から聞いてきたのですが」ワフーは馴れなれしくそばへすり寄ってきて乙長に耳うちした。「サガタに、歌姫のラザーナが来ているそうです。彼女はわれわれがサガタに到着した夜、士官だけのためにホテルのホールで、歌をうたってくれるそうです」

乙長は何気なさを装おうとして失敗し、尻尾をぴんと立ててしまった。乙長は今やラザーナに首ったけだったのである。一昨日ビシュバリクの空港の一等待合室で初めて彼女をま近に見て、その美しさに彼は激しいショックを受けた。この実直な勇士の心臓はたちまち恋の炎に包まれ、頭には熱い血が湧きあがり、今にも噴きこぼれそうになった。

「あ、あ、あれは何ものか」その時乙長は傍らにいたワフーにそう訊ねた。

「あれは歌姫です。有名なラザーナです」

「わしは知らなかったぞ。あ、あ、あんな美しい女がこの世の中にいたのか」

ワフーは世間知らずの乙長ののぼせあがり様を腹で笑いながら相槌を打った。「まったくですな。乙長殿」

乙長はワフーに自分の気持を見抜かれたことを知り、あわてて胡麻化した。「ふん、コウン・ビかぶれの小娘が、偉そうにしおって」

だがワフーはこの時すでに、乙長の弱味をまたひとつ摑んでしまっていたのである。

乙長は少し顫える手で、ふたたびフォークをとりあげた。「ふん。歌姫がわれわれに歌を聞かせてくれるというのか」

「そうです」

「それがどうした」

「彼女と顔見知りになるには、いい機会ですぞ乙長殿」

「たわけ」と、乙長はワフーにいった。「そんなことをわざわざ言いに来たのか。この馬鹿もん。われわれはこれから戦いに行くのだ。歌どころではないわ。丙長、お前の隊の兵員は全部で何名か」

「は、二十名であります」ワフーは不満そうに答えた。

「すると一丁隊につき平均五名しか居らんということになるではないか。何たることだ。丙長、お前はいったい徴兵期間中何をやっておったのか。おまけに貴様は、部下の中にわしの嫌いな卑民を加えたというではないか」

「あれは通信兵であります。乙長殿」

「その不満そうな顔は何ごとだ。通信兵だとて卑民は卑民だ。腰ぬけの卑民を隊に組み入れさせてもらって人数かせぎをするとは、なんたるなさけない性根か」

「は。窮余の一策でありまして」と、ワフーはちょっとおどけて見せた。

「大馬鹿者。人並みの努力も払わず、何が窮余の一策だ。お前の丙隊はこの甲隊中でいちばんだらしのない丙隊だぞ。もういい。出て行け。自分の部屋へ戻ってよく反省しろ」

　ワフーはしぶしぶ敬礼をし、船室を出てからドアを振り返って唾を吐いた。「ふん。偏屈の童貞爺いめ。勝手にしろ」

　彼は他の丙長たちといっしょに使っている二等船室へ戻る前に、彼の部下たちが雑魚寝(ざこね)をしている三等船室へやってきて怒鳴った。

「丁長集まれ」

　四人の丁長が彼の周囲に集まった。

「お前たちが徴兵を怠けたために、おれまでが乙長からいや味を言われた」彼は四百人ほどの他の丙隊の兵士もいる前で、部下の丁長たちに怒鳴りちらした。「おぼえていろ。お前らはおれをひどい目にあわせた。お前らもひどい目にあわせてやるぞ。ひどい目にあわせてやるぞ」ワフーは唾をとばし、泣きそうな顔でわめき続けた。充血した眼球がとび出ていた。

兵隊たちはあきれ返って、茫然(ぼうぜん)と丙長を眺めていた。

「あれは気ちがいだ」丙長が去り、マケラやドブサラダのいるところへ戻ってきた丁長は、壁ぎわに腰をおろしながら投げやりにいった。

「どうやらおれは、とんでもない隊へ入ったらしいな」マケラはそう呟いた。

丁長はいった。「なあに、丙長なんて、みんなあんなもんだ。心配するな。もう一階級上官の乙長ともなれば、少しは話がわかる。安心していろ」

「丁長殿には特に、風当りが強かったようですな」と、ドブサラダがいった。

「徴兵がうまく行かなくて、結局ひとりしか引っぱり込めなかったからだ」丁長がマケラを見ていった。「その揚句、隊員が三名じゃ恰好がつかねえというんで、甲隊附きの卑民の通信兵を押しつけられてしまった。ところが乙長も丙長も、卑民は大嫌いときてる。もちろん、おれだってそうだが」

丁長とドブサラダとミシミシは、冷たい眼でズンドローを見た。

「こら、おれの傍へくるな」ドブサラダはズンドローを罵った。「卑民め。おれから離れていろ。あっちへ行け。臭いから」

ズンドローは身を縮め、おろおろと立ちあがった。だが、彼の行く場所はなかった。彼は困って立ち尽し、腰をおろせそうな場所を物色してあたりを見まわした。

「おい、こっちへ来い」マケラは壁ぎわに場所をあけてやり、そこを顎で指し示して見せた。

ズンドローはしばらくマケラの顔色をうかがったのち、彼の隣りへやってきて黙って腰をおろした。

「飯だ。飯が来た」

でかい桶や鍋をかかえて三等船室に入ってきた炊事当番兵たちを見て、大食漢のミシミシが立ちあがり、大声で叫んだ。「おい。先にこっちへ来い」

当番兵は叫び返した。「まあ待て。順番だ。今すぐ行ってやるから」

マケラたちの傍まで飯を配給してまわってきた当番兵たちは、ミシミシのさし出した大きな鉄の盆に食物を盛りはじめた。

「何丁隊だ」

「第二丙隊の四丁隊だ」

盛られた食物の量を見て、ミシミシが文句をつけた。「おい、五人分だぞ。少なくはないか」

行きかけた当番兵のひとりが振り返っていった。「ひとりは卑民だろ」

ミシミシは舌打ちして盆を床に置き、さっそくまず丁長の食器に飯を盛り、次に自分の食器を出した。他の二人も、それぞれ自分たちの食器を出し、争って盛り始めた。鉄盆の上の食物は、たちまち少なくなった。

ズンドローがおずおずと手を出した時、ドブサラダはその手をはらいのけた。「ひっこめてろ。貴様には残ったものをやる」

ズンドローは泣きそうになっていった。「でもだんながたは、ぜんぶ食っちまうだ。のこらねえだ」

ミシミシが大声でズンドローを怒鳴りつけた。「うるさい。卑民に食わせてやるものなんかないぞ」

ズンドローは、さっと壁の方を向き、肩をふるわせた。

マケラは自分の分をふた口み口つまんでから、ズンドローの前に食器を置いていった。「おれは食欲がない。食わないか。食ってくれ」

ズンドローは身をかたくしてかぶりを振った。「おらは、恵みや施しを受けたくねえだ」

「誰が恵んでやるといった」と、マケラはいった。「捨てちゃ勿体(もったい)ない。食べてくれと頼んでるんだ」

ズンドローの腹がぐうと鳴った。「じゃ、貰うだ」

ズンドローはマケラの食器をひったくるように取りあげ、がつがつと食べ始めた。彼は朝から何も食べていなかった。ズンドローは、食べながら涙を流しはじめた。マケラは茫然としてズンドローの顔を眺めた。

ズンドローはマケラの視線に気がついて、食べ続けながらいった。「ああ、そうとも。おら、泣いてるだよ。こんなこたあ、つまらねえ。なにも泣くこたあねえだ。自分でも馬鹿馬鹿しいと思うし、そんな自分が厭になるだ。だけど、泣けるもんはしかたがねえだ。おら、気が弱くなってるだよ。いじめられ続けたもんで、ちょっと優しくされると泣いちまうだ。涙もろくなってるだよ。だけどおら、ほんとに腹が減ってただ」ズンドローはおいおい泣きながら飯をむさぼり続けた。「だが、おら、この食いものをだんなから恵んでもらったんではねえだ。だからこれを食っても、だんなはおらに恩を売ったなんて思わねえで欲しいだ。おらもだんなに恩返しをしなきゃならねえ義理はねえだよ」

「馬鹿だな。誰が恩を売るなんていった」マケラはごろりと横になった。

眼を閉じ、しばらくしてから大きな鼾をかきはじめた。

第二甲隊の兵士と、多数の武器と、戦争婆さんとその荷車を載せた円盤型宇宙貨客船は、常闇（とこやみ）のしじま、暗黒星雲内の宇宙空間を、太陽に背を向けて流れるようにブシュバリクにいそいでいた。

7　次男マケラは丙長の命令で斥候に出た

「ブシュバリクに到着しました。甲長殿」

甲長附き秘書官が甲長用の広い特等コンパートメントに入ってきてそう伝えた。

「よし」甲長は豪華なベッドから起きあがっていった。「第四乙長を寄越してくれ」

「はい」秘書官は敬礼して部屋を出ていった。

甲長は毛布をはねのけ、すっぱだかのまま立ちあがり、ベッドの横のテーブルで何か書き続けているトポタンに近づきながらいった。「何を書いているんだ」

トポタンは、また女として扱われるのではないかとびくびくしながら答えた。「詩です」

「ほう。お前は詩を書くのか」甲長はテーブルの上の紙をとりあげ、トポタンの書いた詩をざっと読んでみてからうなずいた。「いい詩だ。脚韻(きゃくいん)を統一すれば、もっとよくなる」

彼は紙をトポタンに返し、隣りの化粧室へ入っていった。

「お前はその軍服が、なかなかよく似合うぞ」甲長はブラシで全身の毛を梳きながらいった。「サガタの町の女どもが、さぞ騒ぐだろう。お前は女に好かれるだろうな」

「いいえ。全然」

「聞こえないぞ」

「いいえ。全然」

「ほう、そうか。あの服装じゃあな」

トポタンは自分の書いた詩に眼を落し、しばらく考えてから三カ所の脚韻を書き改めた。

甲長の倒錯趣味の相手をしなければならないのは厭だったが、以前から書きたく思っていた詩を作る時間ができたことは嬉しかった。ここには上質の紙も、最高級のペンも揃っていた。部屋の換気具合もよく、暖かかった。甲長と二人きりの部屋で、甲長が寝ている間はあたりが完全に静まり返った。この部屋にいたためにトポタンは、着地の衝撃で引っくり返らなくてすんだ。いつ逆噴射があったのか、それさえ気がつかなかった。

「おれも以前は詩を書いた」化粧室から出てきた甲長は、自分で軍服を着はじめた。「おれは戦争が嫌いだった。身体も弱かったし、だいたい野蛮なことが嫌いだった。それで詩を書いた。平和にあこがれる詩、恒久的平和を望む詩を書いた。しかしやがて、おれの書いた詩を読むような奴は、全部おれと同じような奴ばかりなのだということに気がついた。政治家や軍人は詩を読まないのだということを知った。それじゃ詩を書いても意味はない。そこでおれはあっさり詩作をやめ政治家になった。議会では反戦論をぶちまくった。ところが戦争が始まってしまった。おれはいろいろ考えた。平和な間は、戦争が起らないように反戦論をぶちまくるのもいい。しかしいったん戦争が始まってしまえば、とにかくその戦争に勝ってしまわないことには大変だ。負けてしまえば平和どころではなく最悪の状態になるのだ。反戦論にしたって、とにかく勝ってしまってからの話だ。おれはそう結論した。そこで軍務についた。軍隊には頭の悪い奴が多いから、おれが出かけなきゃ負けてしまうと信じたのだ」

誰かがドアをノックした。

「頭の悪い奴が来たらしいな」甲長は苦笑していった。「入れ」

第四乙長が固くなって入ってきた。「第四乙長、参りました」

「そんなでかい声を出さなくてもわかっている」甲長は眉をしかめていった。「ホテルまでわしを護衛しろ。お前は頭は悪いが、糞度胸だけはあるからな」

「はっ」第四乙長は敬礼してから、士官服を着たトポタンを、じろりと横眼で見た。

「甲長殿。この男を士官に登用なさったのでありますか」

「事務官にした。こいつはお前よりずっと頭がいいぞ」

鼻の両側に皺を寄せた乙長は、だしぬけにトポタンを怒鳴りつけた。「お前は何をぼやぼやしとるのか。甲長殿が軍服をお召しになっているのが眼に入らんのか。なぜお手伝いをしてさしあげんのだ」

　トポタンは、あわてて立ちあがった。

「やかましい男だなお前は」こんどは甲長が乙長を怒鳴りつけた。「ちょっとくらい静かにできんのか。よいよい、お前はそこにいろ」甲長はわざとやさしくトポタンにいってから、軍服のボタンをかけはじめた。

「そんなによく気がつくのなら、どうしてお前自身が手伝わんのか」甲長は乙長を冷たく見くだしてそういった。

「は。これは気がつきませんでした」乙長はあわてて長椅子の上の剣帯をとり、なれぬ手つきで甲長の腰に巻きつけた。

「不器用な奴だ。もういい、もういい」

「は。しかしながら、こいつをこう、しっかり締めておきませんことには」

「痛いじゃないか」

「でも、こうしておきませんと、剣の重みのためにベルトが下へ」

「うるさいっ。もういいといってるのがわからんのか」甲長は吠えた。

乙長はふたたび直立不動の姿勢に戻り、ぴんと立てた尻尾の先端をびりびりと顫わせた。

　やがて三人はコンパートメントを出、秘書官と二人の護衛官を従えて宇宙船の曲りくねった無人の廊下を気閘室へ急いだ。秘書官は甲長の書類鞄を持ち、トポタンは金袋を持たされた。この金袋には甲長の金だけでなく、第二甲隊の軍資金全部が入っていた。

　士官専用出入口の金ぴかのタラップを降り、一同は発着場の広場に待機していた一台の気密車に乗りこんだ。外は零下五度という寒さだったが、この車の中は暖房がよく利いていた。車は広い発着場の黒い砂をもうもうと捲きあげ、空港の出入口の方へ二列縦隊になって行進している兵士たちの傍を走り出した。兵士たちは砂をかぶってたちまちまっ黒になり、咳きこんだ。

「わあ、ひでえことしやがる」

　車はサガタの町に入った。この町のほとんどの建物は二度の戦争で跡形もなく破壊され、その焼け跡には闇市が立ち、小さなバラックや屋台店が道路ぎわに並んでいた。食うに困り、衣服に困った附近の農民たちが、物々交換用の品物を持ってうろうろしていた。町の大通りを大っぴらに闊歩していたコウン・ビ服の売春婦の群れが、士官の車と見て大声で何か叫び、いっせいに手を振った。襤褸毛布を身にまとった子供たちが、食いものをくれと叫びながら手をさしのべ、車のあとを追って走ってきた。二、三の掘立て小屋ではエロ・グロのショーをやっていて、毒々しい看板を出していた。町一番のホテル・サガタだけは戦火も浴びず、他の官庁の建物にはさまれて市の中央部に尊大に聳(そび)えていた。甲長たちの一行は軍人のドア・ボーイの出迎えを受け、ホテルのロビーに入った。ここにはビシュバリクへ帰ろうとしている高級商社員や戦争成金の家族が三、四組いた。

甲長の少しうしろを歩いていたトポタンは、ロビーの隅のバーにいるラザーナを見かけてふと足をとめ、ぼんやり彼女を見つめた。

「おい、何をしている。早く来んか」

ふり返ってそういった乙長も、トポタンの視線を追ってラザーナの姿を発見し、突っ立ったまま口をあんぐり開き、尻尾をぴんと立てた。

反重力シャフトのドアの前でうしろを振り返った甲長は、乙長の様子を見て苦笑し、声をかけた。「おい何をしている。早く来んか」

「はっ」乙長は弾かれたように固いフロアーの上で跳びあがり、あわててトポタンに叫んだ。「何をしとるか。早く来ないか」

ドアが開き、一同は反重力シャフトのボックスに入った。ボックスは音もなく、この建物の最上階へ上昇しはじめた。

「乙長。お前はだいぶ、ラザーナにのぼせあがっているらしいな」甲長がそういった。

「とんでもありません」乙長はたちまち身体をしゃちこばらせ、大声で怒鳴った。

「あんな芸人風情に、どうして軍人の私が」

甲長は耳を押えて眼を閉じた。「馬鹿。なんて声を出す」それからにやりと笑った。

「しかし、なかなかいい娘ではないか。わしはああいう純情そうな娘が好きだな。トポタン、お前も好きだろう」

「はい」と、トポタンは答えた。

「それみろ。男はみんな、あの娘のファンだ」甲長はじろりと乙長を見ていった。

「あの娘に悪い虫がつかなければいいが」

甲長のその言葉に、乙長のラザーナに対する恋ごころはますます募ったようだった。

乙長はけんめいに何気なさを装おうとしていたが、それは完全に失敗していた。

最上階に着き、ボックスから出て、パネル・ヒーティングの廊下を歩きながら、甲長がうしろを振り返らずにいった。「そうそう、今夜あの娘がここのホールで、士官たちのために歌をうたってくれるそうだな。最近は軍がいちばんたくさん金を持っているから、芸人たちはしきりに兵隊に色眼を使う。あの娘がこんな町へやってきたのも、きっと軍人がいるからだろうな」

「自分は歌など聞きたくありません」乙長は頑固にそういい張った。

「ほう、そうか」甲長は頬に意地悪そうな微笑を浮かべ、自室のドアの前で立ち止り、乙長を振り返っていった。「では、ちょうどいい。今夜はお前の隊がこの町の警備をしろ。さっき、この秘書官から聞いた話では、市の周辺部に多数のアカパン党が集まってきているらしいからな」

「は」乙長は失望の色が顔に出そうになるのを自分で戒めようとするかのように、大声で復誦した。「わが隊はこの町の警備に当ります。それこそ軍人の勤めであります」

「ああよしよし。もう、わかったわかった」甲長はうんざりしたという口調でそう言うと、トポタンだけを部屋の中に入れて、乙長の鼻さきへ、叩きつけるようにドアを閉めてしまった。

乙長は心の傷の深さを自分で認めようとせず、逆に堂々と胸をはり、秘書官たちといっしょに廊下を引き返した。リフトで一階ロビーへ降りると、そこには彼のあとから到着した乙長や丙長が数十人屯（たむろ）していた。あの戦争成金たちやラザーナの姿はもう見えなかった。

「第四乙隊の丙長集まれ」と、乙長は声をはりあげた。

彼の声はなんとなく、他の隊の乙長や丙長たちまでいらいらさせるような、独特の金属的な響きを持っていた。

乙長の周囲に、彼の部下の丙長たちが集まった。「全員集合しました。乙長殿」

「よし」乙長は、誰にもひと言の文句も言わせまいとするかのように、部下たちの顔をひとりひとりぐっと睨みつけてから喋り出した。「わが隊は今夜、このサガタ市の警備、および町の周辺の警戒を行う」

第二丙長のワフーが、ぐぐっと咽喉をならし、もじもじした。

乙長は彼をきっと睨みつけていった。「なんだ。何か質問があるのか」

ワフーはおずおずと訊ねた。「士官も、あのう、つまり、われわれもですか」

「もちろんだ」乙長はワフーの顔を凝視しながらゆっくりとうなずき、低く訊ね返した。「なぜそんなことを訊く」

「あの、今夜は、士官のための慰労パーティがあるのでは」

「この、大馬鹿者」乙長はわれ鐘のような声を出した。

ちょうど熱い飲みものをいっぱい盆に載せてこの横を通りかかっていた軍人のボーイが、この声に驚いて足をすべらせ、傍のソファに横たわっていた別の乙隊の丙長の顔に、まともに盆の上のものを全部ぶちまけた。

「あちちちちち」

たいへんな騒ぎになった。大火傷の丙長は軍医のところへ運ばれ、軍人のボーイは他の丙長たちに連行された。「来い。お前は銃殺だ」

乙長はそんなことはおかまいなく、さらにワフーを怒鳴り続けた。「警備をなんと心得とるか。お前はそれでも軍人か。それでも士官か。部下を警備に立たせておいて、お前はパーティに出たいというのか。この馬鹿者。死ね死ね。死んでしまえ」

「いえ、決して決して、決してそんなつもりでは」銃殺にすると言い出し兼ねない勢いなので丙長は顫えあがった。「自分はただ、ただ、ただ、そのう」

「ただ、なんだ」

「ただ、パーティが中止になったのかどうかをお訊ねしたかっただけであります」

「弁解無用だ。よし。お前の丙隊は斥候に出す。第一丁隊は町の北一キロの地点にある草原へ斥候に出せ。第二丁隊は東南一キロの部落へ、第三丁隊は南二キロの海岸へ、それぞれ斥候に出せ。それから第四丁隊は、ふん、あの卑民のいる第四丁隊は、最も危険な地点、西約三キロ半のところにある、あの森へ行かせろ。うん、そうだ、そしてお前は、第四丁隊と行動を共にしろ」

「は、はあ」

「わかったのか」乙長はまた声をはりあげた。

「わかりました」

「よし。ではすぐ命令を出してこい」

「はっ」丙長は感電したようにその場で一旦跳ねあがると、玄関めがけて走り出した。

ホテルの広い前庭では、第二甲隊千二百名の兵士が自分たち用のテントを張っていた。中央の、大噴水がある池の中には水がなく、その中では炊事当番兵が飯を作り始めていて、スープの匂いがあたりに立ちこめていた。匂いに誘われてやってきた子供や売春婦や男娼やならず者や乞食や片端たちが、庭の柵越しに食いものをねだっていた。

丙長は自分の部下を探してホテルの周囲の庭を苛立ちながらぐるりと一周した揚句、植込みの陰で寒さに顫えている第四丁隊の連中を発見した。

「こら」丙長は駈け寄って叫んだ。「どこにいた」

「ここにいました」と、丁長が答えた。

「お前たちのために、おれはひどい目に合いどおしだ」丙長は歯をむき出してわめいた。「卑民なんかがいるために、おれは乙長から睨まれてしまった。どうしてくれる。こいつらめ。ひどい奴らだ。ひどい目に合わせてやるぞ。こいつらめ」

一同はわけがわからぬままに、ゆっくりと立ちあがった。

「お前たちはすぐ、斥候に出かけるんだ。いいな。罰として飯は食わさん。そうとも、それが当然だ。飯を食わずにすぐ出発しろ。三キロ半西の森だ」

「あそこへ」ドブサラダがなさけなさそうな声を出した。「あそこには、アカパン党がいます」

「ああ、いるとも。だから斥候に行くんだ。奴らがどこにいて何をしているか斥候してきて、細大洩らさずおれに報告するんだ。さあ、すぐ出発しろ」

「これから出かけて帰ってくれれば、明日の朝になってしまいます」ミシミシが大きな図体を折り曲げて、哀願するようにいった。

「ああ、そうとも。それがどうした」丙長が牙を見せて笑いながらいった。

「腹ぺこです。飢え死にしてしまいます」

「したらいいだろう」彼はせせら笑った。

マケラはかっとなって一歩前へ出ようとしたが、ズンドローがうしろからベルトに手をかけて引きとめた。

「さあ、早く出かけろ。なんだその面は」また丙長が罵った。

五人はそれぞれ自分の銃を担うと、丁長を先頭にしてふらふらとホテルの門の方へ歩き出した。

丙長があとからついて来ながらいった。「いいな。他の者には、おれもいっしょに行ったように言うんだぞ。わかったな」彼は繰り返しそう念を押すと、門の手前でホテルの中へ引き返してしまった。

「くそ。あれがおれたちの上官か」門を出ながらマケラが振り返って、吐き捨てるようにいった。

「おれたちがこんな目に合うのも、こいつがいるからだ」ドブサラダが腹立ちまぎれに銃の台尻でズンドローの肩をどやしつけた。

ズンドローは小さく悲鳴をあげて地べたに転がったがすぐ立ちあがり、耳を垂らしたまま一行のうしろから少し離れてついてきた。

一行が町はずれの草原にやってきた時はもう日が暮れかけていて、血のような色の彼方(かなた)の空にジャイナジャイナというこの星の毛むくじゃらの怪鳥が群れをなして飛翔していた。

「腹がへった」大男のミシミシが泣きそうな顔でいった。「とても歩けそうにない」

「あのう、だんながた」背後からズンドローが遠慮しているような声で言った。

「なんだ」ドブサラダは振り返って投げつけるように訊ねた。

「おら、さっき、出かける時に、炊事当番兵の油断を見すまして乾し肉を万引してきただよ」

「この泥棒め」ドブサラダがわめいて、ズンドローに駈け寄った。

ミシミシも眼の色を変え、とびつきそうな勢いでズンドローに走り寄った。「それを出せ」

ズンドローは上着の下からひと塊りのサチルナの乾し肉を出し、ミシミシに渡した。

「待て」すぐに食いつこうとするミシミシに、丁長があわてていった。「それを分配しろ」

「わかりました」ミシミシは道端の岩の上に肉をのせ、ナイフを出してそれをほぼ四等分した。

「いかん。五等分するんだ。五人いる」と、マケラがいった。

「卑民にまでやるこたあねえよ。こいつは盗っ人だ」

「だけど、こいつがいなけりゃ、おれたちはその肉を食えなかったんだぜ」

「五等分しろ」と、丁長も頷いて横からいった。

ミシミシはなさけなさそうな顔で、肉を切りなおした。

一同がそれぞれ肉を食べようとした時だった。夕闇の中から黒い砲弾となって降下してきたジャイナジャイナが、ばさっという羽音とともにミシミシの手の肉をシャベル型の嘴ですくいあげ、さらって行ってしまった。

「おれは運が悪い」ミシミシは道路に俯せ、両の握りこぶしで地面を叩きながらわめいた。「天に見はなされた」

ズンドローが彼にいった。「だんな。おらの肉を半分食ってもええだよ」

ミシミシはびっくりして顔をあげ、ズンドローを凝視した。だが、すぐにかぶりを振って叫んだ。「いらん。誰が卑民の恵みなんか受けるもんか」

「ああ、そうかね」ズンドローはそういって、あっさりと、さし出した肉をひっこめ、ぺろりとひと口で平らげてしまった。

ミシミシはそれを見て一瞬唖然とした。「ただ貰うのは恰好が悪いから、おれは一旦、いらんといったんだ。おれは意地をはっていらんと言っただけなんだ」彼はふたたびわめき始めた。「こいつはそれを本気にして、食っちまいやがった」泣き出した。「せっかく食えといったのなら、もういちどぐらい奨めるのがあたり前だ。そう思ったからこそおれは、それをあてにしてことわった」彼は地べたにひっくり返り、手足をばたばたさせた。「ああ、おれはひもじい。飢え死にする。飢え死にする」

「おれのを半分やろう」丁長が苦笑してそういった。

　肉を食べ終ると一行はまた立ちあがり、すでに宵やみに包まれた凍えそうに寒い農道をさらに西へ歩き出した。次第に針葉樹の立木が多くなり、どこにアカパン党がひそんでいるかわからぬ様子になってきたので、五人は低い声で喋りながら前進した。

「アカパン党の奴らは、最近じゃ、もうならず者の集まりみてえになってますだ」ズンドローは顫えながらマケラにそういった。

「怖いのか」

「そりゃ恐ろしいですだよ、だんな。奴らに捕まったら、死ぬよりもひどい目にあわされますだ。奴ら、おらたちの皮を生きたままひん剝いて、それで毛皮の服を作りますだ。おらみてえに毛の長いもんは、まっ先に剝がれるだよ」

「じゃあ、おれは大丈夫だな」と、ミシミシがいった。「おれはコロコロ持ちで、毛が抜け落ちてボロボロだから」

コロコロはビシュバリクの伝染病で、このブシュバリクのような寒いところではあまり発作は起きない。だが周囲の気温が上ると突発的にぶり返すし、知らぬ間に伝染していることもある。

「丁長殿」と、マケラが呼びかけた。「このズンドローは通信兵で、戦闘員じゃありません。おまけに臆病で、顫えあがっています。こういうのをつれて行くと、かえって足手まといになると思いますが」

「そうだな」丁長は歩きながらしばらく考え、やがて立ち止って振り返った。「よし、お前は町へ引き返せ」

ズンドローは感謝の眼でちらとマケラを眺め、丁長に頷いた。

「わかりました。おら、町へ帰りますだ」彼はマケラに一個のメクライト弾を手渡した。「護身用に持ってきましただ。何かの役に立つかもしれねえ」

「ああ、そうだな」マケラは受け取った。

「気をつけてくだせえよ、だんな」

「わかってる」

ズンドローは背を丸め、引き返していった。あとの四人は、さらに西へ進んだ。

「昔のアカパン党員にゃ、主義も主張もあり思想があった」と、丁長が歩きながらいった。「圧制と重税に苦しめられていたトンビナイの下層階級の子弟と、地方からトンビナイへ留学してきた大学生たちが、ブシュバリク独立運動のために結びついたってわけだが、やがてコウン・ビがトンビナイに傀儡(かいらい)政権を作った頃から、どうやら自分たちが貿易商たちに利用されているだけらしいてえことが、やっとわかってきたわけよ。大学生たちは党を抜け出して、ある者は大学に帰り、ある者はトンビナイを見限ってビシュバリクへ逃亡した。だがしかし下層階級出の奴らは二度の戦争経験で、物品を掠奪(りゃくだつ)したり農民の娘を強姦(ごうかん)したりするのが面白くなっちまっていたんだな。それでそのまま不正規武装団体になって、休戦の間でさえあちこちの村を荒しまわった。アカパン党という名前は農民の間では野盗の代名詞になっちまった。もちろん奴らは、戦争がある間は共和国側について金を貰い、共和国軍の手先みたいになって国家軍を遊撃(ゲリラ)戦法で苦しめる。奴らはすでに今となっちゃあ主義や主張もあらばこそ、精悍(せいかん)で残虐無比というだけで無慈悲無自覚無節操、金さえやればこちら側にだってつくだろう」

「どうして味方にしちまわねえんです。そうすりゃ戦争もだいぶ楽になるでしょうに」と、ドブサラダが訊ねた。

「それは皇帝陛下のご命令で、きつく禁じられている。農民たちをさんざ苦しめたアカパン党なんかを手先にすれば、国家軍は農民の支持を得られなくなってしまう。たとえコウン・ビの軍隊がやってきたって、大多数の農民さえこっちの味方なら戦闘を有利に展開することができる。農民まで殺しちまうと、コウン・ビは労働力が得られないわけだから、たとえ戦争に勝ったところで鉱石の採掘ができねえ。奴らは農民たちの安い労働力が欲しくてしかたがないわけだし、農民たちに労働力を提供して貰うためにはそんなに無茶な破壊行為もできねえ。こっちはそこがつけ目ってわけだ」

「そうですかね」ドブサラダは首を傾げた。彼はコウン・ビ族の良識や農民の理性には懐疑的なようだった。「奴ら、いざとなりゃあ農民たちを奴隷みてえに無理やり狩り出すんじゃねえですか。また農民にしたって、金さえ貰えりゃひどい目にあわされたことなど忘れちまって、コウン・ビの下で働き出すんじゃねえかという気がしますがね」

「まっ暗になっちまった」と、ミシミシがいった。「月がひとつも出やがらねえ。空が曇ってる。いやな晩だ」

あたりはぬらりとした不透明の闇に閉ざされ、四人はますます低く背を丸めた。お互いの顔さえ定かでなく、あたりの様子ときては、さらに見極めがつかなかった。

「いやに静かだな」と、またミシミシがいった。「こういうのがおれはいちばん厭だ。明るい陽の光の下での戦闘なら敵が何十人かかってこようが構わねえ。しかしこいつには参る。神経がすり減る」

ミシミシが黙ってしまうとさらにあたりは森閑(しんかん)として、陰鬱(いんうつ)な冷えびえとした静寂が四人をとりまいた。

恐ろしい——マケラはそう思った。彼は呟いた。「おれは怖い。今にもどこかから弾丸がとんでくるように思えてしかたがねえ。暗ければ暗いほど、こっちの姿を敵にさらしているような気がする。周囲がみんな敵の居場所のような気がする。しかもその敵が、すごく巨大な奴だというような気がする」

「だとすればすでに、お前は負けてるんだ」と、丁長はいった。「暗いとか静かだとかいったことは、敵にとってもこっち同様気持のいいもんじゃねえ。だからそういう時は、心ん中で敵の上位に立ってなきゃいけねえんだ。おれたちは夜陰に乗じて、敵の寝首を掻きに行くんだと、そう思っていなくちゃいけねえや。じっとしていてさえ危険だてえ時にゃ攻撃てえ奴が最も安全な行為にならあね」

「しかし静か過ぎますな、丁長殿」こんどはドブサラダがいった。「アカパン党がどこかにいるなら私には勘でわかります。匂いもします」

「それじゃ、いないんだ」丁長は断言するようにいった。

「そうらしいです、いそうな気配はこれっぽっちもねえ」

「思い出したぞ」丁長は少し大きな声でいった。「今夜はアカパン党の結成記念日だった」

「ああ、そうでしたな」ドブサラダも安心したようにそういった。

「それは何でありますか。丁長殿」

　マケラの問いに丁長は答えた。「アカパン党は八年前の今月今夜に結成された。その夜もちょうど、今夜と同じような闇夜だった。奴らは手に松明をかかげてトンビナイの東にある岩山の麓の、堆積岩でできている平地に結集した。寒いものだからそこで焚火をしようとして、少し地面を掘り返した途端、いきなり地下から原油が噴出してそれに松明の火が移った。火は天を焦がす勢いで燃えあがったというんだから、きっと壮観だったことだろう。奴らそれを記念して、毎年今夜になるとでかい焚火をし、馬鹿騒ぎをやるんだ」

「じゃ、森の中にはいないのかもしれませんな」マケラは頷いていった。「その馬鹿騒ぎをやりに、どこかへ出かけたんでしょう」

「うん。そうかもしれん」

「丁長殿。われわれはすでに、森の中に入っているようです」ドブサラダは軍靴の下の多量の落葉に気がついてそういった。

「よし、ゆっくり前進だ」

　四人はひとかたまりになって背を折り曲げ、前方の闇をすかし見ながらじりじりと前へ進んだ。しばらく行くと落葉がなくなり、地面は乾いた土に変った。木に出会うこともなくなった。

「おかしいな。もう、森を通り抜けたのかな」ミシミシがそうささやいた。

丁長はささやき返した。「この森の中央には広場がある。きっとそこへ出たんだろう」

四人は黙ったまま、さらに何十メートルかを這うようにして進んだ。

ぼうん、とだしぬけに弾ぜるような音がして火が燃えあがった。森の広場は真昼のように明るくなり、四人の周囲十二カ所の巨大な焚火は天を焦がした。それまで焚火の周囲で息をひそめ、この瞬間を待っていた三百人のアカパン党はいっせいに喊声をあげ、口笛を吹き、手を打ち、足を踏みならした。

「ひやっ」

四人は心臓が口からとび出すほど驚いて、思わずその場にひっくり返った。

カン、カカン、カン、カン。

カン、カカン、カン、カン。

木管打楽器による激しい狂躁的なペチャンタ・リズムが高鳴り、地べたに尻を据えて顫えている四人のまわりを、まっ赤に顔を火照らせた多勢のアカパン党員たちが踊り狂い始めた。マケラたち四人は息をぜいぜいいわせながら、唖然として周囲に突如出現したこの大騒ぎを見まわし続けた。

カン、カカン、カン、カン。

カン、カカン、カン、カン。

でかい酒瓶を抱いてげらげら笑いながら跳びはねていたひとりのアカパン党員がマケラたちに血走った眼を向け、なおも踊りまくりながら大声で呼びかけた。「よう。何してるんだ同志。腰を据えてねえで、さあ踊った踊った」

8　次男マケラは手柄をたて丁長に昇進した

「踊らないと怪しまれる」と、丁長はうわずった声でいった。「みんな踊れ」

四人はあわてて立ちあがり、不器用にペチャンタを踊りはじめた。

マケラは無我夢中で手足を動かしながらあたりを見まわした。周囲で踊り狂っているアカパン党員たちの服装はてんでばらばらだったし、中にはどこで掻っぱらってきたのか、あきらかに国家軍の高級将校のものと思える軍服を着ている党員までいたので、マケラは少なくとも軍服から素姓のばれる心配はないと考え、やや安心して跳ねまわった。彼はペチャンタがあまり得意ではなかったが、基礎パターンの単純な踊りなので何とかごまかすことができた。
一、キック、二、キック。
三、四、五、六。
一、キック、二、キック。
三、四、五、六。

カン、カカン、カン、カン。

カン、カカン、カン、カン。

正確に打ち刻まれるリズムは四方の暗い森にこだまし、さらに四方の荒野へと陽気に流れて行った。巨大な焚火の炎は踊り狂う多勢のアカパン党員の顔に赤く映え、すでにナンマン酒をがぶ飲みして火照っている彼らの表情を、さらにこの世のものとも思えぬ怪奇な面構えに変えてしまっていた。

マケラはアカパン党員たちの汗臭い身体にもまれて、いつか他の三人を見失ってしまった。

やがて広場には熱気が立ちこめ、踊りまくる全員の上から白い湯気が立ちのぼり始めた。皆、赤黒い舌をだらりと垂らし、はあはあ喘（あえ）ぎながら全身に滝のような汗をかいていた。それでも踊りは続けられた。

カン、カカン、カン、カン。

カン、カカン、カン、カン。

ひとり、ふたりと服を脱ぎはじめ、最後にはほとんどの者が生まれたままのすっ裸になって踊り出した。マケラもあまりの暑さに耐え切れず、上半身だけ裸になった。もちろん銃などは、とっくにどこかへ捨ててしまっていた。彼は空腹のため、ぶっ倒れそうになっていた。焚火の傍に焼肉料理がたくさん並べられていたので、彼は踊りながらそれをひっつかんでは口に抛りこんだ。

焚火の向こう側でもあの大食いのミシミシが、足を跳ねあげながら料理を皿ごと掻っさらってはむさぼり食っていた。彼はいつの間に飲んだのかナンマン酒に酔っぱらって、パンツまで脱ぎ捨てて丸裸になり、リズムにあわせて何かあらぬことをわめきちらしながら踊っていた。

ミシミシのすぐ傍らには丁長がいた。彼はさっき彼らに声をかけたあの酔っぱらい党員に捕まって、力まかせに口をこじあけられ、酒瓶の酒を咽喉へ流しこまれてむせ返っていた。丁長もやはり、すでにすっ裸だった。ドブサラダはどこで踊っているのか、その姿はマケラには見えなかった。

全身の毛穴から噴き出し流れ出る汗が、皮膚を伝いはじめ、やがてそれがひどくくすぐったくなってきて、マケラは激しく身をよじった。彼は周囲で踊っているアカパン党員たちのからだに自分の皮膚をこすりつけた。だがそれでも擽ったさはおさまらず、それどころかますますはげしくなってきた。ついにはそのこそばゆさ擽ったさははっきりと、一種の軽い疼痛を伴ったいらいらするような痒みに変ってきた。マケラはさらに強く周囲の連中にからだをこすりつけ、その痒みを忘れようとしたが、そのためにはますます激しく踊りまわらなくてはならなかった。たまたままわりの動きに押されて焚火の傍へ寄って行くと、炎の熱がちりちりと体毛を焼き、その熱さがさらに痒さをあおり立てた。その痒さは、今やただごとではなくなっていた。発狂しそうな痒さだった。

「しまった。これはコロコロだ」いつの間にかミシミシから伝染されていたらしい――マケラはそう思った。

それは正しかった。マケラがちらとミシミシの姿を見かけたとき、彼は焚火の傍にひっくり返り、痒い助けてくれとわめきながら全身を引っ掻きむしり、地べたをのたうちまわっていた。寒さで一時おさまっていたのが、この熱気で再発したのに違いなかった。そんなミシミシを、四、五人のアカパン党員が踊りをやめ、怪訝そうに見まもっていた。

「これはいかん」マケラは危険を感じ、この踊りの群れから抜け出そうとして、かすかに森の木立が見えている方へ踊り続けながら移動しはじめた。

「コロコロだ」

「コロコロの患者だ」

背後の叫び声が次第に大きくマケラの方へ近づいてきた。

「こいつはビシュバリクの奴だ」

「国家軍の兵隊だ」

「気をつけろ。国家軍の奴がまぎれこんでいるぞ」

木管打楽器のかん高い音がぴたりとやんだ。

アカパン党員たちは踊りをやめ、口ぐちに騒ぎはじめた。

「どうした」

「どうしたんだ」

「敵兵がまぎれこんでいる」

「みんな、横に見なれない顔の奴がいたらすぐ撃ち殺せ」

マケラの傍らのひとりが、彼の顔をじろじろと眺めはじめた。マケラはすでに群れのはずれまで抜け出してきていた。しかし森の木立まではまだ二十メートルほどの距離があった。

「おいどこへ行く」

何気ないふりで木立の手前にある灌木(かんぼく)の茂みへ歩き出そうとしたマケラを、その男が背後から呼び止めた。マケラはちらと男を振り返り、彼が銃を手にしていないことを見きわめてからぱっと走り出した。

「あいつを捕まえろ」男はマケラを追いながら喚(わめ)いた。

マケラはもう振り返らず、死にものぐるいで木立の方へ逃げた。

がちゃっ。

ブルハンハルドゥンナ長銃の槓杆(こうかん)を倒す無気味な音が、マケラの耳になまなましく響いた。

「ひい」と、マケラは悲鳴をあげた。

ずばっ。

鈍い発射音が聞こえ、マケラの行手の叢がぼうんと燃えあがった。

ずばっ。

ずばっ。

熱弾はマケラのからだをかすめ、マケラの足もとの草に火をつけた。マケラの尻尾の先にも火がついた。マケラはキャンキャン啼きながら尻尾の火を振り消して、木立の中に逃げこんだ。森の中を走り続けた。ひとりでに舌が口からとび出していた。喘いだ。湿った落葉で滑り、転びそうになり、よろめき、足をもつれさせながらマケラは逃げ続けた。追ってくるのが何人か、何十人か、マケラにはわからなかった。彼はズボンのポケットから、ズンドローに貰った壺型のメクライト弾をとり出した。走り続けながら信管を抜き、撃針部を傍の木の幹に叩きつけた。雷管と起爆筒の間の火道の長さ分だけ、ぎりぎり十二数えてうしろへ投げた。

ぼん。

一瞬、まるで照明弾を打ちあげたかのように森の中が明るくなり、すぐもとの闇に戻った。マケラの背後では、ぴたりともの音がやんだ。マケラは木の根もとの叢にとびこみ、息をひそめた。何かが蒸発しているかのようなじゅうじゅうというかすかな音と、肉の焦げる匂いだけがマケラの方に流れてきた。マケラは奥歯をならして顫え続けた。

　彼は泣き出しそうな顔でじりじりと這いはじめた。立ちあがって駈け出す気にはならなかった。彼がそうするのを誰かが待っていて、銃を構え、近くにひそんでいるような気がした。

　這い続けるうちに、はたして広場から遠ざかっているのか、あるいは逆に近づいているのか、それがわからなくなってしまった。マケラは動かない方がいいと判断して叢の中にうずくまった。灌木と針葉樹の刺すような強い香りが、自分の匂いを消してくれるだろう――そう思った。

二、三人の話し声がした。靴音はあきらかに五、六人のそれで、次第にこちらへ近づいてきた。

「逃げたかな」

「そうらしい」

「いったい何のつもりで、おれたちといっしょに踊りやがった。馬鹿にしてやがる」

「他の奴はどうした」

「あの病気の奴も加えて三人捕えた」

「よし。帰って皮を剝いでやろう」

彼らは引き返していった。

マケラは冷汗を流し、奥歯の鳴る音が聞こえないようにしっかりと口を押えて顫え続けた。他の三人は、ぜんぶ捕まったのだ、殺されちゃ可哀そうだ、何とかして助けてやらなきゃ——彼はそう思ったが、さて、どうやっていいのかわからなかった。武器はひとつもなかった。どうしよう、いちど帰って丙長殿に報告し、救援部隊をつれてこようか——だが、帰る道がわからなかった。逆の方向へ歩いたりして、また敵に会ったらたいへんだし、うろうろしているうちに、あの三人が殺されてしまう。ここでもう少し、様子をうかがっていようか——。そうしよう、とマケラは思った。そのうちには、彼らを助け出す方法を何か思いつくかもしれない——。

彼は膝(ひざ)を抱き、叢の中でさらに身をちぢめた。次第に寒気が襲ってきた。彼は上半身裸のままだった。あの痒みは、すでに感じなくなっていた。

長い時間が経った。

やがてこの星の短い夜が明けはじめ、あたりがほのかに明るくなってきた。

「よし、これ以上明るくならないうちに」

マケラは叢から出て、凍りつきそうな朝の寒さに閉口しながら前方をすかし見つつ、また木の根づたいに歩いた。

直径三メートルぐらいの黒く焦げた穴ぼこがあって、その近くにブルハンハルドゥンナ長銃のぐにゃぐにゃにひん曲ったのがひとつ落ちていた。あたりの木の幹がこそげ落ちていた。マケラはメクライト弾の威力に改めておどろいた。

いぶし銀のように行手が光りはじめ、くろぐろとした立木のシルエットの間には低く靄が立ちこめていた。

前方に広場が見えた。マケラは身を伏せたまま耳を立てた。何の物音もしなかった。奴らはどこかへ行ってしまったのか、それとも寝ているのか——彼はゆっくりと匍匐前進した。茂みの中から顔を出して眺めると、広場には焚火の跡やものを食い荒らした跡が点々と黒く散らばり、その周囲、ほとんど広場いっぱいに散らばってアカパン党員たちが寝ていた。

広場のはずれの木の根方に、丁長とドブサラダとミシミシが、ひとかたまりにまとめられ、がんじがらめに縛られていた。彼らはぐったりしていた。眠っているのか気を失っているのか、または殺されてしまっているのか、それはわからなかった。しかしさいわい、まだ皮は剝がれていないようだった。

よかった、皮を剝がれていたら誰が誰だかわからなくなる——マケラはそう思ってほっとした。森の中を迂回して腹這いのまま彼らの方へ近づいていった。

三人がくくりつけられている立木のうしろへまわり、丈夫そうなロープに手をかけるとミシミシのでかい鼾が聞こえた。丁長もドブサラダも、眠っているようだった。おれでさえよく眠れなかったのに——マケラは彼らの豪胆さに驚いた。

「おお、マケラ。来てくれたのか」マケラに気がつき、眼を醒ましたドブサラダがあたりかまわぬ大声で嬉しそうにいった。

「しっ」マケラはあわてて、ドブサラダの口を押えた。

だがドブサラダはかぶりを振っていった。「心配するな。こいつら、みんな死んでるんだ」

「なんだと」マケラはびっくりして立ちあがり、広場を見まわした。

多勢のアカパン党員たちは、ひとり残らず凍りついたような恰好をして死んでいた。いずれも奇妙な具合に表情を歪め、手足をねじ曲げて死んでいた。すでに死後硬直を起していた。

「おれたちのコロコロが伝染したのだ」眼を醒ました丁長がそういった。「こいつらはもちろん予防接種も注射もしていないから、身体に抵抗力がなかった。あの、踊りまわっている時におれたちから接触感染したんだな。奴らは痒くなってから焚火の傍で身体中引っ掻きむしったもんだから、よけい悪くなって死んじまった」

「腹が減った」ミシミシがあくびをしてそういった。

マケラは彼らの縛めを解いた。

った。

四人は自分たちの軍服と銃をさがし出して身につけ、森を抜け出してサガタへ向かった。

「いそいで帰ろう」と、丁長がいった。「帰って報告しよう」

「斥候だけでよかったのに、全滅させちまいましたな、丁長殿」と、ドブサラダがいった。

「おれたちが悪いんじゃない」丁長は心配そうにいった。「遅くなった。集合時間に遅れた。また丙長に怒鳴られる」

寒さに歯を鳴らしながら四人が町はずれまで戻ってくると、道ばたの叢の中から、待ちくたびれた様子のズンドローがとび出してきた。

「だんながた。何があっただ」彼はマケラたちの傍へ走り寄ってくると、眼を丸くして訊ねた。「ひと晩帰ってこなかったもんで、おら、てっきりアカパン党に捕まって毛皮にされたに違えねえと思っていただ。ああ、そりゃあもう、おら、すごく心配しただよ。いったいぜんたい、どんなことが持ちあがっていただね」

「おれたちの部隊は、まだ町にいるか」と、丁長が訊ね返した。

「いますだ」ズンドローはうなずいた。「だんながたが帰って来ねえもんで、乙長殿がいらいらを起して、他の丁隊の兵隊たちまで怒鳴りつけてるだよ」

「乙長殿だと」丁長は怪訝そうに訊ねた。「丙長殿はどうしてる。やっぱり怒っていちは、乙長殿の前へは姿を出すことができねえで困ってるだ」
らたちといっしょに出かけたことになってるだよ。だからおらたちが帰ってこねえう
「それが」ズンドローははしゃいだ声で、くすくす笑いながらいった。「あの人はお
るだろうな」

「どこにいる」
「女郎屋にいますだ。あの人は昨夜ひと晩、ずっとそこにいただよ」
「そこへ行こう。報告するんだ。案内しろ」
しかし一同は、女郎屋へ行く途中、町の賑やかな大通りで、市内警備係の同じ丙隊
の兵士たちに見つかってしまった。
「こら」彼らは五人に銃をつきつけた。「おれたちはお前たちを、ずっと捜しまわっ
ていたんだ。どこにいた。乙隊では、お前たちが脱走したといって大騒ぎになってい
るぞ。すぐいっしょに、乙長殿のところへ来るんだ。さあ来い」
たちまち人だかりがしはじめた。
「乙隊へ帰る前に、ちょっと寄るところがある」丁長が困った表情でいった。「用足
しだ。すぐ済むから待ってくれ」
「いかんいかん」警備兵たちはいっせいに首を振った。
ふたつのグループをとり巻いて眺めていた物見高い町の男女や浮浪児たちまで、つ

り込まれていっせいにかぶりを振った。

「乙長殿の命令だ。見つけ次第ひっ捕えてつれてこいという乙長殿の命令だ」

浮浪児たちが声をそろえた。「命令だ」

五人は周囲を警備兵たちに取り巻かれ、ホテルの前庭へ戻ってきた。ぞろぞろあとをつけてきた群衆は門の前で追い返された。前庭ではすでに各隊の兵士が、最前線への機動準備に大童だった。

「こら」五人がホテルに入ると、ズンドローの言った通り、いらいらを起して部下に八つ当りしていた乙長が、ごった返しているロビーの人混みを掻きわけ、血相を変えてすっとんできた。「どこにいた。何をしていた。今はもう昼前だぞ。ひと晩何をしていた」

丁長が答えた。「斥候に行ってまいりました」

「そんなことはわかっとる。何故こんなに遅くなった」

彼らの周囲を、他の士官たちが取り巻いた。

「アカパン党に捕まっていたのであります」と、丁長は答えた。

「嘘だ。上官に嘘をついたら銃殺だぞ」

「本当であります」

「では何故無事で帰ってくることができたのだ」

「アカパン党が全滅したからであります」

まわりが一瞬しんとした。

乙長はあんぐりと口を開いた。口の両側の皮膚が顳顬（こめかみ）の方へ吊りあがった。彼はしばらく口をきくことができず、だらりと垂らした両の掌を握ったり開いたりした。

丁長はあわてて言い添えた。「それはその、何故かと申しますと、われわれのせいではないのであります。いや、われわれのせいではありますが、われわれは何も、奴らを全滅させる気は毛頭なかったのであります。なぜならわれわれは、斥候してこいという命令しか受けていなかったわけでありますから、当然そこには敵を全滅させる意志などなかったわけでありまして」乙長がうつろな眼で自分の顔をぼんやり眺め続けたまま何の反応も示そうとしないので、丁長の声はますますうわずってきた。「もちろん自分は、軍隊では命令通りに行動すべし、出しゃばった行為は軍の規律を乱すことになるということは、よく知っていたのであります。しかしまた、敵が全滅したからこそ、われわれはこうして帰って報告することができたわけでありまして、こう考えて見ますと、結果としましては、敵が全滅したことが果して良かったか悪かったかということになりますと、われわれとしましては」丁長はくどくどと弁解し続けた。

丙長のひとりがやってきて、乙長に報告した。「乙長殿。ただ今甲隊附属の低空飛船隊から入った連絡によりますと、サガタの西約三キロ半の森の中央の広場で、アカパン党員約三百名が死んでいるのを上空より発見、その原因は目下のところ不明とのことであります」

　報告を聞き終ってしばらくしてから、乙長はいきなり身体を硬直させた。まるで姿なき上官が眼の前にあらわれたかのように、彼は直立不動の姿勢をとった。視線を宙にさまよわせた。そして叫んだ。「丙長はどうしたのか」

「丙長殿のいるところなら、おらが知ってますだ」ズンドローが、相変らずのはしゃぎようでくすくす笑いながらいった。彼はマケラたちが無事で帰ってきた上、とんでもない手柄を立てたらしいのですっかり喜んでしまい、有頂天になっていた。嬉しさのあまり彼は、丁長たちが目顔で知らせたのにも気がつかず、べらべら喋り出した。「丙長殿はおらたちといっしょに出かけたことになってるだ。だからおらたちが戻らねえうちは、隊に帰ってくることができなかっただよ。あの人はゆうべからずっと、町の女郎屋にいるだ」

「なに」乙長は険しい眼でズンドローを睨みつけた。爆発しそうになる怒りをせいいっぱい堪え、ゆっくり訊ねた。「それは本当か」

「本当ですだ」ズンドローはとんと胸を叩き兼ねぬ様子で答えた。「誓ってもええだよ」

「この、大馬鹿者めが」乙長が一喝した。

ズンドローは顔からすっと血の気を失い、へたへたとその場にしゃがみこんだ。

乙長は怒鳴り続けた。「自分の直属上官のことを告げ口するとは、何たる情けない根性か」

ズンドローは瘧(おこり)のように痙攣(けいれん)しはじめた。

乙長はそれを見て冷笑した。「ふん、お前だな、第四丁隊にいる卑民というのは。卑民なら性根の卑しいのも当然だ。大目に見てやる」彼は報告に来た丙長を振り返り、大声で命令した。「ワフーを捜して、すぐつれてこい」

「はい」彼は自分の丙隊の兵士を数人集めていった。「ついてこい。これから女郎屋へ行く」

士官たちが口ぐちに、マケラたちに手柄のいきさつを訊ねはじめた。

マケラたちは、言葉少なにぼそぼそと報告した。

「いちばん活躍したのは誰だ」話なかばで乙長が五人に訊ねた。

丁長、ドブサラダ、ミシミシが、なんとなくマケラの方を見た。

「お前か」乙長はうなずいた。「よし。お前には本日ただ今より第二丙隊四丁隊長勤務を命ずる」

「はい」マケラは敬礼して復誦した。「自分は本日ただ今より第二丙隊四丁隊長勤務を行います」

乙長は次に丁長にいった。「お前には本日ただ今より第四乙隊第二丙隊長勤務を命じる」

丁長はひどく恐縮して復誦した。

ほどなく玄関から、軍服の衿のホックをとめながら周囲の兵士たちに銃をつきつけられてワフーが入ってきた。彼はロビー中に自分の所属する乙隊のほとんど全員が揃っているのを、充血した眼球を振り向けながら蒼ざめた顔できょときょと眺めまわした。正面で自分を睨みつけている乙長の鬼のような形相を見て、彼は恐怖のあまりけたけたと笑った。

「これは乙長殿」せいいっぱい、おどけて見せた。「集合時間を失念。ただ今参上」胸をそらし、乙長の前で直立不動の姿勢を誇張し、おどけて敬礼した。誰も笑わなかった。

「非常に面白い」乙長がうなずきながら唸るように呟いた。「お前は銃殺だ」

「なかなかユーモアがおありで」ワフーは今にもぶっ倒れそうに身体をふらつかせながら、へらへらと引き攣った笑い方をした。

「この卑怯者。くたばり損いの雌のブチャランの息子め」

天変地異の如き乙長の罵倒がワフーを襲った。それは際限なく続いた。

ロビーの天井の豪華なシャンデリアが静かに揺れはじめた。

「この男の階級章、功労章を剝奪せよ」最後に乙長はそう命じた。「前庭へつれ出して銃殺にしろ」

腰をぬかしてべったりと尻を据え、失禁してロビーのフロアーに白っぽい湯気を立てているワフーを、周囲の兵士が腕をとって立ちあがらせた。彼の軍服の記章は全部剝ぎとられ、引きちぎられ、踏みにじられた。

ワフーは叫びはじめた。「わたしの今までの功労はどうなるのですか乙長殿。わたしはあなたに尽した。軍にも尽した。思い出してください乙長殿。わたしが如何にあなたを尊敬していたかを。わたしは乙長殿に対し、まるで自分の父親のような親しみと、うやまいの感情を抱いていたのでありまして」彼はわめきながら、手とり足とり前庭へつれ出された。「死ぬのはいやだ」

乙長は他の士官たちといっしょにポーチへ出て、ワフーの銃殺刑を見まもった。「あきらめろ」乙長は吠えた。「軍人らしく死ぬんだ」

「おれは軍人にはなりたくなかった」ワフーは吠え返した。「おれは商売人だったんだ。戦争で商売が滅茶滅茶になって、しかたなく軍人になった。おれは死にたくない」

彼は塀の前に立たされた。兵士の持ってきた黒い目隠し布を引ったくり、投げ捨てながら叫んだ。「誰だだれだ。兵隊になったら儲かるなんて吐かしやがった奴は」

「弾丸をこめろ」第一丙長が横に並んだ五人の兵士に命じた。

「神もほとけもないものか」ワフーは地べたをのたうちまわってわめきちらした。

「おれが軍人に向いてないことがわかったのなら、軍隊を追い出せばいいじゃないか。何も殺すことはあるまいに。おれには女房がある。子供がいる。どうしてくれる」不意に彼は何ごとか思いついて立ちあがり、乙長にいった。「乙長殿。自分に名誉回復の機会をあたえてください」

見物していた士官たちが、げらげら笑いはじめた。兵隊たちまでが笑った。

「口さきだけだ」乙長は顔をしかめた。

「狙え」第一丙長が号令をかけた。

ワフーはまた泣きわめいた。「ああ世は夢かまぼろしか」

第一丙長が撃ての号令をかけようとした時、ワフーがおどりあがってホテルの門を指し、大声で叫んだ。「あっ、そこにアカパン党員がいる」

「どうしてそんな出たらめをいう」騒ぎが静まってから、乙長はまっ赤になって怒った。

「おれは自分の命を、たとえ一瞬でもながびかせたかっただけだ」ワフーは地べたを転げまわり、おいおい泣いた。「死ぬのはいやだ。死にたくない。死ぬのは痛い」

「これでは撃てません」第一丙長は弱りきって乙長にいった。「泣いてる奴というのは、どうもいけません」

乙長はあきれ果て、ロビーへ引き返しながら吐き捨てるようにいった。「何という奴だ。しかたがない。命だけは助けてやる。一兵卒として、あの、卑民のいる第四丁隊へ所属させせよ」

9　長男ヤムは情報を握りトンビナイへ向かった

海岸沿いにジャナメージャヤ港へ進撃することになった第二乙隊はその日の午後、十三輛編成の鉄車に乗りこみ、貨物運搬用の軽便鉄道でサガタを出発した。

町はずれで軍隊が動き出すのを待っていた戦争婆さんはこの隊について行くことに決め、顔見知りの丙長に頼みこんで無蓋車の一輛に荷車ごと便乗した。

先頭の機関鉄車は、前の戦争の始まる直前に国家軍によってあわただしく作られたもので、ブラスティング・ゼラチンを火室の中で小きざみに爆発させ、そのエネルギーをシリンダーに送りこみ、さらにクロスヘッド・クランクなどを介して車輛の回転運動に変換して走るという、ひどく不経済な車だった。十二輛の鉄車を重そうに引っぱって、不恰好な機関鉄車は、どかんどかんとのべつまくなしに爆発し続け、そのたびに砂箱やピストンや自動連結器や連棒をがちゃんがちゃんいわせながら、時にはそれらの部品の一部を落したりあたりにまき散らしたりして、約二昼夜走りづめに走った。まず海岸へ出、そこから海岸沿いにジャナメージャヤ港へ向かったのである。

　途中アカパン党の銃撃を四度受けたが、死傷者もなく、隊は二日めの夕方、ジャナメージャヤ港から五二〇キロ手前の小さな漁村に到着した。先発の斥候隊の報告で、ここから先のあちこちのレールの下には震動感応地雷が埋められているということがわかったので、隊は鉄車を捨て、とりあえずこの漁村で一泊することにした。

　トポタンまでいなくなって、三人になってしまった戦争婆さんの一家は、苦労して鉄車から荷車をおろし、海岸まで牽いていって村はずれの砂浜にテントを張った。

「おら、ちょっと出かけてくるだぞ」疲れてテントの中でひっくり返っているヤムとユタンタンに、さっそく婆さんが外からいった。「今しがた伝令が来ただ。乙長さまが毛布を欲しがっていなさるだ。おら、それを持って行ってくるだからな。お前たちは外に出て、荷車の番をしていろ」

「ああ。わかったよ」ヤムとユタンタンはテントの外に出た。

　婆さんはまるめた毛布を三枚ばかり担ぎあげ、砂に足をとられてよろよろしながら、砂丘の彼方にある士官用のテントの方へ歩み去った。

　ヤムは荷車の前の砂の上に毛布にくるまって寝そべり、ユタンタンは車のうしろ側の荷物の上に登った。

　海からは凍りつきそうに冷たい風が吹いてきていたが、塩素イオンの少ない淡水に近い海なので、潮風もさらさらしていた。プランクトンのために昼間でも赤い海は、迫ってくる闇に濃紫色となり、今沈もうとしている遠い太陽の橙色の影と、真上に出た五つの月のピンクの影をくっきりと浮かべていた。笛がなくなって手持ち無沙汰のユタンタンは、この黄昏の奇怪な光景を、あんぐりと口を開いたままいつまでも眺め続けていた。

「おい、ユタンタン。欲しがってた蔵音函を持ってきてやったぞ」

鉄車の中で一家と知りあいになった報道班の将校が、中古の蔵音函をさしあげて砂丘からおりてきた。

「ああ、ああ」ユタンタンは大喜びで荷物の上から砂の上にとびおり、報道将校に駈け寄って函を受け取った。

「まだ鳴るかどうかわからん。いちど、かけてみろ」

ユタンタンは興奮して舌を横っちょにだらりと垂らし、ハッハッと息を荒くしながらうなずいて、函をかかえたまま砂の上にうずくまった。

「すまんな」眼を醒ましたヤムが、起きあがりながらいった。「酒でも飲んでいけ」

「そうだな。ひと瓶売って貰おう」士官服をだらしなく着た報道将校は、ヤムの方へ近づいて来ながらそういった。

「いや、これは奢りだ」ヤムはナンマン酒を出した。

報道将校とヤムは、車の前の砂地に毛布を拡げ、その上にあぐらをかいて酒を酌み交した。

「あんたは前の戦争の時も従軍したのか」と、ヤムが訊ねた。

「従軍記者としてな」彼はそう答えた。「その時の功労で、今度は将校にされちまった」

「何か手柄を立てたのか」

「いや、とんでもない。おれは平和主義者だ。いや、厳密な意味では平和主義者じゃない。単に戦争が嫌いというだけだ」

「それでよく将校になれたもんだな」

「皮肉なもんだね。おれは前の戦争の時には戦争否定の報道文をじゃかすか書いた。ところがその評判がよくて、どう勘違いされたのか軍にひっぱり込まれ、今度は将校にされちまった。おれにはやっと最近呑みこめてきたよ。中途半端に戦争否定なんか謳(うた)うものなら、ますます戦争礼讃者がふえる一方なんだってことをな。戦争よりも人間の生命の方が重大だといって、自分の身近かな戦死者を悲しみ、小市民的に戦争否定を謳うのは簡単だし誰にでもできる。しかしそれでは戦争という問題は解決しないし、第一戦争をやめさせることはできない。大状況的な戦争の中へ自分の知っている兵士の運命をメロドラマチックに二つ三つ突っこんでみたって、温かい家庭にいる一般大衆がちょっぴり泣くだけで、実際はどうってことはないんだ。むしろあべこべに、もともと戦争って奴には悲愴感があるから、それにあこがれる奴なんかが出てくるわけだ。反戦論ってのはむずかしいよ」

　その時だしぬけに、耳をつんざくような大音響があたりに轟(とどろ)いた。ヤムと報道将校はその場でとびあがり、あわてて立ちあがった。それは数百人の男たちによる、行進曲の大斉唱だった。

「やかましい。やかましい」ヤムが荷車のうしろに向かってヒステリックにわめいた。「もっと音量を小さくしろ」

　ユタンタンは蔵音函のヴォリュームを下げた。

「軍歌なんて大嫌いだ」ヤムは腰をおろしながら顔をしかめていった。「ろくなメロディがない。粗雑だ。単純な歌詞のくり返しだ」

「軍の蔵音函だから、軍歌のリードしか入ってなかったんだろう」報道将校は申しわけなさそうにいった。「リードだけ別に買ってやってくれ」

「あんたを前にして悪いが」と、ヤムは喋り出した。「従軍記者の書いた戦記や報道文は、おれは嫌いだね。コウン・ビのルポ文学とか戦記文学とかに影響され過ぎていて、センチメンタル過ぎる。かと思うと必要以上に残酷でグロテスクだ。文体は気障(きざ)だ。かと思うと絶叫また絶叫。おまけに嘘が多い。読者を感動させてやろうとする意図が見えすいている。だいいち報道者というのは戦争によって得も損もすることのない人間だ。そんな人間に、他人事として以上に戦争を見たり考えたりできるだろうかね。たとえ兵隊でなくったって、戦争と利害関係で結ばれている人間の方がずっと確実な目で戦争というものを見ることができると思うがね。たとえばおれだってそうだ。おれは商売人だ。商売人にとって戦争というのは金を儲ける時期であり場所だ。しかしこいつは自分の命を奪われ兼ねないひどく危険な時期であり場所だ。とても戦争を他人事に見ちゃいられない。そこで必死に考える。戦争てえ奴はおれにとっていったい何だろう。怪物か。福の神か。死神か。復讐鬼か。泥棒か。恋人か。かみさんか。穀つぶしか。兄弟か。あるいは酔っぱらいの遊び人かってね。あんたはそんなこと考えたことがあるかい」

「ない」報道将校はきっぱりといった。「おれはそんな見方をしたことは一度もない。あんたの見方というのは、戦争を他人事として考えないといえば聞こえはいいが、実は自分のことしか考えてないんじゃないか」

「そんなことはないぞ」ヤムはあわててかぶりを振った。「おれは人間は好きだ。多勢の人間が好きだ。ただその多勢の人間から好かれることの方がもっと好きだというわけだ。つまり自分がいちばん好きだということだが、その次には多勢の他の人間が好きなんだ。これはあたり前のことなんだ。だからおれの命が安全でしかも相応の報酬が得られる限りは、おれは他の人間にいくらでもいいことをしてやれるぜ」

荷車のうしろ側の砂地に尻を据え、蔵音函のラッパの前で小首を傾げたまま、ユタンタンはぼんやりと軍歌を聞いていた。使い古されたリードからぎくしゃくとまろび出る軍歌はヴォリュームを下げると雑音だらけで、ひどく聴きとり難かったが、彼は曲に心を集中して、なんとか歌詞を理解しようと努めていた。

やがて、彼の眼の隅で、ちらと何ものかが動いた。ユタンタンは薄暗い砂丘を眺めた。

傾斜の彼方に農民服の人影があらわれた。その人影は手に握っていた丸いものをヤムたちのいる荷車の前部に投げると、すぐに砂地へ身を伏せた。

ユタンタンはおどろいて立ちあがった。彼は以前、兵隊がメクライト弾を敵地に擲（なげう）つところを見たことがあり、その爆発力のすさまじさをまだ記憶していた。彼はあわててヤムと報道将校のいるところに駈け寄った。

ヤムと報道将校は話に夢中だった。

ユタンタンはあたりの砂地をきょろきょろ見まわした。砂の上は暗く、爆弾はどこに落ちているのかわからなかった。しかし、その附近に落ちていることは間違いなかった。

「ああ、ああ、ああ」ユタンタンは兄と報道将校の注意を惹（ひ）こうとして、せいいっぱい声をはりあげ、砂の上ではねあがった。

「うるさいな」ヤムが怒鳴りつけた。

「ああ、ああ」ユタンタンは両手をばたばたとあげおろしてさらに跳びあがった。

「あれは何をしてるんだ」報道将校が不審そうにヤムに訊ねた。

「なあに、ジャイナジャイナの真似だろう」

報道将校は空を見あげた。「ジャイナジャイナなんか、飛んでいないぞ」

ユタンタンは、はげしくかぶりを振り、メクライト弾の信管を歯に銜えて引き抜く素ぶりをした。

「あれは何だ」と、報道将校がヤムに説明を求めた。

「ジャイナジャイナを焼鳥にして食いたいといってるんだ」ヤムは酒を飲みながらそう答えた。

「あの鳥は食えないよ」報道将校はびっくりしてユタンタンにいった。「あの鳥は骨ばかりだ」

「ああ、ああ」ユタンタンは躍起になって、次にメクライト弾を投げる素ぶりをして見せた。

「そうだ」報道将校はうなずいた。「食えないものは捨てた方がいい」

ふたりはまた話し始めた。

ユタンタンは荷車に駈け寄り、金袋を掻っさらって小脇にかかえると、何ごとかわめきながら海の方へ駈け出した。駈けながら金袋の中に手を突っこんで札束を鷲摑みにとり出し、くろぐろとした海面にぱっとまき散らした。

「こら」ヤムは肝をつぶしてとびあがり、ユタンタンを追った。「何をする。それは金だぞ」

籠ったような爆発音とともに、あたりに強烈な閃光と熱気が渦まいた。

「うわっ」ヤムとユタンタンは波打ち際に倒れ伏した。

「あちちちち」ヤムはすぐに躍りあがり、尻尾についた火を消そうとして海にとび込んだ。「くそっ。メクライト弾だ。アカパン党の畜生だ」海面から首だけ出し、鼻と口から海水を吹いて周囲に水しぶきをあげながらヤムはわめいた。

車の上の荷物の一部に火がつき、燃えていた。ヤムとユタンタンはあわてて駈けつけ、砂をぶっかけてから荷をひきずりおろし、足で踏んづけて火を消した。

さっきヤムと報道将校が腰をおろしていたところから五メートルばかり離れたところに、巨大な蟻地獄を思わせる穴が口をあけていて、そこからはいまだに白く蒸気が立ちのぼっていた。報道将校はもとの場所に俯せたまま、ぴくりとも動かなかった。ヤムとユタンタンは彼の傍らによって肩に触れ、脈をみた。軍服は焼け焦げてぼろぼろになり、全身が爛れていて、触れるとその部分の焼け残りの毛が皮膚といっしょにずるりと剝けた。

「駄目だ。死んでいる」と、ヤムがいった。

報道将校は苦しげに呻きながら身を起し、仰向けになっていった。「いや、まだ生きている」

「しかしその火傷(やけど)じゃ長くない」ヤムはあわてて弁解した。「何かしてやれることはないか」

「頼みがある。きいてくれるか」

ヤムは大きく頷いて答えた。「もちろんだ。どんなことだろうときいてやるぞ。何でもしてやる。何でもいえ」

報道将校はヤムの安受けあいに疑いの眼を向けながらも喋り始めた。「さっきもいったように、おれは戦争は嫌いだ。敵であろうと味方であろうと、多勢の人間が殺されるということには怒りを覚える」喋り続ける彼の眼には次第に半透明の膜のようなものがかかり始めた。「おれはさっき、第二乙長の秘密文書を盗み読みして、トンビナイ潰滅計画があることを知った。この計画が実行されたら、トンビナイにいる人間はひとり残らず殺されてしまう。何万人という人間が死ぬことになるのだ」彼は苦しげに、ぜいぜいあえいだ。「そんなことは、あっていいことじゃない」

「その通りだ」ヤムはうなずいた。

「これからその計画の詳細を話す。あんたはこのことをトンビナイに行って告げてほしい。計画を阻止するなり、人間を疎開させるなりして、何とかトンビナイ市民の命を救う手段を講じるように、共和国政府に伝えてほしい。ひきうけてくれるか」

「まかせておけ」ヤムは胸を叩いた。「その計画とは何だ。早くいえ」

「I作戦という計画だ」彼はヤムの上着の袖をしっかり握り、気力をふるい起しながらいった。「BU－2を爆破して衛星爆弾にし、トンビナイへ落とそうというのだ。実行までにはあと十四日しかない。爆破の方法はBU－2に重力切断ビームの発生装置をしかけ、時限装置をその日の正午に作動させる」彼の声は次第に聴きとり難くなってきた。

「もっと大きな声を出せ」ヤムは報道将校に耳を近づけて叫んだ。「その装置の仕掛けてある場所はどこだ」

「心……心臓の入江と……ブチャランゲンの海の……さ……境にある……み……溝……」さらに声をしぼり出そうとして息を吸いこもうとし、吸いこめないで彼は死んだ。

ヤムはゆっくりと、報道将校の屍体を砂の上に横たえた。

「ああ……」ユタンタンは声なく泣いた。口を大きく開き、見ひらいた眼から涙を流し続けた。

「ようし」ヤムは立ちあがった。「こいつはすばらしい情報だ。どのくらいの値で共和国に売り込めるか想像もつかない。千グラン、いや、もっとだ、十万グラン、いやいや、二千万グランは出すかも知れんぞ。ようし、売り込み方はトンビナイへの道中でもっと考えることにしよう」彼は金袋から金をとり出しながらユタンタンにいった。「おれはこれからトンビナイへ行く。金儲けをして帰ってくる。それまでお前はおっ母あといっしょに、おれが金を持って戻ってくるのを楽しみに待っていろ」

「ああ、ああ、ああ」ユタンタンはおどろいてヤムにすがりつき、兄の身体を離すまいとした。

「離せ。こんな機会は滅多にない。おれのことなら大丈夫だ。トンビナイには知ってる奴が多勢いるからな」

ユタンタンはけんめいにかぶりを振った。

「よしよし、それじゃ、おっ母あに手紙を書く。それを渡してくれ」ヤムはユタンタンの手を振り切って、ありあわせの赤本のページを破り、商売用の太い角ペンでその上に手紙を書いた。

「お前がおっ母あに説明しなくてすむように、全部ここへ書いておいた」

ヤムは手紙をユタンタンの手に握らせ、砂丘のゆるやかな勾配を鉄路の方へ歩き出した。彼は弟の方を、いちども振り返ろうとしなかった。

ユタンタンは気づかわしげに、その場へ棒立ちになったまま兄を見送った。兄のうしろ姿が傾斜の彼方へ沈みそうになると、彼はあわてて荷車の上によじ登り、積みあげた荷物の頂きに立ってさらに首をのばした。だがすでに兄の姿は闇の中に溶けこんでいて、もう見ることはできなかった。

やがて夜はふけ、軍の野営地のテントの方からかすかに聞こえてきていたざわめきも徐々に消えた。

婆さんは戻ってきた。

「ヤム。どこへ行っただ」彼女は荷車の周囲の闇に眼をこらし、長男の名を呼んだ。

「ヤム」

ユタンタンはゆっくりと荷車から降り、兄からことづかった手紙を黙って彼女に手渡した。末っ子の様子から何か只ごとならぬものを感じとった婆さんはあわてて龕燈(がんどう)に火を入れ、長男の手紙を読んだ。

『母よわれはこれよりトンビナイに赴くなり。何故と問うなかれ誰が為と問うなかれ。そは金の為に行くなり』

「この馬鹿たれめ」婆さんはべったりと砂の上に膝をついた。「ああ、あいつはきっと殺されちまうだ。もう戻っては来ねえだよ。どの息子もどの息子も、みんなおいらから離れて行くだ。ああ、おらみてえに不幸な女は他にいねえだよ。おらには四人も息子がいただ。だけど今はもう、この薄のろひとりしか残っていねえ。おら、これからどうしたらええだ。どうしたらええだ」

風がやや強くなり、それは婆さんの手から息子の手紙を奪い去って黒い宙空に舞いあげ、おどらせた。荒立ち始めた波の音が、嘆き悲しむ婆さんの声を消そうとした。しかし婆さんの嗄れたわめき声は、夜半を過ぎても切れぎれに波打ち際に響いていた。

その夜ヤムは、レールづたいに徒歩でジャナメージャヤ港へ向かった。レールの下のところどころには震動感応地雷が埋められている筈だったが、それは人間が上を歩いたくらいの震動では爆発しないことをヤムは知っていた。

ジャナメージャヤ港までは五〇〇キロ以上もあるので、とても歩いて行けない。途中何らかの手段で機械車に乗る方法を考えなければならなかった。ジャナメージャヤ港まで行けばトンビナイまでの大型低空飛船の便がある筈だった。また、軍事衛星船経由でトンビナイに向かう共和国軍の宇宙艇にうまく乗り込むことができれば、もっと早く到着できる可能性もあった。問題はジャナメージャヤ港へ着くまでにアカパン党に出会って皮を剝がれる恐れがあるということだけだ。だが、おれは大丈夫——ヤムは自分の芝居気と度胸を信じていたから案外平気だった。——どうせ荒くれ男の低能の集まりに決まっている、簡単に胡麻化せるだろう——そう思っていた。

さいわいにもその夜はアカパン党に出会わすこともなく、やがて鉄路の左右の荒野に薄明がやってきた。朝の空気は冷たく、耳がちぎれそうに痛んだ。

「あと十三日だ」ヤムは呟いた。「それまでにトンビナイへ行かなきゃならん。いやいや、共和国の奴らが何かの手段を講じることができるようにするためには、あと十日足らずで行かなきゃならんのだ」

腹が減ってきた。少し持ってきた乾し肉は、歩きながら全部食べてしまっていた。

朝靄に包まれて荒野の中にぽつんと一軒、あばら家に近い農家があった。ヤムは鉄路を出て、枯草を踏みながらその農家に近づいた。荒塗りされた土壁の小さな窓から中を覗くと、そこは五坪ほどの薄暗い部屋で、正規の軍服を着た十数人の共和国軍の兵士がテーブルを囲んで食事していた。

ヤムは喜んで厚い木のドアをあけ室内に入ると、テーブルの隅の椅子に腰をおろした。湯気を立てている鍋の中から杓子（しゃくし）をとりあげ、前にあった底の深い食器に肉汁をたっぷり入れながら、ヤムは隣席の兵隊に頷いた。「こいつはご馳走だ」

兵隊たちはみな食うのに夢中で、誰もヤムを見ようとしなかった。

ヤムは舌鼓を打ちながら肉汁を何杯か平らげた。腹がいっぱいになった。ヤムは膨れた腹を撫でながら兵隊たちに訊（たず）ねた。「ところで、お前たちの上官はどこにいる。ちょっとここへ呼んできてくれ」

食事を終えて初めてヤムに気がついた兵隊たちはあわてふためき、ものも言わずに周囲から躍りかかってヤムを取り押えた。

「痛い痛い。そこを放せ」ヤムはわめいた。

奥の間からのドアを開けて、インテリらしい若い士官が出てきた。彼は肩帯を吊りながら眠そうな声で訊ねた。「なんの騒ぎだ」

「この、あやしげな男が」と、兵士のひとりが息を切らせていった。「自分たちの飯を食っていたのであります」

「おれはあやしい者じゃない」ヤムは兵士たちの手を振りはらい、馴れなれしく士官に近づきながらいった。「あんたに頼みがある。おれはトンビナイの共和国政府へ、大急ぎで情報を売りに行かなくちゃならんのだ。すごく重大で、しかも高価な情報だ。手を貸してほしい」

「銃殺にしましょう」と、兵士たちが声を揃えていった。

「まあ待て。こいつの顔には見憶えがあるぞ」背の高い士官は、じろじろとヤムの顔を眺めまわしていった。「おまえはトンビナイ大学に在籍していただろう」

「その通りだ」ヤムはほっとして答えた。「おれはあそこの大学を卒業した。だからおれはトンビナイ側の人間だ」ヤムはこの士官の顔には見憶えがなかった。しかし、彼はいった。「おれもお前に見おぼえがある。お前はたしか、おれの二年後輩だったな」

「そうらしい」士官は苦笑し、奥の間へのドアを顎で指した。「酒でも飲まんか」

「いや、今は酒より金の方が大事だ」ヤムはあわてていった。「頼みがある。ジャナメージャヤ港まで行くんだが、車と運転手を調達してくれ。食いものも少しくれ。それから、トンビナイ行きの軍用宇宙艇に便乗できるように、紹介状を書いてくれ」

「じゃあ、こっちへ来い」士官は小首を傾げて笑いながら、農家の裏口から外へヤムを連れ出した。

　そこには小型の貨物用機械車が一台あったが、部品のあちこちが赤く錆びついていた。

「ぼろだな。もっといい車はないのか」ヤムは不機嫌そうにいった。

「これしかないんだ」士官はうなずいて、兵隊のひとりを呼んだ。「おい、お前はこの男を乗せて、ジャナメージャヤ港まで行って戻ってこい」

「はい」兵隊は車の荷台に二、三日分の食糧と燃料を積み込んでから、運転台に腰をおろした。

　士官は紙切れをヤムに渡しながらいった。「軍用宇宙艇は明日の昼過ぎ、ジャナメージャヤ港を発進する。パイロットの士官はおれの友人だ。これは紹介状だ」

　ヤムは紙切れを受けとって荷台の上に登り、士官にいった。「金を儲けたら、礼をする」

「ああ、待っているぞ」士官はくすくす笑いながら、走り出した車に手を振った。

　車は道のない荒れ果てた草原を、前後左右に大きく揺れながら走った。

ヤムはそれからまる一昼夜、時どき兵隊と運転を交替しながらぶっつづけに車を走らせた。

翌朝、車はやっとジャナメージャヤ郊外の埃っぽい道路に入った。彼方には港の建物がぼんやりとモノクロームの姿を見せ始めた。

「そら、もう少しだ。急いでくれ」ヤムは荷台から、運転席の兵隊にそう叫んだ。

車は道路にもうもうと砂煙りをあげ、ぎくしゃくとはねあがりながら加速した。

道路ぎわで、十人足らずの土方が路肩の補強工事をしていた。車はそのすぐ横を駈け抜けた。

ヤムは荷台で立ちあがり、土方たちに向かって叫んだ。「やあい、土方どもの卑民め。泥んこブチャランめ。お前らのおふくろ、ブチャラン産んだ。やあい」

土方たちは工事を続けながら、陰鬱な眼つきで、通り過ぎて行くヤムの方を眺め、黙っていた。ひとりが土の上にぺっと唾を吐いただけだった。

工事現場から二十メートルほど走ったところで車は甲高く車輪を軋(きし)ませ、停ってしまった。

「おい、どうした」ヤムはびっくりして兵隊に訊ねた。

兵隊は運転台の計器をあちこち点検しながら答えた。「故障らしい」

「こんなところで故障してもらっては困る」ヤムは驚いていった。「早く走らせろ」

車が急に停ったのを見て、工事現場の土方たちは工具をその場に投げ捨てた。そしてゆっくりと、道路上を車の方へ近づいてきた。

「奴らが来た」土方たちがやってくるのを振り返って見るなり、ヤムの顔からは音を立てて血の気がひいた。「これは嘘だ」ヤムははげしくかぶりを振った。「こんなことは嘘だ」

土方たちは一団となって、車から十メートルのところまで近づいてきた。

「もう待ってはいられないよ」ヤムはあわてて荷台からとびおり、道路上を走って逃げ出した。

土方たちも走り始めた。車の傍まできて、四、五人はそのままヤムを追って走り抜けたが、残りの数人は運転席から兵隊を路上にひきずりおろして袋叩きにした。

「おれは何も言わない」兵隊は殴られながら泣きわめいた。「おれが何をした」

逃げ足の早さでは誰にも引けをとらないヤムは、追ってきた土方たちがあきらめて引き返して行ってからもそのまま走り続け、ジャナメージャヤ港の町の中に入ってしまってからやっと駈けるのをやめた。

この町はもともと貧弱な漁村だったのだが、やがて名の通りの漁港に発展した。ところがそれと同時にトンビナイの金持ちたちが、景色がいいというので遊びに来るようになり、夜は歓楽都市になった。戦争が始まってからは町のはずれに軍が基地や小さな宇宙空港を作ったりしたため、娯楽施設を兵隊たちが使い出し、町には共和国軍の金が大量にばら蒔かれた。今では町の大通りに巨大な賭博場や立派な綜合娯楽センターや軍の参謀本部や興行会社のビルが立ち並んでいた。しかし一歩裏通りに入ると小さな酒場やあやしげなホテルや、けばけばしい飾りの土産品店が軒を並べ、さらにその裏に入るとそこはもう貧民窟だった。

ヤムは大通りにある大きな興行会社のビルのひとつに入り、交話機を借りて軍の空港に連絡しようとした。この町にある民間交話機は、他の町へは通じない。しかも町の中の交話機の数はかぞえるほどしかないので、交話機のダイヤルには目盛りがひとつしかない。数字のついていない目盛りだ。局番もないから、例えば6という番号にかけようとすれば、同じダイヤルを六回まわせばいいのである。番号表を見ると軍の空港は23番だったので、ヤムは苛立ちながらダイヤルを二十三回まわした。問い合わせた結果、軍事衛星船まわりトンビナイ行きの宇宙艇は、夕方近くに発進することがわかった。

まだ時間がだいぶあるので、ヤムはどこかでひと眠りしようとした。機械車の荷台で揺られながらうたた寝しかしていなかったので、ひどく疲れていた。ヤムは通行人に教えてもらい、町でいちばん大きいという観光ホテルまで、営業機械車をとばした。

そのホテルは町から出はずれて高い防波堤を越えた海岸の、波打ち際すれすれに建っている豪華なホテルだった。外壁面の装飾が凝っていて、そこには一面に貝殻が埋め込まれていた。

「いちばん上等の部屋は空いているか」フロントでヤムはそう訊ねた。

馬鹿ていねいなフロント係の男が答えた。「はい。今日は軍の士官さまはひとりもお泊りではございませんから、お客さまは旦那さまおひとりでございます。最上階の一等室へご案内いたします」

頭の毛の禿げた小さな女中が、ヤムを六階の一室へ案内した。

二坪ばかりの部屋だったが、窓ガラスが隙間なく部屋の三方にぴったりと嵌め込まれていて、暖房はよく利き、眺めはすばらしかった。ベッドも最高級だった。ヤムはすぐに毛布の上にぶっ倒れ、心地よくぐっすり眠り込んだ。

眼を醒ますとあたりは薄暗かった。

「いかん。寝過したか」ヤムはあわててとび起きた。

窓を見て、彼は眼を剝いた。窓の外に、魚が群れをなして泳いでいた。骸骨のような甲冑魚のクリシャカトリア、顔がコウン・ビ人によく似たサンシタジャータカ、でかい顎をして刃物のような牙を持つフンダラ、その他にも、さまざまな色をした小魚が窓ガラスの向こう側からヤムの顔を覗きこんでいた。

「わっ」ヤムは肝をつぶして廊下へまろび出た。

「こら女中」ヤムは大声でわめいた。「さっきの女中はいないか」

女中が来ないので、ヤムは一階のフロントへ降りた。

「六階の窓の外に魚がいる」ヤムはフロント係に怒鳴り散らした。「このホテルは潜水艦か」

「そうではございません」フロント係はおどろいて答えた。「今日は満潮の日でございます。つまりブシュバリクの七つの月ぜんぶが、現在この海の真上に集合しております。天文潮とか申す潮汐作用でございましてな。この時にはこのホテルは、海面下に完全に没しますので」

「干潮はいつ頃だ」ヤムはあえぎながら訊ねた。

「今夜半でございます」

「それじゃ軍の空港へはいけない。宇宙艇の発進に間に合わない。おれは急ぐんだ。どうしてくれる」

「干潮までは、町と、このホテルとの交通の便はございません」フロント係はヤムを宥め始めた。「まあ、お客さま。海底の眺めのよさこそ、このホテルの自慢であり名物でございます。当ホテルは戦争前に、トンビナイのさるお大尽が道楽に作られたものでございますが、戦争が始まってからはお客もなく、たまに士官さまがご利用になるだけになってしまいました。あなたさまは久々のお客さまでございます。歓待いたします。ですからそんなにお急ぎにならず、ゆっくりとご滞在の上、海をご観賞ください」

「だめだ駄目だだめだ」ヤムはわめき散らした。「すぐ軍に電話しろ。船をつれてこい、飛船を呼べ」

「でもお客さま。さきほども申しました通り、このホテルは現在海面下でございます。飛船が来ても着陸できません。船を呼んでも波止場がありません」

「潜水艇だ。潜水艇をすぐ呼べ」

「この地方の共和国軍は、潜水艇を持っておりません」

「では泳いで行く」ヤムは決然としていった。「窓ガラスをぶち壊して、防波堤まで泳いで行く」

「それは結構でございますが」フロント係は意地の悪そうな笑いを浮かべ、言葉だけはあい変らずていねいなままでいった。「このあたりの海には、顎の強いフンダラがいっぱい居ります。お客さまが骨を嚙み砕かれるようなことがございましても、当方は責任は負いません」

「くそ」ヤムは泣きわめいた。「もう時間がないんだ。残り僅かだ。ああ。この分じゃ、また遅れちまう。あと十二日しかない。いや、十一日だ。おれは金を儲け損う。ええい。どうしてくれるんだ。どうしてくれる。どうしてくれる」

10　三男トポタンは歌姫ラザーナの危機を救った

トンビナイに向かって進撃を開始した第三、第四、第五の三乙隊は、途中、小人数のアカパン党と小競(こぜ)りあい程度の戦闘をくり返しながら、あちこちで敗残の第一甲隊の生き残りを収容しつつ、例の共和国軍の奇襲のあったトンビナイの南約二二〇〇キロの地点にある農村に近づいた。だがここで共和国軍とアカパン党の混成部隊による激しい反撃に出会った。長旅に疲れていた第二甲隊の三個乙隊はほうほうの態(てい)で退却した。そのままじりじりと後退を続ける国家軍を、余勢を駆った共和国軍はどこまでもどんどん追撃してきた。国家軍は適当に応戦しながら、やはりどこまでもどんどん退却した。退却の理由を知らぬ国家軍の兵士たちは、本当に負けているのだと思いこみ、どうして味方はこんなに弱いのかと首を傾げながらも、命令通りに後退し続けた。

一方ジャナメージャヤ港に向かった第二乙隊も、やはり途中で共和国軍の反撃を受け、巧妙に敵をおびき寄せながら退却した。

かくしてI作戦の第一段階はみごとに成功した。計画が実施される三日前、ブシュバリク上のすべての国家軍の兵隊は、追い討ちをかけられたふりをして首尾よくふたたびサガタに集結した。だが共和国軍もアカパン党も国家軍のあまりの他愛なさにさすがに不審の念を抱き始めたらしく、サガタ市内にまでは追撃してこなかった。海の側を除いた三方からサガタ市を取り巻き、二〇キロばかり離れた地点にとどまって、国家軍の様子をじっとうかがった。

この日第二甲長は、技術甲長の案内でBU－2の視察に出かけていた。

「もう一つの工事現場は、このちょうど裏側——裏面(ダーク・サイド)のホロホロ裂孔(キャズム)だ」ポアン環状山(クレーター)の外輪の麓を月面気密車でとばしながら、技術甲長がいった。「だがあんたは、片方だけ見れば用は足りるんだろう」

「うん」第二甲長は地面のひび割れを不安げに横眼でうかがいながら頷いた。「トーチカを作ったのはこの辺りか」

「そうだ」

技術甲隊の兵士が運転する甲虫の姿に似た月面気密車は、ブチャランゲンの海に入った。そこでは今しも、掘鑿(くっさく)された巨大な竪坑から、シリンダーに内蔵されたアトミック・ギムレットが捲上機(ウィンチャー)車の鋼索(ケーブル)で地上に引きずり出されているところだった。数十台の投光器車の走りまわる間を、宇宙服を着た数百人の技術甲隊の兵士たちが、土砂を遠くへ捨てる為のケーブルウェイを取りはずしていた。重力が少ないため、たったひとりで巨大な滑車や巻いたロープや山のような索具をかかえあげ、運んでいる兵士もいた。分解された掘鑿用起重機やキャタピラ式の重機械車の部品だとか、巨大な型鋼や鋼管（パイプ）を、曳航船（タグ・ボート）が地上三〇〇キロの宙に停船している輸送用宇宙船の貨物専用気閘へ運び込んでいた。

「今、工作器材の撤去にかかっている」と、技術甲隊長が説明した。

「予定よりもだいぶ遅れたな」と甲長がいった。

「勝手なことを言うな」技術甲長は苦笑した。「工事予定を変更させたのはそっちじゃないか。もっと早くからあんたのその作戦ができていれば、こちらもそのつもりで材料を用意してきた。ところがこっちへ来て工事の途中でいろんな註文を出すものだから、肝心の掘鑿工事まで遅れてしまった。しかしまあ、あれを見ろ」技術甲長は心臓の入江を指した。

第二甲長は思わず呻（うめ）いた。

そこには立派な軍事基地と要塞が出来あがっていた。ドーム型のトーチカが一〇メートルほどの間隔で百近くじぐざぐに並び、その背後にはでかい砲塔のついた大要塞が聳えていた。基地の所どころには管制塔が立ち、小型原子炉や酸素タンクや巨大な水槽や、型鋼を組んで作った光電池棚や蓄電池室までが、いくつも作られていた。

「ううむ。どうしてこんなことができた」さすがに甲長は舌を巻いた。

「なあに、どれもこれもみんな、掘鑿作業に使った器材を利用したんだ。たとえばトーチカは、キャタピラ式作業用重機械車（トラクター）のシャーシとキャタピラを分解して組み立てた。銃身や砲身はただの鋼管（パイプ）だ。管制塔はリフトの鋼材で作った。要塞もはりぼてだ。ただ、酸素タンクだけは本ものだ。もっとも空気ポンプは機械車のエンジンを利用したがね。原子炉も工事に使ったもので本ものだ。今はもう中には何も入っちゃいないが。それからあのセレン化銀で作った光電池（フォト・セル）は本ものだ。あれで太陽のエネルギーを電気に変えて蓄電池室（バッテリー・ハウス）に流しこむ。そいつは更にあの灰色の奴につながっている。あれは建物じゃなくて、でかい変流変圧機だ。本ものだ」

「あのトーチカは全部、実際に使えないのか」

「なあに、三つだけは本ものだ。あんたの作戦では敵をここへおびき寄せて、この月が爆発するまで五、六人の兵士だけで戦わせようっていうんだろ。五、六人ではせいぜい三つしか操作できないだろうからな。そのかわりあの三つのトーチカだけは頑丈にできている。隔壁（バルクヘッド）もエア・ロックも大丈夫だし、鉄鈑の間にガスケットを詰めてあるから酸素が洩れる心配もない。大砲も通信機も揃っている。数千人の敵が攻めてきたとしても、充分二日は持ち堪えるだろう。もっともその五、六人の兵士は可哀そうだがどっちみち作戦の犠牲になって死ぬわけだ」

「うむ」第二甲長はちょっと下唇を嚙んで見せた。「これだけ見せて貰えば充分だ。もうサガタへ戻る」

「よし、ではおれの宇宙艇で送って行ってやろう」技術甲長は運転している兵士に命じて月面気密車をターンさせた。

車は巧みにひび割れを避けながら全速でとばし始めた。

「いっておくが、おれの宇宙艇は木造だぜ」第二甲長がさっと顔色を変えたのを横眼で見て、技術甲長はくすくす笑った。「心配するな。反重力方式だから、発進や着地でばらばらになる恐れはない。表面にはぴったりとテレフタル酸メチルを原料にした合成塗料が塗ってあるから完全気密だ。もっとも気閘だけは鋼鉄製だがね。おれが発明した。今、軍用に大量生産している」

六〜七人乗りの木造宇宙艇は、鋸歯状の岩場の上で大きく傾いたまま寝そべっていた。ヘルメットを被り、気密車を降りたふたりは、糸のように細い紐の梯子で艇に入った。ハッチを閉めると、宇宙艇はそのまま宙へ垂直に上昇した。

「あっあれは何だ」第二甲長は艇の窓から外を眺め、泡をくって叫んだ。多くの輸送船に混って、航海用の大型帆船が二隻ばかり宇宙を進んでいた。「あれは帆かけ舟ではないか。おれは夢を見ているのか」

「あれは貨物用帆船だ。輸送船が足りないので、使い捨てられていたあんな旧式の船を買ったんだ。船板に熱硬化性のプラスチック溶液を滲透させて強化し、この宇宙艇と同じく表面に合成塗料を吹きつけ、船橋の横にエア・ロックをとりつけて反重力装置を組み込み宇宙用に改造した」

小型の木造宇宙艇はＢＵ－２をあとにし、二〇万キロ余の距離の宇宙を一気に疾走してサガタに戻ろうとしていた。

その頃トポタンはあい変らずホテル・サガタの見晴らしのいい最上階、甲長用の特等コンパートメントで詩作に没頭していた。美しい詩、怪奇な詩、愉快な詩が面白いように次つぎと生まれ、トポタンの手帳は小さな字で書き込まれたそれらの詩でぎっしりと埋められていた。

ひょっとすると、自分は天才なのではないか――彼はそう思い始めていた。これらの詩はいつか、偉大な文学者の眼にとまり、自分は天才として一躍、詩の世界のプリンスとなる――そんな妄想が、彼の胸を横切った。それだけは『もうひとつの国』でなくこの世界で実現してほしかった。

事実、こうして高い建物の最上階から町を見おろし、焼跡や道路に犇く蟻のような人間たちを眺め続けていると、自分の望みが簡単に実現することがむしろ当然のようにも思えてくるのだった。トポタンは今までの自分の苦しい生活を憎んだ。もう、あんな生活はいやだ――そう思った。どうして自分はあんなに長い間、あのような生活に耐えてくることができたのだろう――そうも思った。ふたたびああならないためには、どんな努力でもしよう、もっといい詩をたくさん作ろう、そうだ、もっと書くぞ――彼の眼は輝いていた。彼はさらにペンを走らせ続けた。

小さな軽いもの音がしたので、トポタンはふと眼をあげた。ベッドの上に一匹のポロリが腰をかけ、大きな黒い瞳できょとんとトポタンの方を見ていた。首にリボンをつけているので誰かに飼い馴らされている奴らしいということがわかった。戦争のためこのホテルに足どめをくっている、例の貿易商の妻君が飼っている奴らしい――トポタンはそう思った。閉め切ってあるこの部屋の中へどうやって入ってきたんだろう――トポタンはきょときょとと部屋中を見まわした。天井の隅にある換気暖房用のダクトの口の金網が破れていた。ダクトを伝ってきたのだ――トポタンはそう推理した。ポロリはビシュバリクの動物だから、寒さに弱い、そこで暖房用のダクトの中へ熱気を慕ってもぐりこみ、まちがえてこの部屋へ出て来たのだ――そう思った。

むくむくと白い毛に包まれたそのポロリは、なんとなくトポタンに似ていた。いやな奴だ、見ているとむかむかする――トポタンは自己嫌悪に似た感情でポロリを睨みつけた。愛玩されることに馴れきった、無力な癖に不遜な小動物――彼にはポロリがそう見えた。

「出て行け」トポタンは傍らの本をポロリめがけて投げつけた。

本はベッドのうしろの壁にぶつかり、大きな音を立てて床に落ちた。ポロリはびっくりしてベッドの隅に身を避け、しばらく仰天した顔つきでじっとトポタンを凝視していた。なぜ自分が嫌われたのかわからないという表情で不審げに相手の顔色をうかがった。それから急に、底意地の悪い眼つきになった。憎悪が口もとにあらわれた。ポロリはトポタンの顔から眼をそらし、部屋の中を眺めまわした。それはまるで、自分に敵意を持つこの不届きな男をどうやって困らせてやろうかと室内を物色しているかのように見えた。

「行け。行かないか」トポタンは憎しみをこめてさらに本を投げつけた。

「チーチー」ポロリはあわててダクトにとび込んだ。だが、行きがけの駄賃に、書類キャビネットの上においてあった金袋を持っていってしまった。

「あ」トポタンは立ちあがり、ダクトの口の下まで行って天井を見あげ、茫然として立ちすくんだ。

あの小さなポロリに、何キロもある金袋をさらって行く力があったことを知って、トポタンは唖然とした。しかし、ぼんやりしてはいられなかった。金袋の中には甲長の金、軍の資金、兵隊の給料、それらすべてが入っているのだ。なくしたとあっては銃殺ものだ。トポタンは書類キャビネットの上に這い登り、苦労して金網の破れめからダクトの中へもぐりこんでいった。

　しばらくして、ＢＵ－２から戻った甲長が秘書を従えて部屋に入ってきた。

「書類キャビネットの位置が変っている」甲長はいらいらと神経質そうに片手を振って秘書官に命じた。「もとの位置に直せ」

「はい」

「ダクトの金網が破れている。すぐ誰か寄越して修理させろ」

「はい」

「それから至急第四乙長に来るように言え」

「はい」秘書官はキャビネットの位置を正してから出て行った。

　ほどなく第四乙長がやってきた。「お呼びでありましたか」

「呼んだ」甲長は急に笑顔になり、愛想よく椅子をすすめた。「まあ、掛けろ」

　乙長は長靴の踵をかちりと鳴らせ、直立不動のままで答えた。「いえ、自分はこのままで結構であります」

「そんなに固くなるな。話がしにくい。おれが困るから掛けてくれ」

「は。それではお言葉に甘えて、掛けさせていただくであります」乙長は身を固くしたままで椅子に掛けた。

　甲長は書類キャビネットの抽出しをあけながらいった。「酒はどうだ」

「は。今は勤務中でありますから」

「それは構わん。おれが許す」甲長はコウン・ビ製ウィスキーを出し、乙長にグラスを握らせて注いだ。「では、皇帝陛下のために」

甲長がそういうと、乙長はグラスを持ったまま跳びあがるように立ち、馬鹿でかい声で叫んだ。

「皇帝陛下万歳」彼のグラスからは、ウィスキーが半分がたこぼれてしまった。

二人はグラスを乾した。

「ところで乙長」甲長は考えながら喋り始めた。「おれはこう思う。男にとって、女という奴は魔物だ。特に純情な男にとっては、尚更そうだ」

「は。その通りであります」乙長は何のために甲長が自分を呼んでこんな話を始めたのかさっぱり理解できず、どぎまぎしながら相槌を打った。

「女に惚れこんでしまうと仕事が手につかなくなる。宇宙がその女を中心に回転しているように思いこみ、自分の仕事が小さいものに見えてくる」甲長は部屋中を歩きまわりながら話し続けた。「こう考えて見ると、あまり女を神聖視し過ぎるのは考えものだ。大きな仕事ができなくなって、男として失敗する」甲長は立ち上り、乙長を振り返った。「軍人なら戦うことができなくなる。そう思わないか」

「は、はい。それはその、まあ、たしかに」乙長はしどろもどろになり、頷いてからかぶりを振り、あわててまたうなずいた。

「そんなことになるまいとすればどうしたらいいか」甲長はかまわずに続けた。「女を物体として扱えばいいのだ。昔から勇敢な軍人はみんな女を物質的に扱っている。事実女なんてものは、男の従属物なのだ」

「は、その通りであります」乙長はぎこちなく笑った。自分にそう思い込ませようとするような調子で彼はいった。「まったく、女などというものはくだらん動物でありまして」

「そうとも。その通りだ」眼を見ひらき大きな声でそういうと甲長は、我が意を得たりとばかり乙長の肩を強く叩いた。「まったくつまらん物体だ。男性のセックスを処理する能力しかないくだらん物体だ。そうか。じゃあお前もそう思っていたんだな」

「もちろんであります」乙長は調子に乗って、大声でそういった。「自分などは前まえから、ずっとそう思っていたのであります」

「それでこそ軍人だ。わが栄誉ある国家軍の将校だ。気にいった。それで初めて、お前の勇敢さもなるほど当然だとうなずける」そういいながら甲長は二、三度大きく頷いて見せた。

「女は馬鹿であります」ますます調子に乗り、乙長は怒鳴るようにいった。「性器に眼鼻であります」

甲長は大きく笑って見せた。乙長も笑った。

「もっとのめ」甲長は乙長のグラスにウィスキーを注いでやりながら、今度は声を落していった。「ところが女が居らんとやっぱり不自由だ。セックスというものがあるからな。いかに勇敢な軍人とはいえ、やはりセックスは処理しなきゃならん」

「左様。それが問題であります」少し酔っぱらってきた乙長は、大きく頷いていった。

「しかしそれは、女をその、物質として、つまりセックスを物質的に処理すればいいのであります」

「うまい」甲長は手を打って叫んだ。「ますます気に入った。よし。それじゃお前にそのセックスの道具という奴をひとつやろう。おれの贈りものだ」

「結構ですな。ぜひ頂きたいもので」乙長は何気なさを装い、笑い続けながら訊ねた。

「で、それはどんな女でありますか」

「ラザーナだ」甲長は壁の方に向かってグラスを乾しながら、やはり何気なさを装ってそう答えた。

乙長の全身に痙攣が走った。顎がさがった。「ラザーナ。ラザーナというと」乙長はあえいだ。あえぎながら貧乏ゆすりを始めた。「あの、まさか歌姫のラザーナではないでありましょうな」

「どうしてだ」甲長は怪訝そうな表情を作って見せた。「もちろん、その歌姫のラザーナだ。歌姫なんてものは芸人だ。物質的である女の中でも、もっとも物質的な存在が芸人だ。なぜそんなに驚く」

「は、それは確かに、そ、その通りでありますが」乙長はあわててグラスを乾した。首をはげしく振った。まだ信じられないという眼つきで、彼は茫然と眺めた。そして呟いた。「ラザーナ」手をのばして机の上からウィスキーの瓶をひったくり、自分のグラスに注いだ。「失礼いたします。甲長殿」彼はたてつづけに四、五杯、ウイスキーを呷った。

　甲長は彼の様子を横眼で観察しながらいった。「今夜ラザーナの部屋へ行くがいい。この階の二号室。これが部屋の鍵だ」机の上に鍵を置いた。

「では、では」乙長は咽喉をぜいぜいいわせた。「ではラザーナは、つまり、その、承知でありますか」

「おいおい、何を言ってるんだ」甲長は苦笑した。「女は物質じゃなかったのかね。どうしてラザーナが承知してるかなんてことを訊く」

「は、しかし」乙長はどぎまぎした。「では、どうしてこの鍵を」

「それは彼女の主人から了解を得て預ってきた」甲長はうなずいた。「つまり彼女のマネージャーでありパトロンである詩人のシロムイから、ある額の金と引き換えにひと晩預ったのだ。この男はおれの友人でな。まあ、もっと飲め」

　乙長は甲長からグラスを満たして貰うとぐいとひと飲みして、さらに三、四杯自分で注いで飲んだ。

「マネージャーさえ承知すれば、芸人なんてものはどうにでもすることができる」

甲長の言葉に、乙長は力をこめて頷いた。「物質でありますからな」

「そうだそうだ」甲長は大笑いをした。

「しかし」乙長は急に不安そうに、甲長にすがるような眼を向けた。「ラザーナは自分を好いてくれるでありましょうか」

甲長はげっそりした様子で、ゆっくり肩をすくめた。

乙長は気がついて、ぎこちなく笑った。「ああ、そうでありました。女は物質。物質でありましたな。ははは。ははは」無理に顔を歪めて笑ってから、彼はまた真顔に返った。「しかし甲長殿。どうして甲長殿は自分に、こんなことをして下さるのでありますか」

甲長は自分の椅子を引っぱってきて、乙長の掛けている椅子にぴったり寄せた。乙長に自分の身体をくっつけて腰をおろし、彼の肩を抱いた。そしてゆっくりと低い声でいった。「おまえが好きだからだ」

乙長は激しく眼をしばたたいた。

「今までお前を怒鳴りつけたり叱ったりしたことを許してくれ。しかし本心では、部下としてお前を本当に愛していたんだ。他の乙長たちの手前、あんな態度をとった」

甲長はやさしい声でいった。「すまなかったな」

「とんでもない」乙長はかぶりを振った。「自分は何とも思っておりません」

「以前お前がI作戦に関してある提案をした時も、おれはお前を叱った」と、甲長はますます低い声でささやいた。「あれは他の乙長たちをその問題から締めだすつもりだったからだ。その証拠に、おれはお前の提案をじっくり考えた末、あれを実現可能なように練りあげたんだぞ。そいつを実行するつもりだ。これはおれとお前だけの秘密だぞ乙長」

「本当でありますか」乙長は感動して涙を流し始めた。「甲長殿。自分は今まで、こんなに甲長殿から信頼していただいているとは知らなかったのであります。自分は甲長殿から、嫌われているとばかり思っていたのであります」乙長は声を出してむせび泣いた。

「すまなかった。本当にすまなかったな」甲長もハンカチを出して眼を拭った。「許してくれ」

「ああ、自分は嬉しいのであります」乙長はおいおい泣いた。「自分はもう、甲長殿のためなら死んでもいいであります。どんなことでもするであります」

「ありがとう。ありがとう」

ふたりは肩を抱きあって、男泣きに泣き続けた。

「ところで、そのI作戦のことだが」甲長は自分のハンカチで乙長の洟をかんでやりながらいった。「現在敵地に逆スパイを放って情報をばらまいている。こんな情報だ。国家軍はBU－2に大要塞を作り、反撃に備えている。サガタを撤退してBU－2に立てこもり、そこからトンビナイを攻撃するつもりだとな。知っての通りBU－2がトンビナイの上を通過するのは三日ののちだ。上から攻撃されてはたまらないと思って、共和国側では必ず軍をBU－2へ送りこむ。BU－2が爆発すれば、やってきた共和国軍もいっしょに粉微塵だ」

「しかし」乙長はあわてていった。「もし例の装置が発見され破壊されてしまっては、I作戦そのものが崩壊します」

「それは心配いらん。巧みにカムフラージしてある。しかも心臓の入江にはわが軍の技術甲隊が作りあげたはりぼての大要塞がひとつ、似而非トーチカが百あまりある。敵は必ずそれに眼を奪われるだろう。しかもその上わが軍の兵士五、六人で応戦すれば、敵はそこにわが軍の基地があると思いこみ、その周囲をとりかこんだまま一日でも二日でも、いつまでも攻撃をし続けるだろう。つまりBU－2が爆発するまでだ」

「わが軍の兵士五、六名で応戦させるとおっしゃいましたが」乙長はおどろいて訊ねた。

「ああ、そうだ」と、甲長は軽く答えた。

「するとその兵士たちは、たった五、六人で敵の大軍勢を相手に戦うわけでありますな」

「うむ」

乙長はうなだれて小さく言った。「勝ちめはありませんな」

甲長はゆっくりといった。「ない」

乙長は顔をあげた。「戦死ですな。たとえ生き残ったとしても、BU－2といっしょに自爆することになります」

甲長は立ちあがった。部屋の中を歩きまわりながらいった。「そうだ。彼らには死んで貰わなければならん。おれとしても部下を死なせるのは辛い。しかし、それ以外に方法はないのだ」

「死なせるとおっしゃいましたが」乙長は顫える声でいった。「殺人になります」

「馬鹿をいえ」甲長は不機嫌な顔つきで肩を聳やかした。「もともと戦争は殺人だ。しかもその五、六人の兵士の働きで大勢の敵を滅ぼすことができる。わが栄誉ある国家軍はその五、六人の兵士の犠牲によって勝利を得ることになるのだ」甲長は乙長を凝視していった。「乙長。おれの考えたこの計画に反対するのか」

「いいえ、とんでもない」乙長はおどろいてかぶりを振ってから、じっと手の中のグラスの底を見つめた。「ただ、部下を死地に赴かせるのは、あまりいい気持ではありりません」

「おれだってそうだ。しかし勝つためには冷酷にならなきゃいかん。将校は部下に対しても冷血でなければ戦争には勝てん」

「しかし志願者がおりましょうか」

甲長はあきれて乙長を眺めた。「お前は兵士の中から志願者を募るつもりか」

乙長もおどろいて、甲長を眺めた。「しかし、そうしませんことには」

「いかんいかん」甲長は思わず大声を出した。「自分から進んで死にに行く奴がどこの世界にある。戦死を納得ずくで出かける兵隊がいてたまるか。そんな話は聞いたことがない。それにそんなことをすればI作戦のことが全軍の兵士にわかってしまう。これは秘密計画なのだぞ」

「では部下を、だ、だますのでありますか」

「乙長」甲長は乙長をしばらく睨みつけた。やがて顔色を和らげ、肩をおろして乙長に近づいた。「どうした乙長。お前はもっと話のわかる士官だった筈じゃないか。え。おれたちは将校だぞ。え。五、六人の兵士の生命と、我が軍の勝利と、どちらが大事だ」

乙長は頑(かたく)なに黙っていた。

「そうだな。行かせるのはお前の隊の、いちばん出来の悪い兵士が集まっている丁隊がいいな。あの、卑民のいる丁隊がいい。どうだ。あの丁隊は臆病者の集まりではなかったか」

「勇敢な奴もいます」乙長はおろおろ声でいった。「私は彼らを愛しております。それに、臆病者や卑民もやはり人間であります」

「馬鹿」甲長はついに乙長を怒鳴りつけた。「そんなことを言い出したら敵兵だって人間だ。共和国軍をBU－2へ大勢おびき寄せて全滅させるというこの案を出したのは、もともとお前ではないか。その案をわしが苦労して実現可能にしてやったのだぞ」甲長は鼻の上に青筋を立てて怒鳴り続けた。「乙長。お前は上官の言うことがきけんのか。これは命令なのだぞ」

乙長は立ちあがり、腹からしぼり出すような悲痛な声で復誦した。「は。では、第二丙隊四丁隊をBU－2へ出動させます」

甲長は乙長の肩に手を置き、やさしく言った。「お前がどれだけ部下を愛しているか、おれは知っている。だからお前の辛さはよくわかる。しかし、これが将校の苦労なのだ。さ、すぐ命令してこい。そしてお前は、それきり何もかも忘れろ。今夜はラザーナと楽しく過せ。そして何もかも忘れるんだ。いいな」

ドアをノックし、職人をつれて秘書官が入ってきた。「お邪魔をいたします」秘書官は二人の上官に敬礼してから、職人に天井の隅のダクトの口を指して見せた。「あそこだ」

　天井の裏のダクトの中では、トポタンが熱気で汗だくになりながらポロリを探しまわっていた。ダクトの中にはところどころに各部屋の換気口からのぼんやりした明りが射し込んでくるだけで、あとはまっ暗だった。曲りくねったダクトの中を埃まみれになって這いまわっているうちに、彼は道に迷ってしまった。しかしどちらにしろ、金をとり返さない限りは部屋に戻れなかった。おれは運が悪い――彼はそう思った。悪い星の下に生まれたのだ――と、そう思った。彼はポロリを追うのをあきらめた。おれは今まで運命に順応してきた。今度もそうしよう――そう考えた。自分の運命と闘うのはおれらしくないし、おれの役目ではなさそうだ――そうも思った。

　くたくたに疲れていた。彼はダクトの中で身体を丸め、ふさふさした尻尾(しっぽ)で顔の部分だけを覆うと、そのまま眠り込んだ。

　その夜、第二甲隊第四乙長はホテル・サガタの最上階の二号室、歌姫ラザーナの部屋を訪れた。

　ドアの前で立ちどまった乙長の心臓は、口からとび出しそうに跳ねあがり続けていた。大太鼓の連打を思わせる脈搏(みゃくはく)の鈍い音は鼓膜の内側で鳴り響いていた。乙長はドアをノックしようとした。しかし、もし室内から誰何(すいか)されても答えようがないことを悟り、彼はノックをやめて鍵を出し、顫える手で鍵穴に突っこんだ。

　歌姫ラザーナはこの時ちょうど風呂からあがったばかりで全裸だった。彼女はベッドに横たわり、毛を梳(す)きながら乾かしていた。だしぬけにドアが開いて眼を血走らせ口から泡を吹いた軍人がとびこんできたので、彼女は息がとまるほど驚いた。乙長はドアの下のカーペットの継ぎ目に長靴の先を引っかけ、つまずいて部屋にのめり込むその勢いでドアを激しく閉めた。大きな音がした。

　ラザーナは悲鳴をあげ、シーツで肌を覆いながら叫んだ。「誰なの。ノックもしないで失礼じゃないの」

　乙長はあわてて身をたて直し、彼女に詫びようとした。しかし、詫びる必要はないと考え直した。相手は女なのだ、物質なのだ、どうして詫びることがある——彼はそう思い、大声で怒鳴るようにいった。「甲長命令により本官は今夜お前と寝ることになった」

「何ですって」ラザーナはあまりのことに怖さを忘れた。「無礼な。ひとを何だと思っているのです」

　怒った彼女の顔は窓から射し込む蒼い月光を浴びて凄いほどに美しかった。

　乙長はラザーナの剣幕にたじたじとなりながら直立不動の姿勢を崩さぬままでいった。「な、何を生意気な。お、お、女の癖に」

「出て行ってください。出て行きなさい」ラザーナは乙長を叱りつけた。「あなたは軍人なんでしょ。将校なんでしょ。ま夜中に女の寝室へ無断で入ってくるなんて、まるでやくざじゃありませんか」

「やくざとは何ごとか」乙長はラザーナを怒鳴りつけた。「栄誉ある国家軍の将校に対して、やくざとは何ごとか。それが女の口にする言葉か。本官は甲長命令により赴いた。よってお前は本官を客として遇せよ。そしてお前は今宵ひと夜本官に身をまかし、女としての役割を果たすのだ。よいか。これは甲長命令だ」

「そんな人わたしは知りません」ラザーナは悲鳴まじりに叫んだ。「誰の命令だろうと、わたしはひとの言いなりにはなりません。たとえ皇帝陛下の命令であろうと」

「黙れだまれ。何を言うか」乙長は絶叫した。「女の癖に何をいうか。皇帝陛下を馬鹿にするのか。この売国奴め。非国民め。おお、皇帝陛下万歳。軍人を馬鹿にするとは何ごとか。よし。力ずくでもお前を思い通りにする」

ラザーナは顔色を変え、ベッドの上に立ちあがった。シーツが落ち、彼女の全身が乙長の鼻さきに剝き出しになった。

「あ、う」乙長は腰を抜かしそうになった。彼の膝はがくがくと顫えた。しかし彼は彼女の身体から眼をそむけることはできなかった。「何を。な、なにを」乙長は歯をぎりぎりと食いしばり、かぶりを振って呟いた。「物質だ。単なる物質なのだ」彼は腰の短剣を抜いて叫んだ。「て、敵め。いざ敵め。よっく聞け。否といならその胸を突いて赤い血を出して見せようぞ。応（おう）というなら下腹を突いて白い血を出してみせようぞ。否か応かのふたつにひとつ。さあどうだ」

「あなたの思い通りにはなりません」ラザーナはヒステリックに叫び、マットの下から小さなナイフを出し、自分の咽喉に切先を当てた。「そのくらいならわたし、自分で死にます」

「ま、待て。ちょっと待て」乙長はあわてて手をさしのべた。「何も死ぬことはないではないか。お前はおれと寝るより死ぬ方がいいのか。そんな非常識な」

「恥を掻くより死ぬ方がましです」

「何をいう」乙長は激怒した。「栄誉ある国家軍の将校から情けをかけて貰うというのがどうして恥なのか。無礼なことをいうと、ただは置かんぞ」

「ご勝手に。どうせ私は自分で死ぬのですから」

「待て。まあ待て」乙長はラザーナに近寄ることができず、泣きそうになって叫んだ。「お前に死なれては、おれは甲長命令に背くことになる。それでは困るのだ。また、おれには苦しみがある。部下をだまして死地に赴かせなければならん。おれはそれを忘れたい。お前はおれに、その苦しみを忘れさせてくれなければならんのだ」

「わたしの知ったことじゃないわ」

「了解はついている」乙長はおいおい泣き出した。「甲長殿がお前のマネージャーに金を渡した筈なのだ」

「何ですって。シロムイが」ラザーナは茫然として宙を凝視した。しばらく考えこんでから、彼女は呟くようにいった。「あの肥っちょの、いやらしい中年の詩人ったら。あの人、他人前ではわたしのおじさま然としている癖に、わたしに変なことをしかけてきて、わたしがそれをはねつけたものだから、仕返しにそんなことをしたんだわ」ぐったりとベッドに腰をおろしたハイティーンの歌姫は、急に大人びた口調でゆっくりと乙長にいった。「男って、みんな同じね。みんないやらしいわ。生きていたくないわ。さあ。わたしを殺すなら殺して頂戴。わたし、死んでやるわ」

「お前に死なれては、おれは任務を遂行できない」乙長は床に腰を据え、泣きながらいった。「こんな筈ではなかった。甲長殿の命令を遂行できなかった。部下を失い、お前には嫌われた。おれはどうしたらいい。どうしたらいい」

しばらく泣き続けた末、彼は軍服を脱ぎ始めた。

「何をするの」

「お前を殺し、おれも自決する」

「だんだん馬鹿馬鹿しくなってきたわ」ラザーナは投げやりな口調でそういうと、ベッドの上へ大の字になって引っくり返った。「もう、どうでもいいわ。わたしの純潔なんかよりは、ふたつの生命の方が大事なのかも知れないわね」彼女はやけくそになり、自分の腹を平手でぴしゃりと叩いた。

「さあ。いらっしゃいよ」

「本気か」乙長は啞然とした。

「どうするの。来るの来ないの」

乙長はもじもじしていった。「もうすこし女らしく出来ないのか。恥じらいを見せるとか何とか」

「うるさいわね」気の短い歌姫は癇癪を起して乙長を怒鳴りつけた。「あんた、まだこの上わたしに註文をつける気なの。いい気なもんだわ。気に食わなきゃ殺すなり出て行くなりしたらいいじゃないの」

「ようし」乙長も破れかぶれになり、乱暴に軍服を脱ぎ続けた。「物質だ。敵は物質だ」

トポタンはふと眼を醒ました。小さな軽い足音がダクトの中に響いていた。彼は顔をあげた。眼の前二メートルほどのところにポロリがいて、あいかわらず小憎らしげな眼つきでトポタンを睨みつけていた。金袋は持っていないようだった。

「こいつ」

トポタンは四つん這いで彼を追った。ポロリはチーチーと啼きながら、トポタンが進むのと同じくらいの速さで後退りした。しびれを切らせたトポタンは、えいとばかりに蛙跳び(かえるとび)でポロリにとびつこうとした。ポロリはさっと身を避けた。ポロリがいたところはちょうど別の部屋のダクトの口で、金網が張ってある部分だった。

　全裸になって眼を吊りあげ、今しも歌姫ラザーナに挑みかかろうとしていた乙長の頭上へ、はげしい音をたてて金網を突き破ったトポタンが、まともに墜落した。

11　三男トポタンは歌姫とともに軍隊を脱走した

二時間ほどののち、四肢の関節を硬直させたまま、腑抜け(ふぬ)のような表情でホテルの廊下をふらふらとさまよっている第四乙長を発見した甲長附き秘書官は、彼の様子があまりにもおかしいのに驚き、あわてて軍医の部屋へかつぎ込んだ。

報告を受けた甲長と他の乙長たちも医務室に集まってきた。

「脳挫傷(ざしょう)ですな」と、診察し終えて軍医がいった。

「それは何だ」甲長が訊ねた。「脳震盪(しんとう)とどう違う」

「脳震盪の強度の奴ですよ」と、医者は答えた。「頭部に相当はげしい打撃を受けた様子です。脳組織の一部が破壊されているようです。しかもそれは外力を受けた反対側の部分のようで、これはどうも厄介ですぞ。部分的運動麻痺(まひ)、知覚障害、失語症を起しています」

「治らんのか」甲長はいらいらした様子で訊ねた。

「治ることは治りますが、外傷癲癇が後遺症になる恐れがあります。それから記憶力障害も起ります。受傷以前のことを忘れる、いわゆる逆向健忘も起るかもしれませんな。活動性や意欲の低下、感情の変化なども起るでしょう」

「そんなにいろいろと起っては、つき合いきれません」第一乙長がびっくりして、甲長に進言した。「誰かに乙長勤務を代らせなければ」

「まあ待て」甲長は第一乙長を制し、しばらく考えこんだ。「今はI作戦を目前に控えた重要な時期だ」と、甲長は喋りはじめた。「今ビシュバリクから新米の乙長なんかに来られては、また軍の機密を一から教えこまなきゃならん。そんなことをしていては時間の無駄だし、へまをして秘密を洩らされでもしては事だ。第一ややこしい」甲長は乙長たちを振りかえり、彼らを順に眺めながらいった。「乙長が発狂したことは、当分誰にも秘密だ」

「発狂じゃない」医者はおどろいて言った。「すぐにビシュバリクへつれ戻らなきゃなりません。精密検査の必要があります。ここにはレントゲンもなければ脳波検査機もないし」

「それは駄目だ。この男を外へ出すと秘密が洩れる恐れがある。うわごとで作戦計画をべらべら喋られては堪ったもんじゃない」

「それじゃこの人は廃人になってしまう」医者はおろおろして叫ぶようにいった。

「悪くなるばかりです」

「わが軍の勝利にはかえられん」甲長はきっぱりと言い、医者を睨みつけた。「あんたはこの甲隊所属の軍医だろ」

医者は黙ってしまった。

甲長はまた乙長たちに言った。「実のところ、おれはさっきこの男に、重大な秘密指令をあたえたばかりだ。この男はすでにその指令を部下に伝えた筈だ。もちろんそいつらは、その命令がどんな性質のものか、どんな重大なものかということは知らない。知っているのはこの男とおれだけだ。この男が頭がおかしくなったため、その秘密はもう誰にも洩れる心配はなくなったわけだ」

乙長たちは顔を見あわせた。

第一乙長が訊ねた。「彼の部下たちにも、彼の病気のことは秘密にするのですか」

「もちろんだ」

「ばれないでしょうか」

「お前たちが庇(かば)ってやればいい」

「しかし、お言葉を返すようですが、始終つきっきりでいるわけにはいきません。われわれにはそれぞれの隊での任務があります」

「それもそうだな」甲長は考えこんだ。やがて顔をあげ、第一乙長に訊ねた。「例の卑民のいる不名誉な丁隊というのは、何丙隊に属しとるのか」

「あれはたしか、第二丙隊であります」

「よし、その丙長をあとでおれの部屋に来させろ」

甲長は立ちあがり、ベッドに横たわっている第四乙長に声をかけた。「お前も来るんだ」

第四乙長はいきなりベッドから立ちあがり、直立不動の姿勢をとって大声をはりあげた。「甲長殿に敬礼。皇帝陛下万歳」彼の眼は血走っていた。唇の縁からだらだらと大量の泡が流れ落ちた。

「よしよし。わかったわかった。わしについてこい」

「女は性器に眼鼻であります」

「今はその問題はどうでもいい」甲長は顔を赤くした。「黙ってついてこい」

第四乙長を自室へつれ戻った甲長のところへ、ほどなく第二丙長、すなわち以前のマケラたちの丁隊の丁長がやってきて敬礼した。「第四乙隊第二丙長まいりました。お呼びでありましたか」彼は甲長に直接呼ばれたことで、びくびくしていた。

「呼んだ」甲長はうなずいた。

傍にいた乙長が、すかさず銅鑼声(どらごえ)をはりあげた。「皇帝陛下に敬礼」

丙長はぎょっとして、あわてて部屋の中を見まわしたが、もちろんどこにも陛下の姿はなかった。

「敬礼だ。敬礼だ」と、乙長はわめいた。

丙長はしかたなく、もういちど敬礼した。それから怪訝そうに、甲長と乙長を見くらべた。

甲長はまたうなずいた。「この通りだ。乙長が脳障害を起した」

「は、はあ」丙長は言葉に困ってもじもじした。

「しかし今は作戦上重要な時期である。新任の乙長と交代させるわけにはいかん。この男にこのまま乙長勤務を続けさせる。お前は今後、ずっとこの男についていて、この男を庇い、この男が脳障害を起していることを誰にも悟られぬようにしろ」

「は」丙長は難題を押しつけられ、少しどぎまぎしてから答えた。「わかりました」

「この男から何か指示があったか」

「はい。第四丁隊にＢＵ－２へ出動するよう命令されました。明日の午前中に、心臓の入江に設置されている要塞へ赴き、そこで守備にあたるようにとのことでありました」

「それならよし。その命令通り、第四丁隊を出動させろ。この男を部屋へつれて行け。お前はこの男から一刻もはなれるんじゃないぞ。ほっとけば何を言い出すかわからん」

「女の癖になまいきな」ドアの方をじっと見つめながら、乙長が呟いた。「わしは軍人だぞ」

「さあ、乙長殿。行きましょう」と、丙長がうながした。

「どこへ行く」乙長は濁った眼で丙長を眺めながら訊ねた。

「乙長殿の部屋へ行くのです」

「そうか」乙長はぎくしゃくした歩きかたで丙長に従い、廊下へ出た。

「そうだ。わしはＢＵ－２へ行かなければならん。トランクに飯を入れろ」自室へ帰る途中、廊下のまん中で立ち止った乙長は、大声で丙長にそう言った。

「乙長殿は行かなくていいのです」丙長はあわてて乙長を宥めた。「あそこへは、第四丁隊の連中が行きますから」

「そうか」乙長は漠とした眼つきで、ゆっくりとそういった。それからまた、身体を硬直させた。「しかし、行かねばならん。あそこで戦争がある」

「あそこで戦争なんか、ある筈がありません」丙長はいらいらして言った。「あんなちっぽけな衛星へ敵が来る筈がないでしょう。小さな無人の要塞があるだけで、第四丁隊の連中はそこを見廻ってくるだけです。命令するとき、乙長殿がそうおっしゃったじゃありませんか」

「そうだったか」乙長は首を傾け、廊下へ突っ立ったまま考えこんでしまった。それからだしぬけに叫びはじめた。

てきた。


「あそこへ敵がくる。わが隊は全滅だ。行かねばならん。行かねばならん」

通りかかった他の乙隊の丙長たちがその声に立ち止り、それからおどろいて集まってきた。

「いや、何でもない。何でもない」丙長は怒鳴った。「こっちへ来るな。あっちへ行ってくれ」彼は弱って、乙長の身体を力まかせに押しはじめた。「さあ。乙長殿。行きましょう」

丙長が乙長に手古摺(てこず)っている頃、甲長のコンパートメントでは軍隊の金がいつの間にか消えてしまっていることがわかり、大騒ぎになっていた。

「トポタンは何処へ行った」甲長が秘書官に大声で訊ねた。

「さっきから探していますが、行方不明のようであります」

甲長は唸った。「それでわかったぞ。奴が軍隊の金を持ち逃げしたんだ」もともと蒼白い甲長の顔からさらに血の気がひいた。彼は憎しみで小きざみに顫え始めた。

「金袋を持って逃げる途中で乙長に見つかったものだから、奴は乙長の頭を何かで殴打したんだ。奴がそんな兇暴な男とは思わなかった。おれはだまされた。飼っているポロリに手を嚙まれたようなもんだ」

甲長はすぐ乙長たちを呼び集めて命令した。「町の出口に非常線を張れ。町の周囲を徹底的に捜せ。まだ遠くへは行くまい。町の中に隠れている可能性もある。女郎屋、安ホテル、居酒屋、あいまい宿、博奕場、ぜんぶ捜すんだ」

　全身まっ黒で見あげるほどの巨軀、しかもでぶでぶに肥った男があわてふためいて部屋へ駈けこんできた。

「ラザーナがいない」彼は眼をまん丸にして甲長にいった。「あの乙長がきっと何か乱暴したんだ。だから逃げ出したんだ。ホテル中、どこを捜してもいない」

「ラザーナのマネージャーはあんただろ」甲長は上の空で答えた。「こっちはそれどころじゃない。軍隊の金がぜんぶなくなった」

「兵隊の誰かに誘拐されたんだ」大男は甲長の言葉を無視してわめいた。「そうに決まっている。その兵隊を捕えて銃殺にしてくれ。ラザーナをとり返してくれ。せっかくあそこまで育ててやったのに、兵隊などと駈け落ちしやがって。あのコウン・ビかぶれの不良少女め」彼は憎悪に満ちていた。口を歪めていた。

「待てシロムイ」甲長は聞き咎めた。「ラザーナの駈け落ちの相手が兵隊だってことは、どうしてわかった」

「こんな手帳がラザーナの部屋に落ちていた」シロムイはポケットから黒革の手帳を出して甲長に見せた。「これは軍隊の手帳だ」

「これはトポタンの手帳だ」手帳にぎっしりと書きこまれた詩を見て、甲長はいった。「あのやさ男め。虫も殺さんような顔をしていながら」彼は手帳を床に叩きつけた。

「窃盗罪、脱走罪、婦女誘拐罪。見つけ次第銃殺だ。よし、おれが捜査の指揮をとる」トポタンに裏ぎられてすっかり逆上した甲長は、秘書官や乙長たちを従え、踵の音高く部屋を出て行った。

「軍の金が盗まれたんだと」部屋に残ったシロムイは茫然として考えこんだ。「では、この隊にくっついていたって、しかたがないわけだな」

彼はそう呟き、肥満した身体をふたつに折って、ゆっくりと床の上の手帳を拾いあげた。

「詩じゃないか」彼はどのページにもぎっしりと細い小さな字で書きこまれているトポタンの詩を見て、ちょっと驚いた。彼は急に職業意識に眼ざめた様子で甲長のベッドに尻を据え、ゆっくりと、トポタンの書いた詩を読み始めた。最初に読んだのが『もうひとつの国』と題する詩だった。手帳で四ページにわたるその詩を読み終えた時、シロムイは呻いた。「こいつはすごい詩だ」もう一度読み返し、また唸った。「すばらしい。兵隊がこんな詩を書くなんて、信じられん」

その頃サガタから数キロ離れた山中の尾根を、トポタンとラザーナがしっかり手を握りあって走っていた。

あたりはグプタと呼ばれている針葉樹の森で、ふたりは湿った落葉にしばしば足をとられてよろめきながらも、夜の山道を走り続けた。躓いて倒れそうになるラザーナの肩を抱きあげるたびに、彼女の息と汗の匂いがトポタンの顔のあたりを覆った。それはいい匂いだった。トポタンはそのたびに夢を見ているような気分になり、恐怖を忘れた。疲れも忘れた。だがラザーナは、さすがに苦しそうだった。

「ちょっと休もう」見かねてトポタンがそういった。

そう言うのはもう四度めだった。彼がそう言うたびにラザーナは、まだ大丈夫よとかぶりを振ったのだ。だが今度は頷いた。ふたりは樹の根もとに腰をおろした。恐怖がふたりの身体をぴったりと寄せあわせた。

「ここまで来れば大丈夫だわ」ラザーナは息を整えようと努めながら弁解するようにそういった。

「ここまで来れば大丈夫だ」トポタンも、ラザーナを安心させるためにそうくり返した。

「どうしてこんなことになったのかしら。まだ本当と思えないわ」ラザーナは息をはずませながら、沈黙した時の静寂を恐れて譫言（うわごと）のように喋り続けた。「あなたに悪いことをしたわ。あなたはやっぱり、わたしといっしょに逃げたりしちゃいけなかったのよ。そうよ。悪かったわ。わたしは捕まったってどうっていうことはないわ。わたしはただ、あのマネージャーのシロムイという詩人から逃げ出したかったのと、それから、兵隊相手に唱ったり、慰安婦まがいのことまでしなきゃならないのが苦痛だっただけ。でも、あなたは違うわ。あなたは命がけよ。あなたは軍隊を脱走したんですものね。脱走って銃殺でしょう。わたし、あなたに連れて逃げてくれなんてどうして頼んだのかしら。もしあなたが捕まって銃殺になったりしたら、それはわたしがいけなかったからよ。わたし、我儘だったわ」

「ちっとも、そんなことはない」と、トポタンはいった。「ぼくだって軍隊は厭だ。その上、軍の金袋をなくしてしまった。どっちみち銃殺なんだ。おまけに乙長殿の頭の上へ墜落して気絶させちまった。どうせ脱走しなきゃいけなかったんだ。それに」

トポタンはいい澱んだ。ラザーナの胸のあたりを見てもう少し眼を落し、細いズボンをはいた足を折り曲げて膝を抱いている彼女の指さきを眺めた。「前から君が好きだった。ずっと前からだ」

「そんなふうに言われたのは初めてよ」ラザーナは俯いた。それからふと眼をあげて、まともにトポタンの顔を見た。

風は刺すようにつめたかった。森の上には月が四つ出ていて、お互いの顔がはっきり見えた。だがトポタンはまた眼をそらせた。

「あなたは他の兵隊と全然ちがってるわ」と、ラザーナがいった。「わたしのファンだといってやってくる淫らな男たちとも違うし、わたしの知っている芸人たちや戯作者とも違うわ。あなたはすごく真面目ね。それは口のききかたでわかるわ」

風が森の木立の間をぬって、山の上からふたりの方へ吹きおりてきた。

「寒いわ」ラザーナが身ぶるいした。さらに強く、彼女はトポタンに身をすり寄せた。

トポタンはラザーナの手をとって、その指をつくづくと眺めた。

「綺麗（きれい）な爪だ」と、彼はいった。「いい色だ」

「それはマニキュアよ」ラザーナは苦笑してそう言った。それから急にいらいらした素ぶりで顔をしかめた。「この金色の毛は染めてあるのよ。わたしの毛はバフなの。眼だって、ライトグリーンじゃないわ」彼女は眼からレンズをはずした。トポタンを見あげた彼女の瞳は茶色だった。近寄り難い高貴さと冷たさは彼女の眼から消えていた。親しみ易くて個性的な、茶目っ気の多い少女の眼がそこにはあった。

「その方がいい」トポタンはうなずいた。「その方がずっといいよ」

ラザーナは急に泣き出した。トポタンの胸に顔を埋めた。「そんなふうに、誰も言ってくれなかったわ」しゃくりあげた。「下町にいた頃、歌姫になる前、誰もそうは言ってくれなかったわ」

傍の叢（くさむら）で、かすかな音がした。ラザーナはびくっとしてトポタンにしがみついた。

「あれは風だ」トポタンはラザーナを強く抱いてそう言った。「心配しなくていい。風なんだ」

自分が急にたくましくなったように彼は感じた。ラザーナを安心させてやることで、彼の恐怖も薄らいだ。

「ねえ、もっと抱いて」とラザーナがいった。「もっと強く抱いて」

トポタンはすぐに彼女を強く抱きしめた。普段の彼なら、一種の恐れなしには女を抱きしめることなどできなかっただろうが、今のトポタンにはさらに大きな恐怖がのしかかってきていた。だから彼はラザーナをきつく抱き寄せ、抱きしめた。

「寒いわ。こうしていてもまだ寒いわ。怖いからかしら。きっとそうね」

「まだまだ寒くなってくる」と、トポタンはいった。「今のうちに寝ておいた方がいい」

ふたりは抱きあったまま横たわり、トポタンの上着とラザーナの外套(がいとう)を二枚重ねて胸の上にのせた。

「こうすると暖かいわね」ラザーナが鼻さきを外套の下に突っこみながら、ささやくようにいった。

トポタンはうなずいた。ふたりはじっと互いの眼を見つめあった。

「どうして黙ってるの」

「君の声が聞きたいからだ」

ラザーナはしばらく黙った。それから喋り出した。「わたし本当は歌なんてそんなにうまくないのよ」

「そうかな」

「そうなのよ。そう思う人は何か勘違いしてるんだわ。歌をうたうのは決して嫌いじゃないんだけど。以前、下町にいた頃は、わたしが唄うとお父さんやお母さんがうるさいって怒鳴りつけたわ。でも歌姫になってからは、わたしが鼻うたを唄ってても褒(ほ)めるわ。あれはきっと、わたしがお金を儲けるようになったからね。まあ。あなたの身体って熱いのね。ねえ。わたしの身体つめたくない。そうでなきゃいいんだけど。あの詩人のシロムイがわたしを見て歌姫にしてやるって言ったのよ。わたし自分で、わたしなんかが歌姫になれる筈がないと思ったわ。でもシロムイはなれるって言ったの。歌の下手な部分は歌詞や節まわしや楽器の音を加減することでどうにでも胡麻化せるって言ったの。でもあの人本当はわたしの身体が欲しかったんだと思うわ。ね、こんな言いかたって悪いかしら。女の子らしくないかしら。でもこれは、わたしのお父さんもそう言ってるのよ。それにあの人、本当にわたしのベッドへ入ってきたことがあるのよ。もちろんわたし、はねつけたわ。ね。信じてくれる。あの人、ううん、あいつ厭な奴よ。本当よ。あなたと大変な違いだわ。あなたってやさしいのね。ねえ、きつく抱いて、ああ。暖かいわとても。あなたは兵隊らしくないわ、ちっとも。ね、どうして戦争なんかあるのかしら。やわらかい毛ね。あらここに黒い毛が少しあるわ。ここにも。それからここにも。あなた、とても綺麗よ。他の兵隊はみんな嫌いよわたし。ねえ、何するの。ああ。いけないわ。そんなこと。怒らないで。怒る。ううん、いいの。いいのよあなたなら。ねえ。あの部隊の人たち、追っかけてくるかしら。でも来ないでしょう、ここまでは。大丈夫よね。さっきの音は何だったのかしら。ええ、してもいいわ。寒くないの。ううん。わたしは違うわ。わたしは寒くて顫えてるんじゃないの。戦争でなければ、わたしたち逃げなくてもよかったのに。でも、トンビナイへ行けば違うわ。あそこへ行けば。ああ。わたしわからないの。知らないのよ。痛い。痛いわ。ねえ。あそこへ行けばあなたも才能を伸ばせるんでしょう。わたしもそうだわ。でも兵隊はやっぱりいるんでしょうね。いい匂い。あなたの匂いって素晴らしいわ。あなたって、たくましいのね。好き。あなたが好き。あなたが好きよ。とても好きだわ。ねえ。お月さまってそれぞれ色が違うのね。どうしてかしら。ああ。あなたさっき、わたしが好きだって言ったわね。お願い。もういちど言って。ああ。もっと言って。ああ。ああ。ありがとう。わたしも好きよ。あなたが好きだわ。ああ。そんなに激しくしないで。どうして戦争なんかするのかしら。お父さんたち、びっくりするわきっと。もう動かないでそんなに。ああ。ああ。ねえ。今夜は雨が降らないかしら。ああ。終ったの。出してしまったのね。いいのよ。そんなこと言わなくても。ねえ。トンビナイはどうやって行くの。行けるかしら。あなたはこの服じゃ駄目ね。ほかの服と替えなきゃいけないわ。捕まっちゃうわ。そうね。明日のことね。眠るわ。

ねえ。もういちど言って。好きだっていって。ええ。わたしも。わたし、もう怖くないわ。ううん。寒くない。暖かいわ。ねえ。きっと行けるわね。トンビナイまで。ええ。もう気にしません。そうね。もう眠るわ。はい。おやすみなさい。ねえ。好きよ」

ふたりが眠りこんでしまうと森の中は、ときどき風で木の葉が触れあう音がかすかにするだけになった。そのまま朝まで、山腹の森は静かだった。

朝露が樹上から落ちてきて、トポタンの白い額に小さなしぶきをあげた。彼は鼻をうごめかして眼を醒ました。傍らではラザーナが、彼の脇の下に小さな鼻さきを突っこんで軽い寝息を立てていた。

「可愛い」と、トポタンは思った。「おれがずっと守ってやるんだ。この可愛い娘を」

がさっと叢（くさむら）が音を立てた。

「あっ」小さく叫び、トポタンは身を起した。

ラザーナも眼ざめ、あわてて上半身を起し、トポタンの胸にすがった。

二人を囲む三方の茂みの中から十数人の共和国軍の兵士がゆっくりと立ちあがり、長銃を構えながら近づいてきた。

「さあ起きろ。立つんだ脱走兵」指揮者らしい士官がにやにや笑いながら、トポタンにいった。「お前が歌姫のラザーナといっしょに国家軍の金を持ち逃げしたってことは、こちらにまでちゃんとわかっている。サガタにいるわが軍のスパイが連絡してきたんだ。さあ立て。金を寄越せ」

「金はない。失ったんだ」トポタンはゆっくりと立ちあがりながら答えた。

「そんな嘘が通用するものか」士官はせせら笑い、部下たちに合図した。「捜せ」

三人の兵隊が寄ってきて、トポタンとラザーナの身体を調べた。他の兵隊たちは附近を捜しまわった。

「本当にありません」と、兵隊のひとりが士官にいった。

「ないことはない。どこかへ隠したんだ」

「女がこんなものを持っていました」ラザーナの身体検査をしていた兵隊が、彼女の宝石袋をとりあげて士官に渡した。

「お願い。それは返して」ラザーナは泣きそうな声でいった。

「金を渡せば返してやる」と、士官がいった。

「おれは金を失ったんだ」トポタンは、そうくり返した。「おれは軍の金を預っていた。ところがそれを失ってしまった。だから脱走したんだ」

「金もない男に、女がついてくる筈がない」士官はトポタンを睨みつけた。もう笑っていなかった。「金を隠したところをいえ。さもなければお前たちは銃殺だ」

トポタンは茫然として士官を眺め返した。わからない男だと思った。どう言えばわかってくれるのだろうかと、彼は士官の顔を見つめながら考えこんだ。

トポタンの眼つきの中に、自分への憐れみのようなものを読みとった士官は、かっとして怒鳴りつけた。「ようし。白状させてやる。必ず白状させて見せるぞ。おい、この二人を引っ立てろ」

トポタンとラザーナは兵隊たちに銃を突きつけられたまま森を出て、共和国軍の陣地のある方へ山を下りはじめた。

12　長男ヤムはトンビナイで売込みに狂奔した

　軍事衛星船まわりトンビナイ行きの宇宙艇に便乗し損ったヤムは、軽便鉄道の機関鉄車や貨物用機械車を乗り継ぎ乗り換えて、やっとトンビナイにやってきた。だがそれはすでにI作戦計画が実施される日の二日前の昼過ぎだった。

　ヤムが大学に通っていたのはまだこの町が独立運動を始めて間もない頃のことで、町の様子はその頃に比べずっと活気づいていたし、衛星都市や副都心も発達し、建物も近代的になり、貿易商たちの邸もさらに豪勢になっていた。戦争が始まってアカパン党員が宇宙空港にあるビシュバリク政府の税関を叩き壊してしまってからは、貿易事務や出入国管理に関する事務がぐっとずさんになり、少なくともこの町の実権を握っている政治家——つまり以前のトンビナイ商工会議所に属していた大貿易商たちにとっては、この港は自由港も同然になった。彼らがこのブシュバリクの多くの下層階級の人間たちの犠牲の上でわが世の春を謳歌しているらしいことは、町の中心部や山の手の、城郭を思わせる建物と、裏通りや下町のバラックを見比べただけでもすぐにわかることだった。貿易会社の巨大なビルが舗装されたメイン・ストリートに向かって立ち並び、そのひと筋裏側の繁華街には広域商業を営む問屋がブロックごとに同業者街を形づくっていた。歓楽街もあれば大貿易商たちの集まる不夜城の如きクラブもあり、戦争などどこ吹く風といった浮わついた雰囲気が町全体を覆っていた。

郊外の中級住宅街でやっと拾った営業機械車をとばし市の中心部に入ってきたヤムは運転士に大通りへ行くよう命じた。

「遅れてしまった。あと二日しかない」ヤムは焦（あせ）っていた。「しかし、落ちつかなければいかん。一生のうち二度とない大仕事だ。あわてては失敗する。取り引きが永びけばおれの命もないわけだが、そんなことでびくびくして情報を安く叩き売ったりしようものなら一生悔むことになるぞ。死ぬ気でなきゃ金儲けは出来ない」

「大通りに入りました」と、運転士がいった。「どっちへ行きますか」

都市計画が無茶苦茶だったため大通りはごった返していた。人力車や人力荷車は歩道を通っていた。信号燈は滅多になく、歩行者は勝手に車道を横断していた。その車道では三輪荷車や営業機械車や大型の貨物用機械車がひしめいていて、さらにその間を縫って貿易商人やコウン・ビ人や高級将校を乗せた太陽光自動車やエア・カーが能力の百分の一くらいのスピードで、轟音（ごうおん）に近いクラクションを吐きちらしながら走っていた。エア・カーのまきあげる埃のため、通行人はみんな鼻の穴をまっ黒にしていた。

「ユロ貿易のビルはどこにあるか知らないか」ヤムは以前とすっかり変ってしまっている町の様子を車の窓越しにきょろきょろ眺めながら訊ねた。

「さあ。知りませんねえ」

「じゃあいい。このまままっすぐ行ってくれ」大通りを何回か往復しているうちには見つかるだろう——ヤムはそう思った。

ユロというのは以前商工会議所の議長をしたこともある大貿易商だから、今ではきっと共和国政府の役人になっているに違いないとヤムは判断したのだ。彼はユロの長男——大学では小ユロと呼ばれていた男を知っていた。

「停めてくれ。このビルだ」十七階建ての大きなビルの前で、ヤムは車をおりた。建物の壁面に大きくユロ貿易のマークが出ていたのでわかったのである。やぶにらみの眼を簡略化したデザインのマークだ。ユロ一族の男は皆やぶにらみだった。

「ちょうど三グランになります」と、運転士がいった。

「金はない」と、ヤムは答えた。事実、持ってきた金はすべて使い果たしていた。

「ここで待っていろ。今、このビルの中へ入って行って大金儲けをするんだ。おれがこのビルから出てきた時は大金持ちになっている。喜べ。お前はいい客を乗せたんだ。チップをはずんでやるぞ」

運転士は情けなさそうな顔をしていった。「今朝も乗り逃げされた。これで二度めだ。おれは運が悪い」

「乗り逃げじゃない。安心しろ」

「待ち時間の金も呉れますかね」

「ああ、やる。待っていろ」ヤムはそう言い捨て、ユロ貿易ビルに向かって歩いた。

一階の壁面は総ガラスで入口と見わけがつかなかったため、ヤムは額に瘤をつくり罵りながらロビーに入った。

「小ユロはいるか」

受付がなかったので、ロビーの隅にいた若い男にヤムがそう訊ねると、彼はヤムの身装りと額の瘤をじろじろと眺めてから答えた。

「いないね」

「そんな返事のしかたがあるか」ヤムはかっとして、ロビー中に響きわたるような声で怒鳴った。「キミはここの社員だろう。小ユロというのはここの社長の倅なんだぞ。いないねとは何ごとだ。どこにいるかぐらい言ったらどうだ。彼がどこにいるかぐらいキミだって知っているんだろうキミだって」

ロビーにいた五、六人の男女がおどろいてふたりの方を眺めた。

「まだ家にいるんだ」若い男はあわててそう答えた。「いつも夕方にならないと顔を出さない」

「すぐこっちへこいと交話しろ」

「あんた誰だい」

「ヤムと言えばわかる。いいな。大至急こいと言え。わかったか」

若い男はむっとした様子で、またヤムをじろじろと眺めまわした。

「早くせんか」ヤムは咽喉（のど）が裂けるほどの声を出した。

若い男はロビーの隅の交話機の方へ弾（はじ）かれたように走り出した。

「静かにしてくれ」ビルの警備員がヤムに近づいてきてそう言った。

「一刻を急ぐ時だ。でかい声になってもしかたがない。お前はＩ作戦というのを知っているか」

「知らんね」

「そうだろう」ヤムは胸をそらせて頷いた。「それは秘密情報だ。大変なことなんだぞ。詳しく聞かせてやったらお前だっておどろく」

「ああ、そうかね」警備員は鼻さきで笑い、ヤムに背を向けてうしろ手を組み、歩いて行こうとした。

ヤムが彼を呼びとめようとした時、ロビーの隅でさっきの若い男が交話機をさしあげた。「出てほしいと言ってらっしゃいます」

「よろしい」若い男の言葉遣いが急によくなったので気をよくし、ヤムは胸を張って交話機に出た。「小ユロか」

「そうだ」眠そうな声だった。小ユロの下ぶくれの顔つきがヤムの鼻さきに浮かんだ。声までがやぶにらみだった。

「おれはヤムだ」

「憶えている。久しぶりだな」

「極秘の、大変な情報がある。すぐこっちへ来い。親爺さんを紹介して欲しいんだ」

「すまんが、こっちへ来てくれんか。今まで眠っていたんだ」

「お前がこっちへ来い。一刻を争う時だ」

小ユロはしばらく黙ってから、気の弱そうな声でいった。「おれが出かけようとすれば、風呂へ入ったり毛を梳いたりして一時間はかかる。お前がこっちへ来てくれれば十二、三分ですむ。それに親爺もまだこっちにいる」

「そうか。それなら行こう」

ヤムはユロ家の場所を聞いてから交話機を架台に置き、ビルを出て車に乗った。

「もう二、三町とばしてくれ。次の辻を右折するんだ」

運転士は車を走らせながら泣きそうな声で訊ねた。「金は出来たんですかい」

「まだだ。これから行く邸で貰う」

「おれには女房と子供がいる」運転士は愚痴をこぼし始めた。「会社はおれたちのことなんか、ちっとも考えてくれませんからね。乗り逃げされるとその分はおれが会社へ払わなきゃならねえんです。ストライキをやったって利きめはありませんや。それどころかこの間から、ストをやってる労働者を軍隊に入れる法律ができちまった。おれの会社というのはだいたい貿易会社で、営業機械車なんてものは道楽でやってるんだ。だからどうでもいいと思ってやがるんです」

「ちょっと黙ってくれ。おれは今考えごとをしているんだ」

「へえ」運転士はおいおい泣きながら車をとばした。「今ごろ腹を減らしてぴいぴい泣いてやがるだろうなあ餓鬼の奴」

ユロ家は市の中心部にあり、千坪足らずの土地を城郭まがいの塀で囲んでいた。ヤムが車ごと正面の門から乗り入れさせようとすると門番が出てきて誰何した。

ヤムはいらいらして叫んだ。「小ユロに会うんだ彼はおれが来ることを知っている一刻を争う時だ何回取り次がれるのかは知らんがもういちいち名前を告げなくてもいいように邸の方へ交話しておいてくれ」彼は返事も聞かず運転士に命じて車を出させた。

芝生ばかりの広い前庭を通ってから数十本の針葉樹の木立に入り左に折れると、壮大なユロ邸の正面に出た。三階建ての邸は一面、三丁掛窯変タイルを貼って柱型に花崗岩の錆石を使った豪勢さだった、車を降り、大理石の階段を登り、家令に案内されて応接室に入ると、そこは二十坪ばかりの広さで一面に純白の絨毯を敷きこんであり四方はぜんぶ障子、八メートルに及ぶ高さの天井には赤いメラミンを焼きつけたらしい鋼鈑が貼りつけられていてぴかぴか光っていた。

部屋の中央に置かれた馬鹿でかい革のソファには、小ユロがガウン姿で腰をおろしていた。

「やあ、しばらくだったなヤム」小ユロは立ちあがろうともせず、やぶにらみの眼でヤムを眺め、それでもイントネーションだけは懐しそうな調子でそう言った。

「そうだな」ヤムも挨拶をせず、向きあったソファに腰をおろしてすぐに話し出した。

「今すぐ五千万グランくれ」

「五千万グランというと」小ユロは眼をしょぼしょぼさせて、ちょっと天井を見あげた。それからゆっくりとヤムを見た。「大金じゃないか」

「そうだ」ヤムはうなずいた。「大金だ。それだけの値打のある情報を持ってきたんだ。いや、値打など、ことこの情報に限ってはあってないようなもんだ」

「あってないようなもの。あってないようなもの」小ユロはのんびりと、ヤムの言葉をくり返した。それからおずおずと訊ねた。「それはどういう意味だ」

ヤムはちょっといらいらして、両手を振りあげ、振りおろした。「人間の生命がかかっているからだ。このトンビナイにいるすべての人間の生命がだ」

「人間の生命。人間の生命」小ユロはぶつぶつと呟いた。それから悲しげにかぶりを振った。「五千万グランといったな。おれはそんな大金を勝手に使うわけにはいかん。いや、たとえ一グランといえども、親爺の許可なしには使えないんだ」

「じゃあ、親爺さんをつれてこい。親爺さんに直接話す」

「親爺を呼びに行けというのか」小ユロはますます悲しそうな顔でそう訊ねた。「どうしても呼んで来なきゃいけないか」

「ああ。一刻を争う時だ。すぐに呼んできてくれ」

小ユロはのろのろと立ちあがり、歩き出しながらいった。「親爺は寝起きは特に機嫌が悪い。またがみがみと怒鳴るんだろうなあ。またおれを叱りつけるんだろうなあ。いやだなあ」彼は障子をあけ、奥の間へ入って行った。

部屋に誰もいなくなると、ヤムは立ちあがり、あたりを歩きまわった。

飾り棚の上には高価なものらしいコウン・ビ製の置物が並んでいた。蔵音函のそれに似たラッパの前で、顔だけサチャ・ビ族に似たコウン・ビのイヌという動物が首を傾げて何かに聞き惚れている彫刻や、サチャ・ビ族をひどくカリカチュアライズしてプラスチックに整形し、その台にＧＵＦＦＹと書いてある置物もあった。ＧＵＦＦという単語がコウン・ビ語で「馬鹿ばなし」とか「ナンセンス」とかいった意味だということをヤムは大学で教わっていたので、彼の心はひどく傷つけられた。

置物に見飽きたヤムは、次に左側の障子を開けて見た。外が夜だったのでおどろいたが、巧みに照明効果をあげた大きな立体絵画だった。太陽や七つの月のそれぞれの色も、実際よりはずっと美しかった。

障子を閉め、次に反対側の障子を開けて見た。素裸の若い女性がいたのでまた絵かと思うと今度は本物だった。小ユロの妹だな——と、ヤムは判断した。そこは彼女の寝室のようだった。彼女はバスルームから出て来て部屋の中をぶらぶらしながら毛を乾かしていたらしいのだが、ヤムが障子を開けてもからだを隠そうとせず、きょとんとした眼でヤムを眺め返した。彼女の眼はやぶにらみではなかった。生まれついての上流階級の人間というものは、家の中で裸でいる時に前を隠したりはしないということをヤムは知っていたので、彼女の恥じらいのない態度にもあまり驚かなかった。彼はこれさいわいと彼女の裸体を観賞した。

「あなたは誰」彼女は立ったまま大きなブラシで胸の毛を梳きながら、まともにヤムに向かいあってそう訊ねた。少しかん高い声だった。

「小ユロの友だちだ」彼女の白い柔らかそうな全身の体毛をじろじろ見ながらヤムは答えた。

「そうなの。面白い着物を着てるのね」ぶっきらぼうに彼女はそう言った。

最初、その部屋が薄暗くてヤムにはよくわからなかったのだが、眼が馴れてくるにつれて彼女がすごい美人だということがわかってきた。彼女の瞳は正真正銘のカーマイン・レッドだった。髭の先だけがこころもち茶色で、あとの毛はからだ中すべて白一色だった。ヤムの尻尾はしぜんと上下し、最後にはぴんと直立した。

「私はヤムと申します」と、彼はいった。

「わたしはケラです。そんなところに立ってないで、入ってきたら」

「なるほど。そうですな」ヤムはうしろ手に障子を閉めケラの寝室に入った。「わたしはあなたのお父さんの大ユロに、すばらしい情報を持ってきました」ヤムはケラのベッドに腰をおろしてそう言った。「その情報と引き換えに、わたしは五千万グラン貰うのです」

「あら、そうですの。よろしいこと。パパはわたしには、そんなに呉れたことないわ」

「お金などにはあまり興味はおありじゃなさそうですね」

「そうでもありませんことよ。いやん。その下にわたしの下着があるのよ。わたしのいちばん好きなものは文学ですわ。文学の中でも殊に詩が好きですの。シロムイという詩人の詩が好きですわ」

あれはにせ者です——ヤムはそう言おうとした。だが言わなかった。

「あの人の作った詩はたいていラザーナという歌姫がうたってますけど、あの人はへたくそですわ。わたしの方が上手だと思うわ。あの人、詩の魂を理解してないわ」

　ヤムとケラがとりとめのないことを話しあっていると家令が入ってきて一礼した。

「お嬢さま。ネクジラ様がお見えになりました」

「そう。お通しして」

　ほどなく部屋へ入ってきたのは軍服姿の、若い精悍そうな共和国軍の高級将校だった。彼は裸体のケラと、彼女のベッドに腰をおろしているヤムを見て顔色を変えた。

「ケラ。その男は何者です」

　ケラはちらと眉をしかめ、ネクジラをたしなめた。「失礼よネクジラ。この方は小ユロのお友だち。だいじなお客さまよ」

　ネクジラは苦しげな声でケラを詰った。「ケラ。いくら客でも、赤の他人をベッドへなど。しかもあなたはすっ裸。おお」

　ケラはいらいらして、そっけなく言った。「お説教は大嫌い。ここはあなたのお家じゃなくてよ。あなたこそ礼儀をご存じないじゃないの。お客様に挨拶もしないで。いやなら帰って頂戴」

「ケラ」ネクジラは恨めしげにケラを眺めた。「許してください。そうです。これは嫉妬です。ご存じの通りわたしは単純なのです」

「嫉妬深いことや単純さを売りものにする人なんか大嫌い」

「でも、でもあなたならどうお思いになりますか。そう。もし仮にわたしが、わたしがですよ、他所の女とすっ裸でいるのをご覧になったら。どうです。やっぱりお怒りになるでしょう」

「どうしてなの」ケラは冷たく言った。「結婚を申し込んだのはあなたの方じゃなかった」

ネクジラはぐっと言葉に詰り、すごい眼でヤムを睨みつけた。

「どこにいるんだその男は。わしはいそがしいんだぞ。そんな男に構ってはおれん」がらがらした声が障子をふるわせた。大ユロの声だった。

「ちょっと失礼」ヤムは立ちあがり、ケラの部屋を出て応接室へ戻った。

ガウンを着た大ユロが応接室の中を大股に歩きまわっていて、その傍におどおどした様子の小ユロがいた。

大ユロは入ってきたヤムを見て早速怒鳴りつけようと金歯だらけの大きな口を開いた。だが、ヤムの喋り出すのが一瞬早かった。

「やあ。これはお父さん。お久しぶりです。憶えておいで<ruby>で</ruby>しょうか。いや、ボクのことなんかとても憶えていらっしゃらないでしょうね。ほら。いちど以前のお宅へお邪魔したことのあるヤムです。ユロ君にいつもお世話になっていたヤムです。ほら、あのヤムですよ。思い出しませんか。ああ。これはこれはお父さん。ボクぁ、なつかしいなあ。以前とちっともお変りないじゃないですか。お元気そうだ。まだお若い。すばらしい。ああ、よかった。よかった」ヤムは眼に涙さえ浮かべ、大ユロの手をとって振りまわした。

大ユロはあっけにとられ、やぶにらみの眼をぱちぱちさせた。事実大ユロはもう百歳を越す老齢だったが、とてもそうは見えないほど元気だった。体毛のほとんどは抜け落ちていたが、その為に彼の容貌はむしろ精力的に見えた。彼はべたべたとお世辞を言われるのは大嫌いだったが、こんなに手ばなしで挑まれたのは初めてだったから、もう、どうしようもなかった。

ヤムの大声に、ガウンを着たケラがネクジラといっしょに部屋へ入ってきた。

「話があるそうだが」大ユロはせいいっぱい不機嫌そうな表情をしながら低い声でいった。「さっさと喋ったらどうかね」

ヤムは少し身を引き、生真面目な顔を作って言った。「おいそがしいでしょうから、五分で話を済ませましょう」彼は自分から、てきぱきした態度でソファに掛け、向かいのソファを指して見せた。「どうぞお掛けになってください」

「ふうむ」大ユロは唸りながら、しかたなくソファに掛けた。

同じソファに、できるだけ大ユロから身を遠ざけて小ユロが掛けた。ケラとネクジラも、少し離れたソファに掛けた。

「実は、大変なことをお知らせに来ました」ヤムは俯き、悲痛な声でそう言った。そして顔をあげ、決意をこめてうなずいた。「いいです。ありのままをお話しします」

ヤムは自分が何故そのような重大な情報を手に入れたかを、相手に謹聴させるためぐっと声を低く小さくし、しかも真剣さを失わずに喋った。その話を彼らに信じさせる為ところどころフィクションを交え巧みな話術で何度も練習した通りに喋った。話の要点では迫力を出すために意識して吃ったり、つっかえつっかえ喋ったりした。もちろん肝心の、重力切断ビーム発生装置の仕掛けられている場所だけは話さなかった。話が終りに近づいてきたのでヤムは、自分がジャナメージャヤからここまで来るのに如何に苦心したかを、だらだらと引きのばして喋り出した。

やがてヤムが思った通り、大ユロは彼を制して大声で訊ねた。「もういい。そんなことはどうでもいい。その場所はどこだ」

ヤムはとぼけた。「何の場所ですか」

「とぼけるな」大ユロは腹を立て、われ鐘のような声をはりあげた。「その、何とかいう装置の仕掛けてある場所だ」

ヤムはじっと大ユロの顔を見つめたまま静かにいった。

「大ユロ。あなたは馬鹿だ」

「何」さっと大ユロの顔色が変った。

「聞こえなかったのか。あなたは馬鹿だ」

大ユロの頬の筋肉がぴくぴく痙攣した。それが雷の落ちる前兆であることを知っている小ユロは、あわてて父親からさらに身を遠ざけた。

大ユロはあまりの怒りのために、すぐには大きな声が出せず、指さきをふるわせ咽喉をつまらせながら言った。

「なにを。わ、わしに向かって、こ、この若僧が。あ、青二才が」

「無礼もの」ヤムは立ちあがりざま、大ユロに向かって一喝した。

その声の大きさに、小ユロはソファの上でとびあがった。大ユロの顎はがくんと下がった。彼は、自分が怒鳴りつけられたのだということが、なかなか信じられないらしかった。

ヤムはお構いなしに怒鳴り続けた。「見ろ。大きな声を出すだけなら、この通りおれだって出せるんだ。大きな声で人を脅かして自分の聞きたいことを喋らせようとしても、他の者はどうあれこのおれには通用しないぞ。人にものを訊ねるのにその口のききかたは何だ。この情報をこの町へ、この家へ持ってくるのに、そしてあんたの耳に入れるために、どれだけおれが苦心したと思うのだ。話が聞きたければどうしてもっと丁寧に、礼を尽して訊ねようとせんのか。それが大政治家のとる態度か。この大馬鹿者。死ね死ね死んでしまえ」

　大ユロは自分の出すべき毒気をすっかりヤムに吸いとられてしまったかたちで、ただ唖然とし怒鳴り狂うヤムを眺め続けた。

「お前はわしが怖くないのか」ヤムがちょっと怒鳴りやんだ時、大ユロは心の底から不思議そうにヤムにそう訊ねた。

　ヤムはまだぷりぷりして、部屋の中を大股に歩きまわりながら吐き捨てるようにいった。「あんたがおれを怖がっているほども怖くないね」

「よしよし。わかったから、そう怒らずに、まあそこへ掛けなさい」大ユロは反抗期の息子を宥めるような調子でヤムに言った。

　ヤムは不貞腐れた態度で、それでも大ユロの言う通りソファに掛けた。

　大ユロはいった。「わしが悪かった、と思う」

「あやまらなくてもいいです」と、ヤムが言った。「人を怒鳴るのはあんたの身についてしまっている癖だ。今さらなおるもんでもないでしょう」

「ふむ」大ユロはちょっと困った表情になり、考えこんだ。あきらかにヤムの扱いかたがわからなくて困っていた。彼は助言を求めてちらと小ユロの方をみたが、小ユロは身を固くして俯き、小きざみに顫えているだけだった。大ユロは舌打ちをし、ヤムに向き直った。「あんたの話が本当とすれば、ことは急を要するわけだ。すぐにその装置を取り壊すために工作隊を派遣しなければならん。その場所をあんたに教えてもらうためには、どうすればいいんだね」

「そうですな」ヤムは天井を眺めた。「まあ、五千万グランも頂きましょうか」

「五千万グラン」大ユロは怪訝そうにヤムを見た。「わしの会社の資本金でさえ五千万グランなんだよ、君」

「もちろん、あなたから金を頂こうとは思っていません」ヤムは苦笑してかぶりを振った。「共和国政府から頂きたい」

「これでこの男の正体がわかりましたな。大ユロ」黙って話を聞いていたネクジラが、勝ち誇ったようにそう言った。「この男は金めあての詐欺師だ」

「君は黙っていなさい」大ユロは唸るような声でネクジラを制し、またヤムに訊ねた。

「どうしても、五千万グランでなければいかんのかね」

「わたしは値切られるのは嫌いだ」ヤムはきっぱりと言った。「値切られた分だけ値あげしたくなる男です」

「君の話が本当だという証拠が、何かあるかね」

「なるほど」ヤムは頷いた。「理にかなったご質問ですな。では私も理にかなったお答えをしましょう。私の話が嘘か嘘でないかは、明日になればわかることです。もし嘘とわかれば、わたしからその金をとり返せばいいのです。逃げる恐れがあるとお思いなら、私に監視をつけるなり何処かへ閉じ込めるなりすればいいのです。だが、金だけは今すぐ頂きたい。喋って値切られたのでは、こちらも立つ瀬がない」

「たしかに理にかなってはいるが、五千万グランを市の予算から出すのはわしとしても少し厄介な仕事だ。もし嘘だったらわしの信用にかかわる」大ユロはケラを見ていった。「どうだ。ケラ。お前はこの男が信じられるかね」

「信じられるもんですか」と、ネクジラがケラの横から言った。

「パパはわたしに聞いてるのよ」ケラはかっとして、ネクジラを怒鳴りつけた。「パパがさっきあなたに黙ってろといったのが聞こえなかったの。余計なこといわないで」

「しかしケラ」ネクジラはけんめいにケラを説いた。「この男は詐欺師なんだよ。そうに決まってるんだ」

「嫉いているのね」ケラは意地悪く笑った。「わたしはこの人を信じるわ。気に食わなきゃ帰って頂戴」

ふたりが言い争っている間、大ユロはヤムを信じたものかどうかを思案していた。ヤムの言い出した金額があまりに巨額だったため、大ユロの心はかえってヤムを信じる方に傾きかけていた。

ネクジラが尚も説き伏せようとしたので、とうとうケラは完全に怒ってしまった。

「帰って頂戴。もうあなたとは絶交よ」彼女はベルを鳴らして家令を呼んだ。「ネクジラ様がお帰りになるわ」

ネクジラは悲しそうな顔で、うちのめされたようにのろのろと立ちあがった。救いを求めるように大ユロと小ユロを眺めたが、彼らは黙っていた。ネクジラはゆっくりと部屋を出ようとした。それからふり返って大声でいった。「そうだ。今、思い出しました、大ユロ。今、軍の本部にこんな情報が入っています。その人が信用できることを証明するような情報です。つまり、国家軍がBU－2に要塞を作っているという情報です」彼は少し黙り、一同の反応をうかがった。だが、まだ皆が黙っているので、さらに続けた。「また、こんな情報も入りました。一昨日ビシュバリクに派遣したアカパン党員が、メルキトの原に国家軍が作っている惑星間弾道ミサイルを爆破したのですが、これは実はりぼてだったということです。このことから考えるに、国家軍はわれわれの眼をそちらに引きつけておき、その隙に、何か他の大がかりな作戦計画を練っているのではないかと、これはまあ、わが軍の高級将校たちや情報部員の、一致した意見なのですが」

「すぐに市庁へ出かける」大ユロは立ちあがり、ヤム、小ユロ、ネクジラをじろりと眺めまわした。「君たちもいっしょに来てくれ」

「軍の太陽光自動車でお送りします」と、ややほっとした表情のネクジラがいった。

「大型ですから、皆さん充分乗れます」

十分後、一同はユロ邸のポーチに出た。

兵隊の運転する車に全員が乗ろうとしている時、さっきの営業機械車の運転士が走ってきてヤムにすがりついた。「だんな。車代を」

「ああ、そうだったな」ヤムは小ユロにいった。「すまんがこの男に五グランほどやってくれ」

小ユロは頷いてポケットに手を入れた。ちょっとためらい、大ユロの顔を伺った。

「パパ。どうしましょう」

大ユロは顔をしかめ、軽く手を振った。「払ってやれ」それから急に眼をむき、小ユロを頭ごなしに怒鳴りつけた。「いちどぐらいは自分の考えで行動したらどうなんだ。そんなことでいちいち親におうかがいを立てておって情けない奴。いったいお前の歳はいくつだ」彼はヤムを指した。「ちっとはこの青年を見ならえ」

同じころ三男トポタンは、サガタから二〇キロ離れた共和国軍の野営地まで連れて行かれ、ラザーナといっしょに薄暗い営倉に投げこまれていた。以前農家の穀物倉だったらしい十坪ほどもあるその大きな営倉には、農民服や商人服を着た数十人の男女がトポタンたち同様監禁されていた。上は八十歳くらいの農民姿の老人から、下は十歳になるかならないくらいの少女までいて、彼らはいずれもスパイ容疑で捕まっていた。みな床にうずくまり、じっとしていた。誰も喋らなかった。

　トポタンとラザーナも、隅で抱きあったまま黙っていた。数回にわたる拷問(ごうもん)で、トポタンはすっかり参っていた。ラザーナも、トポタンとは別の部屋で兵隊たちからひどい目に会わされたらしく、身体中から血を流し、蒼い顔でじっとトポタンの胸に顔を埋(うず)めたまま、ぴくりとも動かなかった。いたいたしく思ったが、トポタンにはどうしてやることもできなかった。他の者もみなそれぞれ拷問を受けた様子で、ときどき傷の痛みに耐えかねて呻く声がした。

　木のドアが軋んで開き、倉の中へ日光が射し込んだ。二人の兵隊が入ってきて全員に叫んだ。

「出ろ。お前たちは全員銃殺だ」

　彼らは立たされ、立とうとしないものは銃の台尻で殴打され、自力で立てないものは両側からかかえあげられ、一列に並ばされて倉の外へつれ出された。トポタンは自分の傷の痛みを耐え、立てないラザーナを抱き起し、列の中ほどに並んだ。死ぬ時もラザーナを離したくなかった。

「歩け。歩くんだ」と列の後尾に立った兵隊が叫んだ。

　彼らは追い立てられ、のろのろと、白く埃っぽい農道を歩き出した。風が強く、荒野の中の枯れた立木が揺れていた。数羽のジャイナジャイナが行列の上空をとんでいた。死の行進は野営地から少し離れた枯野に向かっていた。

トポタンには、まだ自分が死ぬのだということがよく理解できなかった。どこか別の世界の出来ごとのようにしか感じられなかった。たとえ殺されても、それで自分の存在が無になるのだとは考えられなかった。彼は『もうひとつの国』のことを考えていた。その国には戦争はない筈だった。やはりこの世界では、自分がラザーナと愛しあうことなど不可能だったのだ――トポタンはそう思った。

ラザーナがしゃくりあげた。「わたしの為にあなたまで殺されるんだわ」

トポタンはびっこをひいて歩きながら、彼女の肩をさらに強く抱きしめた。ステージの上での華やかなそれとは比べものにならない哀れな彼女の姿に、トポタンは胸がしめつけられるようだった。

「逃げようと思えば逃げられる」トポタンのうしろを歩いている商人風の中年男が、ぶつぶつと呟いた。「誰かがひとりでも逃げ出せばいいんだ。みんながそれに続いて、いっせいにわっと逃げ出せばいい。兵隊はたった二人だ。そりゃ、最初の一人は撃ち殺されるだろうが、あとの者はほとんど助かる」彼はあたりを見まわして、もういちど言った。「誰かひとりが逃げ出せばいい」

「じゃ、お前がやりな」農民姿の老人が、哀れむような声でそう言った。

誰も逃げなかった。逃げ出す気力のある者はひとりもいなかった。彼らはみな従順に、刑場へと歩いた。すでに彼ら全員の上に死の影が覆いかぶさっていた。

刑場の枯野には、大きな穴がひとつ掘られていた。彼らの墓穴だった。少し離れたところに、機関銃が一台置かれていた。

「あれで撃たれるのね」ラザーナが低くそう言った。

彼らは穴の前へ、一列横隊に並ばされた。兵隊のひとりが機関銃の安全装置をはずした。農民姿の老人はゆっくりとひざまずき、何ごとかを祈りはじめた。少女の静かなすすり泣きがほんの少し大きくなった。トポタンとラザーナはしっかりと抱きあった。

「もっと生きていたいわ」と、ラザーナがいった。「もっと生きていて、そしてあなたといっしょに、もっと愛しあって暮したい」

機関銃が火を吐いた。並んでいる人間の胸を端から順に、銃弾が撃ち抜いていった。ラザーナが、トポタンの胸の中でのけぞった。トポタンの前の地面へ、ラザーナは仰向けに倒れた。銃口が列の左端から右端へと移動し、また引き返してきた。トポタンの胸と腹を、熱いものが駆け抜けていった。彼は俯(うつぶ)せに倒れ、ラザーナの胸のふくよかな隆起の間へ顔を埋めた。トポタンはラザーナの胸を抱きしめた。彼はつぶやいた。

「いっしょにつれて行ってやるよラザーナ。『もうひとつの国』へ」

13　丁長マケラは心臓の入江で戦闘態勢に入った

丁長マケラが率いる四丁隊の連中——ドブサラダ、ミシミシ、卑民ズンドロー、前丙長のワフーの五人は、I作戦が実施される前日の正午、小型宇宙船でBU－2に到着した。

着地した場所はブチャランゲンの海——目的地の心臓の入江からは数キロ離れた砂漠のまん中だった。一行はそれぞれブルハンハルドゥンナ長銃を背中へロープでななめに結え、船に積んできた無蓋砂上車をおろして乗り込むと、すぐに心臓の入江に向かった。全員宇宙帽、宇宙服に身をかためていて、車はドブサラダが運転した。ジープに似た恰好の月面用砂上車は白い平地にもうもうと砂煙をあげながら時速百キロで走った。

行手に聳え立ち、左右に山脈(やまなみ)を拡げているポアン環状山(クレーター)のま上の漆黒(しっこく)の空にはライト・グリーンの小さなビシュバリクが、後方の砂漠の上には大きな蒼白いブシュバリクが浮かんでいた。「今ごろおっ母あは、どっちの星にいるんだろうな」マケラはそんなことを、ちょっと思った。

　やがて砂漠を抜け出た車が亀裂を避けながら山に近づき、山麓でぐるりと迂回するとそこはもう心臓の入江だった。

「わ、わ。こいつはすごい」

　ミシミシの遠慮のない大声が、他の四人の宇宙帽の中にがあんと響いた。一行の眼の前にあらわれたのは、一個甲隊全部が充分駐留できるくらいの大規模な軍事基地と、見あげるばかりの大砲塔を持った巨大な要塞だった。

「この馬鹿でかい基地を、われわれだけで守備するのでありますか丁長殿」ミシミシがあいかわらず大きな声――ドブサラダに言わせるとそれは『阿呆声』なのだが――でわめきたてた。

「馬鹿でかいのは手前の声だ」顔を歪め、ワフーがそういった。「おいミシミシ。お前のマイクの増幅ダイヤルを調整しろ」

「なんだと。おれに命令する気か」ミシミシが後部シートのワフーを振りかえって突っかかった。「お前はもう丙長じゃないんだぞ。このくたばり損いの銃殺されぞこないめ。おれの声がうるさけりゃ、手前の方のスピーカーの音量を調整しろ」

「それだと他の者の声まで聞こえなくなってしまうってことがわからねえのかこのうすら馬鹿め」

「うすら馬鹿たあ何だ」ミシミシが吠えた。

他の四人の鼓膜がじいんと鳴った。

「もう喧嘩は禁じる。宇宙船の中でさんざんやったんじゃなかったのか」と、マケラがいった。「ミシミシ。お前の声はたしかに大きすぎる。もう少し小さく調整しろ」

「はい」

「丁長殿。どうしてこんな馬鹿でかい要塞を作ったのでしょうな」怪訝そうにドブサラダが訊ねた。

「将来トンビナイ攻撃の際に基地として使う為だろうな」と、マケラはあやふやな調子で答えた。

直径十メートルほどのトーチカが百あまり、じぐざぐに並びながら弧を描いているその右端まで来ると、マケラはドブサラダに車を停めさせて部下たちに言った。「われわれはこのトーチカのうちA－1号、B－17号、C－34号の三つを使うことになっている。A－1号というのはこのトーチカだ」マケラは眼の前にある右端のトーチカを指した。「ミシミシ。お前はこのトーチカの中を点検して来い。おれは中央のB－17号にいるから、あとで報告に来い」

「わかりました」ミシミシは砂上車をおりて、ひとりA－1号トーチカに入っていった。

「あいつは野蛮人だ。愚連隊だ。虫が好かん。低能で粗野だ。どん百姓だ」砂上車が動き出してから、ワフーが口を歪めて言った。「馬鹿だ」

「ミシミシのことを悪く言うのはやめろ」運転しながら、ドブサラダが叩きつけるように言った。「あいつはいい男だぞ」

「ふん」ワフーは肩を聳やかし、しばらく黙った。やがて呟いた。「お前もあいつも、おれが丙長の時に銃殺しておいてやればよかった」

「だがお前はもう丙長じゃないんだな」ドブサラダは小気味よげに言った。「今はもうお前は、この卑民のズンドロー以下だ」

「馬鹿ぬかせ」ワフーはかっとして叫んだ。「どうしておれ様が、こんな卑民野郎以下なんだ」

「諍いはやめろ」と、マケラが言った。「ワフー。もう他人の悪口はやめろ。お前は皆を挑発してばかりいる」

「どうせおれは、この隊の面よごしさ」ワフーは不貞腐れたように言った。「おれは皆から嫌われている。あんたからもな」

「丁長殿に向かって、その言い方は何だ」と、ドブサラダがいった。

「やめろといったらやめんか」マケラが叫んだ。「ワフー。お前はもう口をきいてはいかん。これは命令だぞ」

「あんたは、おればかり叱る」ワフーは口惜しげにむせび泣きはじめた。「あんたはやっぱりおれが嫌いなんだ。おれが嫌いなんだな。そうなんだろ」

「黙れといったのがわからんか」

ワフーは黙り、しばらくは洟をすすっていた。

「おれは部下のみんなが好きなんだ」やがて、マケラは言った。「みんなに仲良くやって貰いたいんだ。それだけだ。軍隊はチームワークだ」

ワフーは蚊の鳴くような声で毒づき続けた。「どうせこの丁隊は札つきの部隊さ。チームワークなんて作れるものか」

マケラはいらいらしたが黙っていた。

砂上車はB－17号トーチカに着いた。

「おれはズンドローといっしょに、このトーチカを点検する」と、マケラはドブサラダにいった。「お前はワフーといっしょにこのまま基地の左端まで車で行ってC－34号を点検して戻ってこい」

「了解」

マケラとズンドローが車を降りると、砂上車は基地の左端に向かって走り去った。

車が見えなくなってしまってからも、まだワフーとドブサラダの厭味の応酬はしばらくマケラのヘルメットの中に響いていたが、B－17号トーチカの気閘へ入ると、その声もぴたりとやんでしまった。マケラとズンドローは懐中電燈で酸素計の針の位置を確かめてから宇宙装備をとりはずし、内部ドアを開いてトーチカ内へ入った。配電箱をさがしあて、電源のスイッチを入れた。

部屋の中には梱包されたままの銃器や弾薬箱が積みあげられていた。マケラはさっそく、ひとつひとつ荷を解いて中を調べた。軍事用レーザー通信機が部屋の隅にあるのを見つけたズンドローは、すぐに駈け寄って点検しはじめた。

「こいつはすごい。見たこともない新兵器がいっぱい入ってるぞ」と、マケラはいった。「小型水素爆弾の弾頭つきベビー・ミサイル、マイクロ・パイル銃、ガンマー線放射銃、短針銃、メクライト弾、ブルハンハルドゥンナ砲弾、毒塗り鉄片砲弾、鋲つき鉄弾丸、照明弾、機銃、毒塗りだんびら、鉄ボタンつき棍棒。あきれたな。火炎放射器や空気銃まで入っている。誰が入れたのか知らんが、こんなものが空気のない衛星の上で使えると思ったんだろうか。これは何だろう。砲弾らしいが、説明書も何も入っていない。きっと新兵器だろうな」

トーチカには後方を除く三方にそれぞれ五つずつ銃眼があって、そこには今のところ、透明の樹脂板が嵌め込まれていた。トーチカからはそれ以外にも、二門のブルハンハルドゥンナ砲がブチャランゲンの海の方向へ突き出ていた。

ひととおり点検し終ったマケラは、ズンドローを振り返っていった。「そちらはどんな具合だ。その通信機は使いものになるのか」

「ノイズやジャミングがひでえし、だいたいが中古品で、がたが来ていますだ」ズンドローは答えた。「でもまだ充分使えますだよ」

「われわれが無事到着したことを、サガタの甲隊本部へ報告しろ」

「はい」ズンドローはレシーバーを片耳につけ、ベロセティ・マイクで甲隊本部を呼び出そうとした。だが、応答はなかった。「応答がねえです」

「おかしいな」マケラは首を傾げた。「そんな筈はない。呼び続けろ」

「はい」

A－1号トーチカを点検したミシミシが報告に戻ってきた。「食いものがたくさん置いてありました」彼は食糧をいっぱい肩にかついで帰ってきた。

「食いものはどうでもいい」マケラは苦笑した。「あっちにも武器はあったか」

「武器はありませんでした」ミシミシはかぶりを振った。「食糧と、それから通信機があっただけです」

マケラはズンドローが取り組んでいるレーザー通信機を指してミシミシに訊ねた。

「これと同じものか」

「こんな立派なものじゃありません」ミシミシはまたかぶりを振った。「旧式のスーパー・ヘテロダイン式送受信機です」

「ふん、そいつはきっと基地内部の、トーチカ同士の連絡に使うんだろうな。もういい。ご苦労だった。その荷を解いて、食事の用意をしろ」

「わかりました」ミシミシは喜んで、食糧の荷を解きはじめた。

「甲隊本部が出ましただ」と、ズンドローがマケラにいった。「だけど、サガタからじゃねえです」

「なんだと。じゃあ、どこにいるんだ。よし、おれが出る」マケラはズンドローの傍の椅子に掛け、レシーバーを被った。「第四丁隊長のマケラです」

「こちら甲隊本部。ちょっと待て。第二丙隊長と交代する」

以前の丁長だった第二丙隊長が出た。「おお、マケラ。全員無事に到着したか」

「全員無事到着。今、資材の点検をやらせています」

「そこにある資材は何でも使ってよいそうだ」

「そちら、場所は何処でありますか」

「ここは宇宙船の中の通信室だ。甲隊本部は今朝がた急にサガタを撤退することになり、今ビシュバリクへ向かっている」

マケラは驚いた。「では、また退却でありますか」

「おれにはよくわからん。作戦上の退却らしいな。とにかく今は、お前のいるそのBU－2の基地が最前線基地ということになった。もっともそんな場所だから、敵が攻撃しかけてくるなんてこともないだろうが。まあ、しっかり守備しろ」

「はい」

「お前のことだから、こちらもそれほど心配はしていない。しかし、ワフーには気をつけろ。ミシミシやドブサラダと喧嘩させないようにな」

「わかっています」

マケラと丙長の会話に、おかしな雑音が入ってきた。「そっちへ敵が行く。敵が行く。戦闘準備だ。戦闘準備だ」

「いや、何でもない」

マケラは顔をしかめた。「今のは何でありますか」

「乙長殿の声のようでしたが」

「そうだ。乙長殿はちょっと寝ぼけられたのだ」

ふたたび乙長の泣き叫ぶ声がした。「ああ。わしの部下が死んでしまう。みんな死んでしまう。よし。おれも行く。おれもそこへ行くぞ」

「どうも寝ぼけられ方がはげしいようでありますな」と、マケラがいった。

「そうのようだ」丙長はうろたえていた。「また、何かあったら連絡しろ」彼はあたふたと会話を打ち切ってしまった。

ドブサラダとワフーが砂上車に乗ってC－34号トーチカから戻ってきた。

「あちらには、ほんの少し武器がありました」ドブサラダはトーチカの中を見まわしながら報告した。「ここにある量の五分の一くらいです。他にはなにもありません」

「ご苦労だった」と、マケラは言った。「ミシミシを手伝って、食事の用意をしてくれ」

「はい」

ワフーはずっとドブサラダと口喧嘩を続けていたらしく、部屋へ入ってきても不貞腐れた様子で、隅の弾薬箱の上に寝そべった。

「こら。お前も手伝え」と、ミシミシがワフーにいった。

「うるさい」ワフーは怒鳴り、そっぽを向いた。

「そんな奴にもう構うな」と、ドブサラダがいった。それから急にマケラの方を向いて喋り出した。「そうそう丁長殿。おかしなことがありました」

「なんだ」

「自分たちはC‐34号を点検したあとで、他の二、三のトーチカの中へ入って見たのであります。おどろいたことに他のトーチカは全部はりぼてでした。つまり寄せ集めの鉄鈑や止め金具や鋼管で作られていて壁は隙間だらけ、もちろんエア・ロックなんかありません。酸素供給パイプも電気も来ていません」

「なんだって」マケラはあきれて叫んだ。「じゃあ、使えるトーチカは三つだけか」

「どうも、そうのようです。要塞の傍へも行って見ましたが、隔壁のあるべき部分に金網が張ってありました」

「あの要塞も、それじゃ、にせものか。ふうん」マケラは考えこんだ。「何だってまた、こんなものものしい基地のにせものを作ったんだろう」

「敵を驚かすためじゃありませんか丁長殿」と、ミシミシがいった。

「敵だって」マケラはちらとミシミシを見たが、すぐにかぶりを振った。「敵がこんな辺鄙なところへ来る筈がない。来るとしても、はりぼての要塞を作ったりして驚かさなきゃならんほどたくさんの敵が攻めてくる筈がない。お互いに、軍事基地にするのなら他にもっと適当な衛星がいくらでもある。どうもおかしいな」マケラは眼を光らせた。「この基地には、何か秘密があるぞ」

「さあ、飯にしましょう」ミシミシが食器を並べながらいった。

「丁長殿」通信機に向かっていたズンドローが振り返っていった。「甲隊本部から何か連絡してきましただ。出ますかね」

「ああ、出てみよう」

「こちらは甲隊本部。第二丙隊長だ。マケラはいるか」丙長の声はひどく切迫した調子だった。

「マケラです。何かあったのですか」

「マケラ」丙長はとびつくような声で呼びかけた。「よく聞け。今、レーダーでわかったのだが、そっちへ共和国軍約二乙隊が向かった」

「何ですと」マケラは驚いて、しばらく口がきけなかった。

「こんなところへ敵が、いったい何をしにくるんですか」

「わからん。甲長殿に訊ねても、何も教えてはくれんのだ」丙長はおろおろ声になっていた。

「二乙隊も攻めてこられては、ひとたまりもありません」マケラはあえぎながら叫ぶようにいった。「すぐ救援部隊を寄越してください」

「もちろん、おれはすぐさま甲長殿にそのことをお願いした。だが、その返事もまだなのだ。マケラ。救援部隊が行くまで、何とか持ち堪えていてくれ。大きな声じゃ言えんが、基地の守備など、どうでもいいぞ。どうせ大した基地じゃないんだからな。それより、命を大切にしろ。いいな。死ぬなよ」

「はい。わかりました」

「敵の宇宙船は、間もなくそちらへ着く筈だ。おれは甲長殿にもういちど救援部隊の出動を願い出てみる。そっちはすぐに、戦闘準備にかかれ」

「はい。戦闘準備にかかります」

マケラは丙長との交話を終え、レシーバーを置いて立ちあがり、部下たちの方を振り返った。自分でも、顔から血の気のひいていることがよくわかった。

ミシミシとワフーだけは、まだ飯を食い続けていたが、ドブサラダとズンドローは心配そうにマケラの顔を見あげた。

「どうかしましたか丁長殿」

「敵が攻めてくる」マケラは静かにいった。「すぐ戦闘準備だ」

「何だって」ワフーが食器を投げ出しておどりあがった。「ここへは敵なんか来ない筈じゃなかったのかね」

「その筈だった。だが来るんだ。戦わなきゃいけない」

ワフーは顫え始めた。「逃げましょう。すぐ逃げましょう。今すぐ逃げればまだ間にあう」

「馬鹿野郎」ドブサラダが怒鳴った。「おれたち兵隊は、こういう時のためにただで飯を食わせてもらい金を貰っていたんだぞ。さあ、手伝え。弾薬箱をあけるんだ」

BU－2でマケラたちが戦闘準備にとりかかっている頃、第二甲隊全員を乗せた大型の円盤型宇宙船の中では、第二丙長が甲長附き秘書官に向かいしきりに頼みこんでいた。

「お願いです。もう一度甲長殿に取り次いでください」

「さっきから何度も言っているように、甲長殿はおいそがしいのだ」秘書官は丙長と眼をあわせるのを恐れるかのように、彼から顔をそむけて喋った。「そうすれば、自分の丙隊が救援に向かいます」

「出動命令さえ下されればいいのです」丙長はさらに頼んだ。「そうすれば、自分の丙隊が救援に向かいます」

「勝手な行動は許されない」秘書官は冷たい表情を作ってそう言った。「部屋へ戻っていろ」

「部下が死んでしまいます」丙長は泣声でいった。「早くしないと、みんなやられてしまいます」

「うるさい」秘書官は顔をそむけたままで怒鳴った。「たかが五、六人の兵隊のことじゃないか。そんなことにいちいち構っていられるか」

三時間ほどののち、BU－2のぬらりとした黒い空には五つの銀白色の光点があらわれた。

「来たようです」トーチカの銃眼から空を見あげて、ドブサラダがいった。「こちらに向かっています。まるでわれわれがここにいるのを知ってるみたいに、まっすぐこちらへ」

B－17号トーチカの戦闘態勢は、ほぼ整っていた。

「ドブサラダ。お前はC－34号へ行け。あそこの武器を整備して、すぐ攻撃に移れるようにしておけ」

マケラに言われて、ドブサラダはじっと彼の眼を見つめた。「あそこが自分の持場でありますか丁長殿」

マケラもドブサラダの顔を凝視した。「そうだ」

ドブサラダはにやりと笑った。「ではその気でやります丁長殿」

「砂上車に乗って行ってもいいぞ。ドブサラダ」

「いや。歩いて行きます」

死ぬ気だな——と、マケラは思った。

ドブサラダは宇宙装備に身を固め、気閘のドアを開きながら、ちらとマケラを振り返った。

「行ってきます」

マケラは声なくうなずいた。

「命を粗末にするなよ」ミシミシがいった。

ズンドローが立ちあがり、ドブサラダに何か言おうとした。だが咽喉をつまらせて顔を伏せ、また椅子にかけてしまった。

ドブサラダはB－17号トーチカを出て行った。

マケラは銃眼から空を眺めた。銀白色の光点は今やはっきりと円盤状になり、着陸態勢に入っていた。「ブチャランゲンの海に降りるらしいな」と、マケラは言った。

「ここからでは様子がわからなくなる恐れがある」彼は部下たちを振り返った。「誰かにA－1号まで行って貰った方がよさそうだ。敵の様子を見ながら、あそこにある通信機でこちらへ報告して貰わなきゃならん。あそこには武器はないが、敵もすぐ攻撃してくることはあるまい。もし攻撃してきたら、すぐにこちらへ引き返してくればいい」彼はワフーに言った。「ワフー。お前が行け」

ワフーは顫えあがった。「いちばん、敵の傍だ」彼ははげしくかぶりを振った。「いやだ。殺されてしまう」

ミシミシが怒鳴った。「ワフー。お前は丁長殿の命令に従わんのか」

「おれは嫌われている」ワフーは泣き出した。「だからいちばん危険な場所へ行かされるのだ。そうに決まっている」

「こうなってしまっては、どこが危険だなどとは言えない」マケラはげっそりしながらも、ワフーに言った。「ワフー。事態をよく把握しろ。あそこはここよりは危険じゃないのだ。いざ戦闘が始まれば、いちばん危険なのはここなのだ。敵だって、攻撃してくるトーチカに対して反撃してくるだろうからな」

ワフーは立ちあがった。痙攣していた。「丁長。おれは死ぬのは厭だ。おれはその命令を拒否する」

「拒否する権利は、軍人にはないぞ」ミシミシが吠えた。「この臆病者め」

「だったら帰ってから、軍法裁判にでも何にでもかけたらいい」ワフーは頑なに言った。「とにかくおれは行かん。あそこへは絶対に行かんぞ」

ミシミシがいった。「では、自分が行って来ましょう」

「いや。お前は戦闘要員だ。ここにいて貰わなけりゃならん」マケラはズンドローに言った。「ズンドロー。お前も行くのが恐ろしいか」

ズンドローはおずおずと立ちあがって言った。「いや、おら行きますだ」彼の声は顫えていた。「おらだって恐ろしいだ。だけどおら、だんなを――いや、丁長殿を信じてますだ。丁長殿が大丈夫というんなら、あそこはきっと大丈夫なのに違えねえだよ。もし何かが起ったとしても、それは皆に対していちどきに起ることなのに違えねえだからね」彼は装備を身につけ始めた。

一方ドブサラダは歩いてC－34号トーチカに到着した。

ここがおれの死に場所か――彼は狭いトーチカの中を見まわしてそう思った。空気のあるところで死にたかったな、酸素供給パイプから出てくる空気しかないところじゃなしに――そうも思った。空気のないところで死んだ人間は彼だけではなく他にもいっぱいいることを彼は知っていたが、彼の心はそれで慰められることはなかった。夫を失った妻が、たとえ他にも妻に愛された男たちが多勢死んでいることを知ったところで決して慰められることはないように。しかし――と、彼は思った――おれは今までいろんな面白いめにあってきた、いろんなことを楽しんだ、それはおれが兵隊だったからだ、おれは農民だった、だから兵隊になっていなきゃ、とてもあんな面白いめに会うこともなかっただろう。だからおれがここで戦って死ぬということは勘定に合っているわけで、貸し借りなしになるわけだ。また、彼はこうも思った——もっと生きていられたかもしれない、だがいずれは老いぼれて兵隊としての役には立たなくなり、軍を追われるだろう、そうなったら乞食をする他ないわけで、おれはそんな風になるのが死ぬより厭だ、それはおれの性格的なものだ、おれは軍人に向いていたわけだから、おれにいちばんぴったりした死にかたは戦って死ぬことなのだ——。そこまで考えると彼にはもう考えることはなくなってしまった。

彼は二門の大砲にそれぞれ照明弾とブルハンハルドゥンナ砲弾を装塡し、銃眼のすべてに機銃と長銃を固定した。弾薬箱を並べ室内の照明を消すと、彼にはもう、することもなくなってしまった。彼は床にゆっくりと横たわった。「さあ、ちょっと寝ようか」と、彼は呟いた。「最後に、女の夢でも見よう。おれはもう満腹してるし、その他に考えることもないわけだからな」

A－1号トーチカへ到着したズンドローは、さっそく銃眼の前まで通信機を持ってきて外の様子を眺めながら、マケラのいるB－17号へ最初の報告を送った。

「さっき奴らは五台の船でブチャランゲンの海に降りてきましただ。どうやらおらたちの乗ってきた船には気がついてねえ様子ですだよ。奴ら、いやらしい色の赤い宇宙服を着て、三台の宇宙船から降りてきましただ。二百人は充分いますだ。奴ら、こっちに要塞があることに気がついてる筈なのに見向きもしねえ。まるで誰も居ねえと思いこんでるみてえですだよ。奴ら、もう二台の宇宙船から何かおろし始めましただ。鉄のロープだとか滑車みてえなものとか捲上機（ウインチ）やら起重機やら、そんなものをおろしてますだ。何する気だかはとんとわからねえがね。奴らそれを片端から入江と海の間にある溝の方へ運んでますだ」喋りながらも声が次第にうわずり、手足ががくがくと顫えるのをズンドローは自分でどうすることもできなかった。

「よくわかった。何かあったらいつでも連絡してきてくれ」

マケラの声さえ聞けばズンドローは、いつも少し落ちつき、安心するのだった。

「もしそこが攻撃されたら、攻撃されたことをこっちへ連絡してくる必要はない。すぐ戻ってこい」

「わかりましただ」ズンドローはレシーバーのプラグを抜いた。もっとマケラと話していたかったが、そうもいかなかった。なにしろマケラのだんなは戦わなきゃいけねえのだからな――彼はそう思った。銃眼から外を見ると白い砂漠の上で赤い悪魔のように見える敵兵たちが巨大な工作機械に取り組んでいるのが見えた。すぐ鼻さきに敵兵がいるのだ――そう思ってズンドローはまた顫えあがった。だが、落ちつかなきゃいけねえ――彼はマケラのことを考えた。あのだんなは落ちついていなさる、だから、あのだんなの言う通りにしていりゃ間違いはねえ筈だ――そう思った。おらは臆病者だ、だからマケラのだんながこうしろと言った通りにやろう、命令通りに、その命令のことしか考えねえでやろう――そうも思った。そしてまた、こうも思った――間違ってもあのワフーみてえなことにはなるまい、マケラのだんながおらのことを、あのワフーと同じみてえに思ったりなさることのねえようにしなきゃいけねえ、だが、出来るだろうか――おお、神さま、おらに勇気をおあたえ下せえ、おら、まわりで大砲の弾丸がぼんすぼんす破裂しはじめたら、とてもじっとしてはいられねえです、その時に逃げ出したりして、マケラのだんなから笑われたりすることのないようにしてくだせえ、神さま、お願えしますだ、どうかあの、マケラのだんなが死んだりすることのねえように頼みますだ、ドブサラダのだんなもええだんなだし、そりゃあ、みんなの命が助かるのがいちばんええだが、欲は言わねえだ、だからマケラのだんなの命をお助けくだせえ、でも早合点しちゃいけねえだ、マケラのだんなの命だけでなく、おらだって助かりてえだ、おらの命もやっぱりお助けくだせえ、それから、あのマケラのだんなとおらの命とどちらを助けてほしいかというと……ああ、神さま、おらにはよくわからねえだ、とにかく神さま、よろしくお願えしますだ――。

宇宙船から降り立った共和国軍の兵士というのは技術工兵の百名と戦闘員の五十名

だった。彼らはもちろん心臓の入江にある大要塞と軍事基地には気がついていたが、そこに誰もいる筈のないことも知っていた。本部からの連絡で、入江と海の間にある溝の底深くに重力切断ビーム発生装置が仕掛けてあることを知り、大いそぎでそれを破壊しに来たのである。彼らはすぐに装置の埋め込まれた場所を発見し、掘鑿（くっさく）にとりかかった。

　時間が残り少なかったため工事は夜を徹して行われた。型鋼と滑車で簡易リフトが組み立てられ、破壊工作員が竪坑の中へ降りて行った。そのあとから捲上機の長い鋼索（ケーブル）が先端に爆薬をつけて吊りおろされた。土砂が何十回か運びあげられた。竪坑の底で爆薬の時限スイッチが入れられたのはすでに次の日――I作戦当日の朝だった。彼らはすぐに工作器材の撤去にとりかかった。三〇〇キロ地下の爆発の轟音と震動は地上にはほとんど何の影響もあたえなかった。

「奴ら、いったい何をやってるんだ」共和国軍の行動が理解できない上に、ひと晩中まんじりともせず夜を明かしたマケラはいらいらして、A－1号トーチカのズンドローに連絡した。「こっちはいつ攻撃されるかと思って気が気じゃない」

「おらにもよくわからねえです」ズンドローは申しわけなさそうに答えた。「奴ら、裂けめの間へ入ったり、機械を持ちこんだり運びあげたり、そんなことばかりしとりますだ。なにしろ暗いもんで、よくわからねえだよだんな」

「ふうん」マケラは不機嫌に唸って、レシーバーを耳からはずした。

部屋の中では、さっき眼を醒ましたばかりのミシミシがさっそく乾し肉と果汁の朝食に舌鼓を打っていた。ミシミシのでかい鼾のためにひと晩中眠れなかったワフーが、まだ眼れっ面のままで壁ぎわにうずくまっていた。

「いっそのこと、こっちから攻撃しかけてやったらどうですか丁長殿」ミシミシが無責任にそんなことを言った。「いらいらしながらやられるのを待っているより、その方がましでしょう」

マケラはかぶりを振った。「敵がなにもしないのに、こっちから攻撃することはない」

しかし、これでいいのだろうか、自分はこれで、国家軍の士官として間違いのない行動をとっているのか――マケラはそんな疑念に襲われた。こんな際、士官としてどんな行動をとればいいのだと彼は考えた。救援部隊が来るまでここでこうしてぼんやりしていることが、いちばん適切な行動なのだろうか、どうもそうは思えない、ではどうすればいいのだ、どうすれば――彼は焦りを部下たちに気づかれないようにと気を配りながら、さらに考え続けた。そうだ、せめて敵兵たちが、今、いったいどんな工作をやっているのか、ああして働いているのはいったいどういう目的のためか、士官としてそれを知っておくことが必要なのではないだろうか、敵が何のためにBU-

2へやってきたのか、あとで報告を求められて返事もできないようでは恥だ、そうだ、もうひとつするべきことがあった、われわれの乗ってきた宇宙船を爆破しておかなければならない、あれは新型の船だ、敵の手に入るようなことがあってはならない、敵に船を分捕(ぶんど)られたりしては国家軍の恥辱だし国家の損失だ、われわれ全員が戦死しちまえば船は要らないわけだし、もし生き残ったとすれば、それはつまり救援部隊が来てくれたということなのだから、その船に便乗して帰ればいいわけだ、爆破にはミシミシを砂上車で行かせよう、砂上車は今、ズンドローがA－1号トーチカへ乗って行っているから、彼を帰って来させればいい――。

彼はまたズンドローに連絡した。「照明弾を打ちあげる。お前は奴らが何をやっているのかしっかり見て、こちらへ詳細に報告しろ」

「わかりましただ」

五分後、ブチャランゲンの海の上空で白色光の照明弾が炸裂した。白昼のような明るさになり、共和国軍の兵士たちの赤い宇宙服がオレンジ色に輝き、砂漠の白い砂は青味がかった銀白色に照り映えた。

誰もいないと思っていたトーチカのひとつからだしぬけに照明弾が打ちあげられたので、工事も終りそろそろ引きあげ準備にかかっていた共和国軍二乙隊の兵士たちはおどろいた。「誰かいる」攻撃してくるに違いない――彼らはそう判断した。

国家軍の兵士がいると知りながら、そのままBU－2を引きあげることは彼らにはできなかった。ふたたび重力切断ビーム発生装置を仕掛けられる恐れもあった。「攻撃準備だ。やっつけろ。技術工兵も全員戦え」

万が一のことを考え、それほど大量にではないが彼らは船に兵器を積み込んできていたのである。だが、今しがた彼らの頭上に輝いたその照明弾が、百あまりあるトーチカのどれから発射されたものか彼らにはわからなかった。そこで、彼らが船艙からおろしてきて発射した小型水爆弾頭ハンド・ミサイルの最初の一発は、青い光の尾を噴き出しながら基地のほぼ中央に向かって飛んだのである。

A－1号トーチカの中では、いよいよ敵が攻撃態勢に入ったことを知ったズンドローが、顫えながらマイクに叫んでいた。「なにか、青い光るもんが、そっちへ行っただ」彼の声は完全にうわずってしまっていた。「気をつけてくだせえ」

ミサイルはB－13号トーチカに命中した。継ぎはぎだらけのはりぼてトーチカはひとたまりもなく、細い糸のような黄白色の煙を節足動物の足のように四方八方に向けてとどまることなくどこまでも伸ばしながら、一秒足らずで蒸発した。百近くの雷がいちどに落ちたかのような閃光とともに、ぐらりと大地が傾き、B－17号の三人はいっせいに横倒しになった。

「敵は砲撃を開始した。ようし今だ」マケラは立ちあがり、銃眼からブチャランゲンの海を眺めてミシミシに叫んだ。

「ブルハンハルドゥンナ砲で二、三発応戦しろ。敵の位置がはっきりしないから、でたらめに撃ってもいいぞ」

「了解」ミシミシは砲座に立った。「おいワフー。お前は砲弾を運べ」

「とにかく、敵をこちらへ引き寄せるのだ」と、マケラはいった。「全軍を入江の中までおびき寄せろ」

「了解」ミシミシは砲撃を開始した。

漆黒の闇空に紅色の閃光が踊った。共和国軍も二門の迫撃砲でブルハンハルドゥンナ砲弾を撃ち始め、微量の大気をふるわせかすかな音を立てて飛ぶ熱した砲弾の橙色の軌跡は、宙に美しく交叉しすれ違った。

るるるるるるるるるる、ずばっ。

るるるるるるるるる、ずばばばっ。

るるるるるるるるる、ずばばばばっ。

白くひび割れた大地は熱気に沸き返り、めくれあがり、踊り、ふくれあがり、揺れ、割れめをさらに拡げた。五つの無人トーチカがたちまちのうちに跡形もなく消え失せた。

「始まっただ。戦争が始まっただ」A－1号トーチカのズンドローは、銃眼の前の椅子から立ちあがろうとした。だが足は顫え、膝は意に反して前後左右に大きく揺れた。「お、お、落ちつかなきゃいけねえ、マケラのだんなはおらに、戦争が始まったら帰ってこいと言っただ。だからおら、帰らなきゃいけねえだ」彼はやっと立ちあがり、ぎくしゃくした動作で宇宙服を身につけた。気閘から外へ出るなり、白熱の閃光が彼の眼を射て、一瞬彼を盲目にした。

「ようしミシミシ。砲撃を中止しろ」B－17号トーチカでは、マケラが大声で叫んでいた。「みんな、宇宙服を着るんだ。それからその銃眼の樹脂板を叩き割れ」

その時C－34号トーチカでは、ドブサラダが地響きに眼ざめてむっくりと身を起した。「そうかいそうかい。もう始まったのかい」彼は外を見て顔をしかめた。「なんだ。まだ敵の姿も見えねえじゃねえか。もう少しのんびり構えていてやろう。なにしろこっちには弾薬が少ないんだからな」彼は落ちついて宇宙服を着はじめた。

共和国軍のほとんどの兵士は、長銃を持ち機銃を担い弾薬箱をかつぎあげ大砲を引きずりながら、徐々に入江へと前進した。彼らの狙いは次第に正確になり、ミサイルの一発は要塞に命中して砲塔を蒸発させた。

近くで砲弾が炸裂し大地が揺れ動くたびに、右に左に大きく傾ぐ砂上車をけんめいに運転して、ズンドローはトーチカの間をじぐざぐに縫いながらB－17号へ急いでいた。恐ろしさをまぎらせるため、彼はハンドルをしっかりと握りしめたまま何かあらぬことを大声でわめき続けていた。ブルハンハルドゥンナ砲弾が雨あられと周囲に降りそそぎ、ズンドローはもう全然生きた心地がしなかった。また、砲弾の近づいてくる音が彼のヘルメットにかすかに伝わってきた。

るるるるるるるるるるるるる。

「またあの、るるるるが来ただ」彼は泣き顔で、宇宙帽の中の短い首をすくめた。「おら、このままだと弾丸にやられる前に恐ろしさで死んじまうだよ」

すぐ近くで砲弾が炸裂し、ズンドローは頭から砂をかぶってひいいと悲鳴をあげた。

「敵は入江の中に入ってきました」ミシミシがのんびりとマケラにいった。「どうしますか。もういちど砲撃をやりますか」面白がっているような調子で彼はそう訊ねた。

「砲撃はおれがやる」と、マケラはいった。「もうすぐズンドローが砂上車で戻ってくる。お前はそいつに乗って、敵がこちらに気をとられている間に、おれたちの乗ってきた宇宙船を爆破してこい」

「なんだって」弾薬箱にしがみついて顫えていたワフーが顔をあげ、宇宙帽越しにマケラに叫んだ。「気ちがい沙汰だ。何だってそんなことを」恐怖のため、彼はすでに老人の顔になってしまっていた。「そんなことをしたら、おれたちが帰れなくなるじゃないか」

「救援部隊が来たら帰ることができる」

「救援部隊なんか、あてになるものか」ワフーのわめき声がマケラの宇宙帽の中でびりびりと顫えた。「来るんなら、もうとっくに来ている筈だ」

「来ないとしたら尚更爆破しなきゃならないんだ」マケラは辛抱強く説明した。「おれたちが皆やられてしまったら、あの宇宙船は敵のものになってしまうんだからな」

気閘から宇宙服を着たままのズンドローが、土砂にまみれてとびこんできた。「帰ってきました、丁長殿。おらのすることを教えてくだせえ。何でもやるだ。何でも命令してくだせえ」彼はすがるように、おろおろ声でマケラにそう言った。

「お前はもういちど甲隊本部に連絡しろ。今までに起ったことを、細大洩らさず報告するんだ」

「やりますだ」ズンドローは通信機にとびつき、レシーバーとマイクを宇宙帽に接続した。

「では、自分は爆破に出かけます」ミシミシが爆薬をかつぎあげながら言った。

「行っちゃいかん」ワフーは長銃の筒さきをミシミシに突きつけて叫んだ。「行くと撃つぞ」

「こいつは面白い」ミシミシは爆薬の箱をおろし、ゆっくりとワフーに近づいた。

「お前におれが撃てるか」

「近づくんじゃない」ワフーは泣きわめいた。「寄ると撃つぞ」

「撃って見ろよ」ミシミシは悠々とワフーの前に立ち、彼の長銃をひったくった。

ワフーは地べたに腹這いになり、のたうちまわった。「いやだ。おれはこんなところで死にたくない。おれには女房がいる。子供がいる。誰かおれを助けてくれ。助けてくれ」

14　戦いは終り　ズンドローは泣く泣く戦死者の報告をする

「もっと近くへ来い。もっと近くへ。そうだ。完全に入江の中へ入ってしまえ」ドブサラダは共和国軍の緩慢な前進を眺めながら舌なめずりをしていた。「そうすればこちらも砲撃できる。するとお前たちは挟みうちだ」

戦闘に馴れていない工兵百名を含む共和国軍の兵士約百五十名は、隊形ともいえぬ不恰好な横隊を組んでゆっくりと入江の中へ入ってきた。B－17号トーチカから発射された最初の砲弾三発は、彼らには何の被害もあたえてはいなかった。敵は小人数だ――彼らがそう判断したのも当然だった――中央のトーチカのどれかひとつに二、三人で立て籠っているに違いない――。彼らの戦列は正面の要塞やその前にある基地中央部のトーチカを砲撃して片っ端からうち砕きつつさらに前進した。やがて彼らはゆっくりとドブサラダのいるC－34号トーチカの真正面を横切った。「よし今だ」ドブサラダは照明弾を打ちあげ、彼のトーチカと、白色光の中に鮮やかに浮かびあがったオレンジ色の軍勢との距離をすばやく目測すると、ただちに彼らのまん中を狙ってブルハンハルドゥンナ砲弾を発射した。狙いは正確だった。四、五人の兵士が赤い飛沫となって白い蒸気の中にとび散った。ドブサラダは続けさまに砲撃した。敵の一部が彼のトーチカに接近してくることが予想できたし、あまり接近されないうちに遠距離用の砲弾を無駄なく撃ち尽してしまわなければならなかったからである。

一方ミシミシは砂上車を乱暴に運転してトーチカの背後ポアン環状山(クレーター)の麓をブチャランゲンの海へと迂回した。砂上車の後部シートには一基のハンド・ミサイルと爆薬――ブラスティング・ゼラチンをひと束、それに数個のメクライト弾を積んでいた。念のため彼は腰に、重さ十五キロの青竜刀に似た大型の毒塗りだんびらまで吊るしていた。

ほどなく車は砂漠に入り、砂埃をまきあげながら宇宙船に近づいた。重力の少ない衛星上の砂埃はさながら入道雲のように黒い宙空に果てしなく拡がっていった。船すれすれに車を停め爆薬をかかえあげると、ミシミシは船の基部――原子力エンジン室の下へもぐりこみ大量の爆薬に時限装置を接続した。時限装置の目盛りはできるだけ短時間に合わせた。スイッチを入れ船の下から駈け出て、彼は砂上車にとび乗った。タイヤが砂にめりこみスタートには時間がかかった。車が百メートルばかり走った時、宇宙船は大爆発を起し、粉ごなに砕けた部品を青黒い噴煙と灰白色の砂塵の外へまき散らした。砂上車は横倒しになりミシミシは砂の上に投げ出された。

「しまった。時限装置を早く仕掛けすぎた」宇宙服は破れなかったものの、彼の左腕は外側へ奇妙な具合に折れ曲っていた。「骨が折れた」ミシミシは起きあがろうとして、あたりに砂をはねとばし藻掻(もが)きながらそう呟いた。「このままトーチカへ戻ったところでおれは役に立たんな」彼はやっと立ちあがった。「丁長殿の足手まといになるばかりだぞ」横転して片側のタイヤをから回りさせている砂上車をミシミシは片腕だけでもとに戻した。砂の上に転がっていたハンド・ミサイルを後部シートに乗せ、ふたたび車を運転し彼は共和国軍の宇宙船が着陸している地点に向かった。「奴らの宇宙船を壊してやる」右手だけでハンドルを握りしめ、彼はそう呟いた。「こちらの船だけ爆破したのでは片手落ちだ」

「爆破は成功したらしい」ふたたび砲撃を始めながら、銃眼から海に立った深紅(しんく)の火柱を見てマケラがそう言った。「すぐこのことを甲隊本部に報告しろ。そしてもういちど救援を乞え」

通信機に向かって今まで喋りづめに喋っていたズンドローが大きく頷き、ひと息吸いこんでまた喋りはじめた。「今、ミシミシのだんなが、おらたちの乗ってきた船を爆破しましただ。これでおらたちは、救援部隊が来てくれない限り戻れねえことになっただ。早く助けを寄越してやってくだせえ。頼みますだ。頼みますだ」

返事はなかった。宇宙船の通信室には常に二、三人の通信兵がいる筈だったが、ズンドローのけんめいの呼びかけに応える声はなかった。彼らがわざと返事をしないのか、それとも宇宙船に何か変事があって通信室に誰もいないのか、ズンドローには判断のしようがなかった。

顫えあがり極度にびくついているワフーを叱りつけ、砲弾を運ばせ装塡させながら、マケラはめくら滅法にブルハンハルドゥンナ砲を撃ちまくっていた。マケラはいつの間にか距離感を失ってしまっていた。それは恐怖のためだった。砲弾はなかなか命中しなかった。彼にはただ敵軍がどこまでもどこまでも彼の方へ接近してくるように感じられるだけだった。撃てば撃つほど敵兵の数が無限に膨れあがっていくように思えた。ただ左端のC－34号からドブサラダの発射する砲弾が常に的確に敵軍の中央を捕えていることでわずかに気が安まった。

「もう砲弾がない」と、ワフーが叫んだ。

「その、新型の名前のない砲弾を持ってこい」マケラは叫び返した。「そいつを撃とう」

どっしりと重いその砲弾は、撃ってもあまりとばなかった。接近してくる敵軍のさらに十メートルほど手前に落ちたが、粉ごなに砕けてとび散っただけで大爆発も起さず火柱も立たなかった。それでも先頭を進んでいた十人足らずの兵士が苦しげにもがきながら倒れた。砲弾の中にぎっしりと詰めこまれていた使い古しの数万枚のカミソリの刃が、宇宙服を切り裂いて彼らを窒息させたのである。しかしその砲弾を撃ち尽してしまうと、マケラのトーチカにはもう砲弾はなくなってしまった。マケラとワフーは銃眼に設置した機銃と長銃のそれぞれの銃把を抱いた。

その時だしぬけに、数十の照明弾を一挙に打ちあげたかのような蛍光色の閃光が空いっぱいに拡がった。敵も味方も啞然として、戦いを中断し空を見あげた。ブチャランゲンの海ではその光の原因と思える巨大なキノコ雲が驚くべき早さで砂漠の空に膨れあがりつつあった。

「敵の宇宙船が爆発したらしい」マケラが茫然としていった。「事故だろうか。あの雲の大きさでは五台とも破裂したに違いない。連鎖反応でぜんぶ爆発したんだ」それから彼はトーチカの中で大きくおどりあがった。「ミシミシだ。あいつがやったんだ。そうに違いない。あいつは小型水爆弾頭のハンド・ミサイルを持って行った。あれでやったんだ」マケラは涙を流しながら叫び続けた。「馬鹿、馬鹿。なんて無茶なことを。あの爆発じゃ、あいつの命はなかったに違いない。そうに決まっている」

ズンドローも銃眼の前へとんできて銃身にしがみつき、薄茶色の原子雲を見あげて大きな吐息をついた。「なんて無茶なだんなだ。まったく、なんて命知らずのだんなだ」

共和国軍の戦列は大きく乱れていた。彼らはひどく動揺し、戦意を失いはじめていた。そのまっただ中へ彼らの背後から、一台の砂上車が駈けこんできた。

車の運転席に立ちはだかっている大男をトーチカの中から眺めたズンドローは一瞬息をのみ、それから大声をはりあげた。「おおっ。あれはミシミシのだんなだ。ミシミシのだんなが、まだ生きていなさっただ」

海の側から入江にいる共和国軍の背後へ襲いかかったミシミシは、足で車のアクセルを踏んだまま運転席で仁王立ちになり、片腕で毒塗りだんびらを振りまわしてあたりの兵隊を片端から斬り倒し、叩き伏せ、薙ぎ倒した。あまりの不意打ちに彼を銃で狙うこともできず、共和国軍の兵士たちは悲鳴をあげて逃げまどうばかりだった。

「死んじまえ。みんな死んじまえ。こいつも死んじまえ。お前も死んじまえ。おれも死んじまえ」力まかせにだんびらを振りまわしながらわめいているミシミシの声が、マケラたちのヘルメットの中に大きく響いた。

「ミシミシ。命を粗末にするな。帰ってこい。戻れ。戻るんだ」泣きながら呼びかけるマケラの声も、ミシミシには聞こえないようだった。

メクライト弾が砂上車の前で爆発し、ミシミシは車からはねとばされた。だが、また立ちあがり、さらに刀をふるい続けた。機銃弾に胸を穴だらけにされてからもミシミシは、倒れるまでの間にもう数人を斬り伏せ、数人の宇宙服を切り裂いて彼らを窒息死させたのである。

C－34号トーチカでも砲弾がなくなってしまい、ドブサラダはトーチカの真正面へ接近してくる敵兵に機銃弾を浴びせかけていた。入江の中の共和国軍兵士の約三分の一ほどが、左端のトーチカにドブサラダがいることを知り、手に手に長銃やメクライト弾を持って突撃してきたのである。砲弾があったところで、これほど近くにやってこられたのでは使いようがなかった。連射の反動で機銃の銃身は大きくおどりあがり、跳ね、揺れ動いた。ドブサラダは銃把にかじりつき、さらに撃ちまくった。

ガガガガガガガガガガ、ガガガガガガ、ガガガガガガガガガガガガガ。

トーチカの一部はメクライト弾によってすでに破壊され、その穴からは虚空にかかるみどり色のビシュバリクが部屋の中をのぞきこんでいた。その破れめからトーチカへとびこんでこようとして駈けてくる兵隊たちをドブサラダは次つぎに撃ち倒した。ドブサラダにとって敵の兵士は、もはや彼と同じ人間ではなくなっていた。それは敵という名の単なる動く標的に過ぎなかった。

ガガガガガガガガガガガガガ、ガガガガガガガガガガガガガガガガガガガガ。

銃弾に内臓をえぐられた彼らは例外なくその場で高く躍りあがり、宙で一転して重いヘルメットを下にし、白く乾いた土に自分の身体をたたきつけ、重力の乏しい地上でさらに大きく、二、三度バウンドしてすぐに動かなくなった。すでに彼らを何人殺したのかドブサラダにはもうわからなくなっていたが、残りの兵隊の数がぐっと少なくなっているらしいことだけはどうにか判断できた。

ガガガガガガガガガガガガガガガガガガ、ガッ、ガガッ、ガッ、ガッ。銃弾もなくなった。

ドブサラダはあわてて弾薬箱をあさった。もし何もなければ鉄ボタンつき棍棒をふりかざして敵兵の中へおどり込むつもりだった。だが彼は弾薬箱の底に一基のハンド・ミサイルが残っているのを発見した。

「こんなものがあるのに今まで気がつかなかった」彼は舌打ちした。「今からでは遅い。発射したところで、奴らの頭上を飛び越して行くだろう。しかし無駄にはできん」

彼はミサイルをかかえあげ、簡単な発射装置をとりはずした。小型水爆の砲身を小脇に掻い込んで彼はトーチカの破れめから外へ駈け出した。今はもう数十人になってしまった共和国軍の兵士たちは、ドブサラダのかかえている物体が何であるかを知ると同時に大きく悲鳴をあげ、クモの子を散らすように逃げ出した。ドブサラダは敵兵の密集している地点に駈けこみ、死んだ母親の顔を思い出そうと焦りながら大きく砲身を振りかざして、弾頭の起爆装置を力まかせに地面へ叩きつけた。

青紫色の鋭い閃光と津波のような大地の震動はB－17号トーチカを襲い、マケラとワフーははねとばされて激しく床に叩きつけられた。

「ああ。ドブサラダも死んでしまった。みんな死んでいく。ああ、ああ。もう駄目だ。もう駄目だ」ワフーは痙攣(けいれん)しながら床の上で背を丸め頭をかかえこんだ。

　マケラはふたたび銃把にかじりついた。機銃や長銃の弾丸はとっくに尽き、彼はマイクロ・パイル銃――俗に熱線銃(ブラスター)といわれている短銃を撃ちまくっていた。パイルから発生した一万度Cの高熱は指向性ビームとなって喇叭(らっぱ)型の銃口から放射状に噴き出され、二十メートルの距離内のものをすべて焼き尽した。敵兵たちも砲弾を使い果たしたらしく同じ武器で応戦してきたが、どちらも射程距離が短いために大きな損害をあたえることは互いにできなかった。

　部下が死んで行く、おれの部下が次つぎと死んでいく――マケラはトーチカの破壊された部分から身を乗り出し、泣き続けながら戦っていた。眼の前で次つぎと部下を失っていくことがどれほど辛いものか、彼は今までに想像したこともなかった。

　銃把の中にたっぷりビルト・インされていたマイクロ・アトミック・パイルも、とうとう底をついてしまった。

「奴らがまた近づいてきた」マケラはまだ床に蹲(うずくま)っているワフーを怒鳴りつけた。

「早く光線銃(レイ・ガン)を撃たんか。撃たなきゃこっちがやられるぞ」

　ワフーは膝をがくがくさせながら立ちあがり、正式にはガンマー線放射銃と呼ばれている小型光線銃の銃把を握った。マケラも光線銃をとり、今はそれほど近づいて来なくなった敵兵のひとりひとりを狙撃した。鋭い黄金色の波状光線が胸を射抜くたびに、彼らはオレンジ色の細い煙を吹きあげてのけぞった。彼らの数はすでに十人足らずになっていた。それでも攻撃をやめようとはしなかった。マケラたち同様自分たちの宇宙船を失った彼らとしても、今はもう戦う以外になかった。敵も味方も今や互いに逃げ場はなかった。ただ、戦い続けるだけだった。相手を皆殺しにする以外に何の方法もなかった。

その時、共和国軍兵士たちの間からトーチカに向かって、ひとりの商人服を着た若く美しい女性がよろめき出てきた。おどろいたことには、彼女は宇宙服を着てはいなかった。そしてその影の薄いモノクロームの姿は、ワフーだけにしか見えなかった。

「ソラ」ワフーは息をのんだ。「女房だ。あれはおれの女房だ」彼は撃つのをやめて銃眼にかじりついた。「女房がいる。女房が敵の奴らに捕まってひどい目に会っている」

「そんな女は見えない」マケラはおどろいてワフーに叫んだ。「お前はまぼろしを見ているんだ」

「ちがう。ちがう。あれはソラだ。女房のソラだ」ワフーは泣きながら叫んだ。「くそ。ソラは町一番の美人なんだ。ああ、子供を抱いている。敵に捕まって苦しんでいる。ああ。ああ。おれを呼んでいる」

「わかったぞワフー。これは敵の策略なんだ。おれたちをここからおびき出すための策略だ」マケラは士官教程で教わったばかりのことを思い出し、ワフーに叫んだ。「サイコラマだ。コウン・ビ製の新兵器だ。奴ら、おれたちに向けて刺激性の超音波を出しやがった。閾値下投射法(サブリミナル・パーセプション)でひきずり出したおれたちの脳波を捕えて、暗視装置(ノクト・ビジョン)を応用した精神外傷影像(トラウマ・スコープ)でそんなものをお前に見せつけているんだ。お前の見ているものは大気に結像した電子の密度の立体像だ。士気(モラール)を沮喪(そそう)させるための兵器だ」

「ソラ。可愛いソラ。ああ。兵隊に子供をもぎとられた。ああ。おれのだいじなソラ」ワフーはマケラの言葉を聞いていなかった。「ああ。隣りの肉屋が出てきた。あいつは町でも評判の女たらしだ。職業的間男だ。ああ。抱きつかれた。押えつけられてしまった。ああ。ソラ」彼は泣きわめいた。「待っていろ。今助けてやる。今助けてやるぞ」ワフーはとめようとするマケラを振りきって、鉄ボタンつき棍棒をふりかざし、トーチカの破れめからとび出していった。たちまち数発の機銃弾が彼の腹を射抜いた。「ソラ。助けてやるぞ。ソラ」ワフーは兵士たちの中へ躍り込み、狂ったように棍棒をふるった。周囲の二、三人がヘルメットを叩き割られ、もんどりうって地上に転がった。銃弾はさらにワフーの身体を穴だらけにした。ワフーは傷口のひとつひとつから一メートル以上もの鮮血を噴き出させ、痙攣しながら倒れた。

「今、ワフーのだんなが死んだだ」ズンドローはマケラから命じられた通り、ずっと通信機に向かって喋り続けていた。「もう、生き残っているのはマケラのだんなと、おらだけになってしまっただよ。何してるだね。早く助けに来てくだせえ。返事してくだせえ」通信機のパネルのところどころには銃弾の黒い穴があき、そこからは白い煙がのぼっていた。その通信機がまだ通信機としての役目を果たしているのかどうか、ズンドローにはわからなかった。銃弾はさらにとんできて、ズンドローの周囲の壁をえぐった。しかし彼は無我夢中で喋り続けていた。「たのみますだ。たのみますだ。助けに来てくだせえ。他の人はみんな死んじまっただ。みんな、勇敢に戦って死んだだ。とても勇敢なだんながただっただ。ええ人たちだっただ。あんな勇敢な人たちは他には絶対にいねえだよ」ズンドローの声は悲鳴に近かった。彼はとうとう泣き出した。「マケラのだんなは今、ひとりで戦っているだ。苦戦していなさるし、それに怪我していなさるだ。くたくたに疲れていなさるだよ。あの分じゃあと十分ともたねえだ。早く来てくだせえ。早く来て、マケラのだんなを助けてあげてくだせえ。おらはどうでもええだ。おらは死んでもええだ。でもマケラのだんなだけは死なせちゃいけねえだ。マケラのだんなはええだんなだから、この人が死んじまうなんてことはあってええことじゃねえだよ。そんなことになったらまったくもう、神もほとけもねえだよ。おらだって死んじまうだ。ああ、死んでやるだよ。お願えしますだ。早く来てくだせえ。早く来てくだせえ」

　第二甲隊全員を乗せてビシュバリクへ帰還しつつある反重力噴射折衷式円盤型宇宙船の中の通信室では第二丙長が、通信機のスピーカーから流れ出るズンドローの声にじっと耳を傾けていた。最初室内には通信兵が数人いたのだが、彼らはいずれもズンドローの声をそれ以上黙って聞いていることに耐えられなくなり、受信装置をスピーカーに接続すると、逃げるようにして部屋を出ていってしまったのだ。室内には丙長と第四乙長の二人だけだった。丙長は、ズンドローが刻々と報告してくる戦闘の様子を、俯いたまま黙って聞き続けていた。彼は泣いていた。ズンドローの呼びかけに、丙長は返事することができなかった。甲長があれほどはっきり、救援部隊は出さないということを宣言してしまった今となっては、丙長としてはもうどうすることもできなかった。それをズンドローに教えてやることなど、とてもできるものではなかった。ズンドローの呼びかけに応えれば、どうしてもそのことを喋らなければならなくなってしまうのだ。彼はただスピーカーの前で、次つぎと倒れていく部下たちの哀れな運命に涙を流し、歯嚙みして口惜しがっているだけだった。

「進め。突撃だ。負けるでない。負けるでない」丙長の背後でズンドローの声を聞いている乙長はやたらに興奮して大声をはりあげた。「ああ。早く行かねばならん。みんなやられてしまう。味方は全滅だ」乙長は口の端からだらだらとよだれを流し、わめき続けた。「突貫。突っこめえ。撃ちてしやまむ。撃ちてしやまむ。負けるでないぞ。わが栄誉ある国家軍の兵士が、敵にやられてどうするのだ」

「ちょっと黙ってください」丙長は涙でびしょ濡れの顔をあげ、乙長を振り返っていった。「何を言ってるのか聞こえなくなります」

「皇国の興廃この一戦にあり」乙長は興奮のあまり、丙長の首を背後から締めはじめた。「何がなんでもやり抜くぞ。戦うのだたたかうのだ」

「静かにしてください」丙長はおいおい泣きながら乙長を椅子に掛けさせようとした。

「お願いです。せめてあいつ達の最後の様子を知りたいんだ」

「ああ。トーチカがくずれ始めた」ズンドローの悲鳴がスピーカーから大きく響いてきた。「ああっ。丁長殿。いけねえ。マケラのだんなの上へトーチカが崩れただ。返事してくだせえ。丁長殿。丁長殿。ああ。駄目だ。返事がねえだ。マケラのだんなも死んじまっただ」ズンドローの、魂の底から迸り出るような絶叫に似た泣き声が、通信室いっぱいに拡がった。

「くそ。負けてはならんぞ。それ立ちあがれ。男ではないか。それでもサチャ・ビ男子か。進め三億火の玉だ」乙長は丙長の手をはねのけて椅子から立ちあがり、腰に吊るしていた毒塗りサーベルを抜きはなち、振りまわしはじめた。「突貫突貫。第四丁隊前進」

丙長は通信機の前のコントロール・パネルに突っ伏してわあわあ泣いた。

「こうなりゃ、おらも死んじまってやるだ」ズンドローの破れかぶれの泣き声が、室内にがんがんとこだましていた。「おらも討って出てやるだぞ。そして死んでやるだ。もう生きていたくねえだ」

「そうだ。その意気だ。戦え。戦え」興奮の絶頂に達した乙長は、サーベルで室内のものを片っ端から叩き壊し、切りまくった。時どき自分から激しく壁にぶつかっては一時的に失神して床にぶっ倒れ、すぐまたとび起きてあばれまわった。

「やめてください。乙長殿」丙長は泣きながら乙長にとびつき、彼とともにフロアーに倒れた。乙長をしっかり押えつけたまま、丙長は声高く泣き続けた。乙長も涙をいっぱい顔中に光らせ、わめき続けた。

「くそ。悪魔めが。おらが叩き殺してやるだ。そのためにおらが殺されたって、もうちっとも構うことはねえだ」完全に破壊されたトーチカの廃墟から、ズンドローは鉄ボタンつき棍棒をふりあげて立ちあがった。彼は残り少ない敵兵の中へ、わめきながらとび込んでいった。生き残りの共和国軍兵士はすでに数人で、いずれも負傷し、もう完全に戦意を失ってしまっていた。ズンドローがやけくそで駈けこんでくるのを見て彼らは逃げ始めた。だがズンドローはわあわあ泣き叫びながら、悲鳴をあげて逃げまわる彼らの一人ひとりに追いすがり、片っ端から頭を叩き割った。「この悪魔め。この悪魔め。よくもマケラのだんなを殺しやがっただな」彼の宇宙帽の中は涙でびしょびしょだった。「お前らみてえな悪魔は死んじまった方がええだ」

敵兵の最後のひとりを撲殺してしまってからもズンドローは、さらに鉄ボタンつき棍棒を虚空にふりまわし、力まかせに血まみれの大地へ叩きつけ、半壊した大砲をぶち壊した。棍棒が折れてしまうとズンドローは地べたにべったりと尻を据え、気が狂ったようにいつまでも泣き続けた。ヘルメットを叩き割られて息絶えているひとりの老いた工兵が、自分の眼の前の地上に倒れ伏しているのを見たズンドローは、彼に向かって涙ながらに語りかけた。「すまねえだ。すまなかっただ。おら人殺しなんかしたくなかっただ。だけどおら、お前たちを人間じゃねえと思っただ。だのに殺しちまった。おら、人殺しだ。人殺しなんかできる人間じゃねえ。悪魔に違えねえと思っただよ。だからお前たちを殺しちまっただ」ズンドローはその死体にとりすがり、わあわあ泣いた。「いったいぜんたい、なんでこんなことになっただ。お前だって郷里でははええ爺さんだったに違えねえだ。女房も子供もいたに違えねえだ。なのにおら、殺しちまっただ。たとえおらが殺されても、おら、お前たちを殺しちゃいけなかっただ。おら、気が狂っていただ。だからお前たちを殺さずにはいられなかっただよ。他の奴もみんな、ええ人間だったに違えねえだ。殺されなきゃならねえような悪い奴は、ひとりもいなかったに違えねえだ。だのに、みんな死んじまっただ。みんな死んじまっただ」彼は泣き続けた。

見渡す限りの白い平地は鮮血でまだらに彩(いろど)られ、そこには百以上の死体が声なく転がっていた。その中にただひとり虚空の闇に吠え続けるズンドローを、無表情なふたつの惑星がまたたきもせずに静かに凝視していた。

「たたかいは終ったのか」急にひっそりとしてしまった通信機のスピーカーに向かってぼんやりと突っ立ち、乙長は首を傾げてゆっくりと丙長に訊ねた。

「そのようです」丙長も涙に濡れた顔をあげてスピーカーを見つめながら答えた。

「しかし、ズンドローは生きている。あいつの泣き声がまだかすかに聞こえます。あいつはマイクを宇宙帽に接続している筈だ。だからまだ聞こえるんだ」

「生存者はいるのか」乙長は大声で訊ねた。

「います。ひとりいます」と、丙長は答えた。「ズンドローは、まだ生きている」

「では行かねばならん」乙長がまたわめき始めた。「戦いのあった場所へ視察に行かねばならん。生存者の点呼をとる。出発だ。出発だ」

「よろしい」丙長は決然と立ちあがった。「行きましょう。私も皆の最後の様子を知りたい。ズンドローも連れて帰らなければならない。この船には四人乗りの木造宇宙艇があった筈だ」それからあとは、自分に納得させるように呟いた。「黙って出かけよう。あとで視察に行ったと言えば文句はない筈だ。たった二人なんだからな」

十分ほどののち、航行を続ける円盤型宇宙船の基部発射管から、小さな木造宇宙艇が一隻、ＢＵ－２めがけて発進したことを、第二甲隊の連中は誰も知らなかった。

第四乙長と第二丙長が宇宙装備に身を固めてＢＵ－２の心臓の入江に降り立ったのは、それからさらに二時間ののち――Ｉ作戦当日の正午まではあと三十分という時刻だった。廃墟の中を虚脱したような表情でふらふらとさまよい歩いているズンドローを、丙長はすぐ発見した。

「ズンドロー」丙長は彼に近づきながら声をかけた。「迎えにきたぞ」

「丙長殿」ズンドローはじっと丙長の顔を見つめた。彼の顔が泣き出しそうに歪んだ。

「どうして救援部隊を寄越してくださらなかっただね」

「すまん」丙長は深く頭を垂れた。「甲長殿が許してくれなかったのだ。おれは何度も何度も進言した。しかし、どうしても」

乙長が横から口を出してズンドローに訊ねた。「敵は全滅したか」

「しましただ」

「そしてお前は、生き残ったのか」

「そうです」

「では、わが軍の勝利だ」乙長は胸をはり、大声でいった。「国家軍の大勝利だ」

ズンドローは吐き捨てるように言った。「おらひとりが生き残ったって、ちっとも勝ったことにはならねえ」

「だまれだまれ」乙長は怒鳴り始めた。「わが軍は勝ったのである。勝ったのである。卑民の貴様なんかに何がわかる。おお。国家軍勝った国家軍勝った敵負けた。バンザーイ。バンザーイ」彼は山麓の高みから一面死体に覆われた入江に向かって双手（もろて）をあげ、何度も万歳を唱えた。「無敵の国家軍バンザーイ」

ズンドローと丙長は顔をしかめ、あわててヘルメットのスピーカーの音量を下げた。

「大きな声を出さないでください」

乙長はおかまいなしに、二人を振り返って言った。「よし、これより勝鬨（かちどき）をあげる」

「もう、いいでしょう」

「いいことはない。やるのだ。やるのだ。よし。お前らがやらんのならわしひとりでやる。えい、えい、おう。えい、えい、おう」彼は入江に向かって拳固を振りあげた。それからまた振り返った。「丙長。生存者の点呼をとれ」

丙長はあきれていった。「点呼をとらなくても、生存者はこのズンドローひとりだということは、わかりきっています」

「いかんいかん」乙長は地だんだを踏んで怒鳴りちらした。「戦いのあとで点呼をとるのは軍の規則だ。点呼だ。点呼だ」

「では、とりましょう」丙長はしかたなしに手帳をとり出し、ズンドローと向きあって立った。丙長のななめうしろには、胸をそらせた乙長がふんぞり返った。

丙長は名簿を読みはじめた。「国家軍第二甲隊第四乙隊二丙隊四丁隊長マケラ」

「死にましただ」ズンドローが答えた。「あのだんなは最後まで戦っただ。部下たちが次つぎに死んで行くのを見ておいおい泣きながら、勇敢に最後まで戦っただ」彼の眼に涙があふれた。

「余計なことは言わなくていい」丙長は咽喉をつまらせながらそういった。「ただ、戦死とだけ言えばいいのだ」

「ただ戦死とだけ言えばいい」乙長が頷きながらそう繰り返した。

丙長はまた名簿を読んだ。「同丁隊兵ドブサラダ」

「戦死ですだ」ズンドローはしゃくりあげながら答えた。「あのだんなはミサイルを持って、自分から敵の中へとびこんでいっただ。あの人はまったく、戦いの神様みてえな人だっただよ。あのだんなも、死んじまったんだ」ズンドローはおいおい泣いた。

「もう、いないんだ」

「同丁隊兵ミシミシ」丙長は宇宙帽の中に流れる涙を拭うこともできず、嗚咽をこらえながら読んだ。

「ミシミシのだんなも死んじまっただ。死んじまっただ」ズンドローは胸の底からしぼり出すような声で叫んだ。激してくる感情を押えようともせず、彼は語った。「あんな勇敢なだんなは他にはいねえだよ。あのだんなはたったひとりで、敵の宇宙船をぜんぶ爆破しただ。それから砂上車に乗ったまま敵兵の中へ、だんびら振っておどり込んだだ」ズンドローはわあわあ泣きながら、だんびらを振る恰好で宙に手を振りまわし、あたりをあばれまわった。「あのだんなは弾丸で胸を穴だらけにされてからも、まだ戦っていただ。それから最後に、地べたへ倒れただ」ズンドローは自分のからだを地面に叩きつけ、そのまま気が狂ったように泣き叫び続けた。

丙長も声をあげて泣いていた。その背後にぼんやりと突っ立ち、茫然と正面を見つめている狂った乙長のうつろな眼からも、涙がひと筋流れ始めていた。

「同丁隊兵ワフー」

「死んじまっただ。みんな死んじまっただよ」ズンドローは地べたへ仰向けに倒れたまま、駄々っ子のように四肢をばたばたさせて泣きわめき続けた。「あのだんなは、敵のサイコラマにひっかかっただ。それで棍棒をふりかざして敵兵のまん中へ突っこんで行って、兵隊を三人ばかり殺しただ。あのだんなは、待ち構えていた敵兵のために、からだ中穴だらけにされて死んじまっただよ」ズンドローは今にも血を吐くかと思えるような声で泣きながら、あたりの地面の土を両手でつかみ、周囲に向かって投げつけた。「みんな死んじまっただ」

とめどなくあふれ出る涙のため、丙長はすでに名簿の字が読めなくなっていた。彼は手帳を閉じ、怒鳴るように言った。「同丁隊所属通信兵ズンドロー」

「生き残ったのはおらだけですだ。おらだけですだ」彼は地面をのたうちまわった。「どうしてこんなことになっただ。戦争なんていったい、誰が始めやがっただ。こんなもの、どこのどいつが始めやがっただ。どうして殺しあいなんか、やらなきゃならねえだ。気ちがいだ。みんな気ちがいだ」そのままズンドローは、いつまでも泣き続けた。

丙長もうなだれたまま、声をあげてむせび泣いた。

涙で顔をびしょびしょにした乙長だけが、馬鹿でかい声で叫び続けていた。「勲章だ。勲章だ。みんなに勲章をやれ。殊勲甲である。勲章をばらまけ。凱旋だ。パレードだ。戦勝祝賀会である。チョウチン行列だ。戦死者はすべて軍神である。お祭りだ」

その時、しゃくりあげていたズンドローの耳へ、ヘルメットのスピーカーから、かすかに彼の名を呼ぶ声が聞こえてきた。ズンドローは顔をあげ、その声に心を集中した。

丙長のヘルメットにもその声は響いたらしく、彼はズンドローの顔を見つめていった。「今の声はマケラではなかったか」

「だんなだ」ズンドローの顔に喜びの色が漲った。彼はその場にとびあがり、嘗てはB-17号トーチカであった鉄屑と土砂の堆積に、息せき切って駆けつけた。

丙長もそのあとを追った。ふたりは激しい息づかいのまま鉄材を持ちあげ土砂を掘り起した。完全に土に埋まっていたマケラの身体を救い出し、ふたりはしっかりと彼に抱きついた。だがマケラはふたりの手をゆっくりと払いのけ、よろよろと立ちあがった。そしてヘルメット越しに、冷たい眼で丙長の顔をのぞきこんだ。

「丙長殿」彼の声は顫えていた。「今、夢うつつで聞きました。甲長殿が救援部隊の出動を命令されなかったというのは本当でありますか」

「本当だ」丙長は眼のやり場に困り、俯いてしまった。

「そうですか」マケラは冷静にそう言って頷いた。「丙長殿。自分は軍隊を脱走します」

丙長はマケラの顔を永い間見つめた。それから、ゆっくりとかぶりを振った。「脱走は銃殺だぞ」

「どうせ、死んだ男です。軍も私を犠牲にするつもりだった」と、マケラは静かに言った。「私は部下を殺してしまった。戦争のためだったという言いわけはやめます。軍隊も、私を殺すつもりだった。殺人です。うまくは言えない。しかし、こんなことはもうやめさせなければいけない。戦争なんてものは、もうやめなければいかん――私ははっきりとそう感じました。しかし、こんなことをくり返していれば、いくら戦ったところで、いつまでたっても戦争は終らない」マケラはよろめく足を踏みしめ、背を伸ばしてゆっくりと言った。「私はどうすれば最小の犠牲で最も早くこんな戦争を終らせることができるか考えます。そして自分の考えに従って行動するつもりです。上官の命令ではなく自分の考えに従って」

丙長は返す言葉もなくまた俯いた。

「私は丙長殿、あなたと乙長からあの宇宙艇を奪います。そして脱走します」

「いいだろう」丙長は吐息をついた。「おれはお前が死んでいたと報告しよう」

「ありがとうございます」マケラは無表情にそう言って丙長に背を向け、ゆっくりと宇宙艇の方へ歩き出した。

茫然と彼を見送っていたズンドローが、あわてて彼を追いながら叫んだ。「だんな。おらも一緒につれていってくだせえ。お願えしますだ。マケラのだんな。おらも連れてって貰いてえだ」

しばらくためらっていた丙長も、やがて決然と頭をあげた。「ようし。おれも脱走してやれ」彼はくるりとまわれ右をし、山麓の乙長を見あげて敬礼した。「よう。頭のおかしい乙長さんよ。おれも脱走するぜ。わからず屋の甲長によろしくな」彼はマケラたちを追って駈け出した。「待ってくれ。マケラ。おれも行くぞ」

あとに残ったのは、宇宙艇の方に向かって駈けて行く部下たちを見おろしながら、破れかぶれで号令をかけ続けている乙長だけだった。「気をつけえ。止れ。全隊止れ。

まわれ右。まわれ右。戻れ戻らんか。帰ってこい。お前たちには勲章をやる。いくらでもやるぞ。だから戻ってこい。命令だ。気をつけえ。返せもどせ」

その時、ついに正午がやって来た。

片方の装置が破壊されてしまったため、そのちょうど裏側にあたるホロホロ裂孔（キャズム）の中に仕掛けられていたもうひとつの装置は単独で作動した。重力切断ビームは装置から百三十六方に向けて放射され、内部に向かったものはＢＵ－２の内核にまで達した。それらは半球内のすべての引力と遠心力の均衡を破ってＢＵ－２の内部をずたずたに切り刻んだ。大地ははげしく震動して裂け、山は崩れ、地表の亀裂は拡がり、砂や岩石が宇宙に飛び去った。ついにＢＵ－２全体が、それぞれが数百トンから大は数億トンもある幾万幾億の微塵粒子に分裂した。二個の装置の連動ではなかったため、ＢＵ－２は辛うじて爆発を免れ、それらの微塵粒子がさらに四方八方へとび散るということはなかった。彼らは互いの引力によってそれぞれの間にある距離の間隔を保ち宇宙を漂い始めた。いずれ、数万年数億年のちには彼らは彼らの軌道いっぱいに拡がり、やがてはブシュバリクを金の環となって取り巻くことになるに違いなかったが、今のところ彼らを遠くから眺めただけでは、ただ単に、奇妙な具合にいびつになった光の弱い月というだけに過ぎなかった。

熟し切った果物のように膨れあがり、何かのはずみで突起したり窪んだりして始終不気味にその形を変えながら、のちにブシュバリクの人間たちから『ぶよぶよの月』と呼ばれるようになった悪夢の如きBU－2が、静かにブシュバリクをめぐり始めた。

15　雪の夕暮れ　戦争婆さんは老いた農婦の歌を聞く

戦いは、さらに五年続いた。

その冬、ビシュバリクのシハード附近には、珍らしく雪が降った。四日間降り続けた粉雪は夜ごと野につもり森を覆った。シハードの町は雪一色に埋まり、周囲の農村では畠と道との区別がつかなくなった。

荒れはてた大きな農家が、シハードから数十キロ離れた街道近くの銀の平野の中に、数本のグプタの傍らでうずくまっていた。日が暮れ、空が濃紫色になりはじめたころ、荷車を曳いて、戦争婆さんと四男ユタンタンが、その農家の傍を通りかかった。戦争に徴用されたため、車を曳かせるブチャランは、滅多なことでは手に入らなくなっていた。荷車は婆さんが曳き、ユタンタンがあとを押した。雪に車輪をとられ、車はなかなか進まなかった。

農家の窓の下までやってきたとき、婆さんは家の中からかすかに聞こえてくる歌声に耳を立て、車を曳く手を休めた。ユタンタンも押すのをやめた。ふたりはその場に佇んだまま、凍えた手に息を吐きかけながら、その老いた農婦の歌にじっと耳を傾けた。

雪はまだ降り続けていた。

〽此処はわがいぶせき棲家
日の沈む玻璃窓のあなた
グプタの葉雪に隠れり
今し世は冬の時なり

幼き日かつての冬に
わが父は黒渦なす争い
荒れ狂う戦波の彼方に
去り行きて帰り来らず
幾たびの冬来れども
わが父は帰り来らず
幾たびか幼きわれは
ただひとり冬を過しぬ

恐ろしき夜の静謐を
幼き日ひとり過しぬ

わが若く美しき冬
わが若きやさしき夫を
戦いは連れ去り行きぬ
あまたたび冬迎えれど
わが夫帰り来らず
何とせん汝が思い出
何処にやいとしき人よ
何処にて汝れはやすらう
われ言わん汝れのためには
もはや春ふたたび戻らじ

去年の冬わがいとし子は
戦いに出で去り行きぬ
むなしくも勝利を夢み

まぼろしの栄えをえがき
われを捨て出で去り行きぬ
何処にや愛児(まなご)の瞳
荒野にかまた谿間(たにま)にか
百千度(ももちたび)われは嘆きぬ
今はただ涙も涸(か)れて
夕闇に思い出算(かぞ)う
烏羽玉(うばたま)の夜の柔毛(にこげ)も
今ははやなかばは枯れて
ここにしてわれいたずらに
年すごしむなしく老いぬ

此処はわがいぶせき棲家
日の沈む玻璃窓のあなた
グプタの葉雪に隠れり
今し世は冬の時なり

歌は終り、婆さんとユタンタンはふたたび車を曳いて、雪の上に四本の轍(わだち)を残し、農家の庭を去って行った。

16　トンビナイでは戦争成金たちが夜ごと大宴会を開いていた

「もっと上等の酒を持ってこい」ヤムはひと口舐めただけの酒をグラスごとボーイに投げつけて罵った。「こんな酒が飲めるか。おれさまは今夜の主賓だぞ。他のがちゃ蠅の客とは差別しろ」

　酒の飛沫が、向かい側の席にいる小ユロの眼にとんだ。彼はナプキンで蒼い顔を拭いながらヤムにいった。「社長。あんまり大きな声を出さないでください。最近また心臓の調子が悪くて」

「気のせいだろう。気にするな。お前はだいたい薬の飲み過ぎだ。医者にかかりすぎだ。あんなことをしていたら健康体であろうと病弱になる」

「いや、本当に悪いんです」彼はまたいつものように、熱心に自分の病状をくわしく話し始めた。「小さい時から親父に怒鳴られ続けだった。それで心臓が悪くなった。やっと親父が死んだと思ったら今度はあなたがやたらに大きな声を出す。これじゃ寿命が縮まってしまう」

ヤムは薄笑いをし、豪華な広いクラブの宴会場に集まった千人足らずの客たちを一段高い席から見まわしながら言った。「お前は小さい時から親父を頼りにする癖がついていた。だから親父が死んでからは頼りにするものがなくなってしまった。そこで薬や医者を頼りにするようになった。自分が責任ある立場に向かないと思って、おれをユロ貿易の社長にまつりあげ、父親代理としておれを頼りにするようになった。違うかね」

楽団演奏が始まった。最近トンビナイで流行している『もうひとつの国』という曲だった。節足動物のように痩せた歌姫が登壇し、声量のない声で歌い始めた。

クラブの支配人が、でぶでぶに肥満した全身まっ黒な男をつれてきてヤムに紹介した。「社長、ご紹介いたします。この方は最近シハードから来られた詩人で作曲家のシロムイ氏でございます」

「ああ。この曲の作者だな」ヤムはシロムイを自分のテーブルに着かせ、酒を注いでやりながら訊ねた。「シハードの様子はどうかね」

「あっちはもう駄目でございます」シロムイは肩をすくめた。「たび重なる宙爆(ちゅうばく)で、町はもう滅茶苦茶でございましてな、音楽堂、劇場、ぜんぶ壊れてしまいました。私どもも芸術家は、とてもあのようなところでは自己の才能を伸ばすことはできません」

「皇帝はどうしている。あの肺病のハンハン三世はまだ生きているのか」

「宮殿を逃がれ、郊外の森の中の秘密の軍事基地にいるそうです。政府はそこへ移ったようでしてな、大臣や将校も大半はそこに居ります。とてもとてもあのような生活は、われわれ芸術家にはできません」

「たしかにあんたは一級の芸術家だ」ヤムは頷いた。「詩人としては超一流だな。最近のあんたの『もうひとつの国』をはじめ、他の詩もみんなすごくいい。ただ、はっきり言わせてもらうが、作曲家としては三流以下だぞ。節まわしが低俗だ。あれではせっかくの詩もぶち壊しだ」

シロムイは不機嫌そうに酒を呷った。「反戦的だから感心しないという批判なら、ちょいちょい聞きますが」シロムイはヤムの批評能力を疑うような目つきと口調で答えた。「しかし曲が悪いという批評は初めてです」

「そいつは音楽批評家の耳がどうかしてるんだな」ヤムは柔らかく訊ねた。「おれの鑑賞力を疑うのかね」

「いえ、そういうわけでもないのですが」シロムイはあわてて話題を変えた。「ところで、この町も見かけほど安穏ではなさそうですな」

「どうしてかね」

「四年前からだんだん大組織になってきた例の農民解放軍が、この町の近くまでやって来ているそうじゃありませんか。この町は大丈夫なんですか」

「農民に何ができる」ヤムは苦笑した。「この町は共和国軍の総司令部のある、いわば根拠地だぞ。それに、あまりあてにならんがコウン・ビの軍事顧問団の参謀本部だってあるんだ」

「しかし、ほとんどの軍隊はビシュバリクやブシュバリクのあちこちに進撃しているじゃありませんか。しかも農民解放軍の指導者は『片腕の牽引車』と渾名されている、統率力があってすごく頭のきれる男だというじゃありませんか。町の噂ですが、奴らはこの町の警備が手薄なのをさいわい、一挙に攻め入ってくるつもりだということですよ」

「まさか」ヤムはシロムイの臆病さを笑うように彼を横眼で見た。「農民軍などというものは魯鈍者の集団だ。戦争なんてできるものか。見当はずれのことばかりし出かすに決まっている」

　ケラがネクジラといっしょにバルコニーへ出て行ったのを眼の隅で捕えたヤムは、ゆっくりと立ちあがり、すれ違う人間たちの挨拶へ鷹揚に目礼を返しながら、別のドアからバルコニーへ出た。手摺りに凭れて話しているケラとネクジラの傍へ行き、ヤムは声をかけた。

「やあ。ケラ。元気かい」彼はネクジラを無視してケラに話しかけた。「あんたに話がある」

「あら。何かしら」ケラはネクジラを振り返っていった。「あなたはちょっと部屋の中へ入っていて頂戴」

ネクジラは憤然としてヤムを睨みつけた。「おれは亭主だぞ」

「そんなことはわかっている」と、ヤムはいった。「それがどうかしたかね」

ケラが冷笑して、面倒臭そうにネクジラに言った。「あんたが行かないなら、わたしたちが部屋へ入るわ」

「亭主を無視するというのなら、おれが部屋の中へ入ってやる」

「無視したくても、どうせうるさくつきまとうんじゃないの」

「それが妻の言いぐさか」

「わたしの言いぐさよ」

「おれはとんでもない女と結婚した」彼は肩をすくめて宴会場へ入って行った。

ネクジラが去ると、ケラはヤムに身をすり寄せてきた。

「ネクジラが窓越しに、こっちを見てるぞ」

「いいのよ」

「何か飲むだろう。給仕に言おう」

「こんなところへ、給仕は来ないわ」

「なあに来るさ。おれが呼べばな」

ヤムがひと声給仕を呼ぶと、どこに身をひそめていたのか給仕が三人、三方からぶつかりそうな勢いで駈けつけてきた。

「上等の酒だ」

「かしこまりました」

十秒とたたないうちに、ヤムとケラはグラスを手にしていた。

「たいした大物になってしまったのね」と、ケラがいった。「みんな、びくびくしてるじゃないの」

「おれにはもともと大物とか、権力者とか、独裁者とか、まあそういったようなものになる素質があった」ヤムは胸をはって答えた。「金を握らない限り、おれはその能力を発揮できなかっただろう」

「うまくやったわね、不正確な情報をひとつ、この町へ持ち込んで来たというだけで。あの月を見るたびに、あなたを思いだすわ」ケラは、庭のくろぐろとした植込みの上空に、いびつな恰好でぶらさがっているＢＵ－２を顎で指していった。「あの月があんなになったのも、あなたの情報が不正確だったからよ」

「あれはおれのせいじゃない」と、ヤムは言った。「あれはおれに情報を呉れた奴が悪い。半分喋って死にやがった」

「いやな感じだわ。あの月」ケラは飲み残した酒をＢＵ－２の方へぶっかけた。「ただれたみたいな色をしていて、ぶよぶよで」

「あれはもう月じゃない」と、ヤムはいった。「あれはもう、ただの岩石の集まりだ。しかし、不正確にしろ何にしろ、おれがその情報をこの町へ届けない限り、この町はその岩石のために無茶苦茶になるところだったんだぜ」

「みんなあれが、もうすぐ熟し切って落ちてくるんだって噂してるわ。月の巨大な腐(ふ)爛(らん)死体がどすんぺしゃりと落ちてくるんだって言って怖がってるわ。それはサチャ・ビ族が無茶な戦争を起したからその罰なんだっていって騒いでいるわ。あのぶよぶよの月のために、ブシュバリク全体で三万人以上の気ちがいが出たそうよ。そこへもってきて『もうひとつの国』なんて歌が流行(はや)り出して、トンビナイ全体が反戦ムードであふれ返っているわ。おかしいわね。戦争でいちばん儲けているのはトンビナイの人たちなのに」

「おれの感じたところでは」と、ヤムは喋りはじめた。「この町の上流階級の人間たちは、あまりにも豊かなために利害得失を考えないようになってしまっている。ちょっとしたムードだけで、自分の利益に反するようなことでも簡単に賛成してしまうんだ。今まではそれでもよかった。大金持ちなんだから、ちょっとぐらいの損でも直接飢えや寒さを味わうことはまあない。ところが反戦ムードだけは別だ。これはコロコロだとか熱病だとかのようにすごい早さで蔓延(まんえん)する。つまりどこまでも拡がっていく。

権力で押えつけない限りな。しかもこのムードは金持ちにとって致命的なムードだ。何とかしなきゃいかん」

「話があるって何のこと」ケラがヤムの話を遮って訊ねた。

ヤムは思い出してケラに向き直った。「ケラ。ムクムクは元気か」

「ええ、あの子は元気よ。生まれてから半年、まだ病気になったことがないわ」ケラは、どうしてそんなことを訊くのかと問い返したそうな顔つきでヤムを眺めた。

「去年の冬、ネクジラは軍隊をつれてジャナメージャヤへ進撃していた筈だったな」と、ヤムは言った。「それなのにムクムクは夏に生まれた」

「出産が、予定より遅れたのよ」と、ケラが弁解した。

「いいや」ヤムはかぶりを振った。「産婆に訊いたところによると、ムクムクは予定より早く生まれたそうだ」

ケラは舌打ちした。「いやな奴ねあの産婆。よけいなことを喋って」突っかかるように、ケラはヤムに向き直った。「どうしてそんなことを訊くの」

「ケラ」ヤムはケラの両肩を摑んで自分の方へ引き寄せた。「ムクムクはおれの子供だ。な、そうだろ」

「違います」ケラはあわててヤムから身を離そうと藻掻（もが）いた。「離して。ネクジラが見てるわよ」

「かまうものか」ヤムは尚(なお)もケラを抱きすくめようとした。「教えてくれ。ムクムクはおれの子供だ。そうだろ。いやそうに違いない」

「違いますったら」ケラの眼から涙がこぼれ落ちた。

「泣いてるのか」ヤムは唖然としてケラの身体を離した。「君が泣くなんて珍らしいことだ。何を泣くのだ」

「何でもないわ」ケラは詰(なじ)るようにヤムに言った。「あなたの方こそ、そんなことを気にするなんて、あなたらしくないわ。あなたも早く結婚しなきゃいけないわ。結婚すれば、そんなことを忘れられるわ」ケラはバルコニーから庭へ降りて行こうとしている若い二人づれを顎で指した。

「あの娘はどうなの。あの娘はあなたが好きなのよ」

ヤムはかぶりを振った。「いや。あれは膣閉塞(ちつへいそく)だった。そんなことはどうでもいい。ムクムクはおれの子供だろ。そうだろ」

「わたし、部屋へ戻るわ」

行きかけるケラに、ヤムは追いすがった。「あの子はおれに似ている。あれはおれの子だ。そうだろう。そうに違いない。あれはおれの子だ。おれの子だ」

「違うったら」ケラは豪華な衣裳の裾をひるがえして、人混みの中へ入って行った。あとを追って部屋に入ったヤムは、たちまちクラブの支配人に捕まってしまった。

「ヤム様。お眼にかかりたいという方がお見えでございます」

ヤムはケラを追うのをあきらめて、支配人に向き直った。「何者だ」

「地球人(コウン・ビ)だと」

「コウン・ビの将校様でございます」

ヤムは自分の席に戻った。そこには顔だけがサンシタジャータカという魚によく似た軍服姿の地球人(コウン・ビ)がいた。彼は立ちあがり、彼らの特徴である抑揚の少ない、テンポののろい、リズム感に乏しい喋り方でヤムに挨拶した。

「軍事顧問団のジョー・J・ジョーダン少佐です」

「ヤムだ。あんたが腰かけていたのはおれの椅子だよ」ヤムは投げつけるように言って、自分用の凭れの高い頑丈な椅子を取り戻した。

「非常に困っています」彼はがたがたの小さな補助椅子に掛け、ヤムに訴え始めた。

「どうして共和国軍の将校たちは、私たち地球の顧問団の将校をあのようにないがしろにするのでしょうか。これでは私たちは事実上、何の権限も持たされていないのと同じです。兵士たちに命令する権利もなければ、作戦を決定したり指揮したりする権利もないのです。それを知っているものだから、最近では兵士たちまで私たちを馬鹿にしています。教練の時でさえそうなのです。何を言っても知らん顔で、時には冷笑したりせせら笑ったり、てんで言うことをきこうとしないのです。おまけに、共和国軍の将校の無茶苦茶な作戦の犠牲になって損害を受けたり戦死したり負傷したりするのは、必ず私たち地球人なのです。これでは私たちは何のために従軍しているかわかりません。私たちの損害があまりに大きいので、地球本土では躍起となってますます大量の兵器や人員をブシュバリクへ投入していますが、これではいくら援助したって同じことではありませんか。今、私たちは自分の任務に大いに疑問を抱いています。戦意も闘志もなくなってしまっています。私たちはどうしたらいいのでしょう。教えてください。あなたはこの町の実力者です。と、言うことはつまり、共和国政府に対しても発言力をお持ちの筈です。どうにかして下さい」

「どうにかしろったって、どうすりゃいいんだい」ヤムは困って訊ね返した。「まあ、一杯飲みなさい」

ジョーダン少佐は自棄(やけ)たように、ヤムが注いでやった酒をひと息に飲み乾していった。「われわれにもっと大きな権限をあたえるよう、政府にそういってほしいのです」

「それはむずかしいな」と、ヤムはいった。「今以上に、ますます命令系統の混乱が起るだけだろう。それに第一、あんたたちとわれわれサチャ・ビ族とでは戦いかたが全然ちがう。風俗習慣地理気候すべて大きく違っている上に、国家軍や農民解放軍は農村にぴったりと密着しているんだ。やはりあんたたちは、こと作戦に関しては共和国軍に任せておいた方がいいのじゃないか」

「ああ。あなたも共和国軍の将校たちと同じことを言う」少し酔ってきたらしいジョーダン少佐はぺしゃんこの頬に涙を伝わせながら愚痴をこぼし始めた。「あなたまでがそんなことを言う。われわれがいかにあなたたち貿易商の便宜をはかり、親身になって援助してきたかをお忘れなのですか。そのことを考えたら、私たちにちょっとくらいの権力は持たせて下さってもいい筈ではありませんか。地球のブシュバリクに対する本年度の援助総額はいくらになると思います」

「それを言うな」ヤムはきっとなってジョーダン少佐を睨みつけた。「サチャ・ビ族は恩を売られることを好まない。そんなことを言い出せば、この戦争のそもそもの原因だってコウン・ビがこの星雲内にやってきてわれわれと交渉を始めたことにまで遡（さかのぼ）らなくてはならなくなるぞ。また地球（コウン・ビ）も今までに充分儲けた筈だ。今だってこの戦争があるために地球（コウン・ビ）の軍需産業が繁栄しているんじゃないか。もし今この戦争が終ってしまえば、地球（コウン・ビ）の経済機構は混乱し、へたをすれば崩壊する。あんたたちがここへ派遣されて来ているのは、戦争を終らせないようにする為なんだ。あんたたちは地球（コウン・ビ）にとっても、言わば捨て駒なんだ。地球（コウン・ビ）にとってはあんたたちがばかすか戦死してくたばってくれた方がむしろありがたいんだ。そうすれば更に大量の武器や兵員を投入することができる。共和国政府に対してもますます貸しが増えるわけだし、戦争を拡大する口実にもなる。あんたたちの任務を教えてやろう。まず第一にあんたたちは、できるだけ大量の兵器を無駄に使い、さんざっぱらへまをやらかして多くの損害を出さなければいけない。サチャ・ビの兵器消費戦に加担して、これに拍車をかけなければいかん。第二に、あんたたちはできるだけ早く無駄な死にかたをしなけりゃいかん。あんたたちの言葉で『犬死に』という奴をだ。何故ならあとがつかえているからだ。地球(コウン・ビ)の人口はとうに百億を越し、地球(コウン・ビ)では遊び好きの若い奴らをもて余している。戦争で死ににくる人材にはこと欠かないわけだ」

「しかし地球同様、あなたたちだって儲けているじゃありませんか」ジョーダン少佐は躍起になり、まわらぬ舌で叫ぶように言った。「あなたたちは地球からの援助物資や資金をかすめ取って豪奢な生活をしている。このパーティだって地球からの金で賄(まかな)われている筈です」

「その通りだが、それがどうかしたか」ヤムは胸をそらせて訊ね返した。「われわれが地球(コウン・ビ)からの援助金でこうやって豪華な生活をしていることでさえ、戦争を永(なが)びかせる原因になっているのだから、地球政府(コウン・ビ)だって喜んでいる筈だぞ。まあ、その限りではわれわれも共犯者だが、これはまだ罪が軽い方なのだ。こいつを詳しく説明してやっても、あんたにわかるかどうかあやしいもんだがね」

「しかしわれわれ軍人としては、早く戦争が終ってほしい」ジョーダン少佐はかきくどくような調子で喋り出した。「地球には可愛い妻や子供が待っているのです。戦争が早く終ることを祈っているのは、わたしだけではありません。地球にいる多くの人たちも、こんな戦争は早くやめろ、馬の首星雲内の紛争はサチャ・ビ族自身にまかせるべきだ、地球人が他の宇宙の民族間のいさかいに首をつっこむことはないといって、デモを繰り返しています。みんな、あなたたちのことを親身になって心配しているのです」

「あやしいもんだな」と、ヤムはいった。「おれの聞いた話では、そんな運動をしているのは動物愛護協会の主婦連中だけだという話だぞ。おれたちがイヌに似ているからというだけの理由でな。くだらん話だ。イヌという言葉を聞くとむかむかする。あんたたちだって、首だけ地球人(コウン・ビ)で胴体は四つ足の獣を見たらどう思うかね。そんな動物は地球(コウン・ビ)にはいないのか」

「まあ、サルというのがややそれに近いが」そう言ってからジョーダン少佐は、眼の前に浮かんだサルの像を打ち消そうとするかのように激しくかぶりを振った。「そんなことはどうでもいいでしょう。わたしの言いたいことは」

「あら、イヌという動物なら、いちど飼ってみたいわ」いつの間にか小ユロの傍らの席に腰をおろしてヤムたちの話を聞いていた小ユロ夫人が、身をのり出し、聞く者をいらいらさせるような一種の高飛車な調子で口をはさんで来た。「とても可愛い、人なつっこい動物なんですってね」彼女は若い癖に、見るからに癇の強そうな欲求不満型の女性だった。

「サンシタジャータカという魚がいる」ヤムは小ユロ夫人を無視してジョーダン少佐にいった。「あの魚を見てあんたどう思う。いやな気がしないか。するだろう」

「サチャ・ビ族のことを考えているのは動物愛護協会だけじゃありません」ジョーダン少佐はますます焦(あせ)って、ヤムの言葉を打ち消すような素ぶりをした。「徴兵を忌避した若者だっていますし、戦争に反対する文化人の会議が何度も開かれ、ジャーナリズムもそれを大きくとりあげているのです」

「それだって結局ごく少数の人間のやったことだろう。会議にしたって評論家とかジャーナリストとか学者とか作家とか文化団体の代表だとか、選ばれた者しか出席することのできない会議なんだろう。そうに決まっている。地球(コウン・ビ)の大衆――つまり地球(コウン・ビ)人全体とはまったく関係のない運動なんだ。そうじゃないのかね。どこの民族だってそうだが、自分の夫や子供が戦死するとか何とか、自分が直接戦争の被害を蒙(こうむ)らない限り、とても戦争なんて問題をまともに考えようなどするもんじゃない。考えたとしてもみんな面白半分。こいつは断言できるよ。どいつもこいつも、みんな本質的には戦争が好きなのさ。いくら頭から出た言葉だけで平和平和と絶叫していたところで、いざ戦争があっちから鳴物入りでやってくれれば、それ行けてなもんで、みんな銃やだんびらをとって駈けつけるに決まってるんだ。生きものの歴史ってのはつまり闘争の歴史なので、戦争があるから歴史があるわけで、宇宙から生きものという生きものすべてが消え失せるか、全部戦争で死んじまわない限り戦争なんてなくならないのさ」

「ああらまあ。ひどく難しいお話だと思って伺っていましたら、戦争のお話でしたのね」小ユロ夫人は何とか話の中心になろうと焦りながら、甲高い声で割り込んできた。

「ねえあなた。あなたは戦争をどう思うの」彼女は無言の夫にいらいらしてきたらしく、わざと甘ったるい口調で隣席の小ユロに話しかけた。それはどうやら夫に喋る機会をあたえてやり彼を引き立たせてやろうとする意図から言ったのではなく、彼が喋るべき話題や内容を何ひとつ持ちあわせていないことをあばき出して嘲ってやろうとしているかのように見えた。

「戦争。戦争」小ユロは一同の顔をうつろな眼で見まわしながら呟くように言った。それから勢いこんで叫んだ。「戦争はいけない。戦争はやめるべきだ」

あきれはてたという顔つきで自分を眺めている一同をぐるりと見まわし、小ユロはあわてて顔を伏せ、蚊の鳴くような声でいった。「と、思う」

「あなたは馬鹿よ。底抜けの馬鹿だわ」嘲笑することも忘れ、小ユロ夫人は顔をまっ赤にして亭主を怒鳴りつけた。

「ほらみろ」と、ヤムがジョーダン少佐にいった。「これが一般大衆の意見さ。とにかく戦争と聞けば、いけないとか、やめるべきだとかいったことをただ鸚鵡返しに言う以外能がない。これじゃとても戦争がなくなるなんて筈がない」

「誰もわたしの言うことを聞こうとしないのです。あなたはわたしの言うことをちっとも聞いてくれない。兵士たちはわたしの命令に従わない」ジョーダン少佐はまためそめそ泣きだした。

コウン・ビ式ダンスを踊り狂っている着飾った男女の間を縫い、ケラが泡をくってヤムたちのいるテーブルへすっとんできた。「まあ、シロムイ先生。たしかにシロムイ先生ですのね」ケラは両手を胸の前で握りあわせ、女学生のようにはしゃいでシロムイに話しかけた。「お眼にかかれたわ。やっとお眼にかかれたんだわ。あこがれのシロムイ先生に。わたし先生のファンでしたのよずっと」

「それはどうも」シロムイは自分を手ばなしで賞讃する者がやっとあらわれたことで、あきらかに有頂天になったらしかった。「まあ、どうぞここへお掛けください」

結婚して以来ぐっと美しさの増したケラは、あでやかな物腰でシロムイのすすめる椅子に腰をおろした。「先生のお作りになる歌はすばらしいものばかりですわ。『もうひとつの国』を始めとしてどれもこれも」

シロムイは、ケラの美貌をはっきりと認めてさらに有頂天になり、彼女に身をすり寄せんばかりに椅子ごと近づいた。「いやあ、あれは、詩の方は反戦的だというので評判がよくありませんし」彼は横眼でじろりとヤムを見、聞こえよがしに言った。

「曲を低俗だという人もいます」

「まあ。そんな人きっと、何もわかっていませんのよ。わたしは絶対にそう思いませんわ」

ケラが力をこめてそう言ったのでヤムは苦笑した。

「でも、これだけは言えますわね」ケラもシロムイに身体を近づけ、声をひそめて言った。「先生のお作りになった歌をうたっている女たちは、みんなへたくそばかりですわ。みんな詩の魂というものを理解してないんですわ」

「ほう。するとあなたも歌をおうたいになる」

「ええ」

「いちど拝聴したいもんですな」

「まあ」彼女は身をくねらせた。「とても先生に聞いていただけるような声じゃありませんわ」

「そうかねえ。いつも自慢してるじゃないか」

ヤムが横からそう言うと、ケラはぱっと顔を赤らめた。

「ほう。自信もおありですか。ますます結構」

シロムイがそういって、舌なめずりしそうな様子でケラの身体を眺めまわした時、二人の親密さに嫉妬（しっと）したらしいネクジラがケラの傍へやってきた。「ケラ。踊ろう」

「わたしはもうくたくた」ケラはうるさそうにネクジラに向けて手首を振った。「あなたどうぞ誰か好きな人と踊ってらしていいの。わたしここで待ってるわ」

「じゃ、おれもここにいよう」ネクジラはちょっと自分の軍服をシロムイに見せつけるような素ぶりをしてからケラの傍にくっついて補助椅子に腰をおろした。ケラは露骨にいやな顔をして見せた。

「ここではゆっくりお話することもできませんな」シロムイは当てつけがましくそう言った。「いつか、二人だけでお眼にかかりたいものです」

「結構ですわ」ケラが浮きうきと答えた。

「明日はいかがでしょうか」と、シロムイがいった。「公演前に音楽堂の練習室ででも。あそこなら静かだし」

「おいおい」ネクジラはわざと大きく笑ってケラとシロムイを詰った。「亭主の眼の前で逢いびきの相談かい」

ケラは怒りを表にあらわすまいと努めながらネクジラにいった。「そんなに亭主風を吹かせないで」

「これは、ご主人でしたか」シロムイが鷹揚に目礼した。

ネクジラはまた立ちあがり、威圧的に答えた。「共和国軍参謀本部附き甲隊長ネクジラです」

「誰もわたしの話を聞いてくれない」ジョーダン少佐は泣き続けながらハンカチを出し、涙を拭った。

「あなただって、ヤム様と同じ大学出なのでしょう」小ユロ夫人はずっと亭主を罵り続けていた。「どうして皆さんと対等に、ああいった難しいお話をすることができないのよ。あなた、本当に、馬鹿なんじゃないの。意気地なし。しっかりしてよ」

「明日が楽しみですわ。わたしの歌を聞いていただけるなんて」と、ケラがいった。

「わたしも楽しみです」

「おいおい。傍に亭主がいるんだぞ」

「誰もわたしの言うことを聞いてはくれないよ」ジョーダン少佐は泣き続けた。

「あんたなんかと結婚するんじゃなかったわ。こんな馬鹿とは思わなかったわ」

ヤムが少々げっそりし始めた時、急にフロアーが騒がしくなり、二、三人の女たちの悲鳴が聞こえ、ひとりの兵士がヤムたちのテーブルへすっとんできた。

「甲隊長殿。すぐ参謀本部へお戻りください」

ネクジラは立ちあがった。「どうしたのだ」

「農民解放軍が町へ乱入してきました。奴らは数千人でふた手に分れ、一方はニモージロ大通りをカポンガ街に向かいながら途中の邸宅やビルに放火しています。もう一方はネイコアツ街道からボッコ一番町、カメロイド二番町、パキーネ三、四、五番町などを無茶苦茶に破壊して、ピーヤ街に向かっています。高級住宅に押し入って、男は見つけ次第惨殺、女は片っ端から強姦するなど乱暴の限りを尽しています」

ケラが悲鳴をあげ、小ユロ夫人がサイレンのような遠吠えとともに、ゆっくりと気を失った。華やかな大宴会はたちまち混乱の極に陥った。あまりにもだしぬけの兇変だった。

ネクジラはテーブルの上に登り、大声をはりあげた。「皆さん、お静まりください。落ちついて下さい。家へ帰ろうとしたり、このクラブの外へ出てはなりません。奴ら農民軍はこっちへ向かっている。奴らはこのクラブで今夜大宴会があることを知っているに違いありません。この町の名士すべてがここに集まっていることを知り、ここへ攻めてくるつもりなのです。しかし大丈夫。他の場所はどうあれこのクラブだけは、この町の共和国軍を動員して完全守備態勢につかせます。皆さんはここにいる限り安全なのです。ですから決して外に出ないように。わたしは一旦参謀本部に戻り、軍隊をつれてまたやってきます。皆さん、ここにいて下さい。家へ帰ろうなどとはしないように」ネクジラはテーブルからとびおり、ジョーダン少佐にあとを頼むと言い残して兵士をつれ走り去った。

ジョーダン少佐はぱっと晴れやかな顔つきになり、意気込んで腰から光線銃を抜き構えると、大声で全員に命令し始めた。「さあ。みんな部屋の中央へ集まれ」

「ムクムクが心配だ」ヤムは立ちあがり、ケラにいった。「おれはあんたの家へ行き、ムクムクをつれてくる」

「わたしも行くわ」と、ケラがいった。「あの宝石函だけは、どんなことがあっても取ってこなければ」

17　農民解放軍は暴徒と化しトンビナイに火を放った

　彼らの間で『片腕の牽引車』と呼ばれている指導者の指示通り、打ちあわせてあった時間きっかりに、二班に分かれた農民解放軍はトンビナイ市の西と東から一挙に市街地へ乱入した。商店街や住宅街へなだれ込んだ途端、そのほとんどが農民である兵士たちの規律はたちまち失われ、今や彼らはすでに単なる暴徒と化してしまっていた。各班とも指導者である班長の命令を無視し、大きな商店や豪華な邸宅と見かけては門を破壊して中に押し入り、掠奪、殺戮、放火、暴行を続けた。

　東側から攻めこんだ第一班の農民兵たちは、手に手に農具やだんびらを振りかざして高級住宅街に向かった。今や彼らの中でも最も兇暴な男が即ち指揮者ということになってしまっていた。そしてそれは第一班に於ては、『低能のボロアサビ』と呼ばれている野獣の如き嗜虐症の大男であった。

「男を見つけたら、ひとり残さず殺すだぞ」大槌を振りかざして大通りを駈けながら、ボロアサビは仲間の農民兵たちに叫んだ。「それも、ただ殺しちまっては面白くねえだ。できるだけ苦しむようにして殺してやるがええ。おらたちは今まで奴らの為に苦しんで苦しんで苦しみぬいてきた。今夜こそ奴らに、気のいくまでお返ししてやるだぞ」

通りに面した大邸宅のひとつが勢いよく燃えあがった。炎は夜空へ火の粉をまき散らしながら激しく踊り狂い、赤灰色の煙はもうもうとどこまでもふくれあがった。

「さあ。次はこの邸だ」ボロアサビは一団の先頭に立ち、木立の多い前庭を持つ大邸宅の門の鉄柵を大槌で殴りつけた。太い鉄バーの閂（かんぬき）がねじ曲がり、大きな錠前がはじけとんだ。門を押し開き、彼らは一団となって喚声をあげながらその邸――トンビナイ市長の私邸になだれこんだ。

市長はこの日、軽い風邪のため自宅で寝ていた。玄関のドアが破壊される大きな音であわてて起きあがった彼は、ロビーへ出た途端に農民兵たちに捕まり、床に押えつけられてしまった。

「耳をちょん切るだ。鼻を殺（そ）ぐがええ。眼ん玉をえぐり出してやれ」ボロアサビは農民兵たちにそう命じた。

もともと神経が図太い上、最近ではすっかり残虐行為に馴れきってしまっている荒くれ男揃いの農民兵たちは、悲鳴をあげ続ける市長の耳をたちまち鈍い刃物で切り落してしまった。隠れていた市長夫人が夫の悲鳴にたまり兼ねて、二人の娘とともに奥の部屋から駈け出てきた。泣きながら夫の命乞いをする夫人と、その若く美しい二人の娘を農民兵たちは、市長に見せつけるようにその眼の前で輪姦した。逃げ出そうとした下男や下女たちは片っ端から棍棒で撲殺された。市長はさらに鼻を殺ぎ落された。錆びついたなまくらのナイフで切られたため、市長の顔は血でまっ赤になり、周囲のフロアーには川の如く八方に向けて血が流れた。その血溜りの中へ、素裸にされ、ずだ袋のように投げ出された市長夫人と娘たちは、農民兵たちのふるうだんびらで身体中を滅多やたらと切り苛まれ、のたうちまわりながら息絶えた。眼球をえぐり出されて気を失っている市長の首を大槌でイチゴのように叩き潰したボロアサビは、奥の間に押し入った一団が金目のものを奪ってくるのを見届けてから邸に火をつけた。

同様の残虐行為は町のあちこち——下町や商店街を除く市内のいたる所で行われていた。彼ら農民軍が暴れ去ったあとの住宅街には必ず火事が起り、死体が転がり、その死体にとりすがって泣いている女子供の姿があった。車はひっくり返されて火をつけられ、街路樹の枝からは首にロープをかけられて吊るされた死体が鈴なりになって揺れていた。

まっさきに市の中心部へのりこんできたボロアサビの一団は大通りで、参謀本部へ行く途中のネクジラの乗った太陽光自動車がやってくるのを見つけ、車道にドラム罐を転がして通行を妨害し、停車させた。

「共和国軍の将校が乗ってるだぞ。殺せ」と、ボロアサビが叫んだ。

「引き返せ」車の中ではネクジラが、腰のブルハンハルドゥンナ短銃を抜いて窓越しに発射しながら叫んだ。

「引き返せません」運転台の兵士は悲鳴に近い声で叫び返した。「退路も絶たれた」

「ではお前も戦え」ネクジラは車に近づいてくる農民兵をひとりひとり狙い撃ちして燃えあがらせながら怒鳴った。「奴ら、飛び道具は持っていないらしいぞ。全部やっつけてしまえ」

「でも、数が多過ぎます」運転台の兵士も、光線銃を撃ちまくりながら言った。「奴らは暴徒という名の巨大な一匹の怪物です。ひとりずつ撃ち殺していたのでは埒があきません」

「ガソリンをぶっかけてやれ」と、ボロアサビが叫んだ。

農民兵たちは車道に転がったガソリン罐を斧で叩き割り、車に向けて転がし、さらに松明を投げつけた。車はたちまち威勢よく燃えあがり、中から火だるまになったネクジラと兵士が絶叫とともにとび出してきた。農民たちは喚声をあげて燃え続けるふたりを取り囲み、鋤、鍬、斧、棍棒などでさんざんに叩きつけ、殴りつけた。一団が去ったあとの車道には、もはや死体とも何とも見わけのつかない、ずたずたになった焼け残りの肉塊がふたつ転がっているだけだった。

二班に分れ、市内のあちこちをさんざん暴れまわった農民軍は、最後に貿易商クラブの豪華な建物の前へ集結した。頑丈な門が閉じられ、窓も締め切られていた。

「建物といっしょに焼き殺されたくなければ外へ出てこい」明りが消され、しんとしている建物に向かってボロアサビが叫んだ。ここでも彼は指揮者だった。「ひとりずつ出てこい。早く出てきた者は命を助けてやるだぞ。いくら中に閉じ籠(こも)っていても無駄だ。共和国軍の兵隊はいくら待っていても来やしねえだ。あいつらはまっ先に皆殺しにしてやっただからな」

　建物の中ではざわめきが起った。

「出ちゃいかん」ジョーダン少佐の怒鳴る声がした。

同時に門の傍のくぐり戸が開き、小ユロ夫人がよろめき出てきて泣き叫んだ。「助けて。命だけは助けてください。わたしは女です」

「女だとさ」農民兵たちはどっと笑った。

「助けてやる。こっちへ来い」ボロアサビがそう言った。

農民兵たちは小ユロ夫人を通らせるためにくぐり戸からボロアサビの前まで両側に分れて道を開いた。

　小ユロ夫人は左右から小突かれ、衣裳を引きむしられ、装身具をむしり取られてよろめき続けながら、やっとボロアサビの前までたどりつき、ほとんど下着だけになってしまった痩せた身を地面に投げ出して、わあわあ泣きわめきながら命乞いをした。「堪忍して頂戴。お願い。殺さないで。殺さないで。殺さないで。何でもします。何でもあげますから」

ボロアサビは彼女の上にぺっと唾を吐きかけてから言った。「お前は何者だ」

「小ユロ夫人です」

「ユロの一族か。それなら大声で怒鳴れ。そうすれば助けてやるだ」

「なんて言うんです。何でも言いますから命を助けて」

「あの建物に向かって、みんな出てこいと叫べ」

小ユロ夫人は建物に向かって叫んだ。「あなた。出てらっしゃい。命を助けてくれるわ。わたしは助かったわ」

彼女が叫び終るなりボロアサビの傍にいた農民兵が、柄の長い三つ叉（また）で彼女の顔を横から力まかせに刺し貫いた。尖鋭（せんえい）な刃先きは彼女の左の頰から右の頰へ突き抜けた。小ユロ夫人は眼をくわっと見ひらき、一瞬激しく痙攣してから、やがてぐったりとなった。

くぐり戸を開けて小ユロがおずおずと出てきた。彼は両側にずらりと並んだ農民兵たちの面構えの凄さに膝（ひざ）をがくがくと顫わせた。その様子の滑稽さに農民兵たちがまたどっと笑った。

「こっちへ来い」ボロアサビが牙を見せて笑いながら叫んだ。「ここまで歩いてこい」

小ユロは恐怖のために咽喉をぜいぜいいわせながら、ふらつく足を踏みしめて彼らの間を歩き出した。「苛めないでくれ」彼は両側から小突かれるたびに力なげな様子でよろめき、女のような軽い悲鳴をあげた。「わたしは心臓が悪いのだ。おどかさないでくれ。病気なんだ。ああ気分が悪い。目まいがするよ。そんなことをしないでくれ。心臓が止まってしまう」

だしぬけに片側の農民兵が、小ユロの鼻さきへだんびらをぐいと突き出した。

「ひい」小ユロは失禁して地べたに大しぶきをあげた。

農民兵たちは大声で笑いこけた。

「こいつに歌をうたわせてやる」ボロアサビが大槌をふりあげ、ゆっくりと小ユロへ近づいた。

「殺さないでください。殺さないでください」小ユロは地面にしゃがみこんでひいひい泣きながらボロアサビに合掌した。「わたしは死にたくない。死にたくない」

「そうら。唄い出した」また一同が笑った。

「殺されたくなかったら叫べ。みんなに出てこいと言え。そうすれば命だけは助かるとな」

「言います。言います」小ユロは建物に向かって叫んだ。「みんな。出て来なさい。

命は助かる。本当だ。わたしが言うのだから間違いはない」

「さて。本当に間違いがねえだかね」ボロアサビがにやにや笑いながら傍のひとりに眼くばせした。その農民兵はうなずいて、小ユロの眼の前へいきなり三つ叉を突き出した。その穂さきには頰を刺し貫かれた小ユロ夫人の死体がまだぶら下がっていた。

「わっ」小ユロは妻の死体を見て顔からすっと血の気を引かせ、地べたに這いつくばった。「あっ。あっ。心臓が。おれの心臓が止まった。たいへんだ心臓が。ああ。ああ。おれは死ぬ。おれは死ぬ。死んだ。もう死んだ。おれは死んだ」彼は自分の胸を抱きしめて金切り声をあげ、のたうちまわった。

「なんてなさけねえ男だ」さすがにボロアサビも顔をしかめた。「いや、こいつは男じゃねえ。こいつを見ていると、おら、胸がむかついてくるだ。ようし、みんな、こいつの皮を剝いじまえ」

小ユロはたちまち服をむしり取られ、仰向きに押えつけられた。胸から腹にかけてまっすぐ縦にナイフを入れられながら、彼は泣き続けた。「心臓が。心臓が」ばりばりと全身の毛皮を剝がれてしまい赤裸になってしまってからも彼はぴくぴくと痙攣し続け、か細い声で泣きながらまだしばらくは生きていた。

次にくぐり戸を開けて出てきたのは婚約者同士らしい若い男女だった。男は背が高くてがっちりした体格の好男子、娘は痩せぎすのあどけない美少女だった。

「いよう」農民兵たちが喜んで口笛を吹いた。

青年は娘をかばおうとするように彼女の前に立ち、大声を出した。「ぼくは殺されてもかまわない。だが、この娘だけは助けてやってくれ」

「いよう。威勢がいいな」

「千両役者」

「しっかりやんなよ、お兄さん」

「いいぞ男前」

農民兵たちは口ぐちにはやし立てた。

ボロアサビは憎々しげに口もとを歪めた。「ふん。よくぞ吐かしやがった。すぐにそんな大口を叩けねえようにしてしまってやるだぞ」彼は命令した。「野郎の方を押えこんじまえ」

数人の農民兵が青年に躍りかかり、暴れる彼の身体を押えつけて動けないようにした。

「ようし。誰でもいい。その娘を欲しい奴にくれてやるだ」女に飢えた男たちがわっとばかり娘に襲いかかった。彼女はたちまち薄いドレスをずたずたに引き裂かれ、下着をもぎ取られてしまった。

「助けて。助けて」彼女は泣き叫んだ。

「やめろ。やめてくれ。僕を殺してもいい。その娘にだけは手を出さないでくれ」青年もおいおい泣きながら、彼をしっかり押えつけている農民兵たちの頑丈な腕の下で身もだえ、叫び続けた。

　だが娘は婚約者の眼の前で男たちにかわるがわる、続けさまに犯された。彼女が失神してしまってからも数十人の男が次つぎに、彼女の痩せた白い腹の上に覆い被さっていった。

「ぼくを殺せ」青年は泣きわめいた。「早く殺してしまってくれ」

「まあ待て。そう、あわてるな」ボロアサビは小気味よげに言った。「いずれ殺してやるだから」

　気を失っている娘に水をぶっかけて息を吹き返させた農民兵たちは、改めて彼女を責め苛み始めた。娘は苦しみ抜いた末に息絶えた。

　恋人がなぶり殺しになる様子を永ながと眼の前に見せつけられた青年は、次第に死の恐怖に捕えられ出したらしく、姿なき死神が自分の方へ近づいてくるのを打ち消そうとするかのように激しくかぶりを振りはじめた。「いや。これは嘘だ。こんなことは嘘だ」

　ボロアサビが芝居気たっぷりに大槌を振りあげて青年に迫った。「さあ。次は貴様の番だ。望み通り殺してやるだぞ」

「死にたくない」青年はすすり泣いた。「ぼくは死にたくない」

「ほう。さっきはそうは言わなかったようだが」ボロアサビはとぼけた顔つきをして見せ、わざとらしく青年に訊ねた。「気が変ったたかね」

「そうだ。気が変ったのだ」と、青年は泣きながら言った。「あんなに苦しむのはいやだ。こんな風に醜く死体をさらすのはいやだ。恐ろしい。死ぬのは恐ろしい。死にたくない」

「ところが死ぬんだ」ボロアサビは無慈悲に青年の頭上へ大槌を振りおろした。

「やあ諸君。革命成功おめでとう」シロムイがくぐり戸を開け、腹をつき出して上機嫌で出てきた。彼は農民兵たちに向かって、よくやったというようににこやかに頷き(うなず)きながらいった。「わたしも嬉しい。わたしは諸君の味方なのだ」

　彼はまっすぐボロアサビの方へ近づいて行きながら、左右の農民兵を見まわし、その肩を叩いたりして調子よく言った。「わたしは、いつかはこんな日がやってくるに違いないと思っていた。おお、だが、ついに来たのだ。何という嬉しいことだ。君も知っているだろう」彼は傍らの農民兵のひとりに話しかけた。『わたしはあの『もうひとつの国』という歌を作ったシロムイなのだ」

「そんな歌、知るもんか」と農民兵が答えた。

　周囲の者がげらげら笑った。

「おやおや、知らないのか。それはそれは」シロムイもあたりを見まわしていっしょに笑った。「では教えてあげよう。それは平和を祈る歌なのだ。戦争に反対する歌なのだ。わたしは平和論者なのだよ。うん」背をそらせ、またうなずいた。

「いやな奴だ」

「そんなお上品な歌を、おれたちが知るもんけえ」

「そいつの腹を見ろ」と、ボロアサビが怒鳴った。「うまいもんをたらふく食っては ち切れそうに膨らんでるだ。そのどてっ腹に穴をあけてやれ」

「よしきた」周囲の者がシロムイの突き出た腹に横からサーベル、鎌、三つ叉、槍などを突き立てた。

「な、何をする。何をする」シロムイは突き刺された槍や三つ叉の長い柄をがらがらと地面にいっぱい引きずりながら、ボロアサビの方へよろよろと近づいた。「わたしは味方なのだ。君たち農民の味方なのだよ。君たちはよくやった。えらい。君たちは本当にえらい」

「死ぬ時ぐらい本音を吐いたらどうだ」ボロアサビはシロムイの腹から槍を引き抜いた。

酒樽の栓を抜いたように、その傷口からは血が迸り出た。ボロアサビはその槍をあらためてシロムイの胸に突き刺した。

シロムイは地べたに仰向きに倒れ、げぶげぶと血を吐きながら言った。「いつかはわかってもらえる時がくる。このわたしのことを、君たちにもわかってもらえる時が。そうだ。やがては君たちにもわかるだろう」

「まだ言うだか」ボロアサビは大槌でシロムイの頭を叩き潰した。

それからはもう誰も出てこなかった。建物の内部はふたたび静まり返った。ぴったりと閉ざされたクラブの門の方へそろそろと近づいて行ったふたりの農民兵が、ジョーダン少佐の光線銃で窓から狙撃され、胸から煙を噴きあげてのけぞり、入口に倒れ伏した。

「ようし。もう近づくな」ボロアサビがいった。「周囲から松明を投げつけろ。建物を燃やしてしまえ」

農民兵たちは手に手に松明を持って建物を取り囲んだ。半数は建物の裏の塀を乗り越えて中庭に入り、締め切られたヴェランダやバルコニーやポーチの鎧戸（よろいど）の前で待機した。やがて彼らはボロアサビの合図でいっせいに火を投げかけた。ごうごうと炎が吠え出し、建物の外壁を火焔（かえん）の舌さきが這い登って行き、夜空に火の粉が舞い始めた。ほんの数分で豪華なクラブの建物は燃えさかる炎に呑みこまれた。門や鎧戸がいっせいに内側から開き、吐き出される煙といっしょに中にいた数百人の人間が咳き込みむせ返りながら次つぎと走り出てきた。待ち構えていた農民兵たちが彼らを片っ端から斬り倒し、叩き伏せ、突き刺した。

のちにサチャ・ビ史上最大といわれることになった阿鼻叫喚（あびきょうかん）の大虐殺がここに展開された。血に飢えた農民たちのエネルギーはいかなる殺戮にも満足することなく、過去数百年、数世代にわたって彼らの中に積もり埋もれていた搾取階級への恨みは激しく燃えあがり、それはどのような残虐行為にも燃焼し切るということがなかった。煙と炎と鮮血の中に描き出されたその地獄の如き光景をはるか上から平然と眺めているのはただひとり、虚空にかかる歪んだ顔のBU－2であった。

下町の近くにあるネクジラの邸へ無蓋機械車をとばしたヤムとケラは、さいわいにも農民兵たちがやってくる以前にムクムクを救い出し宝石函を持ち出すことに成功した。だが、クラブの近くまで引き返してきた彼らの眼に映ったものは、夜空に飛ぶ火の粉と舞いおどる炎、そして果てしなく拡がって行く煙の渦だった。

「クラブが焼き打ちされた」驚いたヤムが運転席で叫んだ。「引き返そう。下町の方へ逃げるんだ」彼は後部座席でムクムクを抱いているケラに言った。「ケラ。君はその金ぴかのドレスをすぐ脱げ。百姓どもの眼につきやすいから」

「わたしに、こんな車の上で裸になれっていうの。無茶をいわないで」

無蓋機械車はたびたび農民兵たちに発見されて追われながら、そのたびに危うく逃げ切ってやがて下町の商店街に入った。

　このあたりの繁華街の狭い通りは、避難しようとする小商人たちの家族でごった返していた。荷車に家財道具や商品を積みあげてその上に子供を乗せ車道を逃げようとしている家族が多いため、機械車はたちまち動きがとれなくなってしまった。その上機械車や荷車の間には、山のように荷物を背負った人間が歩道からはみ出してぎっしりと詰っていた。ヤムは警笛を鳴らし続けたが利きめはなかった。行く先ざきのあちこちから火の手があがり、そのたびに動物的な悲鳴が周囲にわき起った。農民兵がいるという噂がとぶたびに群衆の流れはたゆたい、逆流し、とんでもない方へ向かったりした。群衆の中のどの顔も恐怖に眼を吊りあげ、早く逃げようとする焦りで口から泡を吹いていた。いつになれば町から抜け出すことができるのか予想もできない状態になり、ヤムは完全に立ち往生してしまった車の上でただわめき散らすだけだった。

「そこをおどき。商人ども」とうとうしびれを切らせたケラがムクムクをシートに置いて立ちあがり、怒鳴りはじめた。「おどき。わたしを通しなさい。わたしはユロの娘なのよ。あっちへ行きなさいったら。この下司ども」彼女は傘をとって周囲の人間たちを殴打しはじめた。「おどきったら。この虫けら」

　気が立っているあたりの群衆は、このケラの行為と手前勝手な雑言に腹を立てはじめた。

「自分さえ逃げりゃいいのか」

「おれたちだって人間だぞ」

「お黙り。黙りなさい」ケラは罵り続けた。「わたしを誰だと思ってるの。町人風情が何を言うの。えらそうに。黙ってそこをどきなさい」

「この憎らしい女め」

「ひきずりおろせ」

激昂（げっこう）した四、五人の男が手をのばし、ケラを車から地上へひきずりおろした。彼女はたちまち群衆に踏みつけられ、殴打され、衣裳を引き裂かれた。それでも彼女は、まだ彼らへの罵倒をやめようとしなかった。

「この車をひっくり返してしまえ」数人が車の片側を持ちあげた。

大きく傾いた運転台で、ヤムは悲鳴をあげた。「やめてくれ。子供がいるんだ」

車は横転し、ヤムやケラを含めて四、五人がその下敷になった。

「ケラ。大丈夫か」車の下から這い出したヤムは、ぐったりとなった血まみれのケラを車輪の下から引きずり出した。

車輪に押し潰されたらしく、彼女の胸はぺしゃんこになっていた。肋骨が折れて、白い尖った骨の先端が横腹から突き出ていた。とても助かりそうになかった。

「ムクムク」ヤムはケラをあきらめて、次に子供の名を呼んだ。「ムクムク。どこにいるんだ」

ムクムクは幅の広いタイヤの下で、完全にぺしゃんこになっていた。紙のように薄くなってしまったムクムクの死体を抱いて、ヤムはわあわあ泣いた。「ムクムク。生き返ってくれ。たのむ」

ヤムの声は逃げまどう群衆の喚声の中にかき消された。ヤムをふり返って見ようとする者はもうひとりもなかった。誰もが人を押しのけ突きとばし、少しでも安全な場所へ逃げようとして罵り、揉みあい、ひしめきあっていた。

はるか後方で指揮をとっていた『片腕の牽引車』をはじめとする農民解放軍指導者の一団は、先発の農民兵たちよりも数時間遅れ、深夜になってから一台の無蓋機械車に乗って、東側からトンビナイ市内に乗り込んできた。

「これはひどい。あまりにもひどい」機械車の後部座席に立って、ヘッドライトの中に次つぎと照らし出される住宅街の惨状を眺めまわし、農民解放軍隊長『片腕の牽引車』が、その片腕を振りまわしてさっきからわめき続けていた。「おれはこんなことをしろとは命令しなかった筈だ。誰だだれだ。こんなひどいことをやったのは」

「これじゃまるで暴徒です」その横の、副官らしい片眼の男がいった。「班長たちを信頼し過ぎたのが間違いでしたな。われわれが直接指揮すべきだった」

「女子供まで殺している」『片腕の牽引車』の火傷の痕のある頰に涙がつたった。「農民たちがこんなに残虐だとは思わなかった」

車は市の中央部に入った。貿易商クラブの焼け跡にやってきて酸鼻を極める大虐殺の様子を眼にした時、指導者の怒りは最高潮に達した。

「これが人間のやったことか」『片腕の牽引車』は、自分の車の周囲に集まってきた千余名の農民兵に向かってわれ鐘のような声をはりあげた。「こんなむごいことを、お前たちはいったいどんな気持でやったんだ。お前たちはそれでも人間か」

今の今まで非道の限りを尽し暴れまわっていた農民兵たちは、いっせいにしゅんと俯いてしまった。

『片腕の牽引車』は涙を流し続けながら、尚も彼らの上に罵声を浴びせかけた。「おれがいつ人を殺せといった。女子供まで虐殺しろといった。これは野獣のやることではないか。悪魔の仕業(しわざ)ではないか」

「だけどこいつらは、おらたち百姓のひとりひとりに、もっとひどいことをやりましただ。だからおらたちはこいつらに、当然の報いを受けさせてやっただけですだよ」

農民兵たちの中から反抗的な声があがった。『低能のボロアサビ』の声だった。「おらたち百姓が解放軍に加わったのは、もともとこいつらに復讐(ふくしゅう)するためだっただ。だからおらたちは復讐しただだよ。誰からも文句を言われる筋あいはねえだ」

ボロアサビの周囲の数人が、そうだそうだと同調した。

「革命は復讐ではないのだ」片眼の副官が機械車の上に立ちあがり、大声で叫んだ。

「隊長は以前から、ずっとお前たちにそう教えておられたではないか。家族を殺された悲しさを知っているなら、尚さら人は殺すなと。それを忘れたのか。人を殺せばその報いは必ずある。誰の上にもだ。お前たちの上にも、この大虐殺の報いは必ずあるんだぞ」

「おらたちには報いはねえだ」ボロアサビが叫び返した。「たとえおらたちが報いを受けるとしたところで、失うものはもう何もねえだ。また、おらたちに復讐しようとする者はひとりもいねえだ。女子供、ぜんぶ殺してやったからな」

「報いを受けるのはお前たちだけではない。ブシュバリク中の農民ぜんぶがこの報いを受けることになるのだ。それくらいの理屈がわからんお前たちでもあるまい。われわれ農民解放軍の今日の成功は誰のお蔭だと思うのだ。もちろん隊長の偉大な統率力のお蔭でもある。お前たちひとりひとりの努力による成果でもあろう。だがしかし、最も大きなものは全ブシュバリクの国民大衆のわれわれへの支持だったのだぞ。しかるに、このような残虐行為をお前たちがやったのでは、われわれは多くの人からの支持を失ってしまうではないか。いや、もうすでに失ってしまったのだ。今日のわれわれの成果も、無駄に終ることになってしまったのだ」副官はそこで言葉を切り、農民兵たちを眺め渡した。

もう、どこからも声はあがらなかった。

　副官は、ゆっくりと喋り出した。「もちろん、おれも隊長も、このような残虐行為がお前たち一人ひとりの考えから出たものとは思わない。これはあきらかに、悪質な煽動(せんどう)者がいたのだ。革命を失敗に終らせようとする裏切り者がいたのだ」片眼の副官は機械車をおりて、ゆっくりと農民兵たちの間を歩きはじめた。「むしろわれわれの憎むべきは、その裏切り者なのだ。そいつのために、われわれの使命である農民の解放はますます困難になってしまった。お前たちは自覚しろ。お前たちはもはや単なる農民ではないのだ。農民のために戦う兵士なのだ。ここは軍隊なのだ。軍には規律がなくてはならない。裏切り者や命令に従わない者は処罰しなくてはならん」副官はまっすぐボロアサビの前までやってくると、鋭く光る片眼でぐっと彼を睨みつけた。

「おれにはわかっている。裏切り者はこいつだ」

　副官は腰の光線銃を抜き、ボロアサビの胸へまともに発射した。白い波状光線に心臓を射抜かれ、ボロアサビはその場で大きくぴょんととびあがると、激しく地面に身体を叩きつけ、そのままぴくりとも動かなくなった。

「今後も命令に違反した者は、この男同様容赦なく処刑する。わかったか」と副官が叫んだ。

　農民兵たちは自分たちの悪業の報(むく)いをボロアサビひとりに背負わせたようなうしろめたさを感じてか、いっせいに声なくうなずいた。

「なにも殺さなくてもよかったのに」機械車に戻ってきた副官に『片腕の牽引車』がつぶやいた。

「いや、あれでいいんだ」副官は自信ありげに答えた。

指導者たちの乗った機械車はさらに市中を走りまわり、行く先ざきで放火と殺戮の跡に出会った。そのたびに彼らは部下の農民兵たちに次つぎと消火作業や屍体の処置を命じた。夜が更けると市内各所には、共和国軍の反撃を警戒して見張りが立った。農民解放軍司令本部は、占領した共和国軍参謀本部がある建物の中に設けられた。生き残りの貿易商やその家族たちは取り調べを受けた後、このビルの中に保護された。

トンビナイの町のあちこちでは、夜っぴて女たちの泣く声が聞かれた。それに混って子供の泣きわめく声、男たちの怒り罵る声なども聞こえた。それらの泣き声の中から、か細いひとつの歌声が、すべてをあきらめきったような調子で夜空に流れ始めた。それに聞き耳を立てるかのように、しばらく附近の泣き声がぴったりやんだかと思うとやがて、ひとつ、またひとつと他の声がそれに和して行き、次第に高く、次第に大きく、その合唱はついにはトンビナイ全市を覆っていた。その歌は『もうひとつの国』だった。

農民兵や、避難してきた小商人や貿易商でごったがえしている参謀本部ビルのロビーで雑務に追われていた片眼の副官のところへ、市内警備を命じられていた農民兵のひとりが戻ってきて報告した。

「下町の商店街で、市の重要人物らしい男を捕え、つれて来ました」

「何という男だ」

「ユロ貿易の社長だとか言っています」

「ふん。ユロというのは大会社で、その一族は町の実力者だ。すぐにつれてこい」

「どん百姓どもめ。この仕返しは必ずしてやるぞ」わめき続け、暴れまわるヤムが、副官の前に連れて来られた。

「ユロ貿易の社長だそうだが」と、副官が訊ねた。

「ヤムだ」と、ヤムは叫ぶように答えた。「貴様が暴徒の首領か」

「われわれは暴徒ではない」と、副官がいった。「あなたたち金持ちに迷惑をかけたことは、まことに申しわけない。しかし、こういった農民の革命は、われわれが指揮せずとも、必然的に起ることだったんだ。すべて、あきらめていただきたい」

「あきらめろだと。暴徒じゃないんだと。革命だと」ヤムは泣きながら吠えた。「しかし、現実にお前たちのやったことは、これだ」ヤムは抱いていたムクムクの死体を副官の方へ突き出してみせた。「見ろ。これはおれの子供だ。これがお前たちのやったことなんだ。これがあきらめられるか。おれが殺されたのならいい。しかし、子供に何の罪がある。見てくれ。よく見ろ。干魚みたいにぺっちゃんこだ」

副官は眼をそむけた。

「どうかしたのか。『丙長』」奥から『片腕の牽引車』が出てきて副官に訊ねた。

『丙長』という渾名らしいその片眼の副官は、隊長を振り返っていった。「ユロ貿易の社長を見つけた」

ヤムはその頑丈な身体をした片腕の若い隊長をひと眼見て泡を吹いた。「マケラ。お、お前はマケラじゃないか」

18　長男ヤムはサガタのホテルで自殺をはかった

　トンビナイ市が農民解放軍によって占領され、トンビナイ市にいた共和国軍が全滅し、地球(コウン・ビ)の軍事顧問団の本部までが破壊されてしまったことを知り、地球では直ちにサガタ市へ宇宙船や兵器や兵員を送り込んだ。そこを本拠として、ブシュバリクのあちこちに散らばっている生き残りの共和国軍兵士を結集させ、一挙にビシュバリクを攻撃しようとしたのである。

　しかしこの情報はブシュバリクの周囲をめぐっている地球(コウン・ビ)の軍事衛星船からサガタ共和国軍に伝えられる際、トンビナイにいる農民解放軍の受信機に傍受されてしまった。

「こいつはえれえことになっただ」参謀本部ビルの中に、まだ破壊されないままで残っていた通信機の前の席から立ちあがり、レシーバーを外しながら卑民のズンドローがいった。「すぐ、だんなに報告しなきゃ」彼の右頰にも、隊長マケラ同様ＢＵ－２の戦闘で受けた放射能による火傷の痕があった。

　狭い通信室から、農民兵の連絡員や焼け出された市民たちでごった返すビルの廊下を通り、ズンドローは一階のロビーへ出てマケラの姿を求めきょときょととあたりを眺めまわした。

「隊長を知りませんかね『丙長』」ズンドローは市民の取り調べにいそがしい『丙長』を見かけて傍へ行き、以前の上官だった時のままの階級名で話しかけた。今はその呼び名が、農民兵たちの間でもこの片眼の副官の固有名詞になってしまっていた。「大変なことが起りましただ」

「何ごとだ」『丙長』はうるさそうに片眼を向けて訊ね返した。彼は小型宇宙艇で爆発寸前のBU－2を逃げ出す際、土砂くずれでとんできた岩石によって右の眼を失ったのである。「隊長は今二階の小さな部屋で、兄貴だという男と話しあっている。用ならおれが聞こう」

「地球の軍隊が生き残りの共和国軍と組んで、シハードの大宙爆をやります」ズンドローは、おっかぶせるように喋った。「今、ここの通信機で盗み聞きしたばかりですだよ。ほっとけば皇帝の命が危険ですだ」

「そいつはやっぱり、隊長に報告しなきゃなるめえな」『丙長』は顔色を変えて立ちあがった。「よし。お前もいっしょに来い」

　ズンドローと『丙長』はロビーの横の螺旋階段を昇り、二階の一室のドアをノックした。

「誰だ」マケラの不機嫌な声がした。

「『丙長』だ。ズンドローがどえらい情報を手に入れた」

「入れ」

部屋の中では、今まで言い争っていたらしいヤムとマケラが、机ひとつを間に挟んで、互いに相手を睨みつけていた。

「農民を組織することが、即ち戦争を早く切りあげさせることだなんて、そんな甘っちょろい考えをどこで仕入れたんだお前は」ヤムが、入ってきた二人には見向きもせずマケラに詰問した。彼はまだ、ぺしゃんこになったムクムクを抱いていた。「農民などに戦争なんか教えこんだら、奴ら有頂天になってしまって、なかなかその味を忘れないぞ。そしたら戦争は、なくなるどころかますます激化するばかりだ。奴らが組織の力というものを覚えてしまったら、どんな大変なことになるかお前は考えなかったのか」

「おれは彼らに、自分を守ることを教えてやっただけだ」と、マケラはいった。「戦争をなくそうとすれば、個人個人がしっかりした考えを持ち、強い人間になることが第一だ。ところがいちばん弱いのは農民だ。そこでおれは彼らを組織し、強くしてやった」

「自分を守るだって」ヤムは叫んだ。「じゃあ、この暴動は何ごとだ。自分を守るってことは、女子供まで殺し、町に火をつけることなのか」

「戦争の源は、このトンビナイにあった」マケラは、ゆっくりと言った。「このトンビナイが腐敗している限り、農民は解放されなかっただろう」

「そこで一挙に壊滅しようとしたってわけか。マケラ。それじゃあ何のことはない。お前の考えていることとやしていることは、世間一般の戦争主義者の考えること、していることと同じじゃあないか」

「ちがう」マケラは叫んだ。「兄さんは実際に戦争をしたことがない。だからおれがどんなに戦争を憎んでいるかわからないんだ」

「お話中だが」と『丙長』が口を挟んだ。「重大な情報が入った」

「うるさいな」ヤムが振り返って『丙長』を睨めつけ、その横のズンドローに気がついて首を傾げた。「お前はどこかで見たことがあるな」

「シハードの牧草地で、おらに酒を振舞ってくれただんなだ」ズンドローがびっくりして叫んだ。「隊長の兄さんてえのは、だんなのことだったのかね」

「お前はこんなところで何をしている」ヤムもやっと思い出して驚いた。「国家軍に入ったのじゃなかったのか」

「入りましただ」ズンドローはうなずいた。「だけど軍隊ちゅうもんに愛想が尽きただ。それでマケラのだんなや『丙長』のだんなといっしょに脱走しましただよ」

「おれは昔お前に、必ず戦争で儲けて見せると言ったことがあったな」ヤムは五年前のことを次第に思い出しながら、夢見るような眼つきになり、宙を睨んでいった。

「憶えているか」

「憶えとりますだ」ズンドローもうなずいた。「あの時だんなは金を儲ける時は必ずおらを呼んでやると、そうおっしゃっただよ」

「そうだったな」急にヤムは、きっとズンドローを睨んで言った。「おれは金を儲けた。このトンビナイ一の金持ちになったのだぞ」

「へえ。そうかね」ズンドローはずたずたに裂けて血まみれになったヤムの服を、じろじろと眺めた。

「信じないのか」ヤムはズンドローを凝視しながら、静かにそう訊ねた。

「信じますだ」ズンドローは顫えあがり、あわててそう言った。「たとえだんながどんな襤褸を着ていなさろうと、どんなに信じ難いような話だろうと、それが本当だとおっしゃるからには、そいつは本当のことなのに違えねえですだよ」

「いや、そんなことを言うところを見ると、お前は信じちゃいないんだ」ヤムは悲しげにかぶりを振った。それから、机を握りこぶしでどんと叩いた。「だが、本当なんだ。おれは大金持ちだったんだ。信じてくれ。たった今、そのどえらい財産を全部失ったところなんだ」

「誰も嘘だなんて言ってねえだよ」

「財産だけじゃない」ヤムはムクムクの死体をズンドローに見せた。「子供まで死んじまった。殺されたんだ」

ズンドローは気の毒げに訊ねた。「じゃあ奥さんも死んだのかね」

「女房なんかいない」

「じゃあその子は」

「この子はおれの私生児だ」そういってからヤムは、ふと顔をあげて眼の前の空間を睨みつけた。「それじゃつまり、おれの絶頂期はもう過ぎたというわけだろうか。この五年間がおれの生涯の華(はな)だったというのか。そして今後おれは、過去の栄華を他人に話して聞かせてやるだけで一生を終るのか。いくら昔のことを話しても誰も信じてくれないことを憤慨してだんだん偏屈(へんくつ)になりながら年老いて行くというのか」ヤムはとびあがった。「そんなことは嘘だ。それは違うそんな馬鹿なことがあっていい筈はないいやあってはならん」彼は机に身をのり出し、マケラに叫んだ。「おれはこのまじゃ済まさないぞ。きっと、もうひと旗あげてやる」

「お話中まことに悪いが」『丙長(コウン・ビ)』はしびれを切らせて大声をあげた。「重大な情報なんだ。喋らせてくれ。簡単に喋る。地球の軍隊が共和国軍と組んでシハードに大攻撃を加えるそうだ」

「なんだと」マケラは立ちあがった。「なぜそいつを早く言わん。それはいつだ」

「十日ののちです」と、ズンドローが横からいった。

「ブシュバリク共和国政府が事実上なくなってしまったというのに、地球（コウン・ビ）がシハードを攻撃するとはいったいどういうことだ。どうしておれたちを攻撃して来ないんだ」

マケラは頭をかかえこんだ。「地球（コウン・ビ）がビシュバリクに対して正式に宣戦布告したのだろうか」

「地球（コウン・ビ）にとっては、ブシュバリク共和国政府なんて、あってもなくても、どっちでもよかったんだ」と、ヤムは言った。「どうせ最初から共和国政府なんて、国土支配力のない傀儡（かいらい）政府だったんだ。地球（コウン・ビ）の求めているものは戦争の拡大だけなんだ。農民解放軍がトンビナイを全滅させたところで、地球（コウン・ビ）にとっては大したことじゃなかったんだ。生き残りの共和国軍の将校か何かだけで、また政府を作らせりゃいいんだからな。何故奴らがここを攻撃しないかというと、地球（コウン・ビ）の軍隊は今までお前たち農民兵の遊撃（ゲリラ）戦術でさんざ苦しめられてきたし戦果もあがらなかった、お前たちは奴らにとっては扱い難い敵だったんだ、今まではその責任を共和国政府に押しつけとけばよかった、ところが今度はその責任をなすりつける政府がなくなった、そこで戦果をあげやすいシハードを、まず攻撃しようとしたんだろう」

「じゃ、おれのやったことは、何にもならなかったというのか」マケラは呻(うめ)きながらつぶやいた。「農民たちを組織し、この町を占領したことは、結局戦争を早く終らせることの何の役にも立たなかったというのか」

「そうだ」と、ヤムがいった。「お前が農民たちにやらせたことは、殺戮のための殺戮に終ったんだ。これで戦争は、ますます泥沼になってしまった。お前は戦争というものを簡単に考え過ぎていたんだ」

「と、すると、おれたちのやったことのために、皇帝陛下の生命が危険にさらされることになったというわけだ」マケラは急(せ)きこんで『丙長』に訊ねた。「共和国軍の生き残りと地球(コウン・ビ)の軍隊が十日ののちに結集するという、その場所はどこだ」

「サガタです」と『丙長』が答えた。

「サガタ……十日ののち、サガタ……」マケラは考えこんだ。

　ムクムクを抱きしめたまま、ヤムはゆっくりと立ちあがった。

「だんなは、どこへ行くだね」ズンドローはますます気の毒そうな顔つきになり、すっかり元気をなくしてしまった哀れな様子のヤムに、慰めるような口調で声をかけた。

「おれはそのサガタへ行く」ヤムはゆっくりとドアの方へ歩き出しながら言った。

「地球(コウン・ビ)の将校なら数人知っている。おれは奴らに頼みこみ、宇宙船に乗せてもらって地球(コウン・ビ)本土へ渡る。あそこでもうひと旗あげてやるつもりだ」

「敵国へ渡るというのか」マケラは詰(なじ)るようにいった。「どうせ軍需産業か何かで儲けるつもりだろうが、なにも敵国の手伝いまでしなくてもいいだろう」

「敵だとか味方だとか、お前にはまだ何もわかっちゃいないんだな」ヤムは振り返りながらうんざりしたようにそう言うと、嚙んで含めるような調子で弟に話し始めた。「敵も味方もあるものか。戦争とか、敵とか味方とかいうものは、個人個人の心の中にあるものなのだ」

「そうとも。戦争好きの人間、個人個人の心の中にな」と、マケラはやり返した。

「違う」ヤムは叫んだ。「すべての人間は心の中に戦争主義者になる可能性を持っているんだ。その中でもおれなどはまだ、お前なんかと違って実際にドンドンパチパチをやらかす気がないだけ罪が軽いんだぞ。誰だって戦争主義者だ。お前だってそうだ。お前の考えていることを言ってやろうか。正義派ぶった理屈はどうあれ現実にはお前は、どうせ皇帝を助けるために国家軍の味方をして地球(コウン・ビ)軍や共和国軍と一戦を交える気だろう。そして最終的にはお前は全サチャ・ビの軍隊を指揮して地球(コウン・ビ)と戦う気でいるんだ。お前の権力欲だって、おれに劣らずでかいじゃないか」

「自分のことを棚にあげて何を言うんだ」マケラはかんかんになって怒った。「自分の国のために戦うのと、兄さんみたいに地球(コウン・ビ)の走狗(そうく)になるのとは根本的に違う」

「走狗などという言葉を使うな」ヤムもまっ赤になって怒った。「この戦争主義者め」

「それは兄さんのことだ」

　兄と弟はしばらくは向かいあい互いに指を突きつけあったまま、戦争主義者はお前だお前だとわめきあい続けた。

「問答無用だ」最後にひと言そう投げつけてムクムクの死体を小脇にかかえ、ヤムはぷりぷりしながら部屋を出て行った。

「どうする。サガタを攻撃するかね」『丙長』が考え深げにマケラに訊ねた。

「いや、駄目だだめだ」マケラはまだ口論の興奮が醒めず、やたらに部屋の中を歩きまわりながら大きくかぶりを振った。「今度の敵は宇宙船団だ。上からやられてはひとたまりもない。こっちも宇宙船で攻撃する」

「宇宙船といったって、こちらにあるのは例の、木造四人乗り小型宇宙艇だけだぞ」

『丙長』は眼を丸くして言った。「あれで敵の宇宙船団と戦うっていうのか」

「そうだ」マケラは大きく頷いた。「なにか文句があるか」

「ある」『丙長』はその場で躍りあがり、機銃に劣らぬスピードで喋り始めた。「気ちがい沙汰だいや気ちがいだ。おれはあの十三隻の小型宇宙艇を国家軍が何故われわれに払い下げてくれたかその理由を知っている。あれはものの役に立たなかったからだ。国家軍の技術甲隊が苦心して作ったものの、ただどうにか飛ぶというだけで、スピードは出ないわ、かすり傷を受けただけで壊れちまうわ、積載量が少ないから武器を積めない、だからそもそも戦闘の役に立たない。おまけに兵隊を運ぶことだってできないから輸送の役にも立たない。だいいちあの船をどうにか曲りなりにも運転できるのは、ここにいるわれわれ三人だけなんだぞ。いったいどうやって戦うつもりだ」

「戦闘まではあと十日ある」マケラは自分を納得させようとするかのように頷きながら言った。「農民兵たちの中から頭の良さそうな奴を二十人ほど選んで、十日間で操縦法を教えてしまう」

「あんたは農民兵たちの知能を買いかぶっている」『丙長』はかぶりを振った。「奴ら、馬鹿ではないが決して利口じゃないぞ」

「中には利口な奴もおりますだ」ズンドローが口をはさんだ。「おら、知っとりますだよ」

「よし」マケラはズンドローに言った。「人選と教育はお前にまかせる。十日間で操縦を教えるんだ。いいな」

ズンドローはうなずいた。「大仕事だが、何とかやって見せますだ」

「どうやって戦う気だ。武器はどうする」

マケラは『丙長』に答えた。「宇宙艇一隻にパイロットと戦闘員一名が乗る。そうすれば二人分の空席があるわけだ。そこへ小型水爆弾頭のミサイルを二本乗せる。その位なら充分積める筈だ」

「そりゃあ積めるが」

「問題は闘志だ」マケラは『丙長』におっかぶせるように言った。「十三隻が各二本のミサイル。無駄なく撃てば二十六隻の宇宙船をやっつけることができる」

「おらの計算じゃあ」と、ズンドローがいった。「今、星雲内にいる筈の地球(コウン・ビ)の中型反重力船は約十五隻、共和国軍がこの間サガタで分捕った例のビシュバリクーブシュバリク間定期便用の反重力噴射折衷(せっちゅう)式大型宇宙船が一隻、だから全部で二十隻には足りねえ筈ですだよ」

「じゃあ、ますますもって問題はないわけだ」マケラは我が意を得たりとばかりに頷いた。

「問題がないんだって」『丙長』はあきれ返ってしばらく絶句した。「あんたは敵の戦力を計算に入れていない。おまけに敵にはフォース・バリヤーがある。一発や二発ミサイルが命中したって、びくともせんかも知れんぞ」

「だが、やっつけることができるかも知れん」マケラは頑固にそう言い張った。「戦争って奴だけは、やって見なきゃわからん」

『丙長』は説得をあきらめて腰をおろし、椅子の背にぐったりと凭(もた)れた。「どうやら、何を言っても無駄のようだな」

「そのとおりだ」

「そうか」『丙長』はしばらく考えこんだ。やがて彼は、とびあがるように立ちあがった。「そうと決まれば早速小型ミサイルを手に入れる方法を考えなきゃならん」彼はドアの方へ大股に歩きながら、大声でいった。「ズンドロー。お前もこい。こいつはのるかそるかの大作戦だぞ」

マケラと喧嘩別れした日の夕暮れ、トンビナイ郊外の低い緑の丘の麓にムクムクの死体を埋葬したヤムは、わあわあ泣き続けながら空港都市サガタへ向かった。金は全然持っていなかったので、運よく通りがかりの貨物用機械車に便乗させて貰えた時以外は、てくてくと歩き続ける他なかった。機械車の荷台に乗っている時も、ヤムはわあわあ泣き続けた。何故自分がそんなに泣くのか、ヤムにはよくわからなかった。しかし泣き続けずにはいられなかった。理由はよくわからないながらもヤムは、こんな悲しいことがまたとあろうかと思った。あまり泣きすぎて涙で眼球が溶けてしまうのではないかという恐怖に、ふと襲われたりした。農家で食べるものを恵んでもらったり、畠から野菜を盗んだりしながら、トンビナイを出て八日め、ヤムはやっとサガタ市にたどりついた。

常に両軍どちらかの参謀本部が設営されていたため、この町は数十回の戦火を浴びてすでに廃墟に近く、見る影もない有様になっていた。ただホテル・サガタだけはどういう加減か焼け残って、あいかわらず市の中央部にでんと聳えていた。この町には、宇宙船に乗る金もない癖に、ただビシュバリクへ戻りたい執念で空港の周囲に屯(たむろ)している難民たちが多勢、浮浪者のような生活をしていた。ヤムは空港の中にある地球軍事顧問団の本部へ入って行こうとした。

「何ものだ」地球人の番兵がヤムに光線銃を突きつけて誰何した。「サチャ・ビ族は何ものと言えども、ここには入れないぞ」

「ところが、おれは入れるんだ」と、ヤムはいった。「お前じゃだめだ。そうだな、この本部にいるいちばん偉い将校を呼んでこい。おれはヤムだ。トンビナイのヤムといえば、将校なら誰だって知っているだろう」

番兵は舌打ちをし、聞こえよがしに犬めと呟きながら建物の中へ入っていった。

やがて番兵といっしょに出て来たのがジョーダン少佐だったのでヤムは驚いた。

「少佐。あんたは生きていたのか」

「焼き打ちされる前にこっそりひとりでクラブを抜け出したんだ。サチャ・ビといっしょに焼き殺されるなんて見っともないからな」ジョーダン少佐はそっ気ない調子でそう言った。「何の用だ」以前とはうってかわった尊大な様子で腰に手をあて、ぶっきらぼうに彼はそう訊(たず)ねた。

ヤムはジョーダン少佐のぺしゃんこの顔に胸の中で唾を吐きかけながら訊ね返した。

「地球(コウン・ビ)へ行く便はないだろうか」

ジョーダン少佐は頬に薄ら笑いを浮かべた。あきらかに軽蔑の笑いだった。ヤムの質問に答えず、彼はさらに訊ねた。「あったとすれば、どうだというんだ」

ヤムは怒りを懸命に押えながら、素直に答えた。「おれを地球（コウン・ビ）へ運んでほしいんだ」我慢強く彼は質問をくり返した。「どうだね。地球（コウン・ビ）へ行く船はあるか。もしあればそいつに、あんたの顔でおれを便乗させてほしいんだが」喋っている間からすでにヤムは、ジョーダン少佐の態度で、色よい返事はとても望めぬことを予想していた。

予想はあたった。

「金はあるかね」と、ジョーダン少佐は両方の眉をあげ、ヤムを見下ろしていった。

「今はない」絶望の吐息とともにヤムはそう答えた。それからあわてて言った。「だが、地球（コウン・ビ）に着いたら必ず払う。あんたはおれの金儲けの腕前をよく知っている筈だ」

「ああ、よく知っているよ」ジョーダン少佐はわざとらしく親しげな笑いを見せた。「よく知っている。しかし、地球へ行ってから儲けなくても、このサガタで儲けたらどうかね。そうすれば金を払って堂々と船に乗れるじゃないか」

ヤムは何か言おうとして口を開きかけた。だが、言うのをやめた。何を言っても無駄だと思ったからだし、これ以上の悪あがきはヤムの誇りが許さなかった。「じゃあ、金を持ってくれれば乗せてくれるんだな」

「もちろんだ」ジョーダン少佐はにやりと笑った。「普通のサチャ・ビなら、いくら金を持って来たって乗せてはやれない。しかしお前はわしの友人だものな。そうだろう」

「その通りだ。恩に着るよ」ヤムは腹の中で狂ったように罵倒を続けながら、顧問団の本部を出た。

地球の軍隊と共和国軍がこのサガタに結集しているという情報が、マケラの率いる農民解放軍にすでに入っているということをジョーダン少佐に教えてやり、その情報と引き替えに船に乗せてもらうことができたかも知れなかった。以前のヤムならおそらく強引にそうしていたに違いなかった。しかし現在のヤムは気が弱くなっていた。そんなことをすれば、農民解放軍が地球軍の待ち伏せを食うか罠にかかるかして、マケラの命にまでかかわり兼ねない——ヤムはそう思い、その可能性を恐れた。お前は善良な人間になってしまったな、どうしてだ——ヤムは自分にそう訊ねた。だが訊ねられた方の自分は何も答えなかった。訊ねた方の自分も、その答えを期待してはいなかった。ふたりのヤムはしばらくサガタの町をさまよった。日が暮れかけてきたので、ヤムはホテル・サガタに泊ることにした。

ホテル・サガタのフロント係はヤムの身装りをちらと一瞥していった。「駄目ですな。今日は地球や共和国軍の将校さまでいっぱいです」

ヤムはそれ以上言い返す気にもなれず、すごすごとホテルのロビーを出ようとした。

「これは、ヤム様ではございませんか」懐しそうに声をかけた将校は、以前ユロ邸の家令をしていて、大ユロの死んだ時に小ユロやケラがお払い箱にした男だった。彼は共和国軍中尉の階級章をつけていた。

問われるままにヤムがトンビナイの惨状を話していると、ちらちらとこちらを伺っていたさっきのフロント係が、やがて傍にやってきて、ヤムに言った。「たった今お部屋が空きました。最上階のいいお部屋でございますが」

「じゃあ泊る」

「お荷物はございませんか。お運びします」

「おれだけだ」ヤムは中尉と別れ、反重力シャフトで最上階に案内され、そこの一室に落ちついた。

どうしておれはこんなに、気が弱くなったのかな――ヤムはベッドに横たわり、天井を睨みながら考えた。おれ自身がこんなになさけない精神状態になってしまっては、地球へ行ったところでとても大金儲けなんかできるわけがない、おれの持っていたあの迫力、あの緊張感は、いったいどこへ行ってしまったのだろう、昔はこうじゃなかった、何か言われてひとことも言い返すことができず、すごすごと引っ込むなんてことは以前は絶対になかった――ヤムはそう思った。人間は同じ一文なしでも、金を失った状態よりは最初からまったくの無一文である方がずっといいんだな――そうも思った——いちど金持ちの気持を経験してから無一文になった乞食（こじき）は、乞食仲間でも最低の乞食だ、昔のことを思い返し、今さら人に頭を下げる気にはなれず、そして今さらまた昔と同じ金儲けの苦労をくり返す気にもならず、多少金が出来てもすぐ使ってしまい、人からは嫌われ、他の誰よりもみじめな気持になり、最後には劣等感に襲われ、ついにはアル中で半狂乱になり、ひとり淋しく死んで行く——いやだ。ヤムは激しくかぶりを振った。これは何とかしなければ、よっぽどしっかりしなければ——ヤムはまた天井を睨みつけた。

天井の中央には手鉤（てかぎ）ほどの大きさの鐶（わ）がついていた。あそこから首を吊ってやろうか——ヤムはそう思った——そうだ、首を吊るというのもこの場合決断を必要とするひとつの方法だぞ、この状態からの脱出の手段のひとつなのだ、死んでやろうか、それとも——。

ヤムは疲れていた。眠気に襲われ、やがて彼はうとうととした。

夢を見た。赤ん坊の夢だった。

月が出ていた。夜の田舎道が白く彼方（かなた）へまっすぐ伸びていた。その道をすっ裸の赤ん坊がひとり、淋しそうにとぼとぼと向こうへ歩いて行くのだ。紙のように薄っぺらい、ぺしゃんこの赤ん坊だった。

あっと叫んでヤムはだしぬけに眼ざめた。深夜のホテルはしんと静まり返っていた。

彼は激しい後悔の念に苛まれた。

「しまった。おれはムクムクを埋めるとき、あいつに着物を着せてやるのを忘れたぞ」ヤムはベッドに俯せてわあわあ泣いた。「寒かっただろうなあ。ムクムク」

彼は起きあがり、おいおい泣きながら部屋の中央へ椅子を運んだ。「もう子供もいない。このホテルに払う金もない。おしまいだ。死んでやる。おれは死んでやるぞ」泣きわめきながらヤムは椅子の上に立った。彼は自分の帯を鐶にくくりつけ、首に巻きつけた。まだ泣き続けながらヤムは椅子を蹴った。

彼の身体は部屋の中央にだらりと垂れさがった。洟がとんで出て壁にぴしゃりとへばりつき、ながい舌が口の端からだらりと垂れ、首が伸びて陰茎が勃起した。

ばりっと大きな音がして、鐶といっしょに天井板の一枚がはがれ落ちた。ヤムは床の上に転倒した。天井板の上に乗っていた、ほこりまみれの古い軍用金袋がヤムの頭上にどさっと落ちてきて破れた。それは五年前、トポタンがポロリに攫われたあのサチルナ皮の金袋だった。金がとび散った。

大きな音に驚いてホテルのボーイが部屋のドアをあけたとき、ヤムは部屋中に散らばった金貨と舞い踊る紙幣に囲まれて腰をなでながらうーうー呻いていた。

19　隊長マケラの率いる船団は敵船団と宇宙で対決した

　建物の中から出てきたジョーダン少佐の足もとの地面へ、ヤムは黙って革袋をずしり、と置いた。

「ほう。何かねこれは」少佐は背をそらせ、昨日と同じ薄笑いでヤムの顔を見下ろすように眺めた。

「金だ。これだけあればいいだろう」ヤムはぶっきらぼうにそう言った。

ジョーダン少佐の顎ががたんと垂れさがり、肥大した口蓋帆(こうがいはん)がまる見えになった。

彼は喘ぎながら言った。「金を持ってきたというのか」

「そうだ」

　少佐は足もとの金袋を見おろし、眼を丸くしてヤムを見た。「この袋の中は、ぜんぶ金か」

「一グラン紙幣と金貨だ。それ以外のものは入っていないぞ」

　少佐はまた、ぜいぜいあえいだ。「どこから持ってきた」

ヤムは大声で怒鳴りつけた。「盗んで来たような言いかたをするな。気に食わなきゃ他の将校に頼む」

「ま、待て。待て」袋に手をかけようとするヤムをあわてて押しとどめ、ジョーダン少佐は吃りながら言った。「わかった。すぐ船室を手配しよう。今日、地球へ発進する船があるんだ」

「よし。その船へ案内しろ」ヤムは表情も変えずに言った。

少佐は部下を二人呼んで金袋を持ってついて来いと命じ、ヤムを発着場行きの気密車に案内した。兵隊のひとりが運転するその気密車は、空港の黒い砂をもうもうとまきあげて走り出した。

車が発着場に出て彼方にうずくまっている円盤型宇宙船が見えた時、ヤムはジョーダン少佐に訊ねた。「あれは国内定期便用の船じゃないか」

「そうです」と、少佐はいった。「あれは国家軍が兵員輸送用に使っていたのですが、わが軍がこのサガタを占領した時に分捕ったのです」

「ふん」ヤムは鼻を鳴らした。「あれが地球（コウン・ビ）に行くのか」

「はい。そうです」

反重力噴射折衷式貨客船の傍まで来て一同は車を降り、金ぴかの将校用のタラップを登り、いったん士官用の特等コンパートメントに落ちついた。

「船長を呼んでこい」と、ジョーダン少佐は部下に命じた。

兵士のひとりが出て行き、ほどなくサチャ・ビ人の船長をつれて部屋に戻ってきた。

「お呼びで」

「この方はトンビナイのお大尽でヤム様といわれる」と、ジョーダン少佐は船長にそう言った。「いちばんいいお部屋へご案内しろ」

船長は不機嫌そうなかぶりを振った。「部屋はもうありません。船内どこもかしこも将校や兵隊でいっぱいです」彼は憎々しげにつぶやいた。「船長室まで地球人に占領された」

「こんなでかい船だ。ないことはあるまい」と少佐が威圧的にいった。

船長は黙ったまま、もういちどかぶりを振った。とりつく島がなかった。

ヤムは立ちあがり、兵隊から金袋を受けとると、ぶすりとした顔つきのままで中味を全部、部屋の中央のテーブルの上にぶちまけた。数十枚の金貨がばらばらと床にこぼれ落ちた。船長の顔がだらりと長くなり、眼球が突き出た。二人の兵隊があわてて床にしゃがみこみ、金貨を拾いはじめた。ジョーダン少佐までがそれを手伝った。

「お前も拾え」と、ヤムは船長にいった。「拾った分だけお前にくれてやるぞ」

船長はダイビングのような恰好で床へとびついた。

ポケットへ金貨をぎっしり詰めこんで立ちあがった船長は、頰を弛緩させてヤムにいった。

「たしか数年間誰も使っていない部屋がひとつ廊下のつきあたりにありました」にこにこしながら彼はていねいに一礼した。「およろしければ、その部屋へご案内いたします」

「そこへ行こう」

一同は船長に案内されて、だだっ広い船内の曲りくねった廊下をぐるぐると歩きまわり、最後には両側の金属製の壁にはドアも何もない、いやに細長い廊下に出た。そこをさらにどんどん行くと小さいドアに突きあたった。船長がドアを開くと室内にぎっしり詰っていた原稿用紙の束がどさっと廊下へあふれ出てきた。

「倉庫じゃないか、ここは」ヤムは不機嫌にそう言った。

「そんな筈はありません」船長はあわてて言った。「中は客室の筈です。不便なので五年ほど前から閉め切られたまま、ボーイも入ったことはありませんが、たしか一等船室の筈なのです」

「お前たち、中へ入って掃除しろ」と、ジョーダン少佐が二人の部下に命じた。「この紙屑をどこかへ持って行って焼いてしまえ」

原稿用紙の束をかきわけ、兵隊たちが部屋の中へもぐりこんで行った。

ヤムは原稿の一枚をとりあげて読んだ。「戦争のことが書いてあるぞ。現代史を書くには資料はいらんとも書いてある」

船長は驚いて口を大きく開いた。「もう何年も前のことですが、老いぼれの歴史学者にこの部屋をあてがったことがあります」彼はとびあがった。「するとあの老人はこのなかで、まだ歴史とやらを書き続けているんだろうか」

「木乃伊がひとつ出てきました」兵隊のひとりが這い出てきて少佐に報告した。

「原稿といっしょに焼き捨てろ」ジョーダン少佐が顔をしかめて言った。

「ところが、まだ生きています」もうひとりの兵隊が出て来てそういった。「動いています。何かぶつぶつ言っています」

「ひきずり出せ」

からからに干からびた木乃伊寸前の老人が、ふたりの兵隊にかつぎ出されてきた。

「おれはこの学者を知っている」ヤムが廊下に横たえられた老人の顔を見て言った。

「これは何とかいう、有名な歴史学者だ」

老歴史学者はまだ息をしていた。肋骨の浮き出た毛のない胸を小さく波うたせ、彼はつぶやいていた。「失敗じゃ。情報の洪水じゃ。誰の言うこともあてに出来ん。この部屋へやって来た者は、みな違うことを喋りおった。それらはいずれも、その者たちにとっては真実じゃった。それは間違いない。しかしそれは歴史ではないのじゃ。現在起っている戦争を現代史として書くことは不可能じゃった。個人の言動の記録、大衆の言行録は歴史ではない。では何じゃ。ではいったい何じゃ。反古じゃ」老人は黄色く濁った眼をかっと見ひらいて叫んだ。「しかしこの原稿を焼きはらってはならん。もちろん、これらは断片じゃ。しかしのちの世に歴史があらわれた時、これら情報の断片はその歴史の穴を埋め、すべて落ちつくべきところに落ちつく筈なのじゃ。焼いてはならんぞ。焼いては」老人は表情を固着させた。胸が動かなくなった。見ひらかれたままの眼には膜がかかった。

「死にましたな」と、兵隊のひとりがヤムの顔をうかがいながら言った。

その時、鈍い衝撃があった。一同は廊下に転倒した。ヤムはジョーダン少佐とはげしく鉢あわせをした。宇宙船が発進したのだった。

夜の闇にまぎれてトンビナイ近郊の森からゆっくりと浮上した隊長マケラの率いる農民解放軍宇宙船団は、そのまままっすぐビシュバリクに向かった。その夜、周囲の光を吸収した天翔ける忍者の如き十三隻の小型木造宇宙艇は、整然とした編隊を組んでガス星雲内の空間を疾駆し続けた。

編隊の最後尾を行く十三号機には、隊長マケラと卑民ズンドローが乗っていた。ズンドローがパイロット席につき、マケラはその横の席でぼんやりと硬質ガラスの窓越しに宇宙の闇を見つめていた。ガラスには、マケラ自身の顔がうつっていた。火傷だらけの、疲れきった顔だった。しかし、眼だけは光っていた。

マケラは自分の顔をなでまわした。ぶさいくな面だ——と、マケラは思った。「ぶさいくな面だ」彼はちらとズンドローを見て、頷きながら訊ねた。「お前は今まで、こんなぶさいくな面を見たことがあるか」

「ありますだ」ズンドローは操縦しながらそう答えた。「それは手前の面で。おら、鏡を見るたびにいつもそう思いますだよ」

「ふん」マケラは鼻を鳴らした。にやりとしてから、またいつものしかめ面に戻って彼は言った。「お前は気ちがいだ。途方もない馬鹿だな。どうしてお前はおれみたいな男について来るんだ。おれみたいに死ぬのが好きな男にいつまでもかかわりあっていると、ろくなことはないぞ」

「だが、だんなもおらも、まだ今までいちども死んだことがねえだ」と、ズンドローがいった。「だから死ぬのが好きちゅう言いぐさは当らねえですだよ。何故ついてくるかなんて、おらにはそんなこと訊かねえでもらいてえですだ。そんなこと言うのはだんならしくねえだよ。そんなこと、訊かねえ方がよかっただよ。だいいち、だんなだってあまり正気とは思えねえだ。おらが気ちがいになったとすれば、それはだんなと知りあった頃からおかしくなってきたわけで、そう考えて見りゃあおらにはきっと、だんなの気ちがいが伝染ったに違えねえです」

「おかしな奴だ」マケラは片方の眉をぴくりとあげた。「お前は自分のことをいつも臆病だと言っているが、お前こそまるで死にたがっているみたいだぞ」

「おらが臆病になるのは、だんなのいねえ時だけですだ。こいつはおかしな話で、何故そうなるのかおらにはよくわからねえがね」ズンドローは首を傾げながら、心から不思議そうにそういった。「だんなといる時は、死ぬのが平気になりますだよ」

「お前は気ちがいだ」マケラは正面を向いて、失った方の腕のつけ根を撫でながら頷いた。「だが、おれも気ちがいだ。そうに違いない」

一号機にただひとり乗りこんで先頭を行く片眼の副官――『丙長』が、宇宙用の短距離通信機で連絡してきた。「隊長、えらいことを思い出した。おれの失策だ。うっかりしていた」

「何を思い出したというんだ」マケラはマイクをとりあげ、投げやりに訊ねた。

「われわれの宇宙艇にはレーダーがひとつもない。これでは敵の宇宙船の所在がわからん」

「レーダーなら、あるじゃないか」マケラは丸いスクリーンの中に十二個の光点を描いている、操縦席の正面のレーダーを眺めていった。

「駄目だだめだ。それは短距離用レーダーだ。せいぜいわれわれの編隊の様子を眺めるくらいの役にしか立たない。宇宙は広いんだ。どうやって敵の編隊を捜す」

「まっすぐビシュバリクのシハードへ向かえ」マケラは泰然として答えた。「敵の船団もあっちへ行くんだからな。そのうちには出会う筈だ」

「隊長」吐息とともに『内長』はいった。「あんたはあまりにも時間的空間的観念が雑駁でしかも大まかすぎる。まあ、しかたがない。そうするほかはなさそうだ」

「ああ、そうしろ」マケラはマイクをコントロール・パネルに置いた。そしてズンドローに言った。「あの『内長』ってのはまったく頭の固い男だな。まあ、だからこそ頼りがいもあるわけだが」


「ここはいやにしんとしているな。あまり静かだと気が滅入る」

きちんと整頓された一等船室のふかぶかとしたベッドからヤムは立ちあがった。いらいらと室内を歩きまわった末、彼は船室のドアをあけて廊下に出た。廊下には、誰もいなかった。

「誰かいないか」と、ヤムは叫んだ。「誰かおれに食堂を教えてくれ」

どこからも返事はなかった。

ヤムはあてもなく、廊下をさまよいはじめた。しばらく歩きまわってから行きあたりばったりのドアを開くと、そこは倉庫だった。埃の匂いのする中に、武器らしいものが梱包されてぎっしり積まれていた。弾薬箱もあった。

どうもおかしい――と、ヤムは思った。なぜ地球へ武器弾薬を運ぶのか、しかもこのような新品を——ヤムはしばらく考えこんだ。それから弾薬箱のひとつを破り、また少し考えてから、メクライト弾を一個取り出してポケットへ入れ、箱にもと通り蓋をした。倉庫を出て、またしばらく歩きまわった。

やっと、ひとりの船員らしい男にめぐりあえたので、ヤムはさっそく訊ねた。

「地球へはいつ着くんだ」

「地球だって」サチャ・ビ人の船員は怪訝そうな顔で立ちどまり、ヤムをじろじろと眺めた。

「この船は地球へは行かないよ」彼はそう言った。「ビシュバリクのシハードを攻撃しに出かけるそうだ。この船は編隊の母艦だそうだ。おれはボーイ長だから、それ以上詳しいことは知らないがね」

「やっぱりそうか」ヤムは真顔で頷いた。「引きとめてすまなかった」彼はまた歩き出した。

階段があるたびに下へ下へと降り、ヤムはとうとう最下層部——船の基部にある原子力エンジン室を探しあてた。この部屋の真上が操縦室になっている筈だった。エンジンのかすかな唸りがヤムの耳の奥をくすぐった。ヤムは一面赤ペンキを塗りたくった上に黒ペンキで不恰好な髑髏を大きく描いてあるドアの前を通り過ぎ、その横の鉄梯子を登った。丸蓋をはねあげて首を伸ばすと、そこは副操縦室で、十メートル四方ほどもある広い室内には誰もいなかった。

　正面のコントロール・パネルの上には横長のスクリーンがあり、それは船の行手を映し出していた。スクリーンの中には地球軍の中型反重力宇宙船の姿があった。この母艦は、それらの船に周囲をとり囲まれて進んでいるらしく思えた。背景には星の姿ひとつなく、ただ星雲内に立ちこめる稀薄なガスだけが画面いっぱいに拡がっていた。目的地であるビシュバリクは、スクリーン用レーダーの視野の外にあるらしかった。

　ヤムはゆっくりとコントロール・パネルに近づき、スクリーンを凝視した。だまされた――ヤムは繰り返し心の中で舌打ちしていた――あの地球人にだまされた。おれともあろうものが。

「誰だ。ここで何をしている」ヤムの背後のドアが開いて、きびしい声がした。

　ヤムはゆっくりと振り返った。ジョーダン少佐だった。「おや。あなたでしたか」

　少佐は薄笑いを浮かべ、頷いて見せた。「どこからここへ入りました」

「そんなことはどうでもいい」ヤムは低い声でいった。「お前はおれをだましたな。おれをだますなんて、とんでもない奴だ」

「なんのことかね」少佐は真顔に戻っていった。

「この船は地球へは行かない。そうだろう。シハードを攻撃しに行くんだ」

「ばれたか」少佐は苦笑して居直った。「たしかにその通りだ、ヤム。おれはお前をだました」

「なぜだ。おれの金が目あてだったのか。おれを殺すつもりだったのか」ヤムは罵りもせず、腕組みしたまま、ますます静かに少佐を問いつめた。

「もちろんそうだ」少佐は不貞腐れたようにそう言いながら、腕の光線銃をゆっくりと抜いた。「お前はおれの部下に殺させるつもりだった。しかし、おれが自分で殺すことにしよう」

「お前たちは、サチャ・ビ族に対してみんなこんなことをするのか。誰かれかまわず殺して金を奪うのか」

「そんなことはしない。それでは追い剝ぎだ。おれは特にお前だけが嫌いなのだ。だからこういうことをやった」

「ほう」ヤムはゆっくりと、右手をポケットへ突っ込んだ。「それを聞かせてもらおう。なぜだ」

「お前が地球人を鼻であしらうのが気に食わなかった」ジョーダン少佐はさも憎々しげに、口を歪めていった。「お前が偉そうにしていたからだ。犬の癖にな」

「犬だと」だがヤムは、少佐の挑発に乗らなかった。彼はせせら笑って見せた。「なにを言うか。猿のくせに」

　うおっと叫んで少佐は一歩ふみ出し、怒りにまかせて光線銃の引き金をひいた。だが、ヤムの右手がポケットの中でメクライト弾の信管を抜くのが一瞬早かった。彼も怒っていた。

宇宙の大真空に色あざやかな十八色の花が音なく咲いた。巨大な円盤型宇宙船の原子力エネルギーは絢爛たる火花とともに、その外殻と臓物を四方八方にとび散らせ、まきちらした。積みこまれていた数千人の兵士、船員、武器弾薬の破片が爆発地点から百三十六方に向けて放射され、そのいずれもが、それぞれの方向へとどまることなく自由落下を始めた。母艦の爆発の飛ばっちりを受けて中型反重力船の二隻が壊れ、同じく燃料庫を爆発させた。

「まだ敵船団は見つからないか」船団がビシュバリクへ近づくにつれて、さすがにいらいらしはじめた十三号機のマケラが、一号機の『丙長』に通信機で訊ねた。

「だから言っただろう。そんなに簡単に見つかるものじゃないんだ」『丙長』もややいらいらした調子で怒鳴り返してきた。「見つかればむしろ僥倖なのだ。あっ。ちょっと待て」『丙長』の声がしばらく途切れ、すぐ急きこんで報告してきた。「隊長。四時の方向を見ろ。ぼんやりした明りが見える」

マケラは副操縦席で立ちあがり、右側の窓から下方にあたる空間を見おろした。

「うん。たしかに見える」マケラは声をはずませた。もちろん彼は、時ならず宇宙空間にともされたそのいさり火が、兄ヤムの手になる現象だとは知る筈もなかった。

「急速に明るさが落ちていくぞ。あれはきっと敵船団が全速でビシュバリクへ向かっているんだ。きっとそうだ。そうに違いない」

「まだ、どうかわからん」『丙長』は感情を欠いた声でそう答えた。

「とにかく追ってみよう」と、マケラはいった。

『丙長』が通信機で全機に命令した。「面舵（おもかじ）いっぱい下降六〇度。小回り全速。離れずおれについてこい」

　爆発地点から少し離れた宇宙空間を、ただひとりヤムが飛んでいた。原子力エンジン室からいちばん近いところにいたにもかかわらず、彼の五体は奇蹟（きせき）的に原形をとどめていた。口と肛門から内臓がほんの少しとび出しているだけだった。彼はビシュバリクに向かって、今はややゆるやかに自由落下を続けていた。眼をくわっと見ひらいて前方を睨みつけ、両腕を前方に突き出し、猛禽（もうきん）類のように指さきを内側へ折り曲げていた。それはまるで、彼方に去って行った地球軍の船団を追いつめ、つかみかかろうとしているかのように見えた。また、後方からやってくる、弟マケラの率いる農民解放軍宇宙船団に敵の所在を指し示し、教えてやろうとしているかのようにも見えた。

　今はただ一個の星となった天翔けるヤムのすぐ傍らを、農民解放軍十三隻の木造小型宇宙艇が、敵船団のあとを追って音もなく駈け抜けて行った。

『丙長』は宇宙の稀薄なガスを裂き、船団の先頭を全速でとばしていた。彼の正面には、ビシュバリクに向かう敵船団のうしろ姿が次第に大きく膨らみ始めていた。

奴らまだこっちには気がついちゃいねえらしい――『丙長』はそう思った――きっとおれたちが小粒なので、まだ気がつかねえんだ、フォース・バリヤーを張りめぐらされねえうちに、出来るだけ近づかなきゃ。

『丙長』の頭の中には、如何にしてこの十二隻の中型反重力宇宙船を全滅させてやろうかという思案だけしかなかった。

敵船団は左右に拡がっていた。

『丙長』はマイクをとり、大声で全機に命令した。「散開」

彼は部下のパイロットたちが恐怖に捕えられる暇がないよう、のべつまくなしに次つぎと指令をあたえた。それぞれの機の攻撃目標とすべき敵船を決定してやったのである。彼らを壊滅するには、反撃されることのないように一挙に全部を撃ち砕かなければならない。この時のために十日間の猛訓練を農民兵たちにやらせ、ズンドローと相談して、彼らに憶えやすいような形で噛んで含めるように教えこんだのだ。今、もし一機でも早まった行動をとるパイロットがいたら、作戦は瓦解するのである。『丙長』は冷汗を流しながら、次第に狭まる敵船との距離を目測した。

「いいな。まだ射つんじゃねえぞ。こら二号機、スピードを落せ。抜け作め。お前は前へ出過ぎている。十号機何をしている。このうすら馬鹿め。ちんたらちんたらするねえ。機首を揃えろ。いいな。まだだぞ。練習した通りにやる。憶えているだろうな。ようし。発射レバーを握れ。いいか握ったか。ようし」『丙長』は大声で、有名な民謡の替え歌を唄いはじめた。「〽一んち畠で煮立てた魔羅を、散華の節句に四で発射」

　十三隻の木造小型宇宙艇は、腹部にとりつけられた組立て式の簡単なミサイル発射装置から、それぞれ一基ずつの小型水爆弾頭ミサイルを、各攻撃目標めがけていっせいに発射した。男性生殖器そっくりの形態をした十三基の爆発物は、弾頭起爆部つまり亀頭に相当する部分をこまかく上下左右に顫わせながら、闇の中にローズ・マダーの軌跡を描きつつ驀進(ばくしん)した。

　地球の中型反重力宇宙船十二隻は、母艦の爆発にうろたえていたため、この時になってはじめて、やっと自分たちの方へ近づいてくる危険な代物(しろもの)を発見し、あわてて船の周囲にフォース・バリヤー——如何なるものも突き抜けることのできない強力な電磁気的エネルギー・スクリーンを張りめぐらせようとした。だが、すでに遅かった。五隻がミサイルの犠牲になり、ほんの一瞬、乳白色の蒸気とブルー・グレイの噴煙によって暗いカンバスにモノクロームの抽象画を描いたのち、乗組員もろとも果敢なく蒸発した。

『丙長』は残りの七隻に接近しながら、続いて第二弾の発射を全機に命じた。ふたたび宙空に猛り立った陰茎様のミサイルが敵船を追って飛んだ。だがそれらはいずれも、眼に見えぬテンションによって進路を妨害され、獲ものに触れることもできず空しく宙に自爆し、単調な色彩の花火となって消えた。

まだ七隻残っている——『丙長』は追跡を続けながら考えた——こいつらにこのままビシュバリクへ行かれたのじゃ、今までの苦労が水の泡になっちまう、といって、こいつらを攻撃する武器はもう何もねえ、だからといって引き揚げることもできねえ、今あきらめて方向転換したら敵の奴らこっちにミサイルがなくなったってことを知って反撃してくるだろう、そうなっちゃひとたまりもねえ、このまま追うより他しかたがなさそうだ。

七隻の地球軍反重力中型宇宙船は、今やはっきりと農民解放軍宇宙船団の追跡をふり切って逃げ切ろうとしていた。母艦がだしぬけに破壊され、時を同じくして得体の知れぬ無鉄砲な木造船がやってきて僚船をさらに五隻も撃墜したのである。彼らは恐れおののいていた。当然木造船に対して反撃すべきだったが、触らぬ神に祟りなしというわけで、敵がもはやそれ以上ミサイルを射ってこないと悟ると、指揮者を失った彼らはフォース・バリヤーをとりはらい、先を争ってあたふたと逃げ始めた。

ようし、最後に奴らをもうひと脅かししとかなくちゃなるめえな——『丙長』はそう思った――奴らすでに怯(おび)えている、ここでもう一度驚かしときゃあ、おれたちがたとえ引き揚げたところで、よもや奴ら、シハードへ行こうなどとは金輪際(こんりんざい)思うめえよ、だが、さて、どうやって脅かしてやったもんか――『丙長』は船団の最後尾を逃げて行く敵船の尻を睨みつけながら考えた。

　どうやったもんだろうなドブサラダ――『丙長』は心の中で、五年前ＢＵ－２で死んだドブサラダに話しかけた。『丙長』は考えごとをする時かならず、曾(かつ)て自分が国家軍丁長だった時の部下ドブサラダに心で呼びかけるのが癖だった。彼の良き部下であり良き相棒だったあのドブサラダと相談することによって、彼は物ごとを批判し、判断し、決定するのだった。『丙長』の眼の前の宇宙の闇に、ドブサラダのしかつめらしい顔がぼんやりと浮かんだ。彼は『丙長』に頷きかけ、ゆっくりと言った。丁長殿。おやりなさい。敵はびくついている。ここでがんと一発脅かしをかけるのが本筋でしょうな。そうか。『丙長』もうなずいた。だが、どうやって――。丁長殿。あんた、ここらでひとつ、死に花を咲かせちゃどうです。死に時ですぜ。それも極上の。やるか。ああ、おやりなさい。死ぬのはちっとも恐ろしくねえ。闇の中に乙長の顔が浮かんだ。彼はわめきちらしていた。進め。進め。丙長。男ではないか。がんとやれ。がんと。やります。『丙長』は叫んだ。乙長殿。自分はやります。丙長殿、早く来てください。ミシミシが滑稽な顔を『丙長』に向け、あの間の抜けた阿呆声で言った。

おれたちゃみんな、丙長殿の来られるのを待っているんであります。またみんなで、たらふくナンマン酒をくらって酔っぱらいましょうや。うん。そいつは楽しいだろうなミシミシ。『丙長』は大声で笑った。よしよし。いいともミシミシ。待っていろ。お前は淋しがり屋だったな。すぐに行ってやるぞ。すぐに。そしていっしょに酒を飲もう。

「おい『丙長』。何をする気だ。返事しろ『丙長』」

さっきからマケラの声が通信機から大きく響いていることに『丙長』はやっと気がついた。

「まあ、見ていてくれ隊長」と『丙長』は答えた。「ちょっとしたことを、やる。とにかく奴らを追っぱらわなけりゃな」

最後を逃げていく敵船が、すぐ目前に迫っていた。『丙長』はスロットルを全開にして敵船の最後尾噴射管に突っこんで行った。

「『丙長』」マケラの悲鳴に近い叫び声が、『丙長』の耳にがんと響いた。

その中型反重力宇宙船は、『丙長』が操縦する木造宇宙艇一号機に噴射管と燃料庫の外鈑を破壊され、たちまち爆発した。白い閃光が闇を裂いてマケラの眼を射た。

「やった」ズンドローが操縦席で叫んだ。

「なぜそんなことを」マケラは泣き叫んだ。「馬鹿。馬鹿。お前が死んじまったら、おれはどうすればいいんだ。おれひとりじゃ、なにもできないんだ。『丙長』。お前だってそれくらいは、知っていたはずじゃないか」

今やあわてふためき方の極に達した敵船団は、それぞれ勝手に方角を変えた。大変だ、こいつらは気ちがいだ——彼らがそう思ったのも無理はなかった。彼らの殆んどは船首を大きく回転させ、ブシュバリク目指して逃げ戻ろうとしていた。

指揮者がいなくなり、敵船団の隊列が乱れたため、追跡コースの判断に迷った農民解放軍の宇宙艇もやはり列を乱し始めた。

「ようし、みんな引き揚げるだ。奴ら、もうシハードへ行く気をなくしちまってるだからな」マケラが泣き続けているため、ズンドローはしかたなくパイロット席からマイクで全機を指揮した。「取舵いっぱい小回り。おらについてくるだぞ」

マケラはまだ泣き続けていた。「これからおれは、地球の奴らとどうやって戦えばいいんだ。『丙長』。お前は悪い奴だ。こんな時におれを放ったらかしにして、自分ひとり勝手に死んじまいやがった。『丙長』なぜ死んだ。馬鹿野郎。馬鹿野郎」

20　戦争婆さんはシハードの廃墟で歌うたいにめぐりあった

それからさらに、二年の歳月が流れた。

戦争はまだ続いていたが、それは今やはっきりと地球対サチャ・ビ（コウン・ビ）の戦いに変っていた。もちろん地球は今でも、ブシュバリク共和国の政治家や共和国軍将校の生き残りをかき集めて傀儡（かいらい）政府をでっちあげ、それをあと押しするという形をとってはいたものの、戦いの指導権を握っているのはすべて、地球本土から大量に投入される無尽蔵の新兵器を持ち、多勢の地球人兵士によって構成されている、地球連合軍馬の首派遣軍であった。

ビシュバリク統一暦一二三年夏――。

それまでブシュバリク上のいたる場所に出没し、ゲリラで派遣軍をさんざん悩ませた農民解放軍を、ほぼ掃討したと判断した地球軍参謀本部では、ついに本格的なシハード宙爆を開始することに決定した。このエスカレーションによって、ついに地球はサチャ・ビ族を滅亡させようとする意図があることを全宇宙の民族の前に露呈したわけである。自分たちの星の軍需産業による経済の均衡を保つためには、他宇宙民族の犠牲も意に介さないという彼らの考え方が、すべての人間に知れてしまったのだ。

名もしらぬはるかな外宇宙の一小民族がこの馬の首戦争のことを伝え聞いて、はるばるシハードへ使者を送ってきた。彼らは、宮殿を逃れて森の中の秘密の軍事基地に移っている政府を捜しあて、皇帝に会い、軍事援助を申し入れた。しかしハンハン三世はこの申し出を拒絶した。自分たちの身にふりかかった災難は、自分たちの手だけで決着をつける――聡明なハンハン三世は、馬の首星雲内へのこれ以上の他民族の介入を恐れ、そう言ってきっぱりと断わったのだった。

シハード宙爆は三日にわたって行われた。

宮殿は破壊され、町中の建物という建物はすべて粉砕された。町は燃え、三百万の市民が命を失った。五百万の罹災（りさい）の民は町を逃れ、首都を捨てて八方に散って行った。

一方ブシュバリクにいた、隊長マケラの率いる農民解放軍は、戦場がいよいよビシュバリクに移ったことを悟り、国家軍兵士の生き残りとともに皇帝を守るため、全軍をシハードへ後退させることにした。彼らが、苦労して修復した廃品同様の大型宇宙船でシハードの東約二キロの地点に着陸したのとちょうど同じころ、地球軍歩兵師団約四大隊がこれはシハードの北方約六キロの地点に、やはり大挙着陸していた。ふたつの軍隊は互いに相手の存在を知らぬままに、それぞれ違った方角から、今は廃墟となったシハード市に向かって進軍を始めていた。

　その夏は暑く、その日は特に暑かった。


たいへんな苦労をして荷車をハラカイ湖の堤防に押しあげ、さらに土手の傾斜を湖岸にまで曳きおろした戦争婆さんと末っ子ユタンタンは、白い温泉沈澱物の積った湖床に横たわっている農民らしい中年男と、その妻らしい肥った女に出会った。

「あんたたち、何をしてるだね」と戦争婆さんは彼らに訊ねた。「早く湖を渡っちまわないと、この湖はあと四、五時間で湯を噴き出すだぞ。おらたちは以前それでひでえ目に会っただ。もっともそん時は、半分やけど承知で渡っただがね」

「亭主が足を踏みちがえて、土手からころげ落ちましただ。足の骨を折っただ」農婦は泣きそうな声でそう答えた。「歩けねえですだよ。おらがおぶって行こうとしても、痛えといって泣きわめきますだ」

　農夫は長いズボンの裾をたくしあげていた。見ると脛の中ほどから折れた骨が皮膚を破って白く突き出ていた。

「こいつは大怪我だ。放っときゃ一生歩けねえことになるだぞ」婆さんが驚いてそう叫んだ。

　その声で女房に似合わぬ痩せこけた貧弱な体格の農夫が大袈裟にわあわあ泣きはじ

めた。「痛えいてえ。何とかしてくれ。かあちゃんよう。なんとかしてくれ、かあちゃんよう」

「うるせえ。餓鬼みてえに泣きわめくでねえだ」農婦は亭主を怒鳴りつけた。それから情けなさそうな顔を婆さんに向けて言った。「どうしたらいいでしょうかねえ。おらたちはシハードに用があって、遠くからここまではるばるやってきただ。シハードに身寄りのもんが居て、おらたちを待ってる筈ですだ。おらたちは全財産をはたいて旅に出ただ。だけどもう金を使い果たして一文なしですだよ。おら、困ってるだ」

「ユタンタン、この人を車に乗せてあげろ」と、婆さんはいった。「みんなでシハードまで曳いて行くだ」

ぽかんと口をあけ、大の男が泣く様子を例のにたにた笑いのような表情で面白そうに眺めていたユタンタンは、婆さんの声で真顔に返り、ずかずかと農夫に近づくなり、彼の両の腋（わき）に腕をつっこんで、ぐいと抱き起した。農夫はぎゃっと叫び、ユタンタンの腕の中でのけぞった。

「なんて無茶をするだ。相手は怪我人だぞ」婆さんはあわてて駈け寄った。

ユタンタンは驚いて農夫の身体をつき離した。農夫は地べたにひっくり返り、うむと呻いて眼をまわしてしまった。

「馬鹿め。落す奴があるか」

三人は怪我人をそろそろと抱き起し、荷車の最後尾に寝かせた。婆さんは農夫に気つけ薬を嗅(か)がせ、痛みどめの薬を服(の)ませてやってから、荷車を曳いて乾いた湖底を進みはじめた。ユタンタンと肥った農婦があと押しをした。怪我人が、車が揺れるたびに痛がって悲鳴をあげるため、車はのろのろとしか進むことができず、二時間もかかって、やっと湖の半分——中央部の広葉樹の森のある島にまでしか到達できなかった。「この分じゃあ、このまま進めば向こう岸に着くまでに煮え湯が湧くだ」婆さんが島に荷車を曳きあげながらそう言った。「おら、あんたたちをこの島においてひとりでシハードまで行って、医者を呼んできてやるだ。ユタンタン、お前もここにいて荷車の番をしろ。湯が湧いたところで、この島から出さえしなきゃあ無事だからな」口の端から横っちょに舌をだらりと垂らして荷車を押しながら、ユタンタンは大きく頷いた。

車を森の中に入れてしまうと、婆さんはさっそく島を出て、対岸めざし白い湖床を急ぎ足に去っていった。ユタンタンは森の中のいちばん大きな木に登り、頂きに近い枝に腰をおろして、ゆたかな茂みの中から去って行く婆さんのうしろ姿を見送った。彼は高いところに登るのが好きだった。

「医者を呼んでくるといったって、おらたちにはもう払う金がねえだ」森の中では、農婦が困り果てたという声で亭主に言った。「このろくでなしめ。お前さえ足なんか折らなきゃ、おらたちはこんなに困らねえですんだだ。どうやって医者に金を払うつもりだね」

「シハードの兄貴のところで借りるより仕方がねえだ」痛みの薄らいだ農夫が、気弱げにそう言った。

「貸してくれるもんかね」と、農婦は吐き捨てるように言った。「貸してくれたとしても、あの男のことだから、どうせ高え利息をとるに決まってるだよ」

農夫は腹を立てて怒鳴りはじめた。「おらの足のことは、どうでもええのか」彼は腕を振りまわした。「亭主の足よりも金の方が心配なのか」そして彼は激昂のあまり荷車からころげ落ち、また眼をまわしてしまった。

それから二時間ほどののち、やっとシハードの市内にやってきた戦争婆さんは、あたりの様子を見て眼を丸くした。すべて全壊、半壊した建物ばかりで満足なものはひとつもなく、たまに彼女が見かける人間はすべて乞食か不具者か老人かさもなければ足腰の立たぬ重病人だった。瓦礫(がれき)の山が続き、道さえなくなってしまっていた。とても医者など見つかりそうになかったが、茫然とした表情のままで、なおも焼け跡をあちこちとさまよい歩いた。

宮殿の崩れかかった塀の蔭まで来て、婆さんはやっと顔見知りを見つけ、声をかけた。「おや、あんたはあの、辻音楽師じゃねえかね」

乞食に近い恰好で塀の下にうずくまっていた歌うたいは、ゆっくりと顔をあげ婆さんの方を向いた。彼の眼は両方とも白く濁っていた。

「おお。その声はたしか、戦争婆さん」彼の声は、その深く皺の刻みこまれた顔同様、まるきり老人のそれになってしまっていた。「戦争婆さんじゃないか」

「そうだ。おらだよ」婆さんは、いたいたしげに歌うたいの様子を眺めまわしながら訊ねた。「お前さん、眼をどうしただね」

「この間の爆撃でやられたんだ」彼はゆるやかに首を振りながら言った。「まるで、地獄みたいな光景だったよ、婆さん。あんたは、この町にいなかったんだろ」

「ああ、今来たばかりだよ」

「いなくてよかった」彼はうなずいた。「あの光景を見なくてよかった」

「それほど凄かったのかね」

「ああ、凄かったよ。おれの眼の前で、何千人、いや何万人という人間が死んで行った。可愛い子供も、若くて美しい女たちも、たくましい純情な青年も、善良そうな商人も、威張った役人たちも、いかめしい警官も、おれのお袋ほどの歳のお婆さんも、知恵のありそうな老人も、みんなまるで人間じゃないみたいに、一秒に十人くらいの割りあいで次つぎに殺されて行った。おれはあれを見て、神もほとけもこの世にゃいらっしゃらないに違いない――そう思ったよ」

「そうかね。そんなことがあったのかね」婆さんは深い溜息をついて、歌うたいの前の地面にしゃがみこんだ。「生き残った人たちは、どこにいるんだね」

「みんな町を出て、どこか遠くへ逃げて行った。もう帰っちゃこないだろうね」歌うたいの盲いた眼からは、涙がひと筋流れ落ちていた。「ここはいい町だった。賑やかで、活気があって、上品な場所もあれば下品な場所もあり、親しみやすい、ほんとにいい町だったよ」

「ああ、いい町だったとも」婆さんもうなずいた。「ほんとに、いい町だったとも」

「おれにゃ、わかっていたんだ」と、歌うたいはいった。「みんなはおれの言うことを馬鹿にしていたが、おれにはいつかこんな時がくるってことが、ずっと前からわかっていたんだ。みんな、戦争を甘く見ていたんだ。戦争ってものを馬鹿にしていたんだ」

「おらも、戦争に息子を三人もとられちまっただ」と、婆さんがいった。「誰も戻って来やしねえだよ」

「あんたは、息子さんたちの消息を、ぜんぜん知らないのかね」と、歌うたいが訊ねた。

「詳しく聞いたことは一度もねえだ」と、婆さんは答えた。「あちこち旅をして歩きまわっていたが、どの子にも会わなかっただよ。時どき、ヤムが大金持ちになったことだの、マケラが農民解放軍にいるらしいことだのを風の便りに聞くだけでね」

「でも戦争婆さん。あんたとあんたの息子たちのことは、今、流行(はや)り歌にまでなっているんだぜ」

「おらたちのことがかね」婆さんはびっくりして、歌うたいの白い眼を覗きこんだ。

「それは、どんな歌だね」

「聞かせてやろうかね」と、歌うたいはいった。

「ああ、聞きたいね、聞かせてほしいね」婆さんは身をのり出し、ほとんど泣きそうな声で歌うたいに頼んだ。「唄っておくれ。唄っておくれ」

「じゃ、唄ってあげよう。以前ほどうまくは唄えないが」歌うたいは、例のコンセルチーナに似た楽器をとりあげて、ゆっくりと唄いはじめた。

〽戦争で儲けた　その金で
戦争婆さん　何をした
四人の男に　子種を貰い
赤ん坊ごろごろ　海燕(うみつばめ)
浮き巣の商い　息子にやらせ
楽して死にたい　下ごころ

戦争婆さんにゃ　　息子が四人
みんな丈夫で　　いい男

一番目の息子は　　道楽者よ
のらりくらりと　　寝待ち月
思惑当って　　お大尽
羽ぶりきかせる　　実力者
だけど物ごた　　うまくは行かぬ
革命さわぎで　　無一文
ふらり旅立ち　　音沙汰も
梨のつぶての　　面憎さ

二番目の息子は　　強情者よ
涙もろいが　　勇み肌
引っぱり込まれた　　軍隊で
思わぬ手柄を　　たて続け
丁長にされては　　みたものの

兵隊稼業に　秋の風
農民集めて　解放軍
指揮する姿の　精悍（せいかん）さ

三番目の息子は　詩人肌
いつもぼんやり　夢見勝ち
ふとしたことで　甲長に
眼をかけられたが　運の尽き
金を失（な）くして　歌姫と
手をとりあって　落ちのびた
先はいずこか　白真弓
春の雪とは　消えにけり

戦争婆さんにゃ　四人の息子
けれど残るは　ただひとり
薄ぼんやりの　唖息子
歌が好きでも　声は出ぬ

大飯食いの　馬鹿力
荷車押すより　能がない
だが婆さんにゃ　可愛い子
たったひとりの　いい息子

「おらには四人の息子がいただ」歌が終ると、婆さんは油じみた布ぎれを出して涙を拭いながらいった。「だけど今は、たったひとりしか残っていねえ。これも戦争が悪いだよ。何もかも戦争が悪いだ」

「その通りだよ。婆さん」

盲目の歌うたいはそう答え、婆さんの次の言葉を小首を傾げて待った。だが婆さんは、洟(はな)をすすりあげただけだった。

歌うたいは、婆さんの言葉をながい間待ち続けた。

やがて、彼は言った。「どうしたね。まだ、そこにいるのかね」

婆さんの返事はなかった。婆さんはふたたび廃墟の町を空しくさまようために立ち去ったのである。たとえ今から湖に戻ったところで、すでに湯がわきでているに違いなかったからである。

歌うたいは、かすかにかぶりを振った。吐息とともに、白い濁った眼を嘘のように澄み切った蒼空に向け、彼はそっと呟いた。「戦争が悪いと言いながら、まだ戦争から儲けをかすめ取るつもりでいる。可哀そうにあの婆さん、まだ眼が見えないままらしいな」

ビシュバリクに正午が近づいてきた。

少し前、シハードの北約六キロの草原に着地した地球軍歩兵師団四大隊は、ほんの少数の装甲車に将校を乗せただけの徒歩行進で、メルキトの原を横切り、街道を通ってハラカイの湖の堤防近くにまでやってきていた。

「中尉。あの土手の向こうはどうなっている」土手に並行した街道を進む縦隊の、先頭近くの無蓋車の上で、大尉が隣席の中尉にそう訊ねた。

「さあ。川か湖ではないかと思われますが」中尉は首を傾げた。「原住民の案内人を二、三人連れて来てはいるんですが、いずれもブシュバリク育ちのやつで、このあたりの地理に詳しい奴がいないのです」

「用心するに越したことはない」と、大尉はいった。「敵がいるかも知れん。誰かに見に行かせろ」

「はい」

中尉は下士官に命じ、一分隊を堤へ斥候(せっこう)に出した。

21　末っ子ユタンタンは計略で地球軍四大隊を全滅させた

「お前さん。あの、おらたちが越えてきた土手の上をご覧よ」農婦が森の木立の蔭から彼方の堤の上を見て、すっ頓狂な声を出した。

地べたに横たわっていた農夫は、女房の傍らにいざり寄って彼女の指さす方を眺め、眼を細めた。

「おや。あれは兵隊でねえか」それから急に眼を見ひらいて息をのみ、女房の腰帯に手をかけて顫え始めた。「ああ、あれは地球(コウン・ビ)の兵隊だ。おらたちの村を焼き払った、あのコウン・ビだ」

「奴ら、ここまで来ただ。とうとう、ここまでやって来ただ」農婦が泣きそうな声を出した。「ああ、ああ。もうお終(しめ)えだよお前さん。奴らきっと、シハードへ行くつもりに違いねえだ」

ふたりの切迫した声におどろいて、ユタンタンは彼らの背後に立ち、ぼんやりと堤を眺めた。

「あいつらがシハードへ行ったら、もう何もかも駄目になっちまうだ」農夫は絶望のあまり、か細い裏声でそう言うと顔を歪めてひいひいと泣き始めた。「シハードの人間は、みんな殺されちまう。そうに決まってるだ。おらの兄貴の家族も、王様も、みんな殺されちまうだ」

「ああ、ああ」ユタンタンは驚いて、その場で大きくとびあがった。

「さっきの親切なお婆さんも、殺されちまうだよ」農婦も立木の幹にしがみつき土手を見つめたまま大きな口を開いて、わあわあ泣き始めた。「医者どころじゃねえだ。あの人だってもう、ここへ戻っては来れねえだぞ。そうに決まってるだ」

「ああ、ああ」ユタンタンは気が気でないといった様子で、眼を見ひらき、手足を振りまわしてあたりを跳ねまわった。

「大変だたいへんだ。もうこの国はお終えだ、あのよその星の奴らに、サチャ・ビ族は皆殺しにされちまうだ。この星はあのサンシタジャータカに占領されちまうだ。ビシュバリクもブシュバリクも、あのつるつる顔のいやらしいコウン・ビのものになっちまうだ」農夫は女房の巨大な尻にうしろからしがみつき、おいおい泣いた。「かあちゃんよう。おらたちも殺されちまうだ。かあちゃんよう。おら、死にたかねえ。死にたかねえだ」

「お前さん、なんとか町の人たちに知らせる方法はねえもんかねえ。早く逃げるように教えてやれる方法はねえもんかねえ」農婦は泣きながら振り向いて、亭主にすがりついた。

「とても駄目だよ。かあちゃん」農夫は女房の巨大な乳房の谷間で窒息しそうになり、あわてて手を振りまわしながら言った。「この島から駈け出た途端に、奴らに見つかっちまうだ。そうしたらあの、くにゃくにゃした光の筋の出る鉄砲で、どんな遠くからでも、たちまち撃ち殺されちまうだ」

「ああ、ああ、ああ」ユタンタンは涙で顔をびしょびしょにしながらあたりを跳ねまわった末、立木の根もとへ頭をこすりつけ、うずくまってしまった。

「ああ、お前さん。お前さん」

「かあちゃん。かあちゃん」

「おらたちは、ここで死ぬのかねえ。本当にここで、殺されちまうのかねえ」農婦は亭主を抱きすくめ、その頬に自分の頬をこすりつけながら泣きわめいた。

「奴らは、こっちへは来ねえだろうよ。街道を通って行くに違えねえだ。だけどどうせおらたちは、どこに隠れていたところで、遅かれ早かれ見つかって殺されちまうだ。ああ。おらたちだけではねえだ。サチャ・ビ族はみんな殺されちまうだ。この世の終りだ。ああ。かあちゃん。お前はおらみてえなもんと、よく今まで一緒にいてくれた」農夫も足の痛さを忘れ、女房の太い首ったまにかじりつき、洟やよだれを垂れ流しながら泣き叫んだ。「よくまあ今まで、お前はおらに尽してくれただ」

「何言うだねお前さん」農婦もそう絶叫し、改めて亭主に武者振りついた。「勿体ねえ。なんてこと言うだ。おらこそお前さんにあやまらなきゃならねえだよ。おら今まで、お前さんに怒鳴り散らしてきただ。ほんとにおら、罰あたりな女だったよ。悪い女房だっただ。おら、ほんとに心からあやまるだよ。すまなかっただ。すまなかっただ」

だしぬけに、耳をつんざくような大音響があたりに轟きわたった。

それは数百人の男たちによる行進曲の一大斉唱だった。農民夫婦はとびあがり、あわててきょときょとと周囲を見まわした末、最後に樹上を見た。

「あっ。あの馬鹿もん。何ちゅう馬鹿な真似をするだ」農婦はあわてて、森の中のいちばん高い木の下に駈け寄り、梢を見上げた。

そこではユタンタンが、さっき婆さんを見送ったあの頂き近くの枝に、いつの間にか蔵音函をかついで登り、最大の音量で軍歌をかけていた。

「やめろ。やめるだ」木の根かたにいざり寄った農夫が、大声でユタンタンに叫んだ。「地球人に聞かれたらどうするだ。奴らここへやってきて、おらたちを殺しちまうだぞ。やめろ。やめねえか」

「頼むだよ。お願いするだ。やめとくれ」農婦もおろおろ声で叫んだ。「その音を消して、おりといで。早く」

だが蔵音函のすぐ傍にいるユタンタンには、彼らの声は聞こえなかった。ユタンタンはあいかわらず気づかわしげな顔つきのまま、耳を聾せんばかりの大音響を発し続けているラッパの口をシハードに向け、そちらをじっと眺めていた。

彼は、口をぽかんと開いていた。

「聞こえますか」と、土手の上に伏せた軍曹が隣りの曹長に訊ねた。

「うん。たしかに聞こえる」曹長はうなずいた。「国家軍の奴らだな」

「あの森の中にいるに違いありません」と、軍曹がいった。「あの声の調子じゃ、奴ら酒を飲んで酔っぱらっていますな」

「そうらしい」曹長はまた頷いた。「よし。戻って中尉殿に報告しよう」

分隊は堤をおりて街道に引き返した。

「国家軍の兵隊がいるんだと」曹長の報告を聞いて、大尉はちょっと眉をあげた。「何人くらいだ」

「さあ、あの声では百人から二百人くらいと思われます」

「なんだ。それだけか」大尉は詰らなそうに、曹長の顔から眼をそらせた。

「どうしましょう。大尉殿」と、中尉が訊ね、それから進言した。

「乾あがった湖だそうですから、湖底を突っ切って行けば、街道を迂回するよりは早いと思われます。行きがけの駄賃に、そいつらをやっつけて行きましょう。百人くらいなら、おそらく反撃もしてこないでしょう。ほとんど捕虜にできます」

「そうだな」大尉は少し考えてからうなずいた。「よし。そうしろ。お前の隊だけで先にその森へ行け。全部殺すなり捕まえるなりしたら旗をあげて合図しろ。本隊はそれまで、ここでこのまま待とう」

「わかりました」中尉は車を降りて叫んだ。「第一大隊集合」

「来ただ。奴らがこっちへ来ただ」農婦が堤を眺め、湖底を歩いてやってくる数百人の兵隊を見ておどりあがり、大声で叫んだ。「ああ。どうしよう。どうしよう」

「やめろ。その音楽をやめねえか」農夫は這いつくばったまま、近くの小石をとって樹上のユタンタンに投げつけた。

その小石はユタンタンの足にあたった。彼はぼんやりと農夫を見おろしてから、うしろを振り向いた。一中隊の兵士が島に向かってやってくるのを見て、ユタンタンは今にも泣き出しそうに顔を歪めた。彼はあわてて蔵音函の音量をさらに大きくしようと試みたが、もうそれ以上の大きな音は出なかった。彼はシハードに向かって首をのばした。大きく口を開き、古い蔵音函からぎくしゃくとまろび出る軍歌にあわせ、声をはりあげて唄おうとした。

だが彼の口から洩れたものは、かすかな細い悲鳴のような音だけだった。「あ、あ、ああ、ああ」それでも彼はあきらめようとせず、顔中から汗を流し、唄い続けようとした。ひゅうひゅうと空しく風を切って咽喉の奥を通り過ぎていく息に音響をあたえようとし、彼はけんめいに胸をふくらませ、息を吐き続けた。

しかし声は出なかった。それでもユタンタンはあきらめなかった。胸をよじり、シハードの町に向かって両腕を振りまわしながら、いつまでもはかない努力を続けた。

「とまれ」

ブチャランの背に跨がり、シハードへ向かう長い縦隊の先頭を進んでいたマケラが、今は歌にまでうたわれているその有名な片腕をあげて全隊を停めた。彼ら農民解放軍一千名の兵士は、すでにシハードのすぐ東の丘陵地帯にさしかかっていた。

「あの音が聞こえるか。ズンドロー」ブチャランのすぐ横を歩いていたズンドローに、マケラはぴんと耳を立てたままで訊ねた。

ズンドローは担っていたブルハンハルドゥンナ長銃の台尻を地面に立て、小首を傾げて、同じように耳を立てた。彼らはみな、聴覚に関しては地球人のそれに数倍優っていた。

「あれは国家軍の軍歌ですだ」と、ズンドローが答えた。「どこかに集まっているに違えねえ」

「ハラカイの湖の方から聞こえて来ますだ」シハード生まれの、とりわけ耳の良い農民兵のひとりが、列の中から大声でいった。

「ふうん。あんなところに結集しているのかな」マケラは首を傾げ、それからうなずいた。「ようし。彼らと合流しよう。ハラカイの湖に向かう。その農道を通って北へ行こう」彼はふたたび腕を大きく振り、よく透る声で叫んだ。「出発だ」

地球（コウン・ビ）の兵隊たちが島に上ってきたので、農民夫婦はあわてて木立の蔭にかくれようとしたが、狭い森の中では身をかくす場所もなく、たちまち見つかってしまった。彼らは兵隊たちによって、中尉の前の地べたに引き据えられた。

「何のつもりだ」中尉はかんかんに怒っていた。「あの木の天辺（てっぺん）で雑音を出しているのは、お前たちの息子か」

「違えますだ」農夫は泣きながら、けんめいに叫んだ。「あの男は、おらたちの知らねえ男ですだ。おらたちの知らねえ間に、あんなところへ登っただよ」

「あれをやめさせろ」と、中尉は怒鳴った。蔵音函の音が大き過ぎて、叫ばぬ限り地球人の貧弱な声量ではまともな声を出しても透らなかった。「すぐにやめさせるんだ。町の奴らや国家軍の奴らが、あれを聞きつけてやってくると面倒だ。早くやめさせろ」

「やめさせようとしましただよ」農夫が顫えながら答えた。「だけどあいつは気ちがいですだ。どうしてもやめようとしねえですだよ」

「ようし。お前たち、あの男を銃で狙え」顔をまっ赤にして、中尉は部下たちにそう命じた。

　数人の兵士が木のまわりを取りまき、光線銃の銃口を樹上のユタンタンに向けた。

「それをやめろ」中尉は梢に向かって、せいいっぱいの声をはりあげた。「やめんと撃つぞ」

　ユタンタンは地上を見おろし、悲しげな顔つきをした。彼はまた口の端から、なすび色の重そうな舌をだらりと垂らしていた。しばらく中尉の様子をじっと眺めていたユタンタンは、ふたたび枝の上で伸びあがり、シハードの町に向かって出ぬ声をはりあげようとした。「あ、あ、ああ、ああ」

「くそ。イヌめ犬め野良犬め」中尉は部下に命じ、木の傍へ農民夫婦をつれて来させた。農夫の顳顬（こめかみ）に光線銃の銃口をくっつけ、中尉はまた樹上に叫んだ。「やめないと、この男を殺す」

　銃口の冷たい無気味な感触に、しばらくは眼を閉じて激しく顫えていた農夫が、急に大きく眼を見ひらいた。彼はだしぬけに、肺臓も破れよとばかり叫び出した。「もっとやれ。もっとでかい音を出すだ。町の連中に、この悪魔どもがやってきたことを教えてやるがええだ。おらのことなんか、構うこたねえだぞ」

「こいつ」中尉が光線銃の引き金を引いた。

農夫の頭部は一瞬まっ黒に焦げ、やがて白っぽい灰になってぐずぐずと地面にくずれ落ちた。

「うわあ。お前さん。ああ。お前さん」農婦は兵士の手を振りきって、地面に転がった夫の死体にとりすがった。「死んじまった。お前さんが死んじまった。ほんとに死んだのかよう。ああ。死んじまったんだ。ああ。ああ。死んじまったよう。死んじまったよう」彼女ははげしく身もだえながら、悲痛な声で泣き続けた。

その後頭部に、中尉がまたも光線銃を発射した。農婦はその巨大な体軀を、どたりと夫の死体の上に横たえて動かなくなった。

「よし。あいつを撃て」続けざまに二人も人を殺して逆上した中尉は、興奮で顎によだれを伝わせながら梢を指し、木の周囲の兵隊たちに絶叫に近い声で命令した。「撃ちおとせ」

数条の光線が音なく屈折しながら樹上めざして這いのぼった。光線は、ユタンタンが跨がっている枝に命中した。彼は枝に跨がったままみどりの茂みを貫いて落下してきた。大きな彼の身体は音を立てて地面に激突し、湿った土に俯せに喰いこんだ。支える者のなくなった蔵音函が轟音を吐き続けながら、少しあとからそのすぐ近くに落ちてきて壊れ、周囲に部品をまき散らしてやっと静かになった。

あたりは急にしんとした。聞こえるのは中尉の荒い息遣いだけになった。

彼は自分の逆上加減に少しはずかしくなったのか、低い声でいった。「曹長、堤に向けて旗を振れ」

「はい」曹長は森を出て、自分たちのやってきた方角に合図の黒い旗を振った。

地球軍歩兵師団三大隊は一団となって堤を越え、湖底を進み始めた。大尉の乗った無蓋車が歩兵の列から離れて先頭に出、温泉沈澱物の白煙を背後にもうもうとまきあげながら、いそいで島までやってきた。

「どうしたのだ。あの音は何だったのだ」大尉が車の上から、いそぎ足で森から出てきた中尉に訊ねた。

「あれは兵隊ではありませんでした」と、中尉はいった。「あれは実は、レコードだったのであります」

「馬鹿馬鹿しい」大尉は詰らなそうに中尉の顔から眼をそらせた。「しかしあの音を、町にいる国家軍の兵隊に聞かれたかも知れません」中尉は車に乗り込みながらそう言った。「急いだ方がよさそうです」

どう、どう、どう、どうという、しばらく前からかすかに響き続けていた地鳴りが次第に大きくなり、やがて湖床ぜんたいが上下に揺れはじめた。

「なんだこれは」大尉がおどろいて言った。「地震かな」

「大隊長殿。地面が湿気(しっけ)はじめました」歩兵とともに行軍していた少尉が、眼を丸くしながら無蓋車の傍へ走ってきて大尉に報告した。「地下水が湧いてきたようです」「それはいかん」大尉はびっくりして車上に立ちあがり、大声で傍らを行進して行く隊列に叫んだ。「全員駈け足。大いそぎであっち側の堤防へ走れ。この湖は間歇泉だ」

　歩兵師団四大隊はやや隊列を乱し、大あわてで島の傍を駈け抜けて行った。

「あの島にとどまっていれば、水を避けられたかも知れません」走り出した車の上で中尉が大尉にいった。

「馬鹿をいえ。そんなことをすればあの島に釘づけになってしまうではないか。何とかして渡り切るのだ。それ急げいそげ」大尉は運転席の兵隊に叫んだ。「それ走れ全速で走れ」

　湖底から一面に白い蒸気が立ちのぼり始めた。地がゆるみ、走り続ける兵士たちは泥に変り出した温泉沈澱物に足をとられ、よろめき出した。重い機銃架を担いで走っていたひとりが俯せに倒れ、泥濘の中に顔を突っこんだ。

「あちちちちちち」彼はおどりあがった。毛のない、つるりとした彼の顔はたちまちひどい水ぶくれになった。「大変だたいへんだ。これは熱湯だ」彼はびっくりして機銃架を捨て、死にものぐるいで駈け始めた。

　地面のあちこちから、ごぼごぼと大きな泡がふくれあがり、ぽんぱんぴんとさまざまな音を立ててはじけた。そのあとからは、鼓膜を貫こうとするかのように、かん高い金属的な音を立て、地上十メートルの高さに摂氏百度以上の熱湯が蒸気とともに噴きあがった。装甲車や無蓋車のキャタピラやタイヤが白い泥に喰いこんでから、廻りを始めた。

大尉の乗っている無蓋車のすぐ前から蒸気機関のようにぴいというけたたましい音を立て、熱湯が高く噴出した。大尉たちはそれを頭からまともに浴び、車の上で大きくとびあがった。兵士たちも悲鳴をあげはじめた。軍靴の中に熱湯が浸透してきたのである。彼らは銃を捨て、チャールストンという旧式のコウン・ビ式ダンスを踊りながら対岸めざして走った。だが、堤はあまりにも遠かった。と、いって、島に引き返すには彼らはあまりにも前進し過ぎていた。

「こら。武器を捨ててはならん。拾えひろえ」無蓋車の上の大尉が、火傷した頰を押えながら叫んだ。「軍人が武器を捨ててどうするのだ」

だが、誰も武器を拾おうとはしなかった。馬鹿正直に小型ミサイルの発射装置を両側から担って走っていた二人の兵士は、ぎゃあぎゃあと泣き叫びながらその重みで泥の中に腰まで沈み、やがてふたりは同時に大きく、くわっと眼を見ひらいたかと思うと、あまりの熱さに激しくがくがくと痙攣しはじめた。

「車が動かない」運転席の兵隊が泣き声を出した。「だんだん、泥の中へ沈んで行きます」

「車を降りて走った方がよさそうです」と、中尉が大尉にいった。

彼はそう言い捨てるなり、まっ先に車を降りて対岸へ走り出した。大尉も遅れまいとして、そのあとを追った。他の無蓋車上の士官や、装甲車を運転していた兵士たちも車を捨て、やはり不恰好にチャールストンを踊り狂いながら、咽喉も裂けよとばかりに意味のないことをわめきちらし、煮え湯をあたりにはねあげてけんめいに駈けはじめた。

「熱いあついい。うめてくれ」

「ママ。ママ」

「帰りたい。地球に帰りたい」

「コーラをくれ。コーラをくれ」

「もうしません。もう悪いことはしません。やめてくれよう。痛いよう。ぼくもういたはしないよ。先生堪忍してください」

「こんな死にかたはいやだ。こんなところで死ぬのはいやだ」

湯は湧き続けた。

兵士たちはみな、飛び散る熱湯のために一面水疱（すいほう）のできた顔を歪めて泣き叫んでいた。泥とまじりあった白いどろどろの熱湯が、すでに彼らの膝の下まで来ていた。気の狂いそうな熱さだった。発狂したものもいた。足をもつれさせて倒れた者は全身に火傷を負い、やたらに興奮してヒステリー性の痙攣を起したまま、ぬかるみの中へ沈んで行った。それらの光景はさながら、白い蒸気のヴェール越しに展開された血の池地獄、焦熱地獄絵図であった。

足を膝の上まで泥の中にめり込ませたため、士官用長靴の中へ熱湯が入ってきてその熱さにおどろいた大尉は、ぎゃっと叫んでとびあがった。彼は熱湯を蹴ちらして駈け、前を走っている中尉の背中にとびついた。「中尉。命令だ。おれを背負って行け。向こうの岸まで」

「はなしてください。大尉殿」中尉はびっくりして、肩にしっかりと喰いこんでいる大尉の指さきをもぎ取ろうとした。「そこを放してください」

「なにを言うか。上官の命令だぞ」せいいっぱいの威厳を見せ、大尉は叫んだ。「おぶって行け。昇進を申告してやる。さあ走れ、早く走れ」

「うるさい、このいやらしい老いぼれめ」大尉の重みで、ずぶずぶと泥の中に沈み出し、動きのとれなくなった中尉がやぶれかぶれで叫んだ。「そこを放せ。はなさんか」

彼は大尉を背中から振り落そうとして身をよじった途端、足をすべらせた。ふたりは熱湯の中に転倒した。互いにいそいで立ちあがろうとし、相手の肩や顔や頭を摑み、押えつけた。そのたびに彼らの服が裂け、顔の皮膚が破れ、毛髪が脱けた。さらに二度、三度と彼らは湯に全身を浸した。

立ちあがった時、彼らの頭は表皮がずる剝けになり、濃いサーモン・ピンクの真皮がむき出しになり、互いの爪による傷口のところどころから白い神経繊維の糸が垂れさがっていた。大尉はすぐ貧血を起して、ゆっくりと泥の中に横たわり、沈んで行った。中尉は虚脱状態になり、鼻歌をうたいながら熱湯を両手でぴちゃぴちゃと搔きわけ、のんびりと歩きはじめた。彼の顔面の皮膚組織は破壊されて融解壊死状態になり、まっ黒になってしまった。そして彼は最後に、まるでその焦熱の拷問が自己の肉体にとって耐え難いほどの心地よさであるかのように、身をよじって高くけたけたと笑った。それは沸騰し続ける白味噌スープの中での涅槃楽であった。それから呼吸困難に陥って、笑顔のままぜいぜい喘いだ。蒸気のために窒息し、眼球をくるりと裏がえして、彼は煮え湯の中にのろのろと倒れ伏した。

　他の兵士たちも、すでに腰の高さになった熱湯の中で断末魔の悲鳴をあげ、湯に全身を漬けてのたうちまわり、ひくひくと最後の痙攣を続けていた。熱さに正気を失った者も、いまだ正気のままの者も、もはや息絶えて煮え湯にぽっかり浮かび漂っている者も、泥に沈んで湖底に埋もれかけている者も、すべて一様に、眼を大きく見ひらいていた。その眼はいずれも、何もかも信じられないといった表情をしていた。これほどの苦痛がこの世にあったのだろうか、また、そのような苦痛を、なぜ自分が受けて死ななければならなかったのだろうか――そんな疑問をあからさまにした眼であった。

そして、マケラの率いる農民解放軍がハラカイ湖の南の堤に到着したときには、数千人の地球軍兵士の姿はすべて乳白色の蒸気の壁の彼方に消失していた。彼らは今や煮えたぎったポタージュ・スープの巨大な鍋の中でぐたぐたと煮られ、肉と骨を分離させ、味つけにせいを出しているまっ最中だった。

かくて地球軍歩兵師団四大隊は、敢（あえ）なくハラカイ湖の藻屑（もくず）と消え、ひとり残らず全滅したのである。

朝まだき、メルキトの原に二十六発の弔砲（ちょうほう）が轟いた。

クチュグルの草原に整列した農民解放軍一千名の兵士は、農民夫婦が埋葬されている小さな塚に向かって静かに黙禱（もくとう）した。塚の前に跪（ひざまず）いて長いあいだ何ごとか祈り続けていた戦争婆さんは、やがてスカートの黒土をはらい落しながらゆっくりと立ちあがり、背後に立っているマケラを振り返った。

「ユタンタンの具合はどうだね」

「テントの中に寝かせてある」と、マケラは答えた。「まだ意識は不明だ。だけど心配することはない。頭を強く打っただけだから」

婆さんはマケラに近づき、悲しげな顔で、息子のなくした方の腕のつけ根にそっと触れて言った。「可哀そうに。お前も苦労しただなあ。片腕をなくしちまってよう。顔いっぱいに、そんな怪我をしちまってよう」それからマケラの顔を、じっと眺めた。そして、おずおずと喋り出した。「どうだろうねえ。お前もそろそろ、戦争から足を洗ったら。おら、お前さえその気なら、ユタンタンといっしょにこの荷車を曳いて、親子三人仲良く暮してえだよ。そうなりゃ、どんなにしあわせか知れねえだ。そして金を儲けて、どこかええ所に落ちついて住むだ」

マケラが困ったような表情で黙っているので、婆さんは次第に躍起となり、喋り続けた。「その腕じゃあ、お前はとても一人前の働きなんぞ、出来るもんでねえだ。たとえお前がどんなに偉くなったって、そんな顔でそんな身体じゃあ、とても嫁に来てくれる女なんかいやしねえだよ。お前はやっぱり、おらがかばってやらなきゃあ。おらが始終、傍についていてやらなきゃあ」婆さんは大きく頷いていった。「うん。お前はこれから、おらたちと暮すがええ。それがいちばんええだよ。そうに決まった」

マケラはゆっくりとかぶりを振った。「おっ母あ。おれは行かなきゃならねえ」と、彼は言った。「おれには部下がいる。皇帝陛下も、おれを待っている。もうすぐ地球(コウン・ビ)の奴らがやってくるんだ。おれは国家軍の兵隊たちといっしょに、奴らをこのビシュバリクから追っ払わなきゃならねえんだ」

婆さんは無表情に、しばらくマケラを眺め続けた。やがて、かすかにかぶりを振った。「おらにはわからねえだよ」彼女はぶつぶつと呟きながら、マケラに背を向けた。「おらにはお前の気持がわからねえだ」

「行かなきゃならねえんだ」マケラは頑丈な上半身を屈め、母親の背中に向かって許しを乞うような調子で言った。「早くこの戦争を終らせねえ限り、おれやおっ母あが楽しく住めるような、そんないい所なんぞ、この世のどこにもありゃしねえんだぜ」

「お前はそんな身体で戦うつもりかね」婆さんはゆっくりと振り返り、恨めしそうに次男を見て言った。「お前は、殺されちまうだ。ああ、きっと殺されちまうだよ」

「おれのことなら大丈夫だ」マケラは背をしゃんと伸ばし、大きくうなずいた。「そんなに簡単にはやられねえ」

「いくら偉そうに言ったって、お前はやっぱり、まだ子供だもんなあ」婆さんはかぶりを振りながら呟き続けた。「殺されちまうに違えねえ。そうに違えねえだ」

「すまねえおっ母あ」マケラはうなだれて言った。「おれみたいな息子は、最初からいなかったと思ってくれ」

「お前はこのおいぼれのおふくろを捨てて行くのかね。おらをほって行っちまうのかい。おらたちが、どこで野たれ死にしたって、ええと言うのかね」

「ほんとにすまねえ」マケラはただ、あやまり続けた。「おれは親不孝者だ。だがおれは行かなきゃならねえ。平和になったら、必ず迎えに来る。平和になるまでだ。それまでの辛抱だ。頼むおっ母あ。それまで待っていてくれ」

婆さんはがっくりと肩の力を抜き、地面を見つめた。弱よわしく嘆息した。「平和かね。そんなもの、いつまで待ったたって来やしねえだろうよ」それから顔をあげた。何もかも、あきらめきったような表情だった。「ええだ。行くがええ。お前は男だもんな。きっと、おらみてえな女にはとてもわからねえような、しゃきっとした考えがあるに違えねえ。考えて見りゃあおらは、お前のことは半分がたあきらめていただ。お前には別の家族ができたんだとな。さあ、行ったらええだ。こんなにたくさんの兵隊さんが、お前の命令を待ってるだよ」

「ああ」マケラはちょっともじもじした。

それからズンドローを傍らに呼んだ。「おれたちはシハードへ出発する」と、彼は言った。「お前はしばらくここに残って、弟の看護をしてやってくれ。すぐによくなる筈だ。そしたらテントをたたんで、あとからシハードへ来てくれ」

「わかりました。あとから行きますだ」と、ズンドローは大きく頷いていった。

マケラはブチャランに歩み寄り、鞍に手をかけながら母親を振り返った。「きっと迎えを寄越すからな。おっ母あ」

「ああ。待ってるだぞ」だが婆さんには、もう死ぬまでマケラに会うことはないだろうということがわかっていた。

マケラはブチャランに跨がった。片腕を大きく振り、全軍にシハードの方角を指し示して大きく叫んだ。「出発」

縦隊はクチュグルの茎を踏みしだき、南へ前進を開始した。

列の先頭を行くマケラの姿を婆さんはながい間見送っていた。行進の長い列は、次つぎと婆さんの傍を通り過ぎて行った。やがてブチャランに跨がったマケラの背中がクチュグルの穂波の彼方に消え、行進の最後尾も草原の中に溶けこんだ。

「あのコウン・ビの兵隊どもはどうした」大声でそういい、小さなテントの中から、頭を繃帯でぐるぐる巻きにしたユタンタンがよろめきながら出てきた。

婆さんは驚いて、ユタンタンに駈け寄った。「お前、口がきけるようになっただか」

「なりました」あきれて自分を凝視している母親に、ユタンタンはそう答え、澄んだ眼で彼女を眺め返した。「口がきけなかったのは、どうやら一種の精神障害だったらしいんです。打撲症を受けた時のショックが治療になったのじゃないかと思います」

「馬鹿までなおっただか」婆さんは仰天して立ちすくみ、軽くあえぎながらユタンタンにいった。「お前はもう、阿呆でなくなっただか」

「お母さん。よろこんでください。ぼくはかしこになりました」ユタンタンはにたにた笑いながら、そういってうなずいた。

「あの兵隊は何ですか」彼はズンドローを指して訊ねた。

「あの兵隊さんはマケラの部下で、お前を看病してくださっていただよ」婆さんは息子に説明した。「お前はマケラに助けられただ」

「兄貴がここにいたんですか」ユタンタンの眼が、ぎらっと光った。「どこへ行きました」

「今しがた、シハードへ発ったただ」婆さんは心配そうに末っ子の様子を観察しながらいった。「マケラは、農民軍の隊長さまになってるだよ」

「兄貴に話がある」ユタンタンは、ふらふらと歩き出した。

「こら。じっとしてろ。寝てるだ」婆さんはあわてて末っ子を追った。「お前はまだ、頭がもと通りでねえだ。動いちゃいけねえだよ」

「頭がもと通りになってはまた馬鹿になる」彼はうわごとのようにそう呟いた。「兄貴には話があるんだ」彼は急に駈け出した。そして振り向きもせずに怒鳴った。「すぐ帰ってきます」

草原を、背を丸めすごい勢いでシハードの方角に走り去っていく末っ子のうしろ姿をしばらく見送っていた婆さんは、やがて力が抜けたようにその場にしゃがみ込み、かぶりを振った。「いったいこれは、何がどうなっちまっただ。おらにはさっぱりわからねえだよ」

「だいじょうぶだよ婆さん」と、ズンドローがいった。「あの男の頭の傷は、たいしたことはなかっただ。もともと石頭にできていただからね。それにあの元気な様子じゃ、もうなおってしまっているに違えねえだよ。すぐ戻ってくるさ」

　だが婆さんは気遣わしげに、末っ子の去った方角を見つめ続けていた。

　婆さんとズンドローは、ながい間テントの前でユタンタンの帰りを待った。だがユタンタンは、日が傾きはじめる時刻になっても戻ってはこなかった。

「おらも、いつまでもこうしてはいられねえ」事情を察知したズンドローは、さすがに気詰りになって立ちあがり、テントをたたみはじめた。「隊に戻らなきゃあ」

　婆さんの眼から涙がふき出した。「あの馬鹿め。余計なことに利口になりやがって」彼女は吐き捨てるようにそう言い、スカートの裾で眼を拭った。「馬鹿め。あいつ、兵隊になったに違えねえだよ。そうにきまってるだ。もう戻ってはこねえだ。あいつ、利口になった途端に、出世したくなっただよ」

　彼女は突然、激しい憤りを感じた様子で眼を吊りあげて立ちあがり、ぐっと空を見あげた。

　草原の空の朝焼け雲は北風に吹かれ、いっせいにシハードの空へと向かっていた。すごい早さだった。

　その雲に向かって婆さんは握りこぶしを振りあげ、振りまわしながら叫んだ。「くそいまいましい戦争め。とうとうおらから、残らず子供をとりあげちまっただな。おら、お前に利息を払い過ぎただ。これじゃどう考えたって勘定に合わねえだ。おぼえとれ。くそいまいましい戦争め。おらはお前から、儲けをしぼりとってやるだぞ。計算を間ちがえて払い過ぎた分を、必ずとり返してやるだ。そして貸し借りなしにしてやるだ。ああ、そうでもしねえことには、おら、気がおさまらねえだよ」

やがて婆さんは、塚の横に置いてある荷車に引き返した。ロープを痩せた肩にかけ、長柄(ながえ)を持ちあげた。二、三度足を踏んばり、前へ進もうと力んだ。だが、車は廻らなかった。

「押してやろうかね」テントをたたんで肩にかつぎあげたズンドローが婆さんの傍へやってきてそう言った。

「なんの」婆さんはなおもいきみながら激しくかぶりを振った。「まだまだこのくらいの車、ひとりで曳けるだ。誰の手伝いもいらねえだよ。娘時代、おらはこの荷車をひとりで曳いただ。また、そうするだ」

いきみ続ける婆さんをしばらく茫然と眺めていたズンドローは、ゆっくりとかぶりを振った。それから気をとりなおし、隊のあとを追って歩きはじめた。

やっと動き出した荷車をけんめいに引っぱりながら、婆さんはズンドローに大声でいった。「兵隊さんよ。ちょっくら訊きてえことがあるだ」

「何だね」ズンドローは歩きながら振り返り、大声で訊ね返した。

婆さんは苦しげに息をしながら、ふたたび叫んだ。「この戦争は、まだ続きそうかね」

「まだまだ続くだ」と、ズンドローは言った。「この戦争は泥沼だで、ちっとやそっとじゃ終らねえだ」そう言い捨て、ズンドローはいそいで草原を彼方へ歩み去った。

「そうかい、そうかい」婆さんは喘ぎながら、嬉しそうに呟いた。「じゃあ、まだまだ金儲けの機会はたくさんあるわけでねえか。ようし、おら、うんとこさ金を儲けてやるだぞ。おらにはそれを、やらなくちゃならねえ理由があるだからな」

戦争婆さんはひとり荷車を曳いて、メルキトの野を進んで行った。

クチュグルの草原はひろびろとうち開け、うち続いていた。北風にそよぐクチュグルはまだ緑色をして、遠くとおく朝霧の中に消え入っていた。眠りから醒めた草原は輝き、蒼空の穹窿（きゅうりゅう）はその上にかかり、太陽は鋭く眩（まばゆ）く赤紫色のその光を無数に射放って昇りかけ、そして戦争はまだまだ終りそうもなく、それは今や泥沼の様相を呈しはじめていた。

あとがき

これは『戦争』というテーマの、一種のコラージュである。

お読みいただければわかると思うが、この長篇の中には過去のさまざまな文学作品、芸術作品がデフォルメした形で貼りあわせてある。田河水泡『のらくろ』『肝っ玉おっ母とその子供たち』等ブレヒトの戦争テーマの一連の戯曲、その他ヘミングウェイ、岡本喜八の戦争喜劇映画、野間宏、メイラー、カフカ、大岡昇平まで出てくる。これらはすべて、ぼくに最も深い感銘を残した戦争テーマの作品である。あるものは深刻であり、あるものはカッコよく、あるものは悲惨であるものは滑稽だ。これらの素材によるコラージュが、いったいどんなものになるか。書き出すまではぼくにも想像がつかなかった。その意味ではこれは実験作ともいえよう。

戦争テーマの作品を書こうとしても、昭和九年生れのぼくには、もちろん本当の意味での戦争体験といえるようなものは何もない。終戦の年には小学（国民学校）五年生だったからだが、しかし、育ちざかり食べざかりの子供だったからこそ、あの終戦前後の食糧難は特に強烈な体験だったとはいえないだろうか。食いものの恨みは恐ろしいというが、空腹のため盗み食いをし、それが見つかって狂気のように殴打された

十一、二歳ごろの体験の傷痕というものは、決して浅いものではない筈である。空腹ということひとつをとりあげて見ても、大人と子供では大きく感じかたが違い、精神的外傷の深さも決して同じではないと思うのだ。そういったものも、ちょうどその頃が前思春期だったぼくの年代の日本人だけが経験した、やはりひとつの戦争体験ではないだろうか。

「何をぜいたくな甘えたことをいうんだ。われわれは実際に戦争に狩り出され、もっと悲惨な体験をしてきたんだぞ。君たちは、われわれに比べればずっと幸福だったのだ。君たちに戦争の本当の恐ろしさがわかってたまるものか」と、言う人もきっといるだろう。

しかし、今そういうことをいっている人たち、戦争に狩り出された本当の犠牲者と称する人たち（戦争をおっ始めた世代の人たちは、現在ではほとんど第一線から退いているようだから）が、戦争や予科練から戻ってきて中学に入り、下級生のぼくたちにどんなひどいことをしたか――ぼくたちにとっては、終戦直後しばらくの間も、やはり戦時だったのである。だからぼくたちだって、やはり「ぼくも戦争が何だか知っているぞ」と胸を張っていう権利はある筈だ。

だが、いくら頑張っても、やはり体験に乏しいことはまぎれもない事実である。

ところが、SFというものは、ありがたいもので、そんなぼくでさえ、戦争について思っていることや感じたことを堂々と文章に綴れるのが、SFなのだ。仮にこの小説を、現実の戦争を舞台にして書いたとしたら、ひどいものになっただろうし、また、とてもぼくなんかには書けなかっただろう。（もっとも新劇の方では、関西の小劇団が『ブレヒト式ベトナム戦争』とかいうものを上演したそうである）

ところで、ぼくがベトナム戦争をドタバタ喜劇に料理して短篇を書いた時には、少なからず批判があった。

いわく「現実に起っている戦争をドタバタにして見せられるのはやりきれない」

いわく「世の中には茶化してはならないものもあるのではないか」等々である。

また石川喬司氏も、「戦争をドタバタにしたり、カッコいいものとして見る若い人たちの考えにはちょっとついていきにくい。世代の相違か」といった意味のことを書いていられた。

これはよくわかるのだが、しかしぼくだって何も、現在の一部のティーン・エイジャーのように、戦争というものがカッコよさだけであるなどとは決して思っていない。また、戦争のドタバタ的側面しか知らないわけでは決してない。

しかし、戦争が悲惨であり苦しみに満ちたものであると同様、戦争にカッコいい面、あるいはドタバタ的な面があることもまた確かなのだ。大きなことをいうようだが、これを無視して戦争像がつかめるだろうか。特に戦争中、ぼくたち子供が教えられたものは戦争のカッコよさだけではなかっただろうか。特攻隊、人間魚雷、玉砕、本土決戦——そういった悲劇的なことさえすべてぼくたちはカッコいいものと教えられたのだ。壮烈な戦死、みごとな体あたり——実際は気ちがいみたいなやぶれかぶれの、しかもむごたらしいことが、銃後のぼくたちにはカッコよさにスリ替えられて教え込まれたのだ。当時の大人の中にだって本気でそう思っている人がいたぐらいだから、判断力のない子供がそれを信じたとしても無理はない。今のぼくにだって、体あたりと聞くと、一瞬カッコいいと感じる意識が残っているくらいだから、今のティーン・エイジャーが戦争もののテレビ映画を見てそう思うのも、むしろ当然のような気がする。もっと大きな眼で見たって貧乏で特技を持たない若者が一躍英雄になれることといったら、戦争であばれまわって大量ひとごろしをすることくらいしかない。戦争のカッコいい面は、たしかに存在するのである。

たとえば『のらくろ』だ。『のらくろ』は最初はギャグ漫画だったが、最後の方になるとストーリイ漫画に近くなり、カッコよさばかりがやたら眼につくようになってくる。何かの圧力があったに違いない。

それはともかく、こういった戦争マンガが戦争中子供たちの間でもてはやされたこと、いい大人までが夢中になり、今でも読んでいることなどから考えてみると、戦争のドタバタ的な面も忘れてはならない。たしかに戦争は人類最大の悲劇である。でも、それだからこそ逆に人類最大の大ドタバタであるともいえる。他人の悲劇は第三者から見てはなはだドタバタであることが多く、その意味でドタバタというのは本来無責任なものなのだ。日本では徹底した無責任というものがあまり多くはない。植木等にしろ、実生活ではマジメなのだということをあれほど宣伝してはじめてその無責任ぶりをマスコミに認めてもらっているのである。（もちろんこれは、実生活がマジメであることを非難しているのではない）無責任であっても、最後には責任をとらなければいけないということを含めた、一種の教訓じみたものでなければ無責任になれないのである。どの程度無責任になるかは本人の自由だが、徹底した無責任さから顔をそむける人がこれだけ多いのを見ると、ＰＴＡ的タテマエ道徳に毒されているとしか思えない。

それはともかく、終戦前後はさまざまなドタバタを見ることができた。大人がひと箱のタバコを奪いあって殴りあっていたし、大人が砂糖にガラスを入れていたし、大人が窓から電車に乗ったし、ぼくもそうした。戦争に負けたといって泣き、腹を切って死んだ人まで、ぼくの眼にはドタバタに映った。ほかの人たちには、どうしてああいったことが可笑(おか)しくないのだろうと不思議に思った。ぼく自身、機銃掃射を受けて庭への石段で腰を抜かした時さえ、自分の恰好のおかしさに、這いながらケタケタ笑ったくらいである。

あらゆる悲劇——その最たるものは自分の身に起った悲劇だが——は、深刻であればあるほどドタバタになり得る。しかし、無責任にドタバタをやるのは、ある意味で命がけなのである。創価学会を嘲笑し、ＮＨＫをひやかし、アメリカの政策とか天皇制とか戦争とかいったものを喜劇にしてしまうには、いつ右翼などに刺されるかわからないという危険が伴うから、覚悟がいる。ドタバタをやって殺されたのではそのこと自体がドタバタだし、世間のもの笑いになるだろう。ぼくは臆病だからそうなるのは厭なので、ある程度控えめにしてはいるが、もしそんなことになった時はなった時で、仕方がないだろうと思っている。昔は捨身の覚悟で時局を笑いとばした戯作者、落語家、芸人が多勢いたそうだ。ぼくも見習いたいものである。しかし最近では、そういった筋金入りのドタバタにはとんとお目にかかれないようで、淋しいかぎりだ。

ともかく、この長篇は未整理の部分、借りものの部分、消化不良の部分を含め、ぼくの戦争観のすべてである。悲惨さ、滑稽さ、カッコよさ、すべてが含まれているが、その含まれ具合に共感を覚えてくださる読者がひとりでも多いことを願ってやまない。

これはぼくの長篇第二作である。

「ＳＦマガジン」（昭和四十一年九月号——昭和四十二年二月号）に連載中、ぼくの最初の子供が死んだことはいまだに忘れられない。

（昭和四十七年二月十日）

解説　俗情との訣別

成田悠輔

戦争となると、つい真顔になってしまう。ヘラヘラしたりニヤニヤしたりしてはいけないし、お祭りとしての戦争に心踊ってはいけない。プロ芸能人なら戦争物ＶＴＲで感動の涙を流すタイミングもちゃんと万全を期さないといけない。ＮＨＫスペシャルかなにかのように、ＰＴＡの寄り合いかなにかのように、忍び足で慎重に、色々なリスクを想定して腫れ物か不発弾でも処理するように扱わなければならない。

しかし、そこは筒井康隆である。同時期に書かれた別作品で「くたばれＰＴＡ」と叫ぶ筒井のこの作品は、色眼鏡や忖度の鎖を外し、戦争に肉眼で、素手で迫ろうとする。せこく、汚く、口が悪く、酒をあおったと思うとブツブツ言いながらすぐに眠りこけるろくでもない登場人物たちの戦争珍道中だ。ブレヒトの『肝っ玉おっ母とその子供たち』を思い起こさせる「戦争婆さん」とその四人の息子たちを中心に、どこかの遠い未来の遠くの場所（「馬の首」と呼ばれる）、犬に似たよくわからない宇宙生命体たちが物語を展開する。ヘンテコな犬兵隊は田河水泡の『のらくろ』のようだ。この異邦性が、『馬の首風雲録』にあっけらかんと公式見解を脱ぎ捨てる勇気を与えている。体は汚れ、血は流れ、痒(かゆ)みもひどい。そうすれば屈折した本音もこぼれてくる。

「平和が続きゃ、誠実さなんてものもなくならあね」と、丁長はいった。「この辺にゃ、ながい間戦争がなかったから、道徳も腐っちまってら。平和が生むなあ女みてえに生っ白い音楽好きの若え男と、ものぐさと、無秩序だけだ。くそ、このごろの若い奴らときた日にゃ、ちょっと何かむずかしいことをいいつけてやると、妙にからだをくねくねさせやがって」

「前の戦争が終ってから、まだ間がねえというのにこのありさまよ。戦争がないうちは誰もかれも自分のいいたいことを勝手に喋(しゃべ)りまくって、ひどい時なんぞ、そこにいる人間の数だけの党派ができたりする。こんなのは秩序じゃねえ。女の井戸端会議だ。本当の男らしい男が出てくるなあ、戦争のときだけだぜ」

気分はもう戦争、である。雑誌「ＳＦマガジン」に連載されていたこの作品は、しかし、あまりＳＦＳＦしていない。科学も技術も大して出てこない。むしろＳＦというにはサラリーマンっぽい忖度と相槌が溢れ出る。

「そのとおりですな。戦争を嫌う奴の気がしれません」と、ドブサラダはうなずいた。

――――――――

正直に告白する。この解説を依頼されるまで、この本のことを知らなかった。どうやら筒井康隆の長編第二作であるらしい。初版が出版されたのは1967年、あの『時をかける少女』と同年だ。

この年代がおそらく重要である。『馬の首風雲録』が連載されていた1966-67年当時は学生運動とベトナム戦争の真っ只中。日本やフランスで戦争を知らない左翼学生たちの国内的疑似内戦が、ベトナムで今まさに起きている本当の国際戦争と交差し奇妙な平行世界を生んでいた。学生運動が国内、ベトナム戦争が国際であるならば、『馬の首風雲録』は宇宙だ。『馬の首風雲録』の闇鍋のように混沌とした基調低音は、時代の混乱の反映であり女性差別に満ちたそれへの抵抗なのかもしれない。

実際アクの強い小説である。長いし、風景や文脈の描写も丁寧とは言いがたく、お世辞にも読みやすいとは言いがたい。パッと人に魅力を伝えられるかと言われたらちょっと不安になる。脱線に次ぐ脱線、生硬なカタカナ固有名の連発は古いロシア小説でも読んでいるときのように混乱する。この混乱性は、著者がこの作品を戦争文学・芸術の闇鍋として書き上げたことと関係がある。

これは『戦争』というテーマの、一種のコラージュである。この長篇の中には過去のさまざまな文学作品、芸術作品がデフォルメした形で貼りあわせてある。

いやはや、これも昭和である。昭和文化に人並みよりは通じていると思う私にもよくわからない元ネタが多い。老人の昭和ネタのギャグを聞かされて何が面白いのかわからず引き攣った愛想笑いをせざるをえない感じもある。だが、未来に向かって想像力を羽ばたかせているのか過去を懐しがってるだけなのかわからないタイムスリップ感がこの本に独特な味わいを与えてもいる。

――――――――

では、避けがたく古びてアナクロ感漂う『馬の首風雲録』から、今の私たちは何を学べるのだろうか？　一つ確かなことがある。それは、戦争を悲惨で深刻で、したがって普通の退屈な日常を生きる私たちからは無縁の特殊な場として描く誘惑に争う意志だ。『馬の首風雲録』にはその意志がある。戦争は何を考えているのかわからないサイコパスやバケモノが起こす超常現象ではない。この上なく人間くさい犬たちが、ありふれた欲望や論理で引き起こすそこらの騒動である。戦争は人間や動物のドタバタしてヘンテコな日常の自然な発露（はつろ）である。

かつて、戦争を特殊なものとして扱いたがる人間の情動を、「俗情との結託」だと看破した人がいた。大西巨人という小説家だ。俗情との結託だとして大西が批判したのは、太平洋戦争文学の金字塔とされ、筒井も『馬の首風雲録』にインスピレーションを与えたと記している野間宏の『真空地帯』である。

『真空地帯』に存在するのは、作者の主観に必ずしもよらざる・無意識的な、しかし客観的な「俗情との結託」でなければならない。言い換えれば、作者の不明、誤解、糞真面目が、結果として俗情に荷担しているのであり、またそれによって

「俗流大衆路線」の骨絡みを食らっているのである。すでに『真空地帯』という題名の選択・決定の由来が、この間の消息を雄辯に物語っているであろう。『軍隊内務書』の「綱領」十一は、次ぎのごとくであった。

兵営生活ハ軍隊成立ノ要義ト戦時ノ要求トニ基キタル特殊ノ境涯ナリト雖モ社会ノ道義ト個人ノ操守トニ至リテハ軍隊ニ在ルガ為ニ其ノ趨舎ヲ異ニスルコトナシ。［後略］

兵営ないし軍隊を「特殊ノ境涯」として規定し成立させようとしたのは、ほかならぬ日本支配権力・帝国主義者であったのである。(…) かくて兵営は、言葉の世俗的な意味においてはたしかに「特殊ノ境涯」であったが、その真意においては、決して「特殊ノ境涯」でも「別世界」でもなく、最も濃密かつ圧縮的に日本の半封建的絶対主義性・帝国主義反動性を実現せる典型的な国家の部分であって、しかも爾余の社会と密接な内面的連関性を持てる「地帯」であった。

（大西巨人「俗情との結託」）

この批判は実作にも繫がった。俗情からの訣別のために大西が書いた大河小説が

『神聖喜劇』である。興味深いのは、同じく俗情との結託から決別しようとしているように見える『馬の首風雲録』で、野間宏や大岡昇平は言及される一方、大西巨人と『神聖喜劇』がすっぽりと抜け落ちていることだ。

だが、ちょっと調べてみれば無理もない。『馬の首風雲録』が連載された1966－67年当時、『神聖喜劇』もまた雑誌「新日本文学」に連載中だった。筒井康隆『馬の首風雲録』と大西巨人『神聖喜劇』は並走していた。期せずして俗情との訣別を1960年代に並行して進めていたのだ。敗戦から20年を経て戦争が記憶の彼方へとぼやけはじめた、にもかかわらず海の向こうでベトナム戦争がはじまった当時の時代性を逆手にとり、戦争を非－非日常化する試みと言えるかもしれない。返り血を浴びる感覚の消えた抽象的な平和主義と、非日常化・特権化されてしまった「戦争」という言葉の呪縛を解く。「戦争」を今ここ、この世界で起こり得るし起こっている平凡な事象に取り戻すこと。

こうして、『馬の首風雲録』は2022年の私たちにも直撃する。戦争がもはやテレビや小説・映画で描かれる遠い過去や未来の絵空事ではなくなった2022年。地球の裏側のウクライナで、そしてもしかしたら近未来の台湾や日本国土で十分に起こりえる「日常」になった今こそ、『馬の首風雲録』が不気味な存在感を示しはじめているかもしれない。

「平和のままなんて言葉は、あり得べからざる言葉だ…例えば眠ったままというのと同じだ。起きて働いているからこそ眠る必要もできてくる…」「鉄器が拡まったのは戦争のためだ。いろんな薬も…石炭石油のエネルギーも…輸送する車も…鉄道や車道も…（その工事のための）爆薬も、動力機械も」「結局おれたちはいついかなる時でも戦争が好きだからこそ自分たちを進歩させてきた…」

二〇二二年九月

この作品は1967年12月早川書房から刊行され、2009年4月刊扶桑社文庫を底本としました。本作品はフィクションであり実在の個人・団体などとは一切関係がありません。なお、本作品中に今日では好ましくない表現がありますが、作品の時代背景を考慮し、そのままといたしました。なにとぞご理解のほど、お願い申し上げます。

（編集部）

徳間文庫

馬の首風雲録

2022年10月15日 初刷

著者 筒井康隆
発行者 小宮英行
発行所 株式会社徳間書店
東京都品川区上大崎三-一-一 〒141-8202
目黒セントラルスクエア
電話 編集〇三(五四〇三)四三四九
販売〇四九(二九三)五五二一
振替 〇〇一四〇-〇-四四三九二
印刷 大日本印刷株式会社
製本

ISBN978-4-19-894783-5 (乱丁、落丁本はお取りかえいたします)